真正笨的人是我。

弟弟我们不分开走。

他只是站在草丛里张望着

大声喊我的名字。

我却没有站在他身旁。

汤介生 著

唐诗生死局

下册

CTS
PUBLISHING & MEDIA
中南出版传媒

湖南文艺出版社
HUNAN LITERATURE AND ART PUBLISHING HOUSE

博集天卷
CS-BOOKY

目录

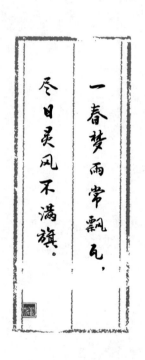

一春梦雨常飘瓦，尽日灵风不满旗。

第六卷

窃国

圣人不死，大盗不止。

第四十五章

十三年前。九月，十月。苗寨与南诏国。

烟花，璀璨的光点，在黑夜中猛地炸开，金色雨水般闪闪晶晶地滴落在每个人的眼眸里。

闭眼便飞翔，张口就唱歌。

凉风吹衣衫，他们笑着，觉得风是天蓝色的。

少女是乳白色的，她像是一只人鱼。漫天降落的金色光芒映在一池冷灰色的湖水里，而她洁白柔软的身躯，像裁纸刀般劈开一整片绚烂的波光，长长的水痕荡漾开，藻荇在脚底摇晃，抚过少女湿润的肌肤，顺过柔软的后背，抚过赤裸的足，那是如莲盛开般五只小小的粉色的脚趾，足尖勾起，松开了墨绿色的缠绕。

湖面的正中心，浮着一方漆黑的棺材。

棺材上面，覆满了大朵大朵紫红色的花，像是浓稠的血迹，一半已经浸入湖水，一半在风中飘摇。

"是杜路！"戴着银镯子的小男孩踮脚往湖中心望，猛地回头，张开双臂，"妈妈你把我抱起来，我要看杜路！"

热闹的风声中，一对青年和女孩拉着手，正笑着迎面跑来。

小男孩猛然张开的双臂，差点打到他们身上，两人赶紧往右边闪避，奔跑中撞向了一棵歪着脖子的大柳树，发出"啊呀"的惊讶音。男孩的母亲赶紧道歉："不好意思，不好意思，你们有撞到哪里吗？"

"我们没事。"青年望着小男孩，有些腼腆地笑了，"是我们跑得太急了。"

"但这棵树……好奇怪啊。"女孩望着身旁的大柳树，有些困惑地说。

"走啦走啦，我们赶紧去占个好位置，祭典马上开始了。"青年拉起她的手，女孩的视线只好猛地收了回去，两人继续在人流中奔跑。

母亲抱起了小男孩，转身向大湖走去，他高兴地举起了小手臂欢呼，银镯子下坠着的小银石榴，在黑夜里亮晶晶地响。

他们走远了。

"呼——"

歪脖大柳树里面，传来了一声长长的吁气："好险，白伯伯，那个女孩差点就看见我了。"

就着小孔透进来的光，白山林正在眯着眼点数怀中的金符："他们把杜路放在湖中央，我们怎么过去啊？"

"我们也游过去？"陈宁净趴在另一个小孔上，转动着眼前的水晶石，"我看见杜路的脸了，睡得挺香的。别说，我相信苗族人真没虐待他，他不仅没瘦，还吃胖了一点。"

"那小净你说，这些金符如果沾了水，还灵不灵？"

"我觉得这个符本来就时灵时不灵的。"陈宁净把水晶石揣回怀里，若有所思，"是不是要念句咒语，它才会起效？"

"小月牙？"白山林注视着手中的金符，试探地喊道。

"小月牙！小月牙！"陈宁净也凑过来喊，"月牙月牙，快显灵！"

这一次，却没有狂风大作，也没有黑棺突然颤动。

金符静悄悄地躺在手掌中，什么都没有发生。

"算了，先不管杜路醒不醒，把他救出去再说。"白山林收起金符，"小净你从湖底游，我用轻功从水上过去，分散他们的注意力。抢了人就跑，切勿恋战。"

"嗯！"

夺目的明亮突然笼罩了整个世界，巨大的烟花在头顶砰砰地发射，金花绽放着，泉水流向人间。

一片沸腾与欢呼，秋神的祭典开始了。

"哐当"一声。

湖面上突然多出了一个人。

紫衣金纱的女子，突然出现在漆黑的棺材上。她单独侧坐着，洁白的身体大片大片地裸露，左腿曲弓，光滑美丽的右腿伸进湖水中。衣衫飘荡，黑发在漫天金光中飞扬，血红色的花瓣在身后纷纷扬扬地落下。

"圣姑大人！"湖面上传来了众人激动的声音，齐声颂喊着晦涩难懂的古苗语，点点金光迸溅于天地，颂声越来越响，像是激烈的花火盛放。

人鱼般的少女围绕在圣姑的身旁，游来游去。

水声在剧烈地嗡鸣。

圣姑低下头，白净纤长的手指抚摸着水中少女湿漉漉的秀发，声音环着湖水传向四野：

"丰收。"

"丰收！"岸上的众人齐喊，举起手中的稻穗和瓜果。

圣姑按住了少女的后脑勺，不顾后者的挣扎，用力而缓慢地按进水中：

"奉献。"

"奉献！"众人将手中的祭品扔进湖水中，砰砰砰，四溅的水珠在光彩中沉落。

"祭典！"圣姑说。她猛地解开了水面下少女脸上的红面纱，高昂尖利的歌声在天上烟花绽开、湖下万千祭品沉落的一刻传向四野：

"以神之面——"

千百人声震霄汉地合唱：

"塑像降灵！"

登时，整湖绚丽的水波摇晃，烈风掀起巨浪，掀起千百层晶莹的湖水，一层层覆盖着水中赤裸的少女，仿佛冰面凝结，裹挟着她猛然立起，千万吨湖水向上冲去，组成了一个水塑的巨人，庞然大物的神像，树立在天地之间！

就是现在！

在这肃穆的一刻，在这千人朝跪热泪满面的一刻，湖边柳树上突然冲出来一道迅疾的身影！他像是一只鹰，展翅飞来，凌水抓鱼，双手抓起黑棺材中沉睡的杜路，扛到身上，踏水就要飞回去！

银灰色的水，还在巨像的身周流淌。

神，猛然动了。

巨神猛然扑了过来，举起晶莹粗壮的手臂，一把拍到这众目睽睽的小偷身上！

万顷水流组成的巨掌猛地袭来，迅速爆发，激流汇聚发出致命的一击，白山林被迎面击飞了出去，一条光滑的曲线，抛向了岸边粗壮的老槐树，狠狠地撞了上去。

就在众人都转头望向老槐树的一刻——

"拦住他!"

湖里竟然还有另一个人!

她一手紧抱着沉睡的杜路,一手划水,正在奋力向岸上游去!

在巨神袭来的一刻,白山林松开了肩上的杜路,一把扔给了埋伏在湖中的陈宁净,以身体做诱饵,想引开众人的目光。

可他没想到,山顶上还有一个暗哨,在关键时刻发现了陈宁净!

一声令下,局面登时扭转,人群分成两队,分别包围了树上的白山林和湖里的陈宁净,每个人脸上都是熊熊燃烧的愤怒。

神明的巨掌以万吨水压垂悬于头顶,禁锢住湖里岸上两个小小的窃贼。人群蜂拥而上,两人被无数双手掌擒拿住,被搜走身上的佩剑,被五花大绑着,吊上了高高的树梢。这是苗寨对偷盗者古老的惩罚,无数人在树下指指点点,冲他们吐唾沫、扔石头。

浑身被绑在树上一动不能动,白山林和陈宁净被砸了好几下,却也顾不得了,他们正焦急地望着湖中央,注视着杜路被人再次抬入黑棺材,仍然紧闭着昏睡的眼睛。

水结的神像,还屹立在湖中央。

黑色棺材漂浮在巨躯之下,像是巨大餐盘上一方小小的糕点。

"祭典继续——"

千人在岸边缓缓跪下。

深奥艰涩的颂歌向着银河冲去,满天星火涌流,秋夜越来越冷,整个世界都在摇曳。这是古老的丰收祭,是自然,是女性,是孕育,是恩德,一代又一代人的歌声穿越时间,祖辈的坟与子孙的血,在冥冥之中共鸣传唱。

这片土地,赐给他们生。

一切困扰和问题,都将得到神明的指引。

"无名有象,无始有终……"紫衣金纱的女人,正跪在水面上唱歌,她以悠扬难懂的古语,歌唱着苗寨一年来遭受的灾难,唱着杜路的来龙去脉,无数人在她身后潸然泪下。最终,众声合成了恭敬而慎重的询问:

"获罪之人,等待裁决。"

巨神点头。

银灰色湖水凝成的手掌,缓缓地抚摸着黑棺材里青年沉睡的脸庞。

所有人都屏息望向湖中心。

白山林和陈宁净攥紧了拳。

神，开口了。

晶莹巨躯的腹部，那被无数层水流裹挟着的赤裸少女，正紧闭着眼睛，用陌生而洪亮的嗓音宣读神的审判：

"日神与战神之子，光明与灾难一身。

"他使整个世界陷入狂热，浪漫的理想在五湖四海之间熊熊燃烧，英雄梦与妄想症泛滥，狂喜和悲烈，激情与群起，混乱与失控，毁灭与倾塌。耀眼光芒消失殆尽之时，世界的黑夜已经来临。

"他是鼓舞，是灾佞，是狂妄，是祸源。

"你们指望从他身上获得利益，殊不知，他正将巨大的灾难引向这里。唯一阻止厄运蔓延的办法，就是尽快杀死他，千万不要让任何人知道。

"今夜处死。"

树上，白山林的眼皮猛然一跳。

湖中，水流包裹中的少女紧闭双眼，她梦游般挥舞着银灰色的手臂，巨掌之下，万顷湖水汇聚，冲着杜路的口鼻，蓄势待发——

"不——！"

人群之中，突然有一位少年吼道："圣女大人，他是杜路，我们照顾了半年的杜路啊！"

"秋神啊，到底是什么灾难？难道除了杀死他，没有别的办法了吗？"

"不得冒犯！"紫衣金纱的女人回头，严厉地望着两个少年："流儿！小飞！这是祭司大典，没有人能更改神的决定！"

"可是——唔！"小飞还想说些什么，被身边的大人们捂住嘴巴，带离了祭司大典。

流儿眼神复杂地望着湖中沉睡的杜路，又望着湖中巨人腹中的少女，后者还在紧闭着双眼。流儿叹了口气，轻声道："她会后悔的，等秋神从她身上离开之后，她一定会后悔的。"

早知道这样，上次告别杜路那个混蛋的时候，应该告诉他，饭菜做得很好吃，谢谢，我以后一定会想念。

"请神执刑！"

巨龙般雄壮的水流蓦地向着一方小小的棺材拍去，流儿低下了头，不忍心再看眼前的画面。

就在这时——

人群传来了惊天的尖叫声。

在水流爆炸击毁棺材的一刻，杜路猛地睁开了眼睛！

他一个猛子扎进了湖水里。

他胸前，正贴着一方闪亮的金符，像是黑暗里一只大笑着的眼睛！

树上，白山林和陈宁净笑着击掌。

他们已经挣开了浑身的绳索，像是两只从空中支援的大雁，脚尖一跳，向着湖中心飞去——

众目睽睽之下，杜路在湖水中飞速地游着，像是一只机敏的小耗子，摇着尾巴要逃出四面八方的围攻。

两人准确地俯身而下，伸手，拉住了杜路湿淋淋的臂膀，拉着他飞速地往岸上逃去——

"砰！"

一支毒箭从天而降，猛地贯穿了白山林的掌心。

又是山上的那个暗哨！

顺着箭望去，只见一位戴着斗笠的独臂男人，用独手和左脚拉开弓箭，第二支长箭冲着陈宁净就射了过来——

陈宁净赶紧躲开。

杜路又跌回了水中。

陈宁净和白山林再欲上前，一个滔天巨浪便迎面打来，掀翻了三人，将杜路裹了回来，一把握进神明的巨掌中！

神像身周的水流猛地迸溅，银灰色的湖水组成一个巨大的旋涡，围着湖心不断旋转，水凝成了一环高墙，阻碍任何人接近杜路。

而在旋涡的最中央，站立着一位紧闭双眼的少女。

她的手正握着杜路的脖颈。

"小花，松开我，松开……"杜路脸色青白地挣扎着，双手想要掰开脖子上的禁锢。

少女纤细洁白的手指却爆发出难以置信的力量，仿佛一串钢铁铸成的绞绳，她闭着眼，猛地收紧五指——

杜路的脸一瞬间憋得紫红。

"圣女大人，他是杜路！"流儿终于忍不下去了，不顾众人的拉扯，对着湖中大喊道，"醒过来！快醒过来！"

金光中，胴体洁白的少女充耳不闻，她猛地举起了窒息中的杜路，颀长的手臂上肌肉绷紧，要向众人展现这一场威严的杀戮——

男人被扼住的脖颈发出咔嚓咔嚓的响声。

血，滴了下来。

流儿哭喊着被众人拉走，岸上，传来了众人的颂歌。

杜路虚弱地望着他，眼皮渐渐垂下来，最后一丝光芒从瞳子里消失——

"小月牙！"

就在这时，被苗族人擒住的陈宁净，突然爆发了大喊声：

"小月牙！小月牙！小月牙——"她在无数双手的压迫中，奋力地抬起头，不顾唾沫呛着喉咙，高喊着一些奇怪的话语，"快显灵啊！小月牙……"

在杜路即将死亡的一刻，在壮观而神秘的秋神祭典上，她不知道自己为什么要喊这个名字。这是谁的名字？她心里一片茫然，二十年前南诏国神秘的婴儿，为什么会有一个汉语的名字，又与八竿子打不着的苗寨有什么关系？她到底在祈求谁的应答？

神，却猛地瘫倒。

旋涡围墙"砰"的一声砸进湖水中，激起白浪四溅。

举着杜路的少女，茫然地睁开了眼睛。

"小月牙！"

她的眼里猛然恢复了光亮。

杜路从她手中摔了下去，掉进水里，过了一会儿，终于挣扎着探出头来，捂着自己脖子，劫后余生地大口大口喘气。

五彩斑斓的湖面上，他向上望去，看见了少女一张无法看清的脸。

神面。

"快跑！"她向下望着他，"我是苗寨的圣女，神面人身，我以秋神之口说出的处决不可更改，你快逃！"

"杀了他！"岸上，数千人却已激昂地扬起了火把，"秋神说他会带来灾难，今夜他必须死！"

杜路被团团围住。

"哐当"一声。

紫衣金纱的圣姑突然出现在湖心，洁白的手指间蠕动着一团浅粉色的蛊虫，冲着杜路越逼越近，高昂的虫头几乎要钻进杜路的血管。

杜路赶紧扎进水中，换气时从水里探出头，却看见了高山之上，独臂男人已经张开了弓箭，湿淋淋的箭尖正居高临下地瞄准自己的脖颈。

前有蛊虫，后有毒箭，杜路僵在原地，冷汗顺着脊梁流了下来。

不能坐以待毙！他猛吸一口气，整个人沉进湖水中，一边疯狂地挥动着双臂往岸上游，一边越潜越深，以湖水为屏障阻碍弓箭手瞄准。

突然——

无数粉红色的长条虫，从四面八方的湖水中包围了他。

它们像蚯蚓般蠕动，在银灰湖水中又如同一条条缩小了的细蛇，咝咝地伸出尖牙，瞄准了杜路的手掌和脸庞上每一寸暴露的皮肤。

它们冲了过来——

"捂住耳朵！"

突然，遥远的湖面上，传来了少女闷闷的声音。

她握着拳注视着这场水底的屠杀，在千百只蛊虫即将咬上杜路的一刻，她终于忍不住了。开口，发出了第一声哭声！

湖水和空气都猛地一荡。

千百人的脚步在湖面上踉跄，面前，紫衣金纱的圣姑神情一变，她意识到了什么，上前一步想要阻止少女继续哭泣，可前者的身体已经开始摇晃，而后者灵活地躲开了。她一个人站在湖中心，哭得穿云裂石，哭得上气不接下气，晶莹的眼泪和湖水融为一体，声音则在峡谷中响亮地回荡，愈来愈烈。

世界在眩晕中摇晃。

终于，再没有一个人站着。

寂静的世界里，她望着湖底沉睡的一条条蛊虫，它们僵直得像一条条腊肉丝，在水中缓缓沉落。她望着山上滚落的箭镞，那个独臂的暗哨像是喝醉了一样，一动不动地昏睡。

她戴上红色的面纱。

水底，杜路攥着胸前金色的符文，缓缓站起，不可思议地望着整个被催眠的世界。

"小花——"

"你走吧。"她挥挥手，说，"等他们醒来，就会把今天的事情忘掉。你也不要把今天的事情告诉任何人，知道吗？"

"我已经快分不清什么是梦了。"杜路挠了挠头，"这个世界上，真的存在神吗？"

"神不在天边，神在每个凡人身上。"

小月牙一边擦着脸上的泪水，一边转身把棺材中的银头盔取出来，递给了杜路："走吧，你不能再耽误了，快去做你要做的事吧。"

杜路接过了头盔，眼睛明亮："谢谢你。"

"当心那个部将。"她很认真地望着他，"你要活得长一点，才对得起我养你这么久啊，小猪崽。"

杜路笑了："所以，你真正的名字叫小月牙，是吗？"

她比了一个"嘘"的手势："不要告诉别人。"

"好的，小花！"杜路笑着挥手，在湖水中越走越远，"我会想念你的，你是我亲眼见过的，第一个拥有法术的人。"

"我不会想念你的。"她也挥手，"记得寄些银子回来，抵销你这大半年在苗寨喝的鸡汤！"

沉睡的世界里，澄明的月色下。

两人在大湖的两侧越走越远。

"砰！"

"砰！"

突然，两支箭猛地射了过来！

是麻药！

猝不及防的一刻，所有人都在湖边沉睡的一刻，两支涂满麻药的利箭从暗中射了出来，刺中了毫无防备的两个人——

杜路的瞳孔诧异地放大。

来不及转头看清放暗箭的人，他的双腿就摇晃着发软，踉跄着，整个人摔在地上，咬着牙，眼皮痉挛着，却再一次不由自主地闭上了眼，陷入一片昏暗的世界。

不远处的山顶上。

南诏少年的手指还在颤抖。

他放下弓箭，一脚踢开身旁昏睡的独臂男人，取出自己双耳中的纸团，冲着山下一边挥手一边大喊道："大家都过来！苗寨所有人都睡着了！我们今夜就要夺回银色孔雀宫，这是天赐的好时机！"

一个月后。南诏国。

头……好痛。

他在一片黑暗中醒来。

脑袋疼得仿佛要裂开了，他想要抬手揉一揉太阳穴，却发现自己被粗壮光滑的绳索紧绑在柱子上，一动也不能动。

"这次真是大丰收。"突然，他听见了脚下似有人声，"失窃多年的银色孔雀宫，掌握秘术的圣姑，盗王白山林，陈家的大小姐陈宁净，还有大良那个没死的将军杜路……居然就这样被我们一网打尽，国王做梦都要笑醒了。"

"国王可是一夜没睡，一直在审问苗族人。"

"问什么？"

"还不是……"说话者压低了声音，"同根蛊的事。"

同根蛊？

毫无理由地，正在偷听的杜路突然打了个冷战，虽然他心头一片茫然，那是什么东西？南诏人为什么要向苗族人索要？

"那东西真的存在吗？"楼下，有人轻轻叹了口气，"二十年了，国王还是不放弃对同根蛊的痴迷，那样的害人邪术，有什么追寻的必要呢？"

"你不懂，我告诉你一个秘密。"楼下人的声音更轻了，杜路一下子听不见了，他焦急地皱着眉，轻轻踩了踩脚下的地板，也是木头的！于是他赶紧贴在木柱子上，利用木柱和木地板传声，耳边勉强传来了楼下人的声音：

"……这是我父亲告诉我的，他也做过侍卫。二十年前，国王在森林里的高楼上坐着，突然望见洱海边有一个奇怪的波斯和尚。和尚怀里抱着一个女婴，肩上坐着一个穿道袍的小男孩。那个和尚坏透了，一把揪起女婴和小男孩，'砰'的一声砸进了水里！

"国王十分气愤，要派人下楼去逮捕那个和尚，但下一幕发生的事让所有人都惊呆在原地：那和尚注视着水里两个孩子渐渐淹死，然后大笑着，突然间就消失不见了！

"愣了一会儿，国王派人去检查两个孩子的情况。

"水性好的侍卫们跳下洱海，把两个湿淋淋的孩子捞了出来。那个小男孩浑身僵直，脸色青白，已经呛水淹死了，但是，那个女婴居然还活着！原来她刚出生不久，你知道吗，刚出生的婴儿天然地就会游泳，他们能自动在水下闭气，像是回到羊水里一样。但是再长大一些的时候，反而做不到了。

"国王仁慈，命令把这个小女婴抱回城中找人收养，至于这个小男孩，便堆座小坟就地掩埋了。侍卫们也都可怜他，一边叹着气地挖土，一边在小声议论，到底是哪儿来的孩子，父母知不知情。

"'不用挖了！'身后，突然有个清脆的童声说，'谢谢你们，可是我好啦。'

"众人都僵在了原地，手中的铁锹发颤。

"最胆大的侍卫缓缓地转过头，目光撞见身后笑容甜甜的小男孩，白眼一翻，晕倒在了原地。

"小男孩冲他们作了个揖，然后转身，迈着自己的小步子，就这样在夕阳沙滩中渐渐走远了。身后，大家面面相觑，却没有一个人敢拦他。

"回去之后，国王心神不宁。正巧这时，那个女婴也出了问题，收养她的人家害怕极了，说她是妖怪转世，任何人只要一听见她的哭声，就会倒地睡着三天，并且会忘记睡前的事。国王听说后愈发惶恐，把这件事告诉了大祭司，大祭司听说那个男孩死而复生之后，猛地一拍腿，说不该啊不该，不该让他走了！那个男孩明明是——不死之躯。"

"不死之躯？"

"是的，这是我父亲站在殿中听到的最后一句话，然后，国王就挥手让所有侍卫退下了。国王与大祭司进行了一整夜的密谈，没有第三个人知道谈话的内容。

"这么多年来，我父亲一直在猜想，祭司和国王到底说了什么。

"总之第二天，国王做了两个决定：一个是建造了地下宫殿'银色孔雀宫'，把那个大哭的女婴放进石室里，并且向天下发出了藏宝图；第二个是他们邀请了苗寨的圣姑，想用非常诱人的条件交换同根蛊的秘密。"

第二个人打了个喷嚏："我怎么越来越糊涂了，不死之躯的小男孩，吸引天下寻宝的女婴和苗寨的同根蛊，这明明是八竿子打不着的三件事啊！"

"这三件事之间一定有非常重要的联系。只是这么多年过去了，我父亲一直没想明白，那联系到底是什么。"第一个人递给同伴一张手帕，"总之，不守信用的苗寨人偷走了女婴，利用她的法力，把她培养成了新一代的圣女，与南诏为敌了这么多年；而国王那边，从此对同根蛊就着了迷，特别是他去年大病一场之后，简直是红了眼，不找出同根蛊誓不罢休；而那个不死之躯的小男孩，却再也没有出现过。"

"同根蛊，圣女，小男孩……"守卫一边擦着鼻涕，一边一头雾水地念叨着，突然，头顶上传来了诡异的响声，在木屋顶上沙沙地挪移。

楼上。

杜路僵在原地。

他身上那根粗壮光滑的"绳索"正在紧紧缠绕着他的身体，沙沙地滑动游走，绿色的蛇眼反射着幽光，细长的蛇芯舔向他的脖颈。

黏稠的毒液，从尖牙上滴了下来。

被死死绑在柱子上，杜路拼命地摇晃躲避着蛇头。

巨蛇猛地向前一扑——

"叮！"

冷光一闪，杜路左手从木柱上硬生生拔出一根铁钉，顾不得思考，手腕一转，五指向上冲去，在亡命的关头刺进了巨蛇湿淋淋的腹部，在血肉中狠狠横划出去！

上半截的蛇头还绷紧了向前冲，下半截的蛇身猛地软了下去。

就在这极短的一刹，杜路抬起双脚，一个后空翻，整个人凌空而起，上身还被巨蛇缠绕着，下半身的双腿紧紧钩着木柱，整个人如同一截弯折的弹簧，脑袋在下面，弓着腰，浑身肌肉绷紧地发力，咬着牙想把自己抬起来。

被他这么猛地一拉，已经冲到脖颈上的蛇头又被拽了回来，没有任何犹豫，它再次冲上去，张开森白的尖牙咬向杜路的鼻尖——

"扑哧！"

杜路从一侧抬手，那根锋利的铁钉，刺进了蛇的眼睛。

液体流了出来。

巨蛇仰着头痛苦地扭动，这样黑暗的房间中，它依靠温度而非视力来判断猎物的位置，但突如其来的刺痛，让它放松了对杜路的缠绕，后者猛地发力，硬是靠着腰部和双腿的力量，把自己的上半身从巨蛇身体中彻底拔了出来。

巨蛇回头就追。

杜路两只脚同时踏木柱，借力弹了出去，右手抱住了房梁，整个人便蹿了上去，左手一直紧握着钉头，跳出去的同时猛地从巨蛇眼中拔出，血汁喷溅。

"上面发生什么了？"楼下传来了两人惊讶的声音，他们举着火把，砰砰砰的脚步声在木楼梯上越来越近。

地上，巨蛇带着伤口盘起身，它蠕动着，银亮的毒牙越逼越近。

杜路转过身。

他突然从房梁上跃了下来！一下子砸在巨蛇身上，翻身坐起，双拳猛打蛇身七寸，用力按住又湿又滑的蛇头，狠狠地往地上磕去！在巨蛇头晕眼花的一刹，他亮出了手中的铁钉，银白的直线在黑暗中猛地划开……

门外，两人的脚步声停住了。

杜路抱住身分两半的巨蛇，顺势一滚，躲在了木门背后，屏息以待。

"吱呀。"

门，缓缓开了。

他抱着半截巨蛇，躲在木门背后，注视着火把下两双脚一步步走近，停在地上的一片血腥和半截蛇尾前，两人发出了恐惧的尖叫。

"杜路呢？"楼下那个刚刚打过喷嚏的声音在颤抖，"孟加拉杀死他了吗？快叫人，快叫人围住这间房子！"

身旁，他的同伴也已经吓得脸色苍白，他从腰间取下报信用的长哨，狠吸一口气，将长哨举到嘴边——

他突然向下倒去。

身后，杜路在两人之间静静地站着，左右手各握着一根洁白的蛇牙，猛地插进两人的后背。

一滴闪着光的冷血，浸透屋顶，滴了下去。

两人躺在地板上，松开了手中的火把，越滚越远，照亮了地上红黑一片的血迹。

大火点燃了整个木屋。

杜路刚从他们身上扒下一把钥匙，一根八爪缆绳，滚滚黑烟已经扑了过来，他用钥匙打开了木窗上的铁锁，抬腿翻窗而出，一根缆绳挂在窗台上，整个人顺势而下，火光中一个黑影飞速降落。

黑影又突然弹了回去。

脚下，救火的人群正在彼此呼叫着奔来，杜路扒在燃火的窗台上，猛地发力，长绳一展，他在夜色中高高地荡起，飞向了宫苑中央最高的大殿。手腕一动，八爪缆绳收回手中。他单膝着地在房檐上趴下，像一只来去无影的黑豹，在风声中安静地俯身注视着满园人跑来救火，手臂上肌肉蓄势待发。

"西七北七，西二南一，东三南六……"杜路眯着眼，默记着周围建筑的位置。

这是杜路一直在用的记位法。九岁那年，韦温雪从《集异记》中看了一个故事：王积薪借宿在蜀山一户农家，黑夜里，听见婆媳二人用说话的方式来下围棋，一人道："起东五南九置子矣。"另一个人道："东五南十二置子矣。"就这样，她们无形之中下棋到四更，王积薪将听到的三十六步一一牢记，后来就创造了传世的棋谱。韦温雪那时还很小，摩拳擦掌地跟杜路说："我们也去四川吧！长安人不会下棋的，高手都在山野里！"小杜路听说蜀山里还能学轻功之后，和韦温雪一拍即合。两人揣着小木剑，挥舞着长长的青柳枝，在春日的傍晚笑着跑着，向着南方一路奔去。

这场伟大的旅行却被韦棠陆扼杀。那时他只是个十六岁的少年，跑了一整夜，在黎明金光升起的时候，终于在南郊的麦地里发现了两个熟睡的小男孩。那一刻，少年整头的汗水都在往下滴，他夜里本来在想一定要好好管教弟弟，但早上扒开麦苗终于又看见那张熟悉的小脸时，他脑子里一片空白，只是俯下身紧紧抱住韦温雪。"回家吧。"他在失而复得中抱得越来越紧，"弟弟，不要和我分开走。"

就这样，杜路回去后被爷爷打了一顿，韦温雪却被哥哥驮着，兴高采烈地买了好几个糖人。

屁股朝天地躺在床上养伤，无聊中，杜路也幻想自己在无形的棋盘上下棋。但很快他发现，自己根本记不住哪个棋子下在哪里了。这种娱乐活动太费脑了，他安慰自己：我还是个小孩，我应该用简单一点的方法记位置。他闭上眼，想象以自己为天元画一个棋盘，桌子在东一南一，小狗在北一，院子在西二北二……呼噜，他闭上了眼睛，沉沉地睡着了。

多年后的南诏国，漫天火光与人声嘈杂中，满园的建筑一栋栋开门，人群举着水桶从不同方向冲了出来，像一股股水流交汇在着火点……杜路凝神望着，是那里！东三南六！树林掩蔽中一座毫不起眼的小灰楼，在满园人流奔来奔去救火的喧嚣中，只有它依然紧紧闭着房门！

着火处是西二南一，东二南一处有一座对称的木楼，可以充当缆绳的支点。杜路站在大殿之巅上打量四方：再往南是一片树林，林子中央是一片湖泊，起至东五南四，终至东三南五，而小灰楼就在湖的最南边！

但在小灰楼和东二南一之间，没有任何建筑能够充当支撑点，他必须冒险从树林里穿过去。

九月的南诏，高木正茂盛森绿，那一片树林中光点隐隐约约，应是埋伏着侍卫队，不动声色地阻截任何人接近灰楼。一阵大风吹散天上浮云，月光猛地照亮世界，杜路眯着眼，一瞬间看清了树林中蹲着的数只狼狗。还有湖中央，月色澄明下一只鳄鱼冒出水面，吹起一连串小气泡，又轻轻潜了下去。

月光又暗了下去。

他，动身了。

绳索在黑夜的屋檐上荡开一条长长的弧线，杜路从中央大殿荡向东二南一的木楼，轻盈落下。他在木楼顶上蹲下身，瞄准了一棵茂密而不高出四周的柏木，一个俯跳，风声在耳旁呼啸，他稳稳地砸进树冠中，以枝叶为缓冲，潇洒地单手拽住了枝干，顺利潜入了密林——

然后他就惊动了全林子里的狗。

一时间，世界像是炸翻了天，他像是一粒花生米丢进了热油锅，地面上所有狼狗都昂起头狂吠，离得近的两条灰狗更是捷足先登，双爪扒着树干，一边叫一边往上蹦，恨不得咬着衣服把树上人拉下来。旁边的黑狗不顾脖子上绳索紧绷，急得边跑边叫，像是生怕赶不上一样，硬是拉着侍卫包围了这棵柏木。侍卫们仰起头，几柄火把摇曳着，往高高树干的上方照去——

光芒中，几片刚脱落的叶子，慢悠悠地落下来。

脚下狗叫声震耳欲聋，杜路蹑手蹑脚地缩在树冠里，心惊胆战中用叶子遮住自己的身体，心想这就是小时候没去蜀山学轻功的代价啊，他今日竟被一群狗堵在了树上，传出去还怎么做人。

地上，身形灵巧的侍卫已经开始爬树了。身旁枝叶颤动中，杜路叹了口气，他将绳索的一端绑在树枝上，然后望着前方那一片充满危险的湖泊，无奈地站起身——

"扑通"一声。

他再次一个俯跳，冲向了那片大湖，紧闭着眼冲破了水面，激起一大片银白色的水花四散，在黑夜中格外显眼。

狼狗们瞬间扭头，对着大湖狂吠不止。

湖边的侍卫们举着长戟，戟尖朝前，小心翼翼地包围了湖泊。他们站得很严密，以确保潜水者无论从任何一个地方上岸，都能够立刻被发现。

时间，一分一秒地过去。

大湖平滑如镜。

汗水在侍卫们额上滴落，他们注视着静得要命的湖面，能听见自己心脏怦怦怦的声音。连狼狗都安静了下来，它们一个个注视着湖面，前爪用力地撑着地面，蓄势待发。

湖中人却仍不动。

一个光头的队长终于忍不住了，他用手势命令队员们停在原地，自己则死死盯着湖面，双手紧握着一杆红缨枪，铁尖朝着湖面，弓着腰，一步一步逼近——

就在这时，湖边上浮出了一串小飞泡！

队长登时大喜，双手提枪，黑夜中一道红光高高地刺了下去——

突然顿住。

漆黑的森林里，银白的湖水中，一只人手穿过湖面，猛地攥住了枪尖！

岸上，队长双手握枪向下刺去，额上紫筋绷起，咬着牙使劲儿，红缨枪却不能再动一分！

而那水面上，却明明只伸出了一只手，单单五指握着枪尖，竟能使对方一动也不能动！

身后，侍卫们面面相觑，私语纷纷。

"都别过来！"

队长双脚踩地，大喝一声，双臂痉挛着爆发猛力，硬要把这一丈长的红缨枪插进水里。他生来一身蛮力，被湖中人这么一挑衅，俨然是急红了眼，不压倒对方誓不罢休！

湖中心，却仍只伸着一只手，与他赛力。

两人对峙着，咬酸牙根地发力。岸上，大颗大颗的汗珠在队长的额头上滴落，他的双腿弓得越来越低。湖中人也好不到哪儿去，手背上已然青筋暴起，一个松懈，被长枪猛地向下捅了两寸，湖中人便赶忙伸出第二只手，双手死死握住铁尖，这才抵挡住巨大的力量从长枪上一波又一波地传来。

红缨子在枪上砰砰地颤，一寸寸浸入水中。

突然——

湖中人松手了！

岸上的队长还在咬紧牙发力，对面的力量一空，登时人仰马翻。他往下跌的一刻，双手还下意识地紧握着长枪柄，而湖中人伸手拉住枪尖，使长枪往湖里猛地一坠，队长被拉着，哗啦啦地砸进了水里！

"不好！队长落水了！"原地候命的士兵们终于忍不住，焦急地围了上来，在湖边探着头张望，"队长，队长你在哪儿呀？"

"今夜对不住各位，我走了，改日再见。"

湖中传来了杜路的声音。

话音刚落，"哗啦啦——"又是一阵水声！一个巨大的黑影从湖边猛地蹿起，像是蚱蜢一样，猛地弹飞，在白浪四溅中冲着高高的树冠飞去，在黑夜中留下一道迅疾的水痕。

"快拦住他！"领头的指挥道，"别让闯入者跑了，快去抓他！"

猎狗又是沸腾着狂叫，一只只被放开了缰绳，离弦之箭般冲到高高的柏木树下，双爪挠木干，跳着叫着。侍卫们点着火把，随后便包围了柏树，昂头怒目对茂密的树冠喊话："小贼你已是瓮中之鳖，还不快快束手就擒！"

树冠上，传来了扭动的声响。

"抓！"

一声令下，侍卫敏捷地爬上树，一手握着火把在前，一手扒开了茂密的枝干——

树上，突然传来了侍卫的惊叫声。

"闯入者到底是何人？"树下，领头人焦急地问。

"回……回长官，"树上的侍卫盯着面前人，手中火把在颤，"是……是队长。"

面前，先前落水的光头队长，正瑟瑟发抖地望着他，嘴中塞着一条又湿又腥的鳄鱼前肢。他浑身湿透，被一根缆绳五花大绑着。而缆绳的另一头，正死死绑在另一棵树的枝上，正随着他的拉扯，发出咔嚓咔嚓的响声。

半刻钟前。

杜路从那棵树上跳入湖水中，同时把缆绳一头系在了最粗壮的树枝上。

湖底下。

杜路一把按住落水的队长，不顾后者跟跄挣扎，用手中缆绳一圈又一圈捆住他，在绳子紧绷得发颤的一刻，他大喊一声"我要走了"，然后松开了队长。绳子的彼端，被压到尽头的树枝猛地向上弹去，队长被绳子绑着向上一甩，哗啦啦地在天空中冲飞，接着被横枝绊住，狠狠砸落了相邻的树冠。

火光中，侍卫和队长大眼瞪小眼地望着彼此，身周一片狼藉，镀着火光的树叶飘落。

树下，领头的气得嗓子变尖：

"还愣着干什么！赶紧去抓人！国王现在就在湖边小楼里审问要犯，要是出了什么问题，我们所有人都得掉脑袋！"

湖边小灰楼外。

杜路蹑手蹑脚地站在纸窗外，耳朵贴着窗沿探听。

"……已经一天一夜了，你还是不肯为我制作同根蛊吗？"这是南诏国王苍老而阴沉的声音，"南诏随时可以杀了你，如果你不能证明自己的价值，明天早上就是你的死期。"

"我说过，我做不了。"这是那个紫衣金纱的圣姑的声音，俨然已在重刑之下奄奄一息。

"那你就交代出同根蛊的秘密，本王再找一个能做的人！"

"同根蛊的秘密，就是需要种蛊人心甘情愿地献祭自己的生命，不能有一点胆怯，不能有一点退缩，甘之如饴，九死不悔，完完全全地把生命的力量注入同根蛊，蛊虫才能拥有生死同时的力量。"那个衰弱的女声说，"国王殿下，您能找到一个完全甘心为您而死的人吗？"

国王沉默地注视着她。

"我做不出同根蛊，因为我不甘心为了制作蛊虫而献上自己的生命，所以即使我做出了同根蛊，也是失效的同根蛊。"圣姑喘着气说，"有史以来，成功制作出同根蛊的人，只有十九个，其中十二个人是父母为了自己的孩子而献祭生命，三个人是为了亲戚，三个人是为了爱人，一个人是为了朋友，这些真心真情的付出，才是同根蛊具有魔力的关键。而所有用严刑、逼迫、威胁、利诱制作出来的同根蛊，全部都失败了。殿下您可以去查验，看看我说的话有没有半句虚假。

"重要的不是生命，而是无偿与自愿的牺牲。"

"殿下，如果您能找到一个自愿为您付出生命的人，我可以立刻做出同根蛊来。可是您，找得到吗？"

国王还未语，身旁，佩剑站立的南诏大王子已然被激怒："大胆妖婆，居然在当众挑拨离间！再往上加刑，让她从实招来！"

在女人的哭喊和哀号中，三王子则转过身对国王行礼："父王，儿臣甘愿为您献出生命，请用儿臣的性命来制作同根蛊吧！"

"三哥！此女一派胡言，定然是在说谎呀，她就盼着我们互相争抢为父王献身，千万不要着了她的道呀！"身旁，六王子拍着三王子的肩，看似忠厚苦言地说道，眼中却闪过一片冷光。

"即使是假的，儿臣也愿意为了父王一试！"

面前几个儿子砰砰砰跪下，一片人声嘈杂中，国王疲惫地摆了摆手："都退下！"

"父王——"

"退下！"

王子们一步三回头地走出了木屋，窗外，正在偷听的杜路赶紧闪到了墙后，一只眼偷偷张望着，望着这几个王子被侍卫们护送着离开。

杜路回到窗台下，再次竖起耳朵，却听到了屋内国王几乎暴怒的声音：

"……真的没有吗？这么多年了，他真的没有去找过你们吗！"

圣姑被吓得声音瑟瑟发抖，杜路从未在这个紫衣金纱的女人身上感受到这种恐慌："没有，真的没有，如果不是殿下今夜告诉我，我根本就不知道有这么一个小男孩存在。我……我当时只是想培养下一代的圣女，我看中了那个女婴的魔力……"

"重要的根本不是女婴，是那个小男孩！"

"是，是，我真的没想到他会出现在这个世上——"

"你们毁了一切！我本来可以找到他的，我本来可以拥有他，他身上的力量比女婴重要一千倍一万倍！特别是对我这样一个老人而言，你们几乎毁掉了我最后的希望……"

"殿下，殿下息怒，我可以找到人帮你制作同根蛊，我一定可以找到——"

"找不到他，我要同根蛊又有什么用！"

"对不起，是我们对不起殿下，我现在才发现自己当年做了什么傻事。"女人羞愧又恐惧的声音越来越低，"我现在才明白，当年殿下您把女婴放到银色孔雀宫中，向天下发送藏宝图，其实是为了……用女婴吸引这个人过来，然后用哭声让他睡着。"

"而你们这群愚昧卑劣的苗族人，你们的贪婪摧毁了一切！"国王气得白胡须的影子都在窗户纸上颤抖，"我邀请你们来到南诏，是想和你们在银色孔雀宫中一起设阵，把他留下来！你们甚至来不及等我设宴把话说完，就私自偷走了女婴，没有了诱饵，我还如何捕雀！"

"殿下，对不起，真的对不起，我们当年并不知道……我们现在还可以弥补，一定可以！"圣姑一边惊恐地说，一边涕泪满面地拉住国王的衣角，"再给我一次机会——"

"你还有机会，我却已经没有了。"白发苍苍的国王颓然地坐在座椅上，声音苍凉，"我还等得了十年吗？"

"还来得及，殿下，真的还来得及！"

"二十年前，他和波斯和尚走进了银色孔雀宫，但那时女婴已经消失不见了，我们失去了能让他们睡着的哭声，更无法留下他们，只能眼睁睁看着他们再一次离开。而这二十年中，他却没有一次去找过你们，他是不是已经放弃了寻找女婴？我不知道，如果再一次尝试又落空，这对我这样一个老人而言，实在太残酷了。"国王靠着椅背，双目无神地摇头。

"二十年了，我既渴望又得不到，一边望着镜子里的老人发抖，一边又燃起了青年般的雄心壮志，贪婪的火焰在胸膛间燃烧，烧干我的血，烧着我的心，烧得我彻夜难寐，握紧拳不能安眠。我一边唾弃这样的自己，一边却深陷其中无法自拔；我明知道这是魔鬼在戏弄我，却无法摆脱；明知道到头来一路追寻的可能都是幻想，却身在旋涡任凭摇摆。我本该成为一个清醒睿智的老人，可我竟成了一个有妄想症的混蛋，不要剥夺我的梦，即使是假的，也比直面镜子里那个白发苍苍的老人要强！我，不能接受自己就是镜子里的那个人！"

"殿下——"

"我已经把圣女放回到银色孔雀宫了，藏宝图已经向天下印发，你也准备好同根蛊的事吧。"老国王望着地上浑身血迹的女人，露出了一抹嘲讽又苍凉的笑，"即使到头来一场空，可此刻的我还是要挣扎，脱离镜子中的那个人。"

"一定会成功的，殿下，我这次一定会竭尽所能留下他，请您放心。"

"只怕到时候，你们又会偷走那个人自己跑了。"国王冷冷地说。

"不会的殿下，"女人声音羞愧，低着头看不清表情，"再说了，寨主和圣女都在您手上，我是不敢妄自行动的。"

银色孔雀宫……

杜路一边念着这个名字，一边趁着夜色逃出了南诏行宫。

白山林，陈宁净，圣女小月牙，他在离开前在行宫中探察了一圈，没有找到这三个人的踪迹。既然国王说圣女在银色孔雀宫中，那便只好先去那里一探究竟了。

在封闭寂静的地下迷宫中，一座座巨大石像垂下怜悯的阴影，杜路边回头边走，右脚踏上一块黑砖，"砰!"一支毒箭便冲着鼻尖冲了过来! 杜路一个闪身避开，对上了一双猩红的兽眼。

墙上镶嵌的青铜兽头，猛地张开了嘴，吐出一串飞射的毒液!

杜路拔腿就跑。

一格格黑白地板组成了复杂的花纹，他在里面晕头转向，不时踩到一块地砖就听见"砰砰砰"的声响，又是飞暗器，又是弹出绊马绳，杜路看不懂这地砖的窍门，但是他跑得快呀!

在绊马绳弹出来的瞬间，他"砰"的一声被绊倒在地，同时天上一只巨网降落，左右两边各半只的铁笼向中间合上……但杜路毫不气馁，他飞快地跳了起来，连屁股都不拍地继续奔跑。

这座石像刚刚才出现过，没关系;那只刚刚才被触发过的兽首，第三次以同样的方式触发，没关系;他已经在这里跑了八圈了……没关系!

终于，地上一片狼藉，成斤成斤的暗器暗箭堆得到处都是，杜路单脚噗叽噗叽地踩着那块黑砖，面前，青铜兽首连最后一滴毒液都没有了，空洞地张着嘴巴，却什么都喷不出来，猩红的宝石兽眼恨恨地望着杜路。

杜路拍着手打量着四周，顺着暗器暗箭射出最多的方向，连出了那一条它们拼命想要阻止自己进入的路线——

那一座有着十层楼高的巨大麻雀石像，看上去憨态可掬，鼓着圆嘟嘟的肚子，双翅展开，张着尖尖的嘴巴，圆圆的眼睛仿佛一直在打量来者，等待投喂。

杜路顺着石像的翅膀走上去，一路走到鸟嘴处，望着里面黑漆漆的一片，认命地叹了口气，躬下身，跳进了鸟嘴里。

风声在耳旁呼啸，他在黑暗中不断下坠，一瞬间以为自己要跳楼身亡了:杜路，二十二岁，卒于鸟腹，这个故事告诉我们一个道理，没事不要瞎跳跃……

他的思绪还没结束，突然跌到一片柔软的地面上。

四周漆黑没有一丝光线，他拼了命地眨眼，双手在身周摸索着，摸到地上躺着一个人，呼吸沉沉地昏睡。杜路一下子来了精神，抱起那个人摇晃着:"白先生? 陈女侠? 我是杜路，你听得见吗?"

摇了几下，那人毫无反应地继续昏睡，怀中倒是有一块水晶石，被杜路摇了出来，咕噜噜地滚到地上。

杜路想了想，从自己的胸前揭下一片金符——那还是秋祭夜里，白山林贴到他身上的。此刻，杜路把金符贴到沉睡人的身上，过了一会儿，怀中人揉着眼睛醒来，一开口，是陈宁净的声音!

"杜将军，这是哪里？"

"这是南诏国的银色孔雀宫。"

"什么？我们不是在苗族的秋祭大典上吗，怎么突然来到了南诏？"

杜路一五一十把那夜以后的事情跟陈宁净说了，随后道："既然陈女侠你在这里，白先生想必也在附近，我们找一找他。"

"好。"

两人在漆黑中摸索着。过了许久，杜路不好容易打开了另一间石室的门，进去后，摸到墙角处睡着一个人，便转身对陈宁净说："终于找到了，快把金符给他贴上吧。"

"好！"陈宁净从自己身上揭下金符，贴到了白山林身上，拍着他的背呼喊道："白伯伯，快醒来，我们一块出去……等等！这个人怎么只有一条胳膊？"

陈宁净的手摸到怀中人的肩膀，突然停下。

"糟了！"

在两人来不及把金符取下来的一刻，怀中人猛地站起，冲着杜路迎面一拳狠狠击去！陈宁净还没能还击，一支铁箭就抵在了她的喉前！

"女儿，国王说的那个人来了，快哭快哭！你哭了我们就能出去了！"

独臂的寨主一语落下，石室下方，立刻传来了小月牙声震云霄的哭声。

陈宁净和杜路两人登时双手抱耳。

只有独臂寨主，身上贴着那片金灿灿的符文，在哭声中屹立不倒。

"小月牙！你不要哭了！"陈宁净一边捂着耳朵，一边无奈地对着脚下喊道，"来的人是杜路！"

杜路双手抱耳，鼻血快流到嘴上了也没法擦，狼狈地吸溜着。他也听不见陈宁净的话，只是震惊地盯着地面，声音因为鼻血而变了腔："女儿？你怎么可能是他的女儿？"

"父亲，来的人真的是杜路吗？"脚下，小月牙一边抽泣着，一边断断续续地问。

"不是他，杜路的声音你还认不出来吗？"寨主警惕地说，"女儿你快哭，要是让这个人跑了，我们就得一辈子被南诏人关在石室里了。等我们出去，我带你去救杜路。"

"他真是杜路——"身旁，陈宁净虽然听不到寨主在说什么，但是感受到脚下哭声的魔力越来越大，愈发无奈。

"不，你不可能是他的女儿。"杜路也听不到别人在说什么，鼻音很重地自言道，

"我明白了。当年从南诏国偷出你的人，就是他和圣姑！"

"你在说什么挑拨的话！"面前，独臂男人猛地急躁了起来，举着那一支铁箭抵住了杜路的嘴唇，阻止他说下去。

哭声中，杜路被抵住嘴巴，捂住耳朵，被黑暗蒙住眼睛。那只锋利的箭头越逼越近，要像二十年前暴雨夜森林旅馆中那一幕一样，狠狠地插入他的身体——

杜路猛地动了。

他把自己的身体贴到了面前寨主的身上！

那一方金色的符文，就这样横亘在两个人之间，贴着两个人的衣服！

寨主的瞳孔吃惊地张大，杜路的眼神却忽地清明起来。

他放下了捂住耳朵的双手，一手握住箭柄上苗族人的独手，另一只手则猛地掏了下去，握住两人共用的金符，猛地一揭下来——

哭声中，寨主的身体登时颤抖。

"别……哭……"

他话还未落，整个人已踉跄着倒地，在令人眩晕的哭声中倒在地上，闭上了沉重的眼皮。

"别哭了。"杜路擦干净鼻血，声音恢复了正常，"小月牙，真的是我，我来救你们了。"

"秃噜？"脚下，传来了少女带着哭腔的声音，"这里好黑，南诏人说如果我抓不到一个小男孩，就把我一辈子关在里面，你们快下来，我好害怕这里。"

"好，我们马上下去。"

少女却仍忍不住啜泣。

杜路忍不住道："不要哭了，你听我说：你根本不是苗族人，这个寨主也不是你的父亲！"

震惊中，她终于停住了哭声。

身旁，陈宁净也放下了双手，神情复杂地听杜路说道："二十年前，圣姑和寨主从南诏国偷走了你。我刚刚亲耳听圣姑说的……"杜路一五一十，将在行宫中的听闻转述了出来，末了道："他们把你关在这里，就是为了吸引当年的小男孩过来。这件事背后，可能有一个很大的阴谋。"

"我不相信。"地下传来了她有些柔软的声音，"我就是苗族人，我从小在苗寨里长大，阿爸对我很好，教我唱山歌，给我打最好看的银镯，我小时候喜欢草编的小蜻蜓，他便每天早上编一只，放在我的枕头上陪我玩。有一次我半夜里起来，看见外面有灯光，这才发现他坐在桌子前，独手拉着草茎，草茎的另一头竟然咬在嘴里，他半歪着头，小蜻蜓就是这样在口水中湿淋淋地一歪一扭地编出来的。我那时觉得好脏，推门出去大发了一场脾气，原来我每天玩的蜻蜓都是口水里编出来的，我把所有蜻蜓都扔了出来冲阿爸发火。阿爸有点愧疚地看着我，安静地把所有蜻蜓扫了出去。第二天早上，我醒来的时候，看见枕头边上又出现了那双黑黄的手，握着一只小蜻蜓，我瞪着阿爸，他的身体往后缩了一下，说：'这不是我编的，这是街上买的，很干净。'"

"小花——"

"不管你们怎么说，我都不会忘记那只小蜻蜓的。"脚下，传来了小月牙闷闷的声音，"总之大家出去后，你就跟着两位侠客回长安，我就跟着阿爸和姑姑回苗寨。我们各做各的事，谁也不要管谁了。"

杜路叹了口气："那也好……"

"这件事恐怕不能这么了结！"身旁，突然传来了陈宁净颤抖的声音。

"陈女侠，你说什么——"

"这是林家的竖斩重剑留下的切口。"地上，陈宁净摸着寨主的断臂处，浑身在发抖，"我明白了，我终于明白了，二十年前森林旅店中那个杀死林乐、逼疯苏照的神秘人——就是他！"

"什么！"

陈宁净对着杜路和小月牙，将二十年前舅舅苏照和林乐的故事讲了出来，一时间，阴沉的寂静笼罩了漆黑的石室，三人呼吸声凝重。

"我……我……阿爸不是会做出那种事的人，你一定是搞错了。"

杜路陷入沉思。

陈宁净说："此刻要想弄清楚当年的事，唯一的证人就是圣姑。杜将军，请你带我找到南诏国王，他与苗族人的恩怨我不关心，但我舅舅苏照的事，我一定要查到底！"

"我也要去！我要把我姑姑从南诏人手中救出来！"

杜路虽然担心重回南诏行宫太过冒险，但更担心陈宁净和小月牙擅自行动，想了一会儿，终于说："好，我可以带你们回南诏行宫，但是在事情水落石出之前，陈宁净不能擅自杀人，小月牙也不许哭不许下蛊。一切听我命令再统一行动，能做到吗？"

陈宁净点头，小月牙也闷闷地说好。

三人达成一致后，杜路和陈宁净在不同石室间搜寻着，终于找到了昏睡的白山林。白山林被唤醒后，凭着记忆走进了核心石室，救出了小月牙。陈宁净背着昏睡的寨主，一行人让白山林领队，顺利逃出了银色孔雀宫。然后，杜路带着他们，回到了湖边小灰楼旁。

"……殿下，虽说您应怪罪我，但我想，我们之间还是有许多误会的。"刚刚还在刑架上哀号的女人，此刻已经坐在软座上捧着一杯热茶，单手抚了抚自己的鬓发，"比如说，当年偷走女婴的人，其实并不是我们。"

"不是你们是谁？"

"是白山林。"

"哦？"

"殿下您有所不知，二十年前，趁着您和寨主见面的时候，我们一行人的确偷偷潜入了银色孔雀宫，可是我们一进入石室，就被哭声催眠睡了三天。"女人的声音变得柔媚，"等我们醒来，女婴就不见了，一路追过去，才发现是白山林偷走了。"

"所以，你们是从盗王手里又偷了出去？"

"那一夜的故事可传奇了。"漆黑鬓发下，女人眨着妖媚的眼睛，"我可不敢说，就让它烂在心里吧。总之，女婴并不是我们从殿下这里偷走的，误会是不是可以解除一些了？"

"误会？"国王突然冷笑一声，"怕是嫁祸吧！"

"殿下何出此言？"

"那西蜀武林死了一个疯了一个，偏偏又都在我的银色孔雀宫里。武林与南诏结了二十年的梁子，之前我还纳闷，怎么在女婴催眠的睡梦中还能杀人，你这一说才点醒了我，既然从武林手中偷人的是你们，那杀人的怕也是你们吧！"

房檐上，陈宁净眉头一皱拔出了身侧佩剑，杜路伸手拦住了她，示意继续往下听。

"殿下，这种玩笑可不能乱开呀。二十年前那一夜，我们从白山林手里抢了女婴就一路逃回了苗寨，哪有时间杀人呢？恐怕是他们内讧了吧，武林人任侠使气，决斗失手也是常事，怕是死者技不如人才被……哈哈哈他不肯忘，林乐那个傻瓜，他捂着耳朵不肯睡觉不肯忘记，我们能怎么办？只好用一把刀捅破他的内脏，把他搬到银色孔雀宫里慢慢流血，别人都睡着而他在死去，他宁愿死都不肯忘，那他就去死好了，到头来还是没有一个人记住，他拼命保护的表弟也成了一个疯子，疯子可是记不住任何事的！"紫衣金纱的女人笑得眼角出泪，突然间色变惊恐，捂住了自己发颤的嘴巴，恐惧地盯着面前的国王，"怎么回事！我怎么突然就……"她的目光颤巍巍地移向手中的热茶，发出了不可思议的吼叫："东莨菪？你竟然给我下了东莨莕？”

老国王嘲讽地看着她：“下一个问题，制作出同根蛊的办法，到底是什么？”

“我不会说的，这是我的力量，古老的奥义怎么可能分享给异邦人……”女人挣扎着捂住自己的嘴，却又在吐真药的作用下浑身发颤着开口，“找到一个真心为你献祭生命的人，在他的血管里种下蛊虫。月圆之夜，将他的血管打开，在浑身血液快要流尽的时候，蛊虫便会随着最后两勺血流出来，你要拿一个小盒子小心地接住，盒中的血便凝固成为晶莹的碧血。你想要下蛊的时候，便取出一勺碧血一只蛊虫，教唆你欲下蛊之人喝下碧血。而喝下碧血的两个人，两只蛊虫便会被血味吸引而钻进他们的身体，使他们从此生命相通，疾忧互扰。直到十年之后，蛊虫长成，两人便生死同时，黄泉共赴！”

“看来你刚刚也并没有说假话。”国王一头白发靠在椅背上，若有所思，“一个甘愿为我牺牲的人，我该去哪里找到这个人，莫非只能牺牲自己的儿子？”

“你的儿子？”女人突然爆发了大笑，眼神惊恐，语气却愈发戏谑和嘲讽，“他们会为了你这个老不死的牺牲？你在做什么春秋大梦，傻瓜，老傻瓜，他们计划着今夜就要杀了你，你猜是谁要杀了你？”

国王猛地站了起来：“谁？”

“大王子。”

“我早就知道是他！”国王像是一只被困于铁笼的长鬃毛狮，焦躁地踱步，“他早就等不及了！”

“还有呢。”女人不由自主地咯咯笑，“还有三王子。刚刚他们转身离开的时候，大王子塞了刀子给我，三王子塞了盒子给我。”

“一对混蛋！”国王拔出雪亮的长剑，“我看他们谁敢来！”

“不要急，还有呢。”女人拼命地抬手想要捂住自己的嘴，脑袋却扭动着避开自己的手掌，朱红的双唇在指缝间一开一合，“还有六王子，他塞了金子给我，要我在你的尸体旁写上大王子和三王子的名字。”

屋内，国王终于意识到了形势的严重性，瞬间色变，举起了呼叫侍卫的长哨——

檐上，正在俯身倾听的一行人抬起头，望见了宫墙外逐渐包围行宫的军队，明亮的火炬密密麻麻地连绵成线。

“呼！”

国王吹响了救驾的哨声。

“啪！”

一团蚯蚓般粉红色的蠕虫，一条条昂着头，从国王的腹部钻了出来！

哨子和长剑都从他的手中落了下去。

他震惊地望着面前的女人，一双浑浊的老眼逐渐浸满泪水。

面前，紫衣金纱的女人曼丽地站起，纤细嫩白的五指托着一方栖满蛊虫的木盒——早在秋祭夜的昏迷中，她随身的虫盒法器就被南诏人剥夺了，但刚刚三王子在离开时悄悄还给了她。老国王自以为她手无寸铁，因此放心地审问，却不知自己的儿子已经把她变回一颗定时炸弹，今夜就将父亲炸得灰飞烟灭。

一条条蛊虫在盒中舞动，女人笑得浑身发抖："老傻瓜，如果你不寻求永生的话，你本来可以活得更长；但你对永生的寻求，让你的儿子们绝望。"

乌黑的血，从老国王嘴角流了下来。

他仰面倒了下去，手脚僵直，双眼瞪着天空不能合上。无数条虫子在腹中穿行，产下一粒粒白卵。

"保护陛下——"

窗外的喧嚣声越来越近，女人将虫盒收回衣衫间，擦干净自己的手指："军队都来了，我也该走了。"

"你要走到哪里去！"

屋顶上，突然传来了"啪啦啪啦"一阵巨大的破碎声！

无数砖石瓦片瞬间砸了下来，露出一个漆黑的大洞，洞的上方，持剑的女青年喘着粗气望着她："妖女，今夜就是你的死期！"

话毕，陈宁净挣开了身后杜路的手，猛地跳起，一道黑影凌厉，双臂举剑狠狠地竖劈而下。

"陈宁净！"

眼看陈宁净和圣姑你死我活之态，杜路转身望向白山林："白先生，你且去拉开他们——白先生？"

身旁哪里还有什么白先生，一眨眼的工夫，他已经出现在地面上，与陈宁净你攻我守地配合，招招要置圣姑于死地，在过招的间隙抬头红着眼吼："杜将军你别管，这是武林的事，苏照、林乐都是我的旧友，当年是我偷走婴儿将灾祸引向了他们，又在奸人的计谋下把真相遗忘了这么多年。如今水落石出，自然要手刃奸人以告林乐的在天之灵！"

"且看你们有没有这个本事了！"圣姑虽以一敌二略显仓促，但依然危险致命：不仅手中蛊虫如暗器般灵活地偷袭，剧毒无孔不入地扑向面前二人；而且地面上数百条蛊虫已经从国王尸体里钻了出来，将三人团团包围，越围越小，有些已经跃跃欲试地咬向陈宁净的脚踝——

"别打了！外面南诏军队来了，再打就被他们一锅端了，你们先停手——小月牙？小月牙你添什么乱，给我回来！"

杜路伸手去抓，可红衣少女像一只爬墙的猫一样，灵活地躲开了他的五指，从墙壁上轻盈跃下，伸出双臂挡在陈宁净和白山林的剑前："我姑姑不是你们说的那个人！你们再伤害她，我就用哭声把你们都催眠！"

"闪开！"

陈宁净一把推开小月牙，闪着冷光的长剑径直斩向圣姑的脖颈，圣姑旋转闪避，同时双袖扬起，袖底飞出数条蛊虫直冲陈宁净的鼻尖，陈宁净只好收手旋剑砍虫，突然，一条蛊虫飞到了白山林的眼中！他猛地趴下，发出痛极的吼叫。

"白伯伯！"

陈宁净焦急地蹲下身，一边单手抢剑格挡蛊虫袭来，一边查看白山林的情况。

"他没救了。"女人的声音冰冷而妖魅，她缓缓踱步而来，居高临下地打量着蹲在地上的二人，"白山林，二十年前放了你一回，今天居然自己来找死，真是活腻了。还有你，陈家的女孩，想给你舅舅报仇？你和你舅舅真是一对大傻子！当年林乐就死在你舅舅苏照面前，他拼了命也要抱住苏照，一声声大吼着喊苏照醒过来，肚子被寨主的刀捅来捅去，也完全不管不顾了。可苏照呢？苏照就呆呆地站在那儿，安静地看着林乐被一刀一刀捅死了。"在吐真药的眩晕中，她越说越兴奋得浑身发抖，甚至顾不得抬手捂住自己的嘴，"而今天晚上，白山林也死在你面前，你不也只能看着他死去？痛苦吗？你也会发疯吗，陈家和苏家要有两个疯子了吗！"

陈宁净痛苦地看着她："不要说了！"

"你们都将死去，而我，将是这场寻宝游戏最后的赢家。"圣姑慢条斯理地抚摸着少女的头顶，发出了亲切的母亲般的声音，"小月牙，我们走吧，到银色孔雀宫里去，等待那个人到来。"

"姑姑……"

那个注视着陈宁净和白山林的背影，浑身都在发抖，她猛地转过身，眸子中是一片摇晃与破碎："所以他们是对的？我根本不是苗族的孩子，而是你们用阴谋、卑劣和凶杀偷来的孩子？"

"小月牙，"女人温暖的手掌抚摸着她的脸，"你是我的孩子。"

少女猛地推开了她：

"不要再碰我！"

"你小时候并不是这样的。"女人露出了有些受伤的神情，"那时你整日在哭，只肯亲近我，只要我抱着你，你就安睡在我怀里，柔柔软软带着奶香的小人儿，你一直很乖的……"她说着说着，抬手抚摸少女的鬓发，"我爱你，和这些人没有关系。"

少女低头，突然说：

"滚开。"

抚在鬓发上的手突然停住，圣姑错愕地望着她："你说什么？"

"你走吧。"小月牙后退一步，"寨主睡在房檐上，你们走吧。我不原谅你们的罪恶，但也无法忘记你们的恩情，放你们离开，就算是我最后的报答。"

"你呢？你要去哪儿？你怎么可以离开我？"

沉默了一会儿，小月牙说：

"我本来就不属于你。"

"我爱你，我的阴谋，我的奸计，我的谋杀，都是为了得到你，你是一个任性的孩子，你不理解我的爱——"

"你们已经用爱捆绑了我的半生，用拥抱、小蜻蜓和一间绘梦的草屋。但我该走出那间草屋，走向更广阔的新世界。我要去寻找我的身世了。"少女轻声说，"我该去看看真正的大海、鲸鱼、草原和雪，而不只是梦的世界。"

"小月牙，我舍不得你。"女人目光仍是饱含爱意的，声音却已变得恶毒，"我永远爱你，我也可以带你去看外面，我们天涯海角地春游，我会帮你、陪你……囚禁你，说服你，让你羞愧，让你自我怀疑，让你单纯得像个傻瓜，让你善良得不可救药。你逃到哪里，我都会把你抓回来，这样巨大的力量，我怎么可能会让你离开！"

女人终于意识到了什么，双手挣扎着捂住自己的嘴："不是这样，你听我说……给我滚回来，你一辈子不可能离开我的，休想！"她一声狰狞的吼叫，然后死死捂住自己的嘴，挣扎着不再说话。

面前，愤怒在眼眸中燃烧，少女浑身哆嗦。

陈宁净一声大吼，提剑向圣姑杀来，又被她举刀挡住，两人僵持间，满地蛊虫蠕动逼来，地上的白山林还在捂着眼睛喘气，窗外军队越逼越近，陈宁净咬牙用力得脖颈发红——

"杜将军！"她突然喊道，"你还要观战到什么时候？"

房檐上，正蹲在洞旁看得津津有味的杜路被突然点名，有些不好意思地说："我在等白先生。"

"他都快死了……"

突然——

一道迅疾的身影绕过僵持的二人，瞬间到达圣姑的背后，绳索勒上白皙的脖颈，猛地拉紧！

圣姑震惊地回头，却对上了盗王白山林带着微笑的眼睛。

"兵不厌诈。"他微笑着说，对屋檐上的杜路点了点头，"将军好眼力。"

半刻钟前。

陈宁净旋剑斩虫，一截粉红的蠕虫喷着汁冲向白山林的脸，白山林躲闪不及。

"砰！"

在白山林已经闭上眼认命的一刹，一根锈迹斑斑的铁钉猛地从高处冲了下来，刺穿蠕虫，将其死死钉在地板上！

正是杜路先前杀死巨蛇的那根钉。

白山林感激地抬头，看到了杜路瞬间缩回怀中的右手。后者对他比了个"趴下揉眼"的手势动作，他便依言照做了，使圣姑以为他已身中蛊毒，放松了警惕。

直到这最后一击。

"我不会轻功，楼下这么多蛊虫闪避不及，就不给大家添乱了。"杜路也冲他们拱了拱手，"二十年的大仇得报，恭贺二位。"

"如果不是因为营救杜将军，我们也不会一步步得知真相。"白山林一边说着，一边捆绑着圣姑，"还请杜将军与我们同行，先将此妖女押送入蜀，随后我与小净护送杜将军回到长安，以复无寒公子之命。"

"韦二？"杜路一愣，随即笑了，"原来是他叫你们来的。他还好吗？"

白山林还来不及回话，突然，天地间一阵地动山摇，洁白的光芒从房顶大洞上笼罩了下来，众人昂头望去，却看见了梦境一般的景象——

漆黑的夜幕下，一个年轻道士骑着一只丰羽轻盈的白鹤，徐徐然降落在房檐上，微笑着转过头，温柔地开口道："小月牙，你还不随我回去吗？"

周身洁白的光芒，温暖得让人近乎落泪。

小月牙梦游般注视着他，神情恍惚，缓缓站起了身。

她突然重重地点头。

光芒中，她向他奔跑而去，红裙摆如火蝴蝶一般翻飞，她激动地望着他，浑身战栗地望着他，虽然这是两人第一次见面，但在看到他的一刹，她便恍然惊觉这是穿越时空与星海的多年重逢。他们熟悉得不可思议，他们像星球一般产生着天然的亲切感。

在颠沛分离和漫长浪游的尽头，她奔跑着与他重逢，归去了，他们要归去了！

"站住！"

突然，身后传来了女人惊惶又急迫的呼喊声，没人看清她是怎么冲出来的，眼前一道紫衣金纱的身影带着浑身的绳索，死死跟着红衣少女奔跑的背影，跌跌撞撞地追去："小月牙不要走！回来！"

她声嘶力竭地大喊，像是在火灾中抢救自己的财宝，又像是一个绝望的母亲："回来！不要走！"

红衣少女梦游般冲上房檐，一步步走向白鹤上的青年，并不回头。

"是他吗？二十年前洱海旁拥有不死之躯的小男孩就是他对吗！"耀眼的圣洁光芒中，圣姑一边追，一边盈着满眼热泪盯着青年，焦急之中突然兴奋得浑身战栗，"快哭！小月牙你快哭！快把他留下来，一定要留下来！"

红衣少女站在白鹤青年面前，夜风中衣袂飘扬，军队的嘈杂和火光在屋檐下绵延。"走吧。"他微笑着伸出手，"你已经流浪了太久。"

他拉着她坐上白鹤。

巨大的白翼在风声中展开，少女和青年在这个世界上飘飘摇摇地离开。圣姑伸手去抓，只抓到了一缕飘屑的白羽毛，白鹤沿着房檐滑翔了数尺，她眼看已经追不上，声嘶力竭地吼道：

"去死！"

箭雨般的蛊虫从她袖底齐发，瞬间冲向了小月牙的后颈！

这一刻发生在电光石火之间，众人反应不及，坐在小月牙前面的青年没有看见，陈宁净和白山林还站在楼下，唯有站在房檐上的杜路大喊一声："小心！"

他扑了过去，把少女和青年从白鹤上向左推去，三人一起滚出了蛊虫的范围。

风中一条微小的蛊虫，猛地擦过他的手背。

杜路的脸色瞬间变得青白。

"杜路！"

小月牙爬起身来，焦急地查看他的伤势，帮他吸出一口乌黑的毒血，却不能阻止整条手臂上红斑蔓延。

面前，圣姑望着他们，一步一步逼近。

"你是想杀了我吗？"小月牙颤抖着抬头，"断魂蛊，你刚刚是下定决心要把我一击毙命吗？"

姑姑居高临下地望着她，露出了二十年来从未有过的陌生神情，那亲切的语调一字一字落下：

"这样巨大的力量，得不到不如毁掉。我爱你，我想彻底地拥有你，可若你非走不可，我就只能杀了你！"

"解药！"她颤抖着说，"给我解药。"

"我教了你二十年，你竟然还不能记住，断魂蛊没有解药。"在白山林和陈宁净的举剑包围中，女人神色自若，"我本想编出一个解药，让你们放走我的，可那南诏的老混蛋竟给我饮下了东莨菪，今夜我无法说谎。他现在很痛苦，我劝你最好帮他了断。当然，你也可以用各种方法帮他吊着命，我记得老寨主曾经用这种方法给杀父仇人吊了十三年的命，让他尝尽血脉受阻、浑身寸断之苦，越到最后越是求死不得，痛苦得夜夜哀号，直到目睹自己的身体裂成一块块而死去，记得吗？"

小月牙双目发红地盯着她。

"从光明的顶峰上无限下坠，注视着自己日复一日地毁灭。衰弱至死亡，无解的病痛，这就是杜路从今以后注定的命运。"

身后，两柄长剑架在了女人的脖子上。

"不劳你们了。"她回头注视着白山林和陈宁净，"我自己走！"

话落，一团蠕动的粉虫穿破她的腹部钻了出来！

嘴唇青白中，美艳的女人注视着满面震惊的小月牙，抬手，轻轻抚摸着她的头发："真可惜没能杀了你。

"我爱你。"

她仰面倒了下去，身旁，房檐上还躺着昏睡的寨主。

众人这才注意到，刚刚的混战中，寨主被黑暗中的一地蛊虫钻得不成样子，独臂的身体浑身红斑，嘴唇乌紫，已经没有气息了。想必圣姑在放出蛊虫时并没有意识到，寨主已经被他们从银色孔雀宫中救了出来，正放在房檐上。

两具乌黑的身体，就这样并排躺在冰凉的夜风中。屋檐下，火焰在南诏宫墙中燃烧，南诏三位王子带领着数队人马，兵变与夺权正在鲜血厮杀中上演。

小月牙抱着昏迷的杜路，给他饮下自己的血。

"你能救他吗？"白山林和陈宁净凑上去焦急地问，"无论有什么办法，我们都愿意试一试，需要什么药材，我们都可以去找！"

小月牙轻轻摇了摇头。

她拼命憋住自己的泪水，因为她不想让别人受到她哭声催眠的影响，只是眼睛发红地望着杜路："姑姑没有说错，断魂蛊没有解药，将一生一世地缠绕着他，使他的浑身经脉渐渐断掉，但又是时断时好，总是给人一丝希望，又让人不断陷入更深的绝望。他活得越久，承受的痛苦越深，直到十三年后再也承受不住，浑身血肉一块块一寸寸地断掉，他将在剧痛与衰弱之中，孤独地走向死亡。"

白山林不忍地吁了口气。

"躺在这儿的人本该是我，是杜路救了我，而我害了他！"小月牙昂头望着夜空，不让自己的泪水流下来，"我欠他一条命。"

"小月牙姑娘，这是场意外，你不要太过自责。"

"不，你们不记得了。"小月牙昂着头摇头，"是那夜我以秋神之口宣判处决他，才导致今日他的一生之祸。真正的凶手，是我。"

众人都沉默了。

"那，小月牙，你还与我回去吗？"身后，一直沉默的青年道士抚着白鹤，歪着头问她。

小月牙闭着眼摇头："不，我要留在这儿，想出一个救杜路的方法，把命还给他。"

"也罢，时机未到。"青年重新骑上白鹤，对房檐上的诸位拱手道，"我叫李鹤，你们要记得我的名字，因为我们还会再见。"

白光璀璨中，青年高骑着白鹤，乘风飞去。

"等等！"小月牙仰头喊道，"我们什么时候会再见？"

"等你想明白南诏人为什么要抓我的时候。好好想一想，你，我，同根蛊，三件事到底有什么联系？"

青年轻飘飘地留下这句话，在黑夜中驾着白鹤展翅飞远了。

房檐上，众人茫然地打量着彼此。脚下战火声突然逼近，漫天火箭中，白山林抱着昏迷的杜路，陈宁净背着小月牙，身形轻盈地逃出了南诏行宫。

"小月牙姑娘，我和白伯伯要带杜将军回蜀地医治，你要去哪里呢？"

"我可以跟着你吗？"

"跟着我？"陈宁净回头望着背上的小月牙，柔声说，"我倒是喜欢小月牙姑娘，只是蜀地路途艰难，怕你一路太辛苦。"

"没关系的。"红衣的小月牙轻轻摇了摇头，将脸颊贴在陈宁净靛蓝衣衫的背上，轻声说，"带我去武林吧，我从小被关在屋子里，真想像你一样自由自在地生活。"

夜空明星下，陈宁净垂下漆黑斗笠，望着她笑了："江湖的险恶，姑娘还是不知道为好。"

"你也是个姑娘，为什么说我？"

红面纱上，那一双明亮如水的眼睛抬起，熠熠地望着陈宁净："你是我见过的最勇敢、最有侠气、最不一样的女孩，我觉得你比男人们都厉害，我也想成为你这样的人。"

星星的浮光在两人之间跃动，陈宁净眼中笑意愈浓，她突然轻快地说："那好，既然小月牙姑娘也喜欢我，我就把你带回家去吧。"

在山野间赶路一个多月后，他们到达了西蜀陈家。

杜路在摇晃中睁开眼，他恍然间觉得自己做了一场大梦，醒来时，秋光在梁上跳跃，草木青翠，落叶温柔地摇荡。他恢复了气力，伸着懒腰走出房门，年轻矫健的身体再次充满了力量。武林旧友们一个个过来看望他，脸上都是久别重逢的庆幸，大人们拍着肩膀拥抱彼此。孩子们在秋风庭院里跑来跑去，陈宁净的弟弟在对着小稻草人练剑，见到杜路就激动地大叫；而她的小妹妹躲在墙角里，怎么拉都不出来，低头抱着自己的小皮球。

"杜将军！"

门外一匹疾马跨槛而来，马背上的人匆匆跳下，他手捧急报望着杜路，却欲言又止。

"怎么了？"杜路连忙扶起他，见他不语，就望向身边的众人，"发生什么事了？"

大家的目光都有些躲闪。

"我已经等了一年了，实在不能再等了。"杜路望着众人，长长叹了口气，"其实我心里早有准备，是不是二季已经兵变夺权了？"

"不……是赵琰他逼近宫门了。"

杜路猛地怔住。

"两个月前，就在杜将军你们因为昏迷而被南诏人从苗寨劫走的时候，千里外的黄河边上，赵琰斩杀了季光年、季茂年二兄弟，然后夺了大军折回关中，一路西进打过去了！陛下与幼公主南逃入蜀，紫微宫中只留下太后一人。如今，大良的命运已经到了一触即崩的时刻了！"

"陛下和幼公主安全到达四川了吗？"

"没有！我们派了兄弟在蜀山各道上一直搜寻，却怎么都等不到陛下等人的消息，韦二公子也联系不上，只怕情况愈发不妙了……"

第四十六章

十三年前。九月。蒲津兵变。

秋九月，北狄来犯，赵琰暗通高城，不战而引兵退守雁门关，传信长安，谎报大军来犯，忻代失守，晋阳岌岌。国舅仓皇带禁军往山西支援，却不料赵琰早已金蝉脱壳，带着精锐骑兵从晋阳一路潜行南下，奇兵突袭，夜夺蒲津，而后假冒驻兵，在黄河西岸静候禁军到来。

这是英雄该葬身的地方。

黄昏的残阳愈发凄艳，蒲津关的高垒垂下漆黑凝重的影子。马背上，边俊弼沉默地望向远方，黄河惊涛在天幕金光之下放肆地翻滚咆哮，白水泥沙，一泻千里，在秋日的蓝天下浩浩荡荡地奔流，张开大嘴吞噬一切渺小的来者。

若我今夜死去——

他想，那就葬身于此，千古沧浪为我埋骨。

"边哥，你会害怕吗？"

边俊弼转头，对上了一双浅灰色的眼睛，那皮肤奶白的少年在金光中望着他，老老实实地说："我是有些怕的。第一次亲眼看见黄河，竟比我想象中还要浩大，真是震撼极了。"

也真是残酷极了，边俊弼心想，眼前似有千卷史稿如鸦羽翻动，悲壮得让人喘不过气。

黄河之水天上来，由北向南一段滂湃而下，穿过连绵的高山峡谷，激流飞溅在东西两岸分割出晋与秦两片古老的大地，隔着一条黄河天堑，河东与关中对望。这是两个足以成霸业兴王道的起事之地，一边是山河四塞的八百里秦川，一边是河东都会的用武之地。千百年来，多少王朝纷乱的兵马向西踏过，又有多少强者的霸业向东蔓延。黄河，黄河，誓血决战绕不开的黄河天险！

文公三年，秦伯伐晋，济河焚舟。

鲁昭公元年，秦公子鍼出奔晋，造舟于河。

周威烈王七年，魏国由龙门渡过黄河，修韩城，占河西，使秦国不得东出，百年之间两国爆发了五次河西之战，直至秦惠公时全歼魏军，尽占河西。秦国从此向东展翼，剑指六国。

至于楚汉争霸之时，魏王豹在黄河东岸陈兵于蒲坂，韩信佯装渡河，暗地里则伏兵走夏阳，在龙门渡处让军队乘着木罂悄悄渡河，而后突袭安邑，从后方包抄了魏王豹，一举定河东，扼三秦，而后进击赵代，东下井陉，由此一展大汉的宏图基业。

边俊弼望着眼前波浪滔天，心中热血在涌：就是这一段黄河水，秦伯曾渡之，始皇曾临之，吴起曾克之，韩信曾下之，而如今，他也要从这里走过去，要么死在它身上，要么就彻彻底底地征服占有它！

"什么都不要怕。"他注视着面前的灰眸少年，"杀过去，杀过去就是我们的时代了！"

从今夜起，史卷上也该写上他的名字。

"我还是有些害怕。"马背上，少年攥紧缰绳大口呼吸着，"我开始想家了，代州现在正是秋高草盛的时候，边哥，你想回去吗边哥？"

"不。"

边俊弼低头，宽帽下露出一小截俊美的下巴，他轻声说："我是罪臣的儿子，从我被流放到代州那天起，就没有回去的路。"

灰灰第一次遇见边俊弼，是在一个燥热的夏天，坟场中绿光飘拂。

那年灰灰十岁。

他又挨了一顿打，跑到破破烂烂的墓碑后，躺在夜风里慢慢睡着，醒来时眼角还噙着泪，却已记不得受过什么委屈。肚子咕咕地唱歌，他脏兮兮的手一摸兜，居然摸到了半块发臭的窝窝头，便咧着嘴笑了起来。

村民们说他有点傻，只有阿妈说他是个善良的孩子。

可惜阿妈走了，去追天上的星星了。

他一边捧着窝窝头吃得满嘴碎屑，一边仰头望着满天明亮的星星一大颗一大颗地垂落，如同阿妈的目光，温柔地吻着他鼓囊囊的脸颊。

就在这时，他看见人们围住了一个少年。

火把连绵的光芒中，那少年身形挺直，从头到脚披着漆黑的斗篷，宽帽下隐约可见俊美的侧脸，正沉默地打量着人群，双眸像是昂贵的黑曜石，在浑身尘土疲惫的衬托下有种奇异的光芒，那是支撑着他一路逃命不肯倒下的东西。

这个少年叫边俊弼。

他的父亲边令梓曾是陕州水陆发运史，但半年前一场盐税案的披露，使边家几乎遭遇了灭顶之灾。边令梓死在狱中，妻女被变卖，年仅十四岁的儿子边俊弼被流放到偏远苦寒的代州充军戍边。一路上押送人对边俊弼极尽折磨，而他终于抓到时机，在即将到达代州的时候逃走了。他刚逃到这个边陲小村，却不料这里的村民对陌生人如此警惕，深夜中众人持火把将他堵在了这里。

火把中，边俊弼抬头与众人对峙。

他身上尚带着贵公子的威压，眼神又极其沉静，与稚嫩的面容和浑身伤痕构成了一种奇妙的冲突，使村民们摸不透虚实，围着他不敢轻易上前。

突然，夜幕下一阵大风呼啸而过。

漆黑宽帽被猛地扬起——

"抓住他！"村长高举着火把，另一只手指着少年的额头，"他是逃犯！快抓住他！"

火光之下，黑袍少年英姿星目，但飘拂的宽帽再也遮不住额头上一行漆黑的大字：罪臣之子，刺配代州。

跑！

他脑中只有一个想法，在众人冲上来的一刻，他咽了口干涸的唾沫，像一支离弦箭般冲了出去。他知道逃犯的下场是什么，他不能死！他是边家最后一个男人了，他一定要活下去，一定要洗清父亲的冤屈，要从这巨大的屈辱中翻身，要站在阳光下堂堂正正地活！

嘈杂的追逐中，一只脏兮兮的小手突然拉住了他。

"跟我跑。"

狂奔中，他转过头，对上了身旁一双浅灰色的眼睛，那是个比他矮半头的男孩，小脸上满是泥巴，正喘着气拉住他的手："走这边！"

"抓住他们！"

"小杂种别捣乱，今天没挨够揍吗？"

一片骂声与脚步声中，逃犯少年任由这脏兮兮的男孩拉着，在黑夜中绿光飘荡的千里坟场上狂奔，跑过一方方倾塌的土堆与剥落的石碑，明月高高地照耀，狼叫声在天幕下回荡，身后黑影逼来，他们踩着破碎的白骨飞奔，大风声仿佛是一只只惨白蝴蝶呼啦啦地扬起，撞在天地间发出风铃的清脆声，飞沙走石之间，两个男孩不见了。

众人骂骂咧咧的声音渐渐远去。

地下。

墓坑中，两人屏着呼吸蹲在一起，在石碑黑影的遮蔽中，小心翼翼地探出头去。

终于，都走了，不会再有人来抓他们了。

两人像是两根被松开的弹簧一样，平躺在浅浅的墓坑里，呼吸着冷风，大口大口地喘气。

"你叫什么名字？"

"我叫灰灰。"

"这么晚了，你怎么不回家呢？"

"我的家就在这里，这是我的床。"

"这是坟场，怎么会是你的家。你的父母呢？"

"我阿妈去天上了。"

"那你的爸爸呢？"

"我没见过他。"

边俊弼沉默了一会儿，轻声说："我爸爸也去天上了。"

"真的吗？"灰灰突然坐了起来，眼睛在黑夜中像是一块带着光彩的琉璃，"那他们肯定会遇见彼此，我认识了你，你爸爸也会认识我阿妈，这是多好的事！"

"小傻子。"

"你怎么也说我是傻子。"灰灰气鼓了脸，脏兮兮的小脸在汗水中湿漉漉的，他从兜里摸出最后一小块窝窝头，自顾自地咬了一口，"不给你吃了。"

边俊弼翻身背对着他："不吃就不吃。"

灰灰咬着那块窝窝头想了一会儿，突然又改变了主意：

"算了，我还是给你吃吧，谁让你爸爸认识我阿妈呢。"

边俊弼还躺在那儿，看见眼前的男孩突然凑近，捧着那一小块脏兮兮、软乎乎，还带着小小牙印的窝窝头，献宝似的捧到他鼻尖前："吃吧。"

小泥脸上，浅灰色的眼眸亮得像小狗一样。

边俊弼心中一暖，不忍拂了小傻子的好意，便翻身坐起，接过他手中的窝窝头，一点点吃了起来。饥肠辘辘了几日，他尽量不去想这东西的味道，只是吃得自己眼中发热，他父亲若是在天有灵，看见他一生视为掌上明珠的儿子在野地里向乞儿讨食，吃着馊臭的窝窝头活命，真不知是什么滋味……

他吃完了。

怀着满腔的酸涩抬起头，他却看见那脏兮兮的男孩仍望着他，带着些羞赧，有些不好意思地问："那我们以后……就是好朋友了吗？"

那双眼睛亮得像月光。

边俊弼望着男孩，想到他把视若珍宝的食物全给了自己，酸涩中突然有一种温暖在胸腔间蔓延。夜空下，他抬起手，像兄长般一点点耐心地帮男孩擦干净了脸上的泥污。

星光下，男孩乖乖地抬头，灰色的卷发柔软地搭在后颈上，脸蛋很软很小，鼻子挺翘，嘴唇像娃娃一样饱满。他闭着眼，又长又卷的睫毛随着边俊弼的擦拭而一颤一颤，袖底渐渐露出一张干净精致的脸，皮肤是奶白色的。

边俊弼的手猛然一顿。

耳旁似乎传来村民们愤怒的声音："小杂种——"

他突然明白了过来，手指渐渐收了回去。在这个边陲小村上，这个母亲早死、不知父亲的男孩，这个被所有人排挤的男孩，其实是一个……非我族类留下来的野种。

男孩睁开了眼。

那双浅灰色的眸子望向他，明亮，天真，满怀期待。

边俊弼的手又停在了半空中。

想想现在的自己，又和他有什么区别呢？

边俊弼突然叹了口气，握住男孩的手："是了，我们是好朋友，就算全世界所有人都讨厌我们，我们也可以跟彼此说话。"

边俊弼和灰灰，一个被流放的罪臣之子，一个母亲被强奸生下的混血儿，原罪与异类，两个被世界抛弃的少年，就这样在边塞的野坟地里结识了彼此。从此，两个少年像野狗一样携伴流浪，在坟墓间躲藏着活下去。

他们到处收集种子和食物，用捡来的树枝茅草搭了雨棚，一口饼掰成两半也能吃饱。最难挨的是冬天，雪花飘荡中，边俊弼把灰灰抱到别人取火的窗台上，自己靠着墙壁发抖。灰灰暖热了手，就低头搓着边俊弼的脖子。

终于，草长莺飞了。

那个春天是灰灰最快乐的日子，终于有一个人认可他，终于有一个人把他当朋友，陪在他身旁，耐心地听完他无穷无尽的碎碎念。春日高高的蓝天下吹着温暖的东风，他们有漫长的闲暇，在荒草漫长的塞上发呆，晒太阳，捉野鸡。他大呼小叫地抓着野鸡扑腾的双翅，边俊弼喊着灰灰别怕别怕，他却还是猛地一激灵松手让野鸡飞了出去，野鸡一落地就咯咯咯地冲了出去，两个少年一前一后赶紧跟着跑……

淡紫色的黄昏漫过平原，身旁开着细细的小白花，冒烟的篝火在眼前慢慢熄灭，灰灰一手一个烤得金黄焦脆的鸡腿，摇头晃脑间吃得非常满足，血水和野鸡毛在小溪里慢慢漂远，他用油手抹了抹头发，觉得自己浑身都变得香喷喷的，不禁更开心了。

但对边俊弼来说，还不够，一切远远不够。

他总是沉默地看向远方，想着自己父亲的事，黑袍的宽帽紧紧包住黥字的额头。

身旁，灰灰吃着鸡腿冲他笑，他心中一软，目光从远方收了回来，眼前小溪晚霞配着没有调料的烤鸡肉，竟也觉得十分美味了。

这样平静的日子却并没有持续太久。

有一日，边俊弼发现灰灰不见了，他在坟场和草原上找了好久都一无所获，只好冒险靠近了村子。谁知一进村子，就听见了殴打声和哭泣声，边俊弼躲在草房后探头一看，地面上那个被五六个村民按着打的男孩正是灰灰！

"小杂种松手！"村民们边打边喊，"把偷的东西松开！"灰灰大哭着打滚，白皙的脸上身上都是泥泞和伤疤，却怎么都不肯松开手中紧握的小袋子。

边俊弼握紧了拳头。

小傻子，他焦急地在心里说，快松手啊。他忍不住想冲上去把灰灰救出来，但理智告诉他，自己这样一个逃犯一旦被人认出来，只会给灰灰带来更严重的包庇罪。他焦急地站在墙后，却不忍心再看眼前的画面，耳旁灰灰的哭声像是玻璃片在划着他的心，他无力地祈祷着一切快点结束。

终于，那群人打累了。

"杂碎，呸，你怎么还不去找你的野爹？"有人讥诮着，"你那不要脸的妈自杀了，你这杂种小傻瓜倒还活得好好的，怎么她没把你也带走……"

墙后，边俊弼捂住耳朵，却怎么也捂不住这些污言秽语进入脑袋。他是个聪明的少年，尽管他阻止自己想下去，但他很快就听明白了灰灰的身世：十一年前的秋天，一群绿眼白皮肤的大胡子打劫了永村，他们掠走了灰灰的母亲。一年后，灰灰的母亲历经辛苦终于回到村子，娘家人却嫌丢人不肯认她，一个年轻瘦弱的少女就在村外的野坟中生下了灰灰——那个耻辱的孩子。她带着灰灰艰难地生活，却终于受不了村里人的指指点点，在一个明星如缀的夏夜，她把打扮一新的灰灰放到村口，让他数天上的星星。在灰灰伸着小指头认真数星星的时候，妈妈悄悄离开了，在僻静之处用一只盛满水的脸盆自杀了。她离开前，在灰灰面前留下了一封信，求村里的好心人养育他，求自己的娘家和兄弟收留他。

"可是谁要收留这个野种！"边俊弼听见刺耳的声音，这个女人是灰灰血缘上的舅妈，"年年粮食被白鬼们糟蹋，女人被糟蹋，现在还要自己糟蹋自己，养白鬼的种了？我们还没有这么贱！"

"我不是白鬼。"灰灰小声啜泣着，却异常倔强地说，"我不是……"

"看看你这双鬼眼！长得跟狼似的，一看就不安好心！"又有人骂道，"还有这身白皮，这头卷毛，你根本就不是永村人，滚回去！你从哪儿来的就滚哪儿去！"

…………

墙后，边俊弼捂着自己的耳朵蹲下身，努力不让自己的眼泪流下来。

终于到了吃午饭的时候，众人意犹未尽地骂咧咧散开。

边俊弼冲了出去。

他一把抱住地上的灰灰，浑身发抖。"不要怕。"他听见自己的声音里燃着火，"我一定会让他们付出代价！这些欺负你的人，所有人都要还回来！"

"边哥！"

灰灰坐起身，脸上还带着泪痕和伤口，却咧开嘴惊喜地冲边俊弼笑了起来："我没事，他们虽然打我，但也给我东西吃呀。"

"小傻子。"边俊弼低声说，检查着灰灰身上的伤口，却看见他手中还紧紧攥着那个小袋子，"你到底偷什么？"

灰灰扭捏地低下了头，却不肯说。

边俊弼只好一把夺了过来，打开小袋一看，不由得诧异地盯着灰灰。

是黑芝麻。

"你偷这个做什么？"边俊弼把小袋还给他，"为了这么点芝麻，值得挨顿打吗？"

"你不懂。"灰灰把黑芝麻宝贝似的放进怀里，抱着说，"我吃了它，就能变得和你们一样了。"

"什么？"边俊弼没有听懂。

"我想变得和你们一样。"灰灰低头，揪着自己短短的头发，有些不好意思地说，"吃了它，我的眼睛就能变成黑色的，再也不是一双鬼眼了。"他猛地抬起眼，带着些暗促促的喜悦，"到时候，村里人就会接纳我了，是吧边哥？"

边俊弼望着灰灰，整颗心脏像是被人抓在手里，难受得要命。

"跟我走。"

他猛地站起身，拉着灰灰走向大风中的村口，他的声音在风声中颤抖：

"我们永远离开这里吧。

"这个世界不喜欢我们，我们也不要喜欢它。

"跟我走，我们一定能找到一个新地方，一个接纳我们的新地方，一个不把我们视为异类的新地方！"

两个少年像野狼一样携伴流浪，穿过一座又一座村落，却都不能停留。他们在塞上千里奔走，他们流浪三年，想找到一个归属之地，一个崭新的世界。

在路的尽头，他们没有找到新世界。

他们撞上了北漠人南下的兵马。

他们很快被俘虏，长绳困住手脚，被压着脑袋跪在马下。长刀向颈上砍来的一刹，灰灰傻傻地望着马上的宽脸大汉，边俊弼却疲倦地闭上了眼睛，他想自己果然是命不好，他这么努力地挣扎着，却怎么都活不下去。他们就是被老天爷讨厌的弃儿，是大时代里被随手捻死的蚂蚁，又怎么敢痴心不认命呢？

耳旁传来了灰灰的惊呼。

边俊弼睁开眼，却诧异地看见空中一支飞箭瞬间穿透了宽脸大汉的脑袋，他保持着握刀的姿势，从马背上跌了下去。

　　两队汉家骑兵从东西两翼包围了过来！

　　冲杀在他面前瞬间展开，两个少年颤抖着抱住彼此，一只溅血的断臂从眼前飞了出去，他捂住了灰灰的眼睛。

　　这是他第一次亲眼见证战争，尽管只是一场几百人的厮杀，但足以让他两股战栗浑身热血涌动。他绷紧了每一根神经，看着眼前刚刚还逼他们跪下的高个子北漠人，被赤马上冷银甲的将军用长戟横斩而过，脑袋干脆利落地甩了出去，身旁人影晃动，兵器相接，他望着地上那颗不肯瞑目的人头，突然爆发出一声吼叫，但无法吼出胸中郁结与震动。

　　他们得救了。

　　这场战役汉军大获全胜，血尸铺满草野，两位少年被士兵们搀扶起来解开绳索。望着赤马上高大强悍的银甲将军，灰灰激动地说着感谢词，边俊弼则目光熠熠地追随着将军。那将军沉默寡言，浑身银甲衬着苍白的脸，眉宇极高，望向人时浑身带着冷峻的威压。此刻在军中庆功的热烈气氛中，他也并没有说什么抚慰的话，只是坐在士兵群中，沉默地帮伤员们包扎。

　　在军队上马要离开的时候，边俊弼终于按捺不住内心激动的心情，站在赤马下仰望着这个强大的男人，请问他的名姓。

　　男人仍是惯常地抿唇，沉默地打量着马下两个少年。身旁的士兵替他说道："这是赵琰将军！朝廷封的定远将军，四方国境的守护神，你们若是再遇上什么麻烦，只管报出将军的名字！"

　　"谢谢赵将军救命之恩！"灰灰和边俊弼对着赤马深深鞠了个躬。

　　但当边俊弼抬头时，周围人群却猛地沉默，他奇怪地望着一个个士兵，却在人群的目光中看到了愤怒和杀意。

　　他的脑门上突然发冷。

　　糟了！

　　他的宽帽在鞠躬时掉了下去，额上"罪臣之子，刺配代州"的黥字就这么暴露在代州驻军面前！

　　一瞬间边俊弼的脚踝软了下去，命运真是一场戏弄，他以为自己逃出了虎口，却早已步入了狼穴，生活就是一场场无可救药的塌陷。他差点倒在马前，幸亏灰灰撑住了他，在众军足以吃人的目光中，灰灰踮着脚捂住边俊弼的额头，像是掩耳盗铃一般，拉着边俊弼飞速地转身。

"架箭！"

身后，传来了上百把长弓同时拉开的声音。

边俊弼知道自己彻底完了，于是一把推开灰灰，自己转过身，举起双手面对军队。早知道今天的下场，当初为什么要做逃兵呢？他在风声中想，如果当年他真的充入了代州军，跟着这样一位将军，或许并不是什么坏事。可惜一切早已无法重来。

"算了。"

风声在耳旁呼啸爆炸，他看见马上的将军轻轻抬手，平静地道。一瞬间他们在大风草场上对视凝望，身旁，百架弓箭起伏落下。

"你不甘心于这个时代，就去创造新的时代。"

赤马之上，那个皮肤苍白的凌厉男人，带着山一样的威压，用漆黑的眉眼望着他，像是一瞬间看穿了他的一生。

"如果命运把你压下去，你就把命运斩断。如果时运阻碍你，你就去把旧的时运打碎。如果对手是千万人万万人，你就彻底改变千万人万万人。新世界如果找不到，新世界就要由你来创造！"

那马背上高大威严的男人俯瞰着少年，少年已在他的眼神中听见了这段话，恍然如同神启。

那一刻——

边俊弼决定追随赵琰，这是那个被后世史书誉为"神鬼无挡，勇绝刚烈"的黥面将军传奇一生的起点。

半年后，他跟在银甲赤马的凌厉男人身后，将彻底改变天下千万人万万人的命运。

摧毁旧的世界，亲手造出新世界。

而边俊弼一生不朽军功的建立，就始于天佑四年九月，这一片金光熠熠、汹涌澎湃的黄河水上。

金光中，十八岁的边俊弼和十四岁的灰灰望着彼此，两个寂寂无名的小兵，站在万卷青史的身侧，胸中燃烧着能把全世界冲撞开的火。

"过了这条河，就能进入关中了，这是天下的中心。"边俊弼边说边握紧了拳头，"也是我曾经的家。"

灰眸少年望着他，突然露出了一个微笑。

"好。"他的眼中流着金光，"那我就和边哥一起杀过去，不往脚下看，也不再回头！"

他们身后，是一支仅有三千人的轻骑精锐，在夕阳下整饬地列队休整。队伍的最前方，是一匹矫健雄丽的赤马，鞍上的男人身形高大，银色的头盔遮住整张脸，只露一双冷峻的眼睛，沉静地打量着面前的蒲津关。边俊弼顺着他的目光，望向大河之上的金城千里与荡荡云烟。

从秦伯伐晋开始，这段由北至南的黄河天堑汹涌了千年，而要想到达河的彼岸，从来只有三条路。

龙门，蒲津，风陵渡。

它们是黄河上的三个渡口，龙门在最北，然后是蒲津，而风陵渡在最南。三者离长安的距离也是如此，龙门最远，蒲津较近，而风陵渡离长安最近。但在历史上，兵家由晋入秦几乎不可能走风陵渡。灰灰歪头问为什么，边俊弼解释道："因为风陵渡的对面就是潼关。闯入者一经渡河，就迎头撞上了潼关天险，狭窄容单车，万古用一夫，潼关乃东西之咽喉，关中之锁钥。想要从潼关进入关中，无异于在窄巷之中赤身裸体与铁甲浮屠脸对脸地厮杀，怎么都得掉些肉下来。"

至于龙门和蒲津，则各有优劣。

龙门，地如其名，黄河在此从高山峡谷荡入平缓原野，不仅河面窄，而且西边有一片狭长平原可以挺进，若能拿下韩城，便可以此为补给继续南下，当年魏国就是沿此路占领了秦国河西。但是，龙门离长安太远，会给对方足够的时间来应对，秦魏的百年胶着就是例子。

蒲津，东岸是蒲坂重镇河中城，西岸就一马平川直达关中平原，从蒲津到长安只有一道洛水可守，因此蒲坂历来是重军屯守之地，缺点和优点都非常明显。缺点是众守难攻，比如韩信向东与魏王豹对战时，便放弃了打蒲坂，转而从龙门包抄；优点是一旦攻下，关中就完全暴露在闯入者的眼皮下，从蒲津顺着平原几日之内就可踏入长安城。堂堂百二秦关，山河四塞，蒲津几乎是最薄弱的一环。破了蒲津，就冲破了整个关中的山河之势。

而今夜，两位国舅会走哪里？

他们带领十八万大军，要离开关中去支援晋北雁门关，就必须从西向东渡过这段黄河。风陵渡？一旦渡河就遇见中条山直面挡路，不可能走这里。龙门渡？不仅路远，而且水窄山高，难以大量运送军队。那就只有眼前的蒲津渡。漆黑宽帽之下，边俊弼望着金光下雄伟的黄河——水流平缓，河面宽阔，九月正是渡河的好时候，蒲津港大，船只多，河上还架着一座良成帝时修的铁牛浮桥。

更何况，蒲津两岸都是平原，国舅们由此渡河之后一路北上畅行无阻，急先锋数日之内可达晋阳——正如他们跟着赵琰将军一路潜兵南下，五日便从雁门关到达了蒲津渡。

此刻，他们在蒲津关外，静静地等待黑夜的到来。

在最后一丝光芒消失的刹那，马队动了。

是夜，蒙面的银甲人带领着一百骑兵，携带着大信袋，在蒲津关外声称军情紧急，奉令传信。城门兵核对符节无误后，便在明亮的火把中打开了城门，黑夜里一小队人马顺利进入了蒲坂河中城，由此向西过浮桥，就可进入关中。

但要想在夜里过浮桥，必须要有守城总帅的亲自许可，而蒲津关的总督正是裴老将军的三子裴济。夜里，城门兵进入将军府向裴济通报，裴济从睡梦中惊醒，觉得事情蹊跷，便扣押下来亲自询问这一百骑兵。当裴济路过一位老兵身侧时，老兵悄悄把一样东西塞进了裴济手心，裴济一看登时愣在原地——竟是一方银鱼符，这是宫中的信物！

裴济不由得仔细打量面前的老兵：方脸浓眉，鼻若悬胆，眼纹散如鱼尾，斑白须髯垂至胸前，看上去颇有些忠厚威严之态。对方眼神恳切，低声道："裴长官，事关禁中机密，可否借一步说话？"

裴济迟疑地点了点头。

半刻钟后。

"传……传令下去……把浮桥的钥匙拿来！"城门兵们候在将军府，听见了裴济惊魂未定的声音，正在士兵们面面相觑的时候，又听见里面一声大吼，"快去！"

将军府室内。

裴济浑身战栗地望着面前的老兵，一柄匕首已抵在他胸前；这个劫持他的老兵，正是白发苍苍的王念。他们背后，银甲黑眸的男人如修罗挺立，他在屏风黑影中安静地注视着裴济，也注视着满屋女眷孩童，在二十名精兵的捆绑恐吓之下噤若寒蝉。

这是二十名擅长先登的娴熟精兵，有着丰富的破城、搜查和屠城经验。他们刚刚藏身在一百名骑兵的随行马袋中，悄悄进入城中，在王念用银鱼符吸引裴济谈话、一百名骑兵接受检查的时候，二十名精兵无声绕后，从后院中潜入了将军府，将睡梦中的女眷孩童逐一抓捕，现在正押在裴济眼前，以亲生骨肉为刀剑逼着他下令打开城门。

屋内，裴济注视着自己的六个孩子，早已面如死灰。"这可是诛九族的死罪。"他注视着修罗一般的银甲男人，双唇发白，"诸位好汉，一旦今夜开了城门，纵使你们不杀我，朝廷也绝饶不了我，横竖都是一死，裴某还不如保全青史名声！"

他话还未落，就听见将军府外有人惊呼："报告总督！东城门被人从里面打开了，城门外有骑兵杀进来了！"

那是另外八十名装在马袋里潜入城中的精兵，在裴济被困在将军府，城门兵被调去取钥匙的同时，他们无声地折回了东城门，攀爬而上，发动突袭，在城门上的守卫反应过来吹响警报的一刹，他们飞速地从内部打开了东城门！城外等候的三千铁骑一瞬间如蛟龙涌入，洪水般浩浩荡荡杀了进来！

裴济瘫在了地上。

"我知道你在想什么。"修罗般的男人在屏风旁坐下，门外火把连天一片混战中，他竟抬手为自己倒了一杯热茶，"你刚刚在想，以蒲津之重守，潼关之支援，闯入者根本搅不出什么水花。你只要拖下去就好，拖到你父亲的援兵赶到。"

裴济绝望地看着他。

"而你此刻在想，你要死了。"四面喧嚣中，男人漆黑的眉眼透过乳白水汽望向他，"你比任何人都渴望外面不要打起来。因为蒲坂这座平原上的城市是难以久战的，胜负今夜立见分晓。"

裴济嘴唇哆嗦着望向他："你们没有赢的机会。"

"这不正是你惧怕的吗？"男人问他，"若是我们输了，今夜就会拉上你们一屋子人同归于尽。"

"疯……疯子！"

"我要告诉你第二件事。"男人一边说着，一边让士兵们把裴济捆绑起来，"今夜，我们不会输，而且很快就会赢。"

裴济瞪着他摇头：这不可能，仅蒲坂城内就屯了一万五千士兵，两岸加起来有两万人驻守。他丝毫不担心闯入者凭借这点兵力能拿下蒲津，他担心的是闯入者速战速败，今夜就狗急跳墙要了他一家老小的性命！

"你听说过杜鹃的故事吗？"

裴济一愣。

银甲男人抬手喝茶，沉默中，身旁的王念接着说道："杜鹃这种鸟，自己不会筑巢也不会孵蛋，就悄悄找到其他鸟雀的巢，把别人产下的蛋吃掉，再把自己的蛋产在鸟巢里。这样一来，鸟雀回巢孵蛋时，就在无知无觉之中把罪魁祸首的孩子养大了。小杜鹃一破壳，就会把巢里其他鸟蛋和幼鸟推出去，可怜的'养母'还会把它当作独子来宠爱，但小杜鹃一旦羽翼丰满，就会毫不留情地远走高飞。这样一种懒惰狡诈的鸟，反而被千古诗人们写成了美丽的化身，满篇都是什么子规啼血望帝春心，是不是很可笑？"

"你……你到底想说什么？"

"我想说，你要输了。"银甲男人推开了木窗扉，城内的漫天歌声传入房间，"谢谢你帮忙筑巢孵蛋，裴总督。"

黑夜之中，火把拂荡，驻军们的刀戟向长官们的腹中插去，歌声此起彼伏地呼应：

维鹊有巢，维鸠盈之。

之子于归，百两成之。

"驻军！是驻军中有内鬼！"裴济恍然醒悟，"这批驻军是年初朝廷从长安调配的，你们是怎么在我眼皮子底下买通他们的……"

他突然愣住了。

面前，修罗般的男人突然摘下了面上的银甲，露出苍白皮肤，抬起头，一双漆黑凌厉的眉眼注视着他，暴戾的杀气与冷静的自持，这两种极端的气质交汇在这一人身上，此刻如巍峨高山一般压过裴济的头顶。

怎么会是他？

裴济头脑空白地望着面前人，见到这个人的一刹，裴济知道今夜这场麻烦太大了，自己在天亮前必须要做出一个选择，一个关乎家族、军队和整个王朝命运的最终选择。

"裴总督，你能坐视五百年世家打下的大良基业被太后和国舅们窃取吗？"抵在胸前的匕首放了下去，那冷峻的男人站在他身旁，轻声说。

"还记得两年前我与裴总督并肩渡淮，那时春江千里天地澄明，军中万众一心，热烈期盼着恢复我大良的好河山。可谁能想到，无数弟兄抛洒热血换回来的，并不是一片河清海晏，而是飞鸟尽良弓藏，是二季的窃权持重军，更是萧良王室的岌岌可危。明夜，二位国舅就要带着二十万军队东出关中，裴总督真要坐视他们离开吗？"

裴济叹了口气，对面人已现身，他也收起了自己怯懦的伪装，正色道："赵将军，这些大逆不道之言，裴某今夜只当没有听过。"

"何逆之有？还政于王，岂不是大道正道为天之道？"

裴济不语。

"裴总督，你怕是还不知道，杜将军是如何遇害的。"

裴济抬头："不是说中了苗寨的埋伏——"

"事情蹊跷得很，裴总督你也曾任职于杜将军麾下，自然知道杜将军是何等用兵如神。但我与他平苗乱的那一路，处处受钳制，一举一动都仿佛尽在敌军掌握。杜将军遇害那一夜，本来安排我与他从东西两路突袭，但他那一路却早早遇到陷阱，我也被埋伏在半路上的敌军偷袭，侥幸厮杀了出来，就听闻了杜将军遇害的消息。我派人在杜将军遇害的悬崖处搜查了几个月，只找到了这个。"

赵琰将一把血锈斑驳的匕首递给了裴济，裴济摸索着，看见了柄上繁杂典雅的花纹，手指一颤：

"这是……宫中的东西？"

赵琰凝重地望着他：

"当时淑德置天下苍生性命于不顾，一心阻碍发兵，逼得杜将军只能无符调遣。大兵南调之后，宫中赶紧补派了一群宦官去当监军，对杜将军的多疑猜忌已然写在脸上。但以杜将军之仁厚，不仅对宦官们和善尊重，而且任由他们监视军队以证明自己对大良的忠心。可谁能想到，如此明德惟馨，换来的却是一群中山狼？"

裴济将匕首还了回去，不忍地长长叹了口气："家父对杜将军一向敬重，半年前消息传来，我们亦觉得惊讶，毕竟那么多大风大浪都过来了，这阴沟里怕是有妖风。但我们也真没想到，英雄会死在一群杂碎手中。"

赵琰的黑眸中透着讥诮：

"裴总督此刻为他人叹息，可曾想过，昨日杜将军之下场，亦是明日你我之下场？"

裴济苦笑："如何没想过？他们季家、崔家、卢家要往上爬，自然要把上面的人拉下来。先前，家父已在河东赋闲了半年。我虽守着这一方蒲州城，可手下的驻军并不由己，全是二季重编之后派来的，从上到下安插了一连串的山东子弟，日日夜夜无数双眼睛盯着我，我便只好睡一天是一天了。"

"若是再睡下去，可就什么都不剩了。"

"我又如何会不知道，这十八万大兵一旦东渡，就是纵龙入海再也难以擒获。而若是他们在塞上一战扬名，就只怕是声势大涨，要革了大良的天命了。新时代里，可还有旧宾客的席位？"

"看来裴总督想得很明白。"

"明白又怎么样？我这种平庸之辈，既没有杜路以一人匡救天下人的能力，又没有景国公提着自己的脑袋入朝请愿的气魄。但是裴某做一天大良的武将，就听一天大良的命令，纵然是平庸之辈，总要有些不违之德。"

"当违不违，就是失德！"

"赵将军——"

"忧国之危，肃清君侧，此为大丈夫之当为！杜将军生前常说，今若无丁鸿，他自当学丁鸿止祸。今小杜已殁，我们自当继承其遗志，又如何能眼睁睁看着国家被奸人掏空！"

"赵将军莫要逼我。"裴济望着屋内瑟瑟发抖的六个孩子，露出苦笑，"我河东裴家数十代之经营，根深叶茂。我裴某兄弟十一，族人八百，叔伯皆入朝，岂能因我一人之过，连累宗族？孩子没了可以再生，老婆没了可以再娶，可恕我裴家此刻还不能随你去赌命！"

听闻这话，赵琰却笑了，命令士兵们给满屋女眷孩童松绑。

"赵将军，这……"

"松绑！"

裴总督低头活动着手腕："赵将军，我似乎并没有答应你。"

那张苍白如修罗的脸上，露出一丝洞察人心的嘲讽，又瞬间消失，恢复了面无表情的冷静。男人猛地推开整扇窗扉，大风声中问道：

"裴总督，那现在答应了吗？"

窗外，将军府的侍卫一个个倒在血泊中，驻城的士兵们歌唱着，抬着一具具尸体在将军府外集合。人海如潮水汇集，一把把火炬在天幕下飘荡，风声中众人在激昂地歌唱："之子于归，百两成之！"他们像举旗帜般，高举着手中的东西——

那是山东长官教头们的尸体。

裴济扶着额头叹息。

"我早就该发现的。"他说，"这批驻军里山西人多得不像话，他们是你和杜路的旧部，对吗？你是用什么办法让二季把他们全派到了蒲州关？"

"用军心。"

在裴济困惑的目光中，男人沉默着望向窗外。身旁，白发苍苍的王念开口："裴总督，人人都在说军心，听上去又虚又玄，可军心从最实际的意义上说到底是什么？"

"还请明示。"

"军心，其实就是从上到下一个人与另一个人的关系网。往小的层面说，谁和谁是同乡，谁和谁是好友，一个小队中众人真正听信的人是谁，行伍之中几千个什长和几千个百夫长之间各有什么关系？

"往大的层面，哪个粮草押运官曾被抓到过把柄，军中名录有哪些谎报和漏报，受益者指向军中和朝中的哪些人，谁又有能力在暗中做这些事？

"而当所有人一起呐喊口号时，哪些人是在热血涌动，哪些人是在趋势投机，哪些人在军功中翻身，哪些人在战争中镀金？小的层面，谁在跟着谁喊？大的层面，谁又在跟着谁喊？

"虚虚实实，无限复杂，谁掌握了这个庞大的关系网，谁就能主导军心。这个关系网是杜路用五年时间一手建立起来的，而杜路死后，唯一洞悉这个关系网的人，既不是二季，也不是朝中那些人精，而是五年来切切实实跟在杜路身旁领兵打仗的赵将军。

"平苗乱中，赵琰将军在杜将军死后，就已预感到了二季即将篡夺兵权，为王室之祸而忧心忡忡。但那时关中屯兵近四十万，赵将军只领兵十万，无奈之下，赵将军只能做一些必要的防备措施。比如说，暗中窜改了军中的籍贯名录。"

裴济瞪大了眼睛："窜改军队名录？"

"如果你熟悉整个军中关系网，你就能找到对的人制作出新档案，从上到下找到合适的人核对无误，利用几万个小什长迅速地进行集体换动。二季和他的山东教头们本来就不了解军队内部情况，加上当时还混杂了二十万的各地俘虏军，核清名录是极其庞大的工作，二季进行着艰难的摸底和重编。而他摸底出来的东西，一半是对的，一半是错的。至于哪些是对的哪些是错的，全凭千里之外赵琰将军的暗中安排。

"比如说，杜路起家的八万杜家军，经历了杜佐、杜路两代经营，子弟尽出于关陇山西。这八万人是五十万人中的核心兵力，个个曾在战场上出生入死，因此对山东长官们的怨愤最大，也是二季和太后最防备又最想占有的一批兵。太后想把杜家军打碎外派，二季却将一半的杜家军移到洛阳置于自己的控制下。而在各个险关重镇，二季则竭力避免杜家军当驻军，在编驻军时格外警惕。因此，裴总督你的蒲州关中，本来绝不该有杜路的旧部队。

"但是，名录本来就是错的，你又怎么能派出正确的兵呢？

"二季自以为军中老都统手下的士兵是杜家军，尽数移到了洛阳，其实士兵们都被调换过；而他们自以为不掺杂杜家军的蒲州关驻军，其实却是杜家军！"

裴济恍然一愣。

当时赵琰刚刚大破南诏后回朝，就被太后关起来秋后算账，到处传言说，杜路无符调兵的谋逆罪要算在赵琰头上。军队中一片人心惶惶，杜将军遇难的悲痛还未消散，对赵将军的担忧又揪起所有人的心，加之二季接手后爆发一系列矛盾，外戚乱政、王室倾颓的危机近在眼前。这支在杜路振臂高呼"还政于王"的信念下长大的军队，又如何能不群情激昂呢？

在这种忠皇保国的情绪之下，军中的暗自变动进行得异常顺畅。杜家军不能落入国舅们手中，而要为江山社稷守重镇，这样的说法在军队中口耳相传，庞大的关系网最终促成了一个约定：到了危急的关头，大家以《国风·召南》中的《鹊巢》一诗为约定，齐声合唱中集合出列，众志成城一定要守住大良江山！

在裴总督的目瞪口呆中，高大的男人并不回头，注视着窗外的众军集合，低声道："鸟巢里的杜鹃蛋已孵了半年，如今羽翼丰满，该高飞了。"

"走吧，裴总督，去开浮桥。"

裴济望着王念和赵琰，摇着头说："你们知道裴家并不能——"

赵琰望着裴济："我知道，明夜起事后抓你。"

这句话落下后，裴济竟缓了一大口气。他如释重负，转身跟着赵琰离开了将军府，却不再看身后的妻儿一眼。

关于这一夜蒲津关的兵变，后世众说纷纭，在正史的记载中，这是一场速战速决的夺城，赵琰当夜就靠着三千骑兵入主了蒲津两岸，将尸体推入黄河，然后假冒驻军，静待国舅们到来。

但百代之后的文人翻到这一页史书时，心中不免会犯嘀咕：以蒲津之重守，即使三千骑兵真的一夜破城，可长安为什么会收不到消息？第二天夜里，两位国舅带大军在蒲津渡河乘船时，从上到下的长官和驻兵们都不露破绽，又是如何做到的？

历史隐去了裴济这个人。

那一夜，在蒲州关等待了半年的杜路旧部迎回了赵琰将军，对二季由来已久的积怨一点即燃，揭竿而起的士兵们迅速清杀了军中的二季耳目，尸体推入滚滚黄河，驻军上下焕然一新。而此刻本该给朝廷报信的裴济，却主动打开了连接黄河两岸的铁牛浮桥，任由赵琰的赤马跃桥而过，将两岸驻军组织在一起，黑夜中安排了那个彪炳千古的计划。

而天亮后，裴济神色如常地指挥着驻军们准备渡河船只，仿佛夜里的事情从未发生。他依然是那个听从朝廷命令的老实武将，按照谕旨，接待十八万大军的到来。

就在第二天傍晚，两位国舅带着援军从关中一路往东走，走到了蒲津渡口。

这场即将改变天下命运的激战，注定要在千百册青史中被一遍遍地抄写铭记，后人们翻着书拍着大腿，激昂地评点又跺着脚叹息。可走近渡口的两位国舅却无知无觉，一切正常，他们和驻军交接了军令，望着数百艘小船陆续放入黄河。十八万大军对接下来要发生的大事一无所知，他们秩序井然地分成了数百队，有的队伍沿着浮桥走过黄河；有的队伍负责运送粮草物资，他们坐上船，这一队渡过黄河，身后下一队接着坐船渡河。这场接力赛持续了大半夜，彼时渡过河的军队已在西岸扎营休息，军营绵延了数里。

暗杀是在国舅们坐上船开始的。

黑夜中小船的颠簸令人疲乏，在他们展臂打哈欠的时候，船上驻军猛地发动了突袭，在守卫们反应不及的一刹，数柄银刀从背后砍向了季光年和季茂年的脖子！

一颗血脑袋在船板上滚落。

季光年跳了起来。

他在余光瞥到刀光剑影的一刹猛地闪避，左手挡住了袭来的刀戟，右手却没能拉住弟弟倒下的身体。

砍杀与血拼立刻爆发，重刀斩向血肉，喘息声与惨叫声四起，飞出去的火把像一道道流星般划过长空坠入漆黑黄河，照亮了鲜红的肉和银白的骨，一个又一个年轻的生命倒下，死尸与断刀在船板上滚成一团。

满船厮杀中，这艘摇摇晃晃的渡船还在前进，身周成百上千艘夜船在波涛起伏间竞渡，像是千百片叶子铺在同一个草场上，大风起扬，璀璨的光芒猛地爆裂，鲜红的火焰在黄河上一片又一片地燃烧，千百艘小船同时起火，在四野并起的尖叫声中，壮丽地集体沉落！

船身猛地倾倒。

季光年站立不稳，余光瞥见银剑从身侧刺来，一把抓住了面前最瘦小的士兵，抵挡了上去——

"灰灰！"

身后，传来了边俊弼的吼叫。

在大风吹动火花爆溅、银光插入瘦小士兵胸口的一刹，十八岁的少年飞奔踏过满船软绵绵的尸体，在血泊中捡起一把斧头，红着眼，举斧冲向了人群中的季光年。

守卫们的刀戟坚盾迎面冲他挥了过来，被他用身体冲开，他飞奔，像撞钟的木桩一样飞奔出去，嘶吼着，与那重剑坚兵的男人四目相对。一刹那，边俊弼的铁斧与季光年的长枪同时挥出——

"哐！"

断成两截的长枪弹跳着落地。

在男人不可思议的目光中，少年喘着气盯着他，黑帽在夜风中拂荡，露出额上厉鬼般的黥字，他的虎口已震裂流血，却握紧了铁斧嘶吼着冲了上去，如一只强硬的铁牛顶上了季光年的腹部，狠狠斩入！

季光年瘫在摇晃的船板上，无助地捂住腹部的伤口，血在满地积水中越流越远。那十八岁的黥面少年站在他面前，举起铁斧，嘶吼着，却满脸泪水。

他们身后，无首的季茂年和瘦小士兵的躯体，都浸泡在肮脏的积水里，光芒斑驳。

铁斧带着冷风落下。

季光年的头颅，滚落在他弟弟身旁。

残余的守卫被迅速擒获，满船驻军高呼声中，边俊弼被围在最中央，旁人激动地恭贺道："第一次上战场就立下如此大功，定能得到重赏加勋。"他麻木地听着众人喝彩，麻木地被众人拥簇着离开渡船，在岸上安静地望着漆黑的黄河水，突然蹲下来抱住自己痛哭。

泪眼蒙眬中，他听见了一声小小的呼喊：

"边哥——"

他猛地站了起来，扒开里三层外三层围着自己喝彩的人，冲向那个小小的声音。黑暗中人群外围的角落里，那矮小的身影正像小兔子一样蹦着，蹦高了往人墙里张望，激动得小脸通红，眼睛里满是崇拜的熠熠光芒，挥着手蹦着冲里面喊："边哥！你真是个大英雄——"

边俊弼冲了出来，一把抱住了正在蹦的灰灰。

他浑身都在发抖，浑身是湿淋淋的泥沙和血污，抱着怀中失而复得的好友，任热泪在自己脸上肆虐。

"怎么了，边哥？"

"没什么，我刚才看错了。"边俊弼紧紧抱着他，闭着眼流着泪笑了起来，"原来是看错了，是看错了！"

"边哥，你不要哭了。"

"不哭了，我们的新时代，就要来临了。"

黄河西岸，数万大军被截住了去路，当下群龙无首，一片喧嚣中，赵琰出现于明灯高楼之上，手中高举着小国舅的脑袋，吼声在风声中大震：

"诸位将士，我们一路从草原到江南跟着杜将军，打败北漠，收复西蜀，灭国东梁，令天下所有人闻名胆颤，这是我们战无不胜的过去。可如今呢？就被这么一群从没上过战场的山东人呼来唤去？"

这一年来，随着二季夺兵权，军中迅速换血，用各种名义把杜路提携的军功将领赶下台，换上来一群外戚党羽下的山东权贵子弟。有功者遭遇不公，外来者耀武扬威，军中早已怨声载道。此刻，小国舅那颗滴血的脑袋，更是引发了众人愤怒和群情激昂。

楼下眼尖的人已然叫出声："是赵将军！是我们原来的赵琰将军！"

高楼上，赵琰大吼声响彻千里："我们是杜将军的军队，是彼此的弟兄，一起越过千里，再苦再累从无怨言，因为我们从心眼儿里佩服杜将军，是他带领我们在草原上一雪前耻，是他带领我们收复天下，守卫大良，直到战死，直到和平！他才是顶天立地的将军，而这群骑在我们头上作威作福的太后国舅算是什么东西！我忍了一年了，我再也不能忍了，今夜我要告诉天下所有人，害死杜将军的真正凶手，就是淑德太后！"

登时，军中一片哗然。

人声窃窃，四下风起，军旗哗啦飘荡中，驻兵们从高楼推出一位颤抖的苗族少年，尖锐的长戟抵着他胸膛，少年抱头趴下，生硬的汉话带着哭腔：

"寨主是我阿爸，杀死杜将军的是我二叔，你们的行军路线是太监泄露给我们的，刺死杜路那柄毒匕首上铸的是宫中的花纹，那个太监说，只要我们杀了杜将军，长安就不再对我们动兵，是他教我们在路上做的埋伏……"

一片凝固的寂静降临在井然林立的军队间。

两行热泪从老兵们脸上流落，他们彼此拍着肩膀，胸膛在寂静中颤抖。那些教头监军眼看情形不对，尖声叫喊着赵燕造反，指挥士兵冲上去擒拿赵燕。

没有一个人动。

黑暗中水声滔天的黄河岸，数万士兵沉默地伫立，抬眼注视着高楼上滴血的头颅，那目光如同黑夜中静默的群狼。那些监军在寂静中突兀的叫嚷声，开始在风中微微打战。

"他们害死了杜将军，他们收编了杜将军的军队，他们骑在我们军队的头上坐稳他们的天下。如今杜将军已死，小皇帝孤立无援，外戚们夺权换天的心思就在眼前了。弟兄们，若我们到头来帮他们打了天下，到头来让国舅们换了天，那杜将军岂不是白死了？九泉之下他又该如何瞑目！

"眼睁睁看着外戚们拥权坐大，我们的时间越来越少，我们必须回长安去，为杜将军的遗志不断战斗！肃清逆贼，还政于王！我们打下的天下，不能让他们给吞了！"

渡头上下，数万人举起手臂，声震星汉地高喊："肃清逆贼，还政于王！肃清逆贼，还政于王！"

越来越多人被带动起来呼喊信念的口号，声音在天空大地间冲飞回荡，黄河咆哮的怒吼冲刷着大地，淹没教头和监军们的尖叫，人浪围堵，尸体被一双双手掌高举着抛入黄河。沉落的气泡与震天的高歌中，军队掉转了方向，热血在浑身涌动，两岸的呐喊声渐渐汇为一股，士兵们握紧了手中的刀剑，彼此并肩冒着漫天血雨向西前行，指向长安的方向。

季光年和季茂年至死都没有明白一件事。

那军队中多出来的七万人，并不是杜路雇用的。

继承了东梁黄金的人是赵琰，掌控着军队关系网的人是赵琰，在南方赈灾募兵的人也是赵琰。是他将七万雇佣军带回了长安，混进了五十万禁军中，并安排了半年后黄河边上的这场盛世浩大的齐声呐喊。

小的层面，谁在跟着谁喊？大的层面，谁又在跟着谁喊？

声势，是可以左右的；时运，是可以制造的；人心，是可以鼓动的；狂热信念，是可以被利用的。

半年前，他顺从地任淑德太后剥下军队，顺从地领着残兵驻守偏远之地，顺从地迎娶念安公主。旁人以为他是在心灰意冷中自甘远退，却不知他已将杜鹃蛋放进了关中的巢里，让二季在踌躇满志中帮自己养了半年的兵。

他们舍不得放下这柄重剑，不惜与自己的亲妹妹嫌隙渐生，不惜与满朝重臣剑拔弩张，到头来，这柄重剑却挥向了他们自己的脑袋。

杜鹃展翅高飞之际，绝不回头。

在杜路与韦温雪争吵的那天，赵琰站在桂花树的窗户后远远望着；在太后与群臣斗法时，赵琰领兵无声地离开了长安；在朝堂与军中权力斗争最激烈的时候，赵琰站在塞北的风声中静静倾听。这个眉目漆黑气息凛冽的男人，像是金黄老虎隐匿于黑夜灌木，只露叶子后一双虎视眈眈的眼睛，凝望着风云突变，老虎压低前肢，巨龙从潜渊中抬头，电闪雷鸣间漫天暴雨砸落大枝叶，金鳞遇水，一瞬间猛虎展翼飞龙冲天。

远走而避嫌，短退以长进，等兵变的消息传到长安时，韦温雪会惊讶地发现，这些他苦心要教给杜路的道理，竟被赵琰在一年时间内密不透风地一步步执行完毕，这个总是站在暗中沉默寡言的男人，率领着大军在漫天火光中逼杀到长安城下。那一刻，韦温雪才意识到自己真正的一生之敌，竟是他从来都瞧不上的赵琰。棋盘的两侧，黑白棋子爆炸着迸溅，命运的天平将彻底倾翻。

他们隔着镜子凝望彼此，像是凝望命运的对手。

镜子碎掉了。

嘶吼中，韦温雪将迎来人生的第一次失败，而这次失败意味着，彻底的毁灭和万劫不复的深渊堕落。

而在历史不为人知的暗处，赵琰递给了裴济纸笔。在裴济传给朝廷的报信中，称这是一场自下而上的哗变，他说自己本与两位国舅顺利交接，却没想到后院起火，驻军们突然在黄河上擅自劫持了二季，他这才发现长安派来的蒲津驻军中混杂了大量的杜路旧部！杜家军打着"清君侧"的旗号，以下犯上，绑了裴济，一路高歌猛进向关中进军。裴济在信的末尾涕泪陈情道："请朝廷切勿顾虑微臣的性命，以天下为重，速速剿杀叛军。"

相隔不远的潼关，裴老将军收到三子的自绝书后，望着身旁抹泪的小孙子道："哭什么，多向你三叔学习。"身旁，心腹部下问他，要不要赶紧带兵回关中，与洛水处的守军合作来个首尾夹击。裴老将军摆手道："慢慢走。若是长安能守住，我们截后剿残军；若是长安守不住，我们这区区两万人赶着去又能捞到什么好吗？"

副将惊讶地望着这个一生以忠心赤胆闻名的老将军，却看见老将军稳坐在帐中，望着手中来自三子的信纸，露出了淡淡的笑意。冥冥之中，父子二人像是隔空交换了一个玩味的目光。

那巨大关系网的无声变动，经手了太多人。

"父亲，你本该早点告诉我。"那一夜，裴济扶额望着门外驻军集合，在心中叹息，"父亲你在江淮领兵数十载，军中心腹众多，受杜路调遣收复东梁的江淮军队更是半数出自你的麾下，你让我如何相信军中这么大的篡改你不知情？只怕你在卸甲回河东之前，就已与赵琰结盟，默许了他在军中的一切动作。但你要换庄时，总该让我有些心理准备。"

"我没有换庄，而是顺势递给马上要开始决斗的二人一把刀，看看谁能最终胜出。"那目光中，裴老将军无声地微笑，"若是长安赢了，我们就从背后包围过去杀了赵琰，成为大良的新英雄，代替二季重掌大良的兵权；若是长安输了，我们就比别人更早看清国祚气运，三百年前裴家能把良高祖萧回送上金座，三百年后裴家却并不能与萧家一起沉沦。"

"原来是借赵琰除掉二季，好一出递刀之计，儿子受教了。"

"而在赵琰成为天下之大不韪后，大家自然也可以借幼帝的名义，再把赵琰除掉。"

"父亲如此深谋远虑，只是我这个做儿子的可怜人，偏偏就在蒲州关。"裴济一边给父亲写大义凛然的自绝书，一边在浑身铁链枷锁中露出苦笑：下次千万别再有这种瞒天过海计了，饶了我吧。

"我是信任你啊，三郎，我知道你一看就会明白过来形势的。这件事只能由你来做，全天下人都不会怀疑你在撒谎。"裴老将军微笑着放下了信纸，"因为你是最像我的儿子。"

在良末的史书中，关于裴老将军的投诚，有一段非常可歌可泣的记载，被后世各代的史书一遍遍抄袭。同样的戏码，不同的人物，在千载青史间轰轰烈烈地轮番上演。

赵琰成事之后，裴家的命运不同于长安韦杜，家族在新时代存续了下去。

这都是后话了。

而在裴老将军合上信纸，军队磨磨蹭蹭地从潼关折返的时候，洛水两岸正在激战。

一条银亮的闪电劈开夜幕，暴雨轰然落下，击落一颗颗燃烧的火弹坠入茫茫荒野。黑暗中河水在暴涨，幽绿草秆向同一个方向摇曳，"肃清君侧，还政于王"的众军高呼声与大雨滂沱声一起传向四野八方。燃烧的铁箭像星河般从彼岸密密麻麻地迎头飞来，巨盾与铁甲在大雨中成方阵向前推进，满脸雨光的士兵们嘶吼着，踏过泥浆，蹚过九月的河谷，血流成河中踏着地狱的火焰向前厮杀！冲过去，冲过这条洛水，前方就是长安！

这本该是一场誓死守卫长安最后一道防线的拉锯战。

它却比裴老将军预想的早结束了太多。

他本以为等自己带着部队到达洛水时，两边各数十万人的队伍早已彼此消磨至疲敝，他可以靠着两万部队决定整场王朝战争的最终走向。但他没想到，天公不作美，关中竟连下了七天七夜的暴雨！

渭河决堤了。

"暴水漂民二千余家"，"溺死者千人"，这是后世史书对这场良末水灾的记载。当时赵琰的军队离开蒲津后不久就到了朝邑，朝邑是洛河与渭河的交汇处，这是两军激战的发生地。平心而论，这场暴雨虽然熄灭了西岸的火器，但更多地阻碍了东岸的西进——原本流浅沙深的洛河河谷突然暴涨，使得赵琰的军队迟迟不能抢渡，这支临时组织起来的"清君侧"大军本是靠着一头热血走到这里，一旦拉锯下去，人心的冷静就能把一团湿泥变回散沙。

但谁能想到，就在叛军"还政于王"渐渐变弱的喊声中，渭河突然发洪水淹没了两岸！

天下一下子炸开了锅，要知道，良朝时的渭洛两河不同于后世，沙碛相次，常年涸冻，当年乱世之际，尚未成事的良高祖想从洛河坐船驶入渭河，水流之浅甚至难以载舟。但就在三百年前良高祖难以前行的那一夜，突然发生了黄河倒灌，渭河和洛河之间逆流了一整夜，天亮时水深泛波，小船载着高祖一路直达渭津，天下以为奇。而三百年后，洛水的突然暴涨仿佛是高祖成事之兆的再现，而洪水淹没各县，岂不是天帝示警？

赵琰带兵一踏入关中，天上就下起了多年难遇的暴雨，再联想到小杜之冤杀，二季之乱政，种种主少国疑的情绪在这一刻达到了极致。河对岸"肃清君侧，还政于王"的震天连呼像是某种冥冥的谶语，暴雨声如同鼓点，决堤的洪水已冲到了长安脚下。

军中流言四起。

怀疑的目光、洪水、刀剑和口号声全部指向了紫微宫中那个金帘后的女人，"牝鸡司晨，内外结党""无德失节，淫荡后宫""越俎天子，烹杀忠良"……一个女人的罪恶激怒了苍天，漫天暴雨如狮子吼般落下，激起的不是洪水，是天命。是天命推着二季死亡，推着"清君侧"的大军迈入关中，推着他们浩浩荡荡向长安走去。

而赤马银甲的苍白将军赵琰，就是这场天命的代行者。

洪水在渭河两岸肆虐得越来越严重，人心同样在离乱，关中甚至响起了请赵琰入长安的呼声，要他逼妖后向苍天请罪，才能熄灭上天的怒火，平息这场人间的灾乱。洛水两岸的拉锯中，西岸的守兵望着家中的洪水无心作战，而东岸，叛军更鼓足了劲头要闯过去，"保护圣主，天命在此"的齐声呐喊越响越大，洪水、口号与左右顾盼中，有人松开了刀戟。

两岸厮杀与怒吼的银浪间，先渡者冲锋着闯了过去，身后尸沉河谷，血满流沙。

大军前进。

秋夜落下漆黑的暴雨，在"还政于王"的高呼声中，长安陷落。

人群在红墙外垂影斑驳，边俊弼和灰灰拉住彼此，在血泊暴雨中喘着气，长安城明亮的、温暖的光芒照在身上，新的世界缓缓打开。

耀眼的，终于到达的新世界。

第七卷

不恕

『活下去，替我去战胜命运！』

第四十七章

告别淑德

"报——！洛河失守，叛军已走过朝邑，离长安不足三百里……"

"报——！逆贼们突破了季江统帅布下的防线，大部队离长安还有一百五十里……"

"报——！渭河洪水泛滥，关中流言四起，守军们边走边逃，赵琰及其逆党已逼近临潼，不知今夜能否保住京畿……"

"京畿失守！"

阴郁的雨天，暗室中，美丽苍白的太后拥抱着肩膀轻颤的少年皇帝，与面前众臣目光相对。

雨水砸在瓦上发出淋漓巨响，一声声越逼越近，那是王朝倾塌的响声，是赵琰的马蹄即将闯入紫微宫的凛凛杀意，天上黑云闪电之间两条金龙翻飞搏斗，地上洪水肆虐万民高呼。

"太后殿下，时也势也，不得已也。"

冷白的雨光照亮在众人阴影中独坐的女人，她笑了，那笑容在雨光中惊人地脆弱，像是白瓷和玻璃轻撞彼此。

"哪有什么时势。"她说,"不过是七万内鬼里应外合地造声势。"

崔宰相行礼:"还请太后与陛下幸蜀。"

"叛军人多势众,长安八门难守,紫微皇宫被破就是明天夜里的事了,再晚就来不及了,还请太后和陛下速速启程!"

她沉默地望着男人们。

韦家父子对视一眼,转头对着小皇帝道:"陛下!"

"留得青山在,不怕没柴烧。"柳补阙急得白长须下嘴唇冒泡,"他们打着'清君侧'的名号,蒙得了天下一时蒙不了天下一世,这场洪水总会停,保全陛下才是首要之义!此刻幸蜀,无非是能屈能伸罢了;若是坐在这紫微宫被瓮中捉鳖,才是顺了奸人的心意!"

小皇帝看看这个,又望望那个,终于迟疑地站起了身。

雨光中苍白的母亲望着他:"孩子,你想走吗?"

他轻轻点了下头。

"这是对的。"她低头说,是很温柔而优雅的语调,"你的爷爷杀了你太多的叔叔,但是为你留下了坚固的朝臣。只要你活着,这个框架就还能延续。去吧,带着你身旁的臣子到四川去吧,他们会教你如何在合适的时候回来。你一定要活下去,这是你爷爷在天之灵的庇佑。"

"那你呢,母亲?"

"我要留在这里,帮你解决后面的事。"

"你不和我一起走吗,母亲?"

"总要有一个人为历史当罪人。"她坐着望向面前比自己稍高的儿子,伸手整理他的衣领,"旧权力是错误的,才能显得新权力格外正确。洪水停下的时候,天下会高呼着请你回来当主人。"

"不。"

那是个年轻男人的声音,很好听又很遥远。众人循声望去,只见暗室房门突然推开的光芒中,黑衣的公子安静地望向淑德,那目光像是一只穿越雨水和时光的鸽子,轻轻地落在她柔软的肩头。

"你要走。"他站在门槛下望着她,身后银线闪落,"你不能一个人留在这儿。"

"雪郎!这是太后殿下!"

他不顾身旁父兄的怒斥,不顾众人惊异的目光,笔直穿过暗室走向她,俯下身直视着她美丽的脸,紊乱的呼吸拂在她面上,等待回答。

她并不抬头:"派出那十八万军队是我的主意,我应该为这场错误负责。"

黑衣公子仍盯着她："你听我说，他们会杀了你——"

"不。"她轻轻摇头，"只有我，才能让赵琰离开长安。"

"你太天真了——"

"天真的是你。"她抬头注视着他晶莹的眼眸，一字一字地说，"教唆赵琰杀死杜路的人，是我。"

他难以置信地望着她。

"我们像是一对雌雄大盗，总是在比赛谁说的谎更多，比赛谁更能骗过谁。"淑德低下头笑了，"无寒你输了，你没猜到我杀死杜路的真相。昔日忠心耿耿的副将，为何突然对自己的将军挥刀相向，一年前我对赵琰说了什么，让他一瞬间倒戈了他追随了半生的将军？"

他握紧她的肩："告诉我！"

她摇着头："我独有一个属于赵琰的秘密，这是我明天对付赵琰的法宝。我能说服他第一回，就能说服他第二回，你且等着看吧。"

黑衣公子沉默地注视着苍白的皇后，良久，突然道："这场谎言的比赛，我并没有输。"

在淑德还没有反应过来的一刻，他凑近她的耳边，轻声说：

"杜路还活着。"

淑德的瞳孔蓦地放大，又很快恢复了平静，从容道："那就算我们平局。"

"不，我要告诉你第二件事。"他掐着她的肩膀，很用力，也很艰难地说出了下一句话：

"我并没有把那个金发的胡姬带回家。"

"什么？"

"没什么。"

他松开了她的肩膀，渐渐地、渐渐地离开了她。这期间他看见浅浅的弧度在她唇上绽开，这个女人眼含笑意望着他，仿佛在说你也有今日吗。他避开了对视，他想这不是一个好的场合，他的父亲哥哥都在看着。

他退回到自己父亲的身边，忍受着他哥担忧的、责备的目光。"也好。"他听见身后薛尚书的声音带着叹息落下，"太后殿下留下坐镇，免得叛军把口号喊得越来越离谱。到时候太后退位请罪，八方守军支援京师，再请陛下回来主持大统，顺理成章，就不会再给天下任何口舌把柄。"

这是最聪明的解决办法，韦温雪想。他沉默地望着阴影中端坐的女人，她轻轻颔首："你们带着陛下去做准备吧。"

群臣跟随着金袍的少年一个接一个地离开，暗室渐渐空了下去，黑衣公子仍站在原地："我留下来帮你。"

"不。"她轻轻摇头，"我有更重要的忙要你帮。"

淑德温柔地望向屏风，那后面探出了一个小小的脑袋，粉雕玉琢的小女孩正用圆圆的黑眼睛望着韦温雪，突然甜甜地笑了。

这是帝国三岁大的幼公主，萧念恩。

她走得还不是很稳，却一步步蹒跚着走到韦温雪身旁，用肉乎乎的手臂环抱住他的膝盖，仰头望着他傻笑，浑身都弥漫着奶糖的甜味。

韦温雪低头望着小女孩。

"无寒，拜托你照顾好念恩。"淑德注视着他们，"请一定要把她送到安全的地方。"

"我答应你。"

"你可以带着她出发了。"她微笑着，眼睛亮闪闪地望着韦温雪，"快去吧。"

韦温雪沉默地注视着她。

他突然走到了她面前，在雨声磅礴敲打房顶的这一刹，在帝国绝望的狂潮中，在无情的世代与缱绻的告别中，她坐在高高的金座上，而他站在她面前，很近很近地对视着。

黑衣公子低下头。

这是很安静的一个吻，轻轻落在她的额头上。

一个卑微的、克制的、少年般干净的吻，他献给他高高在上的女王，她眼中微笑却流泪。

最后一面，结束了。

他转身抱起小女孩，黑色的背影瘦削如一把锋利的剑。

"再见。"

"再见。"

她盛装坐在幽深的宫中，双手相叠，安静地注视着他离开。

这是那个名叫涟漪的女人一生最美丽的时刻，她褪去了三年的丧服，插了满头的花。傍晚暴雨淋漓，金光芒在暗室内一丝一丝涌入，映在她年轻的面上，眸子熠熠地注视着远方，静静等待着深夜中那个王朝的闯入者到来。

在韦温雪的记忆中，淑德太后永远定格在那一幕，那么典雅，那么骄傲，那么悲伤，那么安然。

她永远是他美丽的皇后，他却不是她生死同穴的情人。

他相信，在她活着的每一刻——

她是自由的。

空气中潮湿蔓延，大雨的傍晚刮风又明亮，他走在这一场银白的大雨中，金黄的琉璃瓦，明绿的枝叶，鲜红的宫墙，天色甚至是浅蓝的，一切景物像是拼凑起来的剪纸，他是被粘进里面的小人，他本不该在这里，他本不该浑身湿透地走出漫长的宫墙。

后天早上雨停的时候。

他抱着孩子走在四川的泥道上。

而她的尸体，在白绫上飘荡，如瀑的黑发上插满鲜花。

"老板，你这一生有没有真正爱过什么人呢？"

"我不是就很喜欢你吗？"十三年后，韦温雪坐在铜雀楼里，望着面前的金小山笑了，"热热闹闹的人间，如花似玉的美人，我都很喜欢。"

"不是这种轻浮的喜欢，是那种深刻的爱。"

"那我就不知道了。"身旁巨大的鱼缸缓缓旋转，他低头拼凑着一颗颗色彩各异的宝石，"但有一个人——我也不知道我是否真的爱她，但这么多年，我时常想起她。"

"谁？"

"我不想说。"

我常想——

我不应该那么聪明，我本该像个少年一样，带她走。

寂寥压抑的宫墙内，黑衣的皇后与丧服的公子，在乱世绝望的狂流中寻欢作乐。四下愈发昏暗，他慵懒地抽着烟，她摇散一头发髻，海棠石榴芭蕉叶，金色的黄昏雨水淅沥。他们喘着气，眼睛对着眼睛，背上写满千古的骂名。

"所有女人都会嫉妒得想杀了我。"

淫荡的妖后。

年轻的浑身热气的男人。

"那又怎样。"他把发颤的她抱到桌上，撕掉一片漆黑的裙摆，埋下了头，"对抗荒诞的孤独者，要拥有一切，权力，世界，嘲笑，一切，毁了整个世界的圣人。"

房檐在滴水。

她光洁的手臂，伸出黑夜的黎明。

他吻干她手背上的雨水。

"地狱里，修罗会把你切开，分给两个男人。"

"那你完了，你不够分。"

他们大笑着，躺在长安心脏的大床上。

颓废。

他们在昏暗的房间里撕纸，一册册经书变成洁白的碎片，轰轰烈烈的雪花洒落。公子单手甩火石，用《论语》点燃了手中的长烟杆，青烟袅袅中她在闭着眼转圈。

"我这样不守贞德的女人，死后会下地狱的。"

他抱着她旋转，黑裙在夜里飞荡，露出洁白的足踝。

"正好，我就在地狱等你。"

他从床上抱来柔软的猫，摆着长长的尾巴，红色的狐狸迈着四只腿，在枕褥之间优雅地走来走去，他和她躺着一杯接一杯地喝血红的葡萄酒，身旁毛茸茸的脑袋攒动，她醉倒在柔软之中。

他们在黑夜里在红墙上漫游，像巨大世界里的两个梦游症患者，她在冷风中走着走着突然流泪，他装作没有看见，高高地扔起石头砸向清晨灰蓝色的大湖，水花四溅，一声声越砸越远。

天亮后，他们沉默地背对彼此穿上丧服，又恢复了谨慎的衣冠楚楚的形象。

仿佛那些癫狂的故事，从未在他们之间发生。

他们的故事，看上去和所有男人与女人的故事都没有不同。从欲望中开始，在权力中缠绕，于离乱中结束。

他和她之间的秘密承载在古旧的宫墙中，被叛乱者的炮火和新史册的纸堆永恒地埋葬。

从此无人知道那些漆黑的夜里——

黑衣的皇后和丧服的公子在宫墙下的风里抽着烟梦游。

而他搂过她痛哭的肩膀。

第四十八章

十三年前。十一月。

"杜将军，一个好消息！我们终于收到了无寒公子的消息，他带着幼公主逃出来了！"

黑甲金盔的青年站起身："我这就去接他。"

"杜将军，你身上的断魂蛊还未稳定，先不要奔波。"

"已经不碍事了，我想亲自去见他。"

"杜将军，赵琰狼子野心怕是要改换门庭，我们必须保护陛下的安全，最要紧的就是建立起一支军队。你已经被苗寨和南诏国耽误太久了，如今招兵的时间分秒必争，蜀地凡事需要你坐镇，可不能群龙失首啊。"陈德荣拉住杜路，"我相信无寒公子也更希望你能待在这里主持大局。派个武林中的高手去接公子，才是最好的办法。"

蜀道大雨中。

韦温雪站在一方茅屋中，望着窗外雨丝如银注地。

他在想他哥到底去哪儿了。

自从大臣们带着小皇帝和幼公主过了子午道后，叛军们的搜查拦截就越来越频繁，为了保证陛下的安全，大臣们决定两拨人分走。小皇帝和幼公主交换了衣服之后，由韦徽猷、韦棠陆和众多臣子一起带着小皇帝先行离开；而韦温雪和其他臣子带着幼公主随后出发，如此为陛下断后。

半路上他们遭遇了叛军的包围，韦温雪怀抱着幼公主九死一生地逃了出来，黑衣下的身体早已血迹斑斑，却一路都用温暖的手指捂住她的眼睛。此刻，他已在约定的会合处等了三天，却怎么都没等到他父兄的到来。

"公子，杜将军派我过来接你。"

他将幼公主交给了门外人。

"我有我脱身的办法。"

他摆手，在十三年前那个夜晚回了头，走进漫天大雨，黑色的连帽萧索地披着，独自一人走回了风雨飘摇中的蜀道。

当执着明亮火把的士兵们呼喝着包围过来的一刹，他毫不反抗地任由他们俘虏自己，寒眸注视着最前方的队长："带我去见你们的头儿。"

队长迟疑地望着他。

"是我，韦温雪。"他猛地一下扯掉漆黑的帽子，那张苍白的脸在雨水中发亮，声音低沉，"告诉赵琰，他通缉的人回来了。"

正如对手所构计的那样，自投罗网。

明知是踏入陷阱，明知是饮下毒液，可他还是回来了，正如对手所愿，正如杜路和他父兄所不愿。

简陋的行帐中，他们终于又见面了。

隔着一方低矮的桌子，眉宇凌厉的银甲男人与黑衣翩翩的贵族公子打量着彼此。薄薄的油灯火光在他们之间跳着，暴雨敲打着帐篷，整个世界就是漆黑海洋中一方即将被淹没的孤岛，两个男人望着彼此，无声之中是身旁万顷海啸将崩的响声。

"无寒公子，我还记得我见到你的第一面。"

这是他们今夜的第一句话，赵琰开口，他带着淡淡的嘲讽注视着对面人狼狈的湿衣："我为你捡风筝，那是很昂贵的一个风筝，生绢面上绘着兰花。后来你把它扔了，因为你不喜欢奴仆的手碰过你的风筝。"

"我倒不知道你有叙旧情的习惯。"韦温雪笑着说，"你需要道歉吗？"

"我杀了淑德，真没想到，你依然能笑着来见我。"

"那没什么。"他平静地说，"毕竟我们还有更大的事情要商量。"

"你真是个没心的人。"

"政客不需要有心。"灯光雨声中，黑衣公子用晶莹的眸子望向他，"但是需要有更大的野心。"

"比如说？"

"我可以站到你这边来。"他凝视着赵琰，"让我来帮你，入主整个天下。"

"我确实需要一个像你这样的人。"赵琰也望着韦温雪，"我想不到什么理由拒绝你的归顺，你是一个有能力捭阖天下的人，我了解你，从很小的时候开始。只是我想不明白，你曾那样地看不起我，如今又为何来讨好我？"

"是我走了眼。"韦温雪坦率地说，"我认输了，我从此自甘服从于你。"

"因为幼帝和你的父兄都在我手中，所以你要忍着屈辱说出这样的话？"

"良禽择木而栖罢了。"韦温雪摇着头笑了，"正如殷商降黜夏命，你是惟辟奉天的成汤，我是匡扶天下的伊尹，有何屈辱可言？"

"你相信这是真正的历史吗，还是周人伪造的历史？"

"真假是最不重要的问题。"

"你倒真是变通自如。"

"我可以押萧良，可以押淑德，自然也可以押你。不要用什么不贰臣的忠义要求我，是我在选择天下的主人。"黑衣公子伸了个懒腰，揉着眼靠在椅背上，那声音漫不经心却又洞察人心。

"但你还坐不稳这个天下，名不正，则言不顺。你现在真正能控制的区域，只有山西和关中。此刻，关陇的旧部都在陇西负隅顽抗，洛阳还留着五万二季的旧部，这样东西呼应把你夹在关中，关中迟早会被困死。至于南方，蜀地你根本不用想，东南早晚会趁乱把前梁的壳子死灰复燃，而荆襄驻军不可能听话。你现在挟持着幼帝，还能打着'还政于王'的旗号，等时间一久，八方地方军支援京师，各路绿林趁火打劫，你还拿什么掌控天下？只怕成了全天下人的靶子，为下一任新权力当垫脚石罢了。"

"无寒公子倒是一直看得清楚。"

"只有看清时代的人，才能帮你主宰时代。"

赵琰突然笑了，他伸出一只微凉的手掌，放在灯火跳动的方桌上，玩味地注视着对方：

"那不如我们……握手言和？"

韦温雪伸手握住了他：

"当然。"

银甲男人和黑衣公子望着彼此笑了。

"我原本就是来求和的，你知道我是不低头的人，但我唯独愿意向你服软。"韦温雪的声音很真诚，"从晋阳到蒲津的果断手腕，我是真心佩服。今日得见赵将军，我求和的话还没出口，赵将军便主动与我消除嫌隙，足以见将军气量心胸之不凡。能追随这样的雄才大略者，是我的荣幸。"

"能听见这么高傲的无寒公子亲口对我说出这番话，真是不容易。"

"肺腑之言。"

"你倒真是能屈能伸。"赵琰握着韦温雪，脸上仍挂着笑意，眸色渐渐转暗，"这就是你想好的脱身的办法吗？"

"当然不是。"韦温雪也握着赵琰，微笑着反问道，"赵将军想要我怎么证明自己的诚意呢？"

"你今天单枪匹马来见我，是不是早就想好了把投诚当作脱身的办法，是不是觉得我一定会相信？"银甲男人毫不掩饰眼中的嘲讽，不等对面回答，猛地用力掐住对方的手腕，"合作，从来不是靠一张嘴而已，你准备向我出卖些什么呢？"

在对面人几乎能卸掉自己一条胳膊的狠力之下，黑衣公子面不改色，声音低沉道："赵将军难道不需要天下士族的支持？关陇与山东，只要这个框架坚固，即使是五鹿之乱后的大良仍能续命百年。一个裴家支持你，就能让你十日内入主关中；而整个框架支持你，就能让你做天下的新主人。这么多年来苦心经营沟通两边的人，是我，是我背后的韦家。韦家的支持，能让你获得大量士族的支持，能让你西招陇军，东黜洛阳军，能让你安定整个北方，如何？"

赵琰带着嘲讽摇头："还不够。"

"帮你受禅正名，帮你定法制礼，为你祝酒掌牺牲、世世奉宗庙，如何？"

"还不够。"

"那我就帮你斩草除根。"韦温雪微微眯眼："献出幼公主，如何？"

"淑德临死前把她最心爱的小女儿托付给你，你现在为了自保，宁愿把淑德的女儿献给我？"

"这不正是你最需要的礼物吗？"韦温雪眸色渐寒，"不知道这份重礼，足够赵将军与我成交了吗？"

"你倒真是什么都能出卖。"

银甲男人嘴角挑起一丝冷笑，他用幽暗的眼神打量着韦温雪，缓缓松开了对方的手腕："成交。"

"合作愉快。"黑衣公子垂下手，抬眸，不动声色地问，"我已拿出了我的诚意，赵将军，你是否也该让我见一见我的父亲和大哥了？"

"见一见你的父亲和大哥？"赵琰几乎要笑出声，"让你们一家人在新时代里做新权贵？让你们出卖了旧国家又来新世界做蛀虫？让你们继续手眼通天以为自己真是什么高高在上的贵族？"

磅礴雨声中，灯光忽闪，黑衣公子面色一变。

"哐当！"

矮桌被猛地掀翻。

一片哗啦啦的东西落地声中，突然暴怒的银甲男人握拳站起，上前弓步一把揪住黑衣公子的衣领，往柱子上狠狠一撞！暗红的血流了下来，在韦温雪挣扎着站起身的一刹，赵琰再次揪住了他的衣领，注视着他的眼睛，低声说：

"你真让我恶心。"

狼狈中，韦温雪却被他逗笑了，边笑边摇头道："怎么？你以为世界上所有人都是杜路吗？大部分人都是像我这样恶心的人，自私自利又两面三刀，没有信念也没有良心，捧高踩低，给够了钱什么都能出卖。唯一一个不会出卖别人的杜路，唯

——个因为我扔了风筝而给你道歉的杜路，不是早就被你亲手给杀死了吗！"

"不要在我面前提他的名字！"

赵琰如一只被逼到绝境的困兽，红着眼望着韦温雪，偏偏后者还不肯闭嘴，那张清绝端庄的脸在幽暗中苍白如一杆脆弱的秋芦苇，那寒眸中却是再也掩饰不住的嘲讽："都是千年的狐狸，在我面前玩什么'你对我的道德很失望'的戏码。你劫持了幼帝，你绑了我的父兄，设了这么大的圈套逼我回来，不外乎就是要知道幼公主的下落。我和颜悦色给了你这么大的台阶，你却偏要惺惺作态了？赵燕子，戏演久了，就真以为你也是个道德楷模了？我知道是你杀的杜路，我今晚给你脸了，别在这儿给我蹬鼻子往上爬！"

赵琰通红的眼睛怒视着他："胡说八道！"

"怎么，还嫌这台阶不够大？非得让后世史书上写道赵琰本不想造反，是我非逼你造的？哦对了，是不是今夜这幼公主的下落你也不想听，是我非得按着你耳朵给你说的？我懂了，大家好人做到底，从塞北放假情报是北漠人逼你的，一路轻骑从晋阳潜行到蒲津是高熥逼你的，蒲津兵变入关中是士兵们自发的，你就这么一步步被众人逼着往上走，是不是啊，杀死自己恩人的凶手，伟大的道德楷模？"

赵琰避开了对视。

黑衣公子笑了，在他耳旁低声说："赵燕子，被戳破了这么点心思就恼羞了？你这脾气真是连个小姑娘都不如。行，我先道歉，真不知道那一个风筝你记了这么多年。话说那么一丁点屁大的破事，也值得你这雄才大略的道德家像个怨妇一样憋了十年地怄气，好不容易出人头地了，第一件事却是跑到我面前扬眉吐这个气？我刚刚可是忍得很厉害，差点就笑出声。"

银甲男人喘着粗气，因气极了而抿紧唇线沉默，盯着地面不说话。

黑衣公子用力拍着他的肩膀："既然我的投诚赵将军不满意，那就算了。赵将军要身体力行呵护幼帝，我也没有意见。只是今夜，我一定要见到我的父亲和大哥，请赵将军莫要再拦！"

话落，韦温雪按住赵琰的肩膀，在后背流血中身形优雅地站起，仍是那彬彬有礼的模样："见了我父兄，幼公主的下落立刻给你，我说到做到。"

他背后，赵琰也缓缓站了起来，眸色阴沉地打量着他。

四面雨声磅礴。

"你要出卖，可你怎么知道我一定会买呢？"

这是异常低沉的声音，在四面暴雨中冷峻地落下，那银甲高大的男人眸中燃烧着讥刺的怒火，声音却一字字冷静极了："如果我告诉你，所谓幼公主的下落，对我一文不值呢？"

黑衣公子背对着他，单手整正自己的衣领，轻声说："那看来赵将军费了这么大力气，真的只是想找我叙叙旧了？"

"不。"身后，银甲男人很认真地回答，"是为了证明一件事。"

"证明什么？"

"证明你这个人，比我想得更加卑鄙。"

身后人失笑。

"证明你根本就不爱淑德，你为了利益和守寡的太后偷情，又在危机中对她毫无留念地背弃。你和淑德的丑事，比我想得更为恶心。"

身后人几乎要笑出声了："那又怎样？"

"你不明白，但凡今夜你展现出了一丁点对淑德的怜悯，我也不会如此恶心和绝望。"银甲男人高大的黑影在帐上映出冷硬的线条，他摇着头，喃喃道，"但是为时已晚，我已经从你身上得出了第三个结论。"

"你说。"

"证明贵族根本没有继续存在的必要。"黑影中，银甲男人双手握拳，那声音冰冷得像一把重剑，向着命运庄严地斩落——

"你们这群自以为高贵的士族，没有忠诚，没有道德，没有怜悯，更没有羞耻心，将国家当作随时可以出卖的砝码，把皇帝视为自己押注扶持的代言人。

"你不以为耻，反而扬扬得意道'只要框架在，大良就能续命百年'，可你眼中何曾见过大良的黎民苍生？良高祖依靠关陇集团开国，你们这些世家大族，自以为是国之支柱，可又有谁想过，百年来大良衰弱的根源是什么？而江左东梁从开国到灭亡不过区区六十年，上下焕然，举国一心，张氏皇帝被掳后，朝中臣子倾家荡产凑出十万黄金，赎回皇帝无望后，翁朱和他的门生集体自杀殉国。这种兴盛与忠诚的根源又是什么？

"虽然我是两年前灭梁战役的主力之一，但我非常敬佩和惋惜那个国家，那种强大的道德力量，那种对于学问经纶的尊重，那种欣欣向荣的希望感，那种每个人都可以努力改变命运并借此推动国家前进的信心。我感受到了时代的声音，并且清醒地意识到，翁朱可以十四岁从茅屋中以神童入仕，而三百年大良却没有一个南方人做宰相。

"大良成也士族，败也士族。你们这些人依靠荫庇，依靠联姻，依靠土地兼并，依靠两监官学，从下到上控制了国家的每一条通道。你们眼中没有贤良，只有地缘；没有家国，只有家族。有才者得不到重用，草包们却一代代福泽绵延。二季的故事，还不够让你们听一听人们的怨声吗？

"新的时代已经要来临了。

"我之前还有些怜惜你的才华，因为我承认，士族中确实有许多优秀天才之辈，比如你们韦家的十三代宰相，比如裴家薛家的将军将领，家学深厚，诗文高妙，似乎贵族与寒士之辨也有些道理。但感谢你的无耻，让我看清楚了一件事：一个国家要前进，就必须摆脱家族的操纵。

"新的时代里，再也不要有贵族。"

黑夜中雨流狂啸。

灯火中，韦温雪嘲讽地望向身后那个冷银色的背影，仿佛在看一个自说自话的疯子："你在说什么胡话，不要忘了你现在所有的军队都被困在关中，你不求得士族的支持，裴家就有本事让你再也出不去——"

"我不会求任何人。"那背影阴郁地说，"无寒公子，你知道你我最大的区别是什么吗？"

韦温雪讶异地望着他。

"你总是在维稳制衡，而我总是在破釜沉舟。"

话落，赵琰猛地拉开身前的矮柜，拽住一件黑乎乎的物件，猛地往韦温雪身上掷去！

韦温雪下意识地伸手去接，摸到了满手冰凉的脓血，定睛一看，整个人被吓了一大跳，失手扔了出去——

那是一颗死人头。

小皇帝脖子上伤口在流脓，整张脸在发紫，那双少年乌黑的眼睛却不肯闭上，定定地、哀伤地望着韦温雪，像是有千言万语在无声地诉说。

不顾那东西在身后咕噜噜地滚动，韦温雪蹲下身，以黑袖掩面躬身呕吐了起来。那张因受伤而苍白的脸此刻脆弱得可怜，他本已几日没有吃喝，此刻呕出发黄的胆汁，越呕越反胃，还不忘狼狈地甩着自己手指上的死人脓血。

脑袋发晕中，他感觉身后人走了过来，高高地俯视着他："所以我说，幼公主的下落，已经对我一文不值了。"

"你……你杀了幼帝？"黑衣公子几乎要喘不匀气了，"你真是愚蠢得可怕。"

"不，"身后人摇头，"当我发现小皇帝时，他已经中毒死去了。他身旁以同样的中毒方式死了很多人，里面有你的父亲。"

韦温雪瘫了下去。

"我有时候感觉，是命运在推着我走。你知道吗，命运没给我留退路。"银甲男人蹲下身，目光平视着韦温雪，"从我出生在那样的家庭起，我就没有回头路。"

黑衣公子怔怔地望着他。

"现在，我作为一个王朝的闯入者，也没有回头路了。"赵琰动作轻柔地捡起地上的死人头，"天下所有人都会以为是我杀了小皇帝，因此你说的那条路行不通了。我要么战胜所有人，要么就得被所有人杀死。"

他站起身，将脑袋收回抽屉中，合上了木柜。

"现在，让我告诉你最后一件事。

"虽然我是一个没有道德的人，但我强烈地、强烈地厌恶自己。

"我非常向往道德，就像是泥潭里的动物向往光一样。"

雨声涌动中，黑衣公子躺在昏暗的地面上，怔怔地注视着光影在帐顶上拂动，似乎已听不清他在说什么一样，声音低哑地吼道："我哥呢？你把我哥怎么了？"

赵琰怜悯地望着他："在大宗国的覆灭之下，你却只想着卖国来保护自己的血亲私利。韦无寒，你真是一次又一次地让我失望。"

帐外浮动着一片雷霆巨响。

两人望着彼此。

"那你又是什么怪物？"黑衣公子缓缓地说，眼眸冰寒如一把匕首，"踏着恩人的尸体往上爬，杀了与你谈判的女人，满手血污，却像个洁癖患者一样对着别人叨叨不休？用我亲人的消息把我逼回来，又在这里逼问我为什么要回来？为别人的自私卖国而失望？你的怪诞和虚伪，真是让人叹为观止。"

"我从不否认我是个怪物。但是，"赵琰注视着韦温雪，一字一字地说，"有些怪物存在的意义，就是要消灭别的怪物。"

在黑衣公子脸上一闪而过的吃惊中，银甲男人笑了，他上前一步揪起对方的衣领，那漆黑的眉宇格外凌厉，他俯身轻声说：

"而你们，这些相亲相爱的蛀虫，就该同那个腐朽的王朝一起，被彻底地消灭。"

银甲男人松开了他的衣领。

漫天雷雨咆哮中，无数执戟的铁甲兵从四面冲入帐中，锋利的刀尖甩下一串银白的水珠，冷光对准了黑衣公子的脑袋。

"将军有令，将韦棠陆和韦温雪兄弟二人一起押回长安，抄家诛族，腊月问斩！"

暴戾的雨声中，黑衣公子被戴上脚镣和枷锁，佝偻着身被士兵们粗暴地带走，他想停下，却被一脚痛击膝盖，被狠狠拉扯着，浑身都淋进了漫天冷雨，向着狭小脏臭的囚车走去。

无寒公子，我希望你能记住你的这次失败。

你是被你最瞧不起的人战胜的。

是最贫贱最无能的平民们，用他们翻天覆地的力量，把世间最高贵耀眼的公子从云端打入了地狱。

这就是时代的声音，如雷咆哮，如雨合鸣。

当韦温雪终于又见到他哥哥时，兄弟重逢于黑铁栅栏重重的大囚车中，人声喧嚣，车板在摇晃，他哥抬头，目光穿过人群望见弟弟，沉重的锁链在手背上垂落，四面雨水的银光在他哥眼睛里滑动。"你怎么来了？"他哥责问道，眼里一串晶莹流落。

"哥。"

韦温雪的脊背在发颤。

他望见他哥哥，披着一块破旧的油布，银色的瓢泼大雨在他身后垂落，哥哥正疲惫地坐在铁栅栏的旁边，抬头望着他，眼里是他的影子，是晶莹的光。

担忧的、责备的目光。

韦棠陆曾很多次用这样的目光望向他弟弟，望着小男孩抱着小猫咪，在天子宴群臣的众目睽睽之下击败自己的围棋老师，弟弟还太小不知道这意味着什么，软软的脸蛋贴着猫咪笑得弯起眼；他望着小少年举着黄莺鸟满长安地戏闹，喜新厌旧地嫌那个话本不好听，甚至异想天开要挥着青柳枝一路跑到四川去，弟弟还太小不知道前路危险，天真烂漫得让人担心；他望着弟弟在春风春雨里昼夜写情诗，月色衣衫的青年在花魁楼下吹碧笙，转眼又捧起嫣红桃花下异国佳人的金发，绿衣少女们簇拥着俊美的公子一起拍手欢笑。弟弟太小还不明白爱是什么，贪玩只会耽误他的学业，日后一定要给弟弟寻一位贤良的妻子，温柔体贴，才好照顾好弟弟的一生。

他是他的弟弟，他永远是他眼中的小孩子。

二十二年前的黄昏，成片成片的冰雪在屋檐上融化，粉金色的光漫过滴水的柱子，七岁的他跑来跑去等了一整天，终于等到了弟弟生出来，他伸长了小胳膊要从产婆手里抱弟弟。身旁奴仆大呼小叫着大少爷别摔了，产婆小心翼翼地低下身，他惊喜地抱着怀中热乎乎的弟弟，听见了咯咯的笑声，那是一个可爱得让人心尖发颤的小孩，正仰着肥嘟嘟的小脸冲着他笑。

血亲就是这么奇妙的东西，一瞬间，他感到自己在这个世界上不是独自一人了。

他亲了亲小孩软乎乎的脸，小声说："我是你哥哥呀。"

要永远照顾着你的哥哥。

开春后，他开始去家塾里念书，逢人就说自己当哥哥了，弟弟怎么会那么小那么可爱。身旁有人说，谁看自己家的小孩都觉得可爱，他颇不服气，说不是的，别人家的小孩怎么能和弟弟比。别的小孩又吵又烦，而他弟弟乖巧得可怜，才一个月大，就已经知道亲近他，他一放学回家，弟弟就伸着小手让他抱。

他几乎是把弟弟抱大的。

后来他望着已经和自己差不多高的弟弟，心头还总有些遗憾，悄悄想弟弟的妻子还是要漂亮些好，这样才好有一群和弟弟小时候一样可爱的孩子，而他也会教自己的孩子，像自己对弟弟那样，好好对待弟弟的孩子们。

"哥。"

他看见他弟弟颤抖地望着他，苍白的脸，瘦削得可怜，一身黑衣已经在风雨中湿透，沉重的铁链垂在地上拖行，被人群推来撞去，鞋子都是星星点点的湿泥。

"过来。"

他弟弟安静地走到他身旁，垂下眼。

"你真傻，为什么要回来呢？"哥哥轻声说，拍了拍他湿淋淋的后背，"坐下来，你冷得在发抖。"

弟弟温顺地在他身旁坐下，这是大囚车中唯一一片干燥洁净的地方，韦棠陆把油布盖到两个人身上。油布下，他握住了弟弟冰凉的手，两人手上长长的铁链垂在一起，随着大车颠簸而碰撞出声。

他想解件衣服给弟弟，但在铁链之下，竟然做不到，只好愧疚地抚着弟弟发颤的脊背，在大雨中把唯一一块油布紧紧裹在弟弟身上，把头上挡雨的木板使劲往弟弟那边推。

"哥，不用了。"

他真的已经很疲倦很没有力气了，他垂头坐在他哥身旁，大雨在头顶砰砰打落，他哥温暖的手掌让他整个心房都酸涩着，可还有另一件更苦涩的事情压着他整个胸膛往下沉。

"是真的吗？"他低垂的睫毛半遮住晶莹的眸子，不安地问，"是真的吗？"

"什么？"

"父亲。"

两人都沉默了，银白的小雨点在身周的油布上跳跃。

"你别问了。"他哥有些不忍地叹了口气，"事情已经发生了，便要接受那样的事情，我不想再看你痛苦一遍。"

韦温雪咳嗽了起来。

那不是因为伤寒，是因为整个胸腔难受，他真的很累，却克制不住地想呕吐，像是有一只手掐着他的心揉着他的嗓子，他趴在地上却什么都咳不出来，如同刚投江的人，一头栽下，在波涛推动中浑身发软地沉落。

身后，有一双温暖的手扶住了他，防止他向下坠去。

"谁做的？"韦温雪的声音在颤，火焰在那双寒冷的眸子里燃烧，"是谁毒死了父亲，他竟然敢……"

"你不要再想下去了。"他哥有些担忧地望着他，"你看上去太累了，你像是要倒下去了。"

韦温雪痛苦地盯着地面。

"在我肩上睡一觉吧。"哥哥在他耳旁说，一只熟悉的手捂住了他的双眼，一片令人安心的黑暗中，他的脑袋被放在温暖干燥的地方，大雨声在喧嚣，四面人声滚动，他闭上眼，浑身还在冰凉地发抖。

坐在颠簸的大囚车中，他依靠着哥哥，缓缓睡着了。

在兵荒马乱的狂流和一生之别的沉寂开始之前，韦棠陆在大雨夜低下头，轻轻抚摸着弟弟的额头。

这一夜的大雨中，他和弟弟盖着温暖的油布，像是小时候在冬天躲在同一个被窝里，熟悉的气息在彼此间蔓延。大雪纷飞中两个人并肩打伞，走过长路，抚落肩上的雪花，总是一起回家。

千里离乱的尽头，温柔疲惫，终于重逢。

他安静地坐在弟弟身旁，望着大雨夜慢慢地流逝。苍青色的冬日的微明在卧室窗外一寸寸升起，白雪长路上一个个脚印并肩而行，冷雨在油布上跳跃，地上的铁链垂在一起晃动。"该醒了。"弟弟仰头摇着他的手臂，"雪要化了，我们快到家了，可我还要再买一串小糖人呢。"

他便停在大雪长路的中央，低下伞，在热烘烘的灶前买了一串又一串糖人，蹲下身交给弟弟。

"慢慢走。"他说。

"可我要起床看小鸟了。"弟弟在热被窝里探出小脑袋，"太阳快升起来了，你听，我的小鸟在叫了。"

"再睡会儿。"

"哥哥，我们怎么还不到家呀。"弟弟左手拿着一把糖人，右手搂着他的脖子，坐在他的肩膀上东张西望，"我想爸爸了，不想往外面跑了，我们快点回家吧。"

他扶着两只小膝盖，尽量把孩子驮得更稳当，额上在滴汗："不急，不要回去，再多玩一会儿。"

"哦。"孩子乖乖埋进被窝里，玩着自己的小糖人。

他则死死盯着长路尽头的家。

在那完全升起的灿烂日光下，在漫长白雪路的尽头，在风雨飘摇中的长安旧家乡，他清晰地看见等待他们的东西，是酷刑阴森的死囚牢，一列列鲜红流淌的斩首刀，以及父亲那漆黑的、哀伤的、衰弱地睁着眼睛的脸。

当这座囚车停下来的时候。

弟弟会死。

韦温雪并不知道，大车颠簸中他身旁的哥哥已经做出了一个决定，一个注定会痛苦万分的决定。可惜那一夜他睡得太熟，在天地寒冷中依偎着哥哥身上的温暖几乎不愿醒来。而在那一夜之后，他再也没有睡过那样的好觉了。后来的十三年里，他经常性失眠，有时睡着睡着会在深夜中惊醒，像是有什么惴惴不安的事情即将发生。

辘辘的大囚车，突然停了下来。

猛地一颠，他落回哥哥肩头，茫然地睁开眼睛。

"再睡会儿。"

身旁他哥轻声说，温暖的手掌抚着他的头顶，他像只小狗一样又睡了过去，实在太疲乏了，耳旁隐隐听见有人说泥石流堵了道路，眼底却情不自禁又陷入了一片昏暗。

雨渐渐停了。

空气又湿又冷，韦棠陆注视着火把的光芒下，前方出现了许许多多暴雨从山上冲下来的烂泥巨石，这大囚车本是靠几头黄牛拉着往前走，此刻道路一堵塞，押着重犯的牛车逡巡不能前进，人头攒动着，车外传来士兵们焦急的呼喊声。

韦棠陆招手，引来了一位灰眸白皮肤的少年士兵。

"道路坏成这样，拉车是拉不过去的，不如找人把囚车抬过去，再把牛牵过去。"韦棠陆轻声对士兵说，"兵爷们得快点了，好不容易雨停，一会儿再下起暴雨来，只怕泥石流越冲越多，这段路就真的全堵上石头了。"

"理是这么个理。"少年士兵本就急得冒汗，此刻眼前一亮，但随即又泄气道，"但你们这么多囚犯坐在车里，这可怎么抬？"

韦棠陆摇头："何必胶柱鼓瑟，把囚犯从车里放下来，抬了车过去，再把囚犯关回车里，不就行了？"

"可这黑灯瞎火的，万一有人逃跑了怎么办？"

"这个简单，把两个人的左右脚绑在一起，再把所有人的手绑在一根长绳上，由官兵牵着往前走。如此一来，只要有一个人想逃，就会有另一个人被绊倒，整个长绳一震，不就立即被发现了吗？"

"对啊！"少年士兵一拍手，随后用大嗓门兴奋地喊道，"边哥，有法子了！"他飞快跑到队长身旁，耳语一番。队长一点头，他便眼睛发亮地折了回来，对车中的韦棠陆招手道："来，你先下车，帮我点点人数。"

"好，我坐得腿麻，容我站起身。"韦棠陆一边说，一边拉扯着身上的大油布。

"你得快点。"

少年士兵一边出声催促，一边转身吩咐旁人拿麻绳。趁他回头的一刹，韦棠陆猛地一展油布，把弟弟从头到脚包了起来！在木栅栏的黑影中，他后背朝外挡住旁人的视线，动作轻柔地把弟弟的脑袋放平在地面上，双手把整张油布裹好捋平，让它仿佛一团漆黑的布袋子，静静躺在车厢的角落。

"你怎么还没下车呢？"

车外，灰眸士兵猛地回头，有些不满地催促道："快点！"

"来了。"

韦棠陆只好站起身，跨过黑油布，走到车门处。

在出门的一刹，他转头，目光惜别地望了大油布一眼，然后深吸了一口气，转身下了车。

韦温雪在一阵颠簸中惊醒。

天地似乎倒了个个儿，坚硬的木栅栏硌着他的脖子，他在一片空旷中来回滚动，伸手摸索着，身旁却再也没有他哥温暖的肩膀。

他被什么东西裹着，像是《白玉簪》里装死的小丑被嫂子拿草席卷得严严实实，眼前一片漆黑，滑溜溜的油布卷成个笔筒把他关在里面，他好不容易才钻了出去，却揉着眼不敢相信眼前发生的事——

囚车里空荡荡的，一个人都没有。

洞开的木门在风中摇晃。

车下，无数士兵正费力托举着大囚车，在满地乱石泥沙中小心翼翼地前行，车厢的底板在他们头上一晃一晃，却没人看得见车上的景象。

木门就在韦温雪眼前。

可是他哥呢？

韦温雪用油布包好自己，小心翼翼地从栅栏缝里张望出去，看见身后的漆黑夜色中晃动着几柄火把，火光之下走着一列长队，几位士兵正领着一队绑手绑脚的囚犯踏过泥石，不时回头检查着高声催促。

他看见他哥就在长队中，以一个滑稽的姿势在往前走，所有人就像是一群同手同脚的笨鸭子。他哥头上的束发已经歪了，脖里的白璎珞歪歪扭扭地垂在一旁，狼狈得无暇擦汗，再也没有平日里端端正正的模样。韦温雪心情复杂地看着这一幕，却看见他哥在人群中突然抬头，兄弟俩目光交汇的一刹，韦棠陆开口，望着弟弟无声地动唇：

跳。

韦温雪的眼瞳猛地一颤，他惊诧地望着长队中的哥哥，一瞬间理解了正在发生的一切。他心疼而埋怨地盯着他哥，坐在木门洞开的大囚车中一动不动，目光里是不肯离开的固执。

韦棠陆盯着他：快走！

韦温雪摇头。

你呀！韦棠陆着了急，他用催促的目光望着韦温雪，见后者还不肯动，终于叹了一口气，在身旁人抬脚的一刹，猛地顿足停下。

顷刻间，整个队伍如轰然山崩，一个接一个连续跌倒！

看押的士兵吓了一跳，瞬间抽出银剑指着长队，以为有人要逃跑。一片警惕中，所有人的目光都望向混乱的长队，囚犯们一个个跌坐在烂泥里，你踩了我的脚，我压了你的手，正嗷嗷叫唤着，此刻见了武器更是吓得连忙站起，却被脚上的绳索又拽了回去。身旁的老人直接压在了韦棠陆身上，怎么都站不起来，七手八脚地搀扶中，韦棠陆平静地躺在肮脏泥水中，双眼望向大囚车，那目光中是决绝的告别。

你还不走吗？

韦棠陆沉默地望向弟弟：你再不走，我就躺在这里了，任他们砍死。

韦温雪掩面叹了口气。

他终于站了起来，在所有士兵的目光都集中在囚犯队伍上的那一刹，在身后满地哀号的混乱中，他猛地推开了周身的黑油布，在风声摇晃中纵身一跳，冲出了众手托举着的大囚车。

他像是一支瞬间滑下的黑镖，在夜色中无声落进一方灌木中，身下湿泥很软，但他背上的伤口又一次撕裂了。他捂着嘴发着抖，蹲在灌木中，望着众士兵抬着大囚车走远，又望着长长的囚犯队伍在他眼前走过去。

兄弟二人擦身的一刻，韦棠陆垂下眼，露出了欣慰的笑。

他没有看弟弟，也没有回头，只是随着滑稽整齐的长队仓促地向前走，两人在黑夜中距离越来越远，遥远得像是永世不会再遇见了。

"你在这里停下吧，弟弟。"

小小的孩子不安地站在他身旁，一手攥着糖人，一手悬空，想抓他又不敢抓的样子，弯曲的睫毛轻轻垂下："你要离开我了吗，哥哥？可我想和你一起回家，哥哥。"

"你就留在这儿，一步都不许再往前走了，知道吗？"

小孩子低头沉默着。

"知道吗？"

小孩子轻轻地说："好。"

他便径直走过弟弟，大步大步地往前走了，走在冰雪消融的灿烂白日光下，走向漂泊尽头的风雨夜归路，走向猩红的断头台，走向死亡黑影中的森白獠牙，走向鲜花春景的朱雀大道尽头那扇熟悉的长安旧家门，父亲还在里面等着，等待团圆。

而他半路放下了小孩子，要独自归去了。

他大步流星地往前走，脚步坚定地往前走，尽管他知道身后弟弟的目光一直在追随着自己。那可怜的、孤独的、小小的背影一个人站在路中央，望着哥哥走远，却只能低着头，被永远留在了原地。

再见了弟弟。

我本想一辈子照顾着你一起走。

可我只能……照顾你到这里了。

身后的灌木丛中，韦温雪擦着嘴角的血，一双眼睛死死盯着他哥被绑在长队中越走越远，无声地握紧了拳头。

长队的火把飘远了。

最后一个跛脚的红脸士兵，也哼着小曲一颠一颠地走到了路尽头，身后广袤的黑暗笼罩四野。

韦温雪站在这片黑暗中，寂静的世界浩大如一颗星球，他看着星球在脚下翻转，而他哥已走到了宇宙的另一面，万千橙红的流星如一团火在身后飘散，再也追不上的人，再也抓不住的衣角，漆黑的夜色中最后一朵流散的火星落在他身上，缓缓熄灭……

他突然冲了出去。

在漆黑空旷的夜幕下，在满地湿泥巨石中，在命运的大门前他与哥哥的长队即将走散的一刻，他在风声中全力地奔跑，跑得疾步如飞，跑得无比急切，像是要在璀璨星海即将塌陷沉入漆黑宇宙的一刹，追上去，在巨渊悬崖的前面，用颤抖的双手拉住不能失去的人。

他在狂奔中猛地躬下身，不顾背后伤口崩裂的疼痛，伸手捡起了地上一块石头。在队伍完全消失于夜色中的一刹，他用尽全力扔出了这块石头。

石头笔直地砸向了最后一个落单士兵的后脑勺。

漆黑的夜色中，正哼着小曲的跛脚士兵脸朝大地，缓缓倒了下去。

囚犯的长队还在往前走。

韦温雪在所有人身后无声地狂奔，跑到昏迷士兵的面前，架起他的双臂，趁着夜色把他拉到茂盛的灌草丛中。

在草丛的遮蔽下，韦温雪摸到了士兵腰间的一串钥匙，试了几次，终于打开了自己手上的铁链！而后，他双手飞快地剥下了昏迷士兵的军装，胡乱套在自己身上。

他知道，一旦长队走过了这一段被泥石流毁坏的道路，囚犯们就会再次被锁进囚车里。这里离长安只剩二十里，而囚车的下一次打开，就是在插翅难逃的死囚牢中了。

他只有一次机会。

就着水洼的微光，他简单整了整领子，然后捧起一摊脏水，泼在自己脸上，泥点四溅。

一切准备好，他追上了囚犯的长队。穿着那身皱巴巴的军装，满脸脏兮兮的泥沙，他在火把照不到的黑影中缓缓走着，看上去和每一个押车士兵一样疲惫至极，不时停下来望着囚犯队伍，发出烦躁的催促声。

无人可知，那不耐烦的目光后，隐藏着一颗多焦急的心。

他望着他哥一步步走近。

火光中，韦棠陆的眸子蓦地睁大。

他不可思议地盯着眼前突然出现的弟弟，一瞬间面露愠怒，目光责备而担忧。"快回去！"他焦急地盯着火光下身穿军装的弟弟，无声地做口型，"你别胡闹，快走！"

韦温雪不理睬，只是一动不动地站在原地，神情严肃地催促着身边一个个囚犯走过。

在他哥经过他身边的一刹——

身穿军装的韦温雪，猛地伸出手，拉住了囚犯长队中的韦棠陆。

韦棠陆一瞬间挣扎了起来，他使劲儿闪躲试图甩开弟弟的手，可后者用尽全力抓住他的肩膀，眼睛死死地盯着他，火点在眼眸中跳动，那神情认真得像是永远都不会再放手。

这个小小的混乱，很快吸引了旁人的视线。后面那个灰眸的少年士兵抬头望着他们，问韦温雪道："怎么了？你抓他做什么？"

韦棠陆心里咯噔一声，暗叫不好。

他赶紧以目示意弟弟快走，快松手！找个机会赶紧走。一旦被人认出弟弟在假冒士兵，后果不堪设想……

黑影中，身穿军装的韦温雪沉默着，手指却仍死死抓住身边的哥哥。

"问你呢？"身后的少年士兵愈发奇怪，他拿起旁人的火把，大步朝前方走来，距离越来越近，越来越近，火把的光芒就要照亮韦温雪的脸——

"贼你妈的你再问？"

黑暗中，突然爆发了一声极为粗鲁的吼声，在众人的目瞪口呆中，那满脸泥沙眼神冰冷的青年士兵突然回头，一阵乡野间不堪入耳的粗俗骂语冲着身后的少年士兵劈头盖脸地袭来：

"他懒驴上磨屎尿多，要我带他去解手，老子本来就心烦，贼你妈你在这儿问个牛？批嘴不想要了是吗，他把斯完，你正好给他舔沟子，也省得在这儿批唠！"

韦温雪仍用颤抖的手指抓住哥哥的肩膀，吼得声震如雷，整个胸腔都在起伏震动。

身旁，韦棠陆震惊地望着自己的弟弟。

身后，持着火把的少年士兵眼神怯怯地注视着他们，在韦温雪又要张嘴的一刹，缩着脑袋往后退了一步："我就问问，你莫生气，快带他去解手吧。"

在最后一寸火光即将照到的阴影中，那泥脸军装的士兵似乎还不解气，骂咧咧地又说了几句，这才砍断了韦棠陆手脚上的绳索，擒着他的双臂，烦躁地边骂边向着野地走去。

长长的囚犯队伍继续前行。

半刻钟后。

韦温雪拉着韦棠陆，在黑夜的大风声中狂奔。

湿漉漉的泥泞，暴雨后空气湿冷，他们在冷峻广袤的山野中迅速逃离，脸颊感受到秋夜的潮凉，手拉着手，心脏在温暖的胸膛中一声声用力地跳动。

他们终于在一方隐蔽的石洞中停下。

山脚下，一条长队的火把已完全消失在森森广叶的背后，兄弟俩沉默地注视着囚车最后的背影，对视一眼，发出了劫后余生的呼气声。

韦温雪低下头，用偷来的一长串钥匙轮番尝试，却都打不开哥哥身上的铁链。

最后他干脆从怀中拿出一根早就藏好的铁丝，捅进去，"啪"的一声，铁锁应声而开。

韦棠陆注视着面前熟悉又陌生的弟弟，眼神复杂，他本想教育他为什么不听话非要冒险折回来，责问他什么时候学会的那种粗言秽语，又想问他这些年背地里都在跟什么下九流的人打交道。可他眼神复杂地望了一会儿弟弟，终究别过了眼，低声说："你还是长大了。"

韦温雪仍拉着哥哥的手。

"哥，我们逃出来了。"

韦温雪望着黑夜中寂静的天地，轻声说："我们自由了。"

一刻钟后。

囚犯的队伍终于走过了那一段被泥石流堵塞的道路，大囚车被放回到地面上，在士兵们的催促中，囚犯被一个个关回车里，紧绑的长绳一截一截地解开。

"怎么断了一截绳子？"

"刚刚一个囚犯要解手，一个士兵把他带出去了，还没回来。"

"那等等吧。"

大部队在原地停下。

冷风在黑夜中摇动茅草，头顶大片大片阴云翻飞，眼看又要下起雨来。队长边俊弼拉低黑帽，手指一下又一下地敲打着腰上的佩刀，等得愈发不安。

在他敲到第二十下的时候。

"边哥，我突然想起一件事。"那个灰眸的少年士兵突然说。

他紧张地咽了口唾沫，小声说："刚刚给我提议所有囚犯下车步行的人和那个去解手的囚犯，好像就是一个人……"

边俊弼闻言色变。

"留六个人在原地看守大囚车，其他所有人随我一起，赶紧去找这个人！"他沉声吼道，面色苍白地握紧手中的刀柄，"这个人逃狱了！"

一瞬间，所有人都惊恐地站直了身。

赵琰专门交代过，这一车都是帝国重犯，务必要把全车人押送到长安斩首。哪怕少了一个人，要掉脑袋的就是他们所有押车士兵！

"他还没跑远，此刻就藏在我们眼皮子底下。大家要想活命，今夜就是上刀山下火海都得把这个逃犯抓回来！"边俊弼的声音愈发冰冷，"所有人听令，带好刀枪弓箭，但不要拿一柄火把，火光会暴露我们的位置。现在就跟我上山，仔细搜查，重点是寻找泥地里的湿脚印！"

怎么办？

韦棠陆感受到身旁的包围越来越近，无数士兵擦过草木的声音似乎就在耳旁，漆黑中却看不见一个人影。

他和弟弟屏息站在狭小的石洞中，像是两只束手就擒的兔子。

这里离长安已经不远，山平路缓，加上秋季草木凋零，更是缺少掩护。暴雨之后，他们的湿脚印还留在洞外。更何况仅仅一刻钟后，士兵们便反应过来迅速开始了搜查，搜到这个石洞只不过是时间问题……

可若是此刻他们冒险出去，虽然有机会逃脱，但是如果迎头撞上搜查的队伍，该怎么办？

坐以待毙不行，冒险出门也不行。身旁的弟弟又在发颤，韦棠陆本以为他冷，想要捋一捋他的后背，却摸到了军装上濡湿的血流。

"你受伤了？"韦棠陆诧异地问，随即赶紧放下手，心疼又责备地问，"那我刚刚在车里抚你后背时，岂不是一直抚在你的伤口上？你一直在忍痛，却为什么不说？"

"没有受伤。"

韦温雪轻声说。

"你呀你，真是长大了，什么都想瞒着你哥——"

"我出去把他们引走。"韦温雪突然说，他在石洞中猛地抬起头，望着外面的水注，眸子里满是坚定的亮晶晶的光，"我还穿着这身军装，就说你从我手里逃跑了，把他们引到北边那座山上，你抓住时机赶紧往南逃。"

"你别胡闹！"

"这是最好的办法。"他并不回头，"哥你放心，我把士兵们引到北边那座山上之后，先装作四处搜查，然后抓住机会就溜走。咱俩分开走，一个往南一个往北，士兵无暇顾及，我们总能逃出来一个人！"

"可我不想让你冒险。"他哥担忧地望着他，"我好不容易才又见到你，我不放心你孤零零地一个人走。"

"我们会再见的。"

"如果必须分开走，如果必须要有一个人出去吸引注意力，那个人应该是我。"对视了一会儿，他哥终于叹了口气，"把你身上的军装给我。"

"没时间了。"

韦温雪甩开了他哥的手。

在他哥来不及拦住他的一刹，他冲出了石洞，黑暗中韦棠陆伸手去抓，却抓到了坚硬的刀柄。

韦温雪站在洞外，解开了军装上的佩刀，递给他哥：

"拿住它，保护好自己。"

他说，松开了刀柄，不顾身后韦棠陆压低了声音的焦急的呼喊声，他已在黑夜中狂奔着踏过一汪又一汪晶莹的水洼，衣袂在湿冷的风中翻飞，凌乱的脚印踩乱了通向石洞的痕迹。

在离石洞很远的地方，韦温雪终于停下。

他冷眸打量着黑暗中簌簌的丛林，突然用双手环住嘴巴，冲着士兵们聚集的方向，仰面发出了一声响彻旷野的吼声："弟兄们快来，那碎崽往北逃了，赶快去抓人！"

黑暗中，彼此看不清面容的士兵们，很快朝着声音的方向聚集。

"到底是怎么回事？"

"别提了，那碎崽说是要解手，抢了我的刀自己跑了……"

韦棠陆仍站在山洞中，隐隐听见远处弟弟用陌生的乡音说着粗野的骂语，声音在黑暗中越来越远，已然是带领着搜查的队伍一路向北去了。

他突然被那个小小的孩子留在了原地。

韦棠陆低头，望着手中弟弟留下的刀，无奈地摇了摇头。之后他走出了石洞，深深地叹着气，黑暗中一个人越走越远。

而在小山的另一边，韦温雪正带着士兵们一路向前，大家根据他提供的线索，不敢点火也不敢高声说话，无声地踏入黑漆漆的草丛树林里，屏着呼吸前进。

搜索的队伍渐渐被分散到东北和西北不同方向，士兵三三两两地组成小队，越搜越远，彼此之间距离越来越大。韦温雪悄悄瞥了一眼身旁的灰眸少年，又回头望了望身旁空无一人的野地，暗暗下定了决心，在少年低头查看灌木的一刹，韦温雪无声向前两步，闪身藏进了路边的草丛中。

他握紧了手中的石块，打算在少年经过的一刹立刻敲晕他，趁四下无人直接逃跑。

少年直起身，一步，两步，就要到达韦温雪的面前——

在宗国颠覆九族诛杀的危机中，在越来越近的长安断头台前，韦家兄弟二人已经成功地逃出了固若金汤的大囚车，斩断了身上的铁锁链，此刻一人正悄无声息地向南逃走，另一人正假扮士兵在北山中越走越远，只要敲晕身边的同伴，就可以神不知鬼不觉地在黑夜中插翅而逃。

眼看一切就要化险为夷。

眼看胜利在望。

突然——

远处传来了一声尖利的哨声。

此刻，就在韦棠陆握着刀走出山洞，韦温雪引着士兵走向北方的这一刹，身后三里地外一片浓密的灌木丛中，那个跛脚的士兵仍躺在湿泥地中昏迷不醒，因被剥了衣服，脸色冻得愈发深红。他一人落在后面，而其他士兵正无知无觉地往北走着，双方的距离越拉越远。

天地漆黑。

突然，一只洁白轻盈的仙鹤振翅，迅疾地滑翔穿过黑云夜幕。

一张金黄色的符文猛地落下！

白鹤高飞而去，这一张金符在黑夜大风中飘飘晃晃，突然砸落到了昏迷士兵的头顶上，"啪"的一声贴了上去，在黑夜中微微发亮。

不久之后，跛脚的红脸士兵揉着眼醒来。

他困惑地看着自己胸前的金符，随即意识到自己竟只穿着中衣躺在泥地里，惊诧地从地上弹起，在发现腰间一串钥匙失踪之后，他哆哆嗦嗦地拿起脖间的哨子，鼓起脸蛋狠狠地吹响。

一声尖利的哨声霎时穿透天地。

三里地之外，本该经过草丛的灰灰猛地回头。

"怎么回事，怎么会有士兵在那么远的地方吹响警报哨？"草丛里，韦温雪握着石头的手缩了回去。草丛外，灰灰听见了风声中一句声嘶力竭的大喊：

"你们中有一个士兵是假的！"

那红脸的士兵气喘吁吁，在黑夜中一边跛着脚向前狂奔，一边用尽全力朝着天空大吼道："有人抢了我的军装！冒充士兵，混进了队伍里！"

韦温雪心头一沉。

"所有人迅速集合！"一把明亮的火炬在黑夜中猛地亮起，火光下，传来了边俊弼异常冷峻的声音，"每一个士兵都拉住离自己最近的同伴，立刻过来，挨个检查！"

灰灰打量着身边空无一人的野地："咦，我身边那个人呢？"

百尺之外，边俊弼对他做了个"嘘"的动作。

他无声地指了指灰灰身后的道路，火把的光芒照亮了一路的血迹，蜿蜿蜒蜒地消失在灰灰身前的草丛中。

那是韦温雪后背流下的血。

他自己却无知无觉。

那是他救出幼公主时被叛军的刀戟所伤，长长的一道鲜红伤口从肩胛骨划向后腰，在雨水中发过炎，在赵琰把他撞向柱子时狠狠撕裂，被俘虏的这些日子里，一直在结痂和渗血中反复，直到今夜再次撕裂。疼久了便也麻木了，他此刻全身绷紧地躲在草丛中，竖起耳朵还在听着外面的任何风吹草动，却根本感觉不到后背的湿血已经濡湿了军装往下滴落。

边俊弼将手中的火把交给了身边士兵，悄悄命令他站在原地，大声地点数着士兵的花名册。百尺之外的树林里，韦温雪握紧了石头仔细地听，却根本不知道，边俊弼已然一个手势，带领着数十个士兵，顺着一路血迹向着草丛处潜行而来。

头顶的草叶被猛地掀开！

跑！

蓦然照亮的光芒中，韦温雪像是一只被踩了尾巴后瞬间弹起的猫，他挣扎着寻找最后一丝逃奔的机会，可一众士兵早已将四面围得严严实实，冰冷的刀锋纷纷指向这只困兽的脖颈。边俊弼眯眼望着他，眼中满是嘲讽，一个手势，要将这大胆妄为的猎物完全收捕。

突然，最西边的士兵仰面倒了下去！

"弟弟快走！"

在所有人的目光集中在韦温雪身上的一刹，黑暗中有一个人双手持刀，从士兵们的背后冲向了包围圈，一刀插进了最西边的士兵的侧腹中，鲜血喷溅。

在所有人目瞪口呆时，韦棠陆一手抽出沾血的大刀，一手将韦温雪拉出了草丛，在众目睽睽之下狂奔——

"追！"

这一次，士兵们反应神速，边俊弼一声令下，灰灰率先冲了出去，双手紧紧拉住了韦温雪的衣袖，咬紧牙拔河似的用力往后扯，狂奔中韦棠陆回头，已然红了眼，向后一刀斩向了灰灰的双手——

"灰灰松手！快松手！"

身后传来边俊弼焦急的呼喊声，可那灰眸少年在双手流血中，死死攥着身前逃犯的胳膊，像是多年前死死握着手中的一小袋黑芝麻，倔强地抬头，嘶气中一字字落下："我不能让你们逃了……我好容易才被认可，我不能再成为一个罪人！"

"滚开！"

在众人越逼越近的包围中，韦棠陆焦急地拉住弟弟想要逃出去，在命运颠沛流离的大门之前，在悬崖边缘即将跌落的一刻，那灰眸少年如同一个死亡的恶魔拼命地扯着弟弟，拉扯着弟弟与他分离，扯着最后一丝活下去的希望……他突然起手，一刀砍向了身后士兵的脑袋——

"灰灰！"

身后，传来了边俊弼低沉的吼声。

"哐当"一声，边俊弼挥刀，两把军刀在灰灰的头顶相击，狠狠地抵挡了过去！

在韦棠陆的刀锋再次砍向灰灰的一刹——

边俊弼的长刀已穿过了韦棠陆的身体。

哥哥的鲜血喷了出来，在韦棠陆跌落在韦温雪怀中的一刹，两边追上来的士兵全都将手中兵器挥向了韦棠陆，三把刀插进哥哥的身体，韦温雪能从伤口中看见怦怦跳动的心脏，那样红，那样热，哥哥的血浇在他身上。

一切刹那间在他眼前发生，他带着满身温热的血液，不可思议地望着眼前的一切，身上越来越热，怀中的哥哥越来越轻。

他突然浑身发颤。

"哥你醒醒！你醒醒！"韦温雪抱着怀中的人，从来没有如此无助失措，他想用双手堵住不断流血的伤口，热血却不断从指缝中流走，他越是堵越是摸了满手的血，却不停地说，"哥你没事的，你一定没事的。"

他无法理解眼前发生的一切，就像他无法理解哥哥为什么会从身边冲出来救他，他哥不是去南边了吗？他哥应该正在南边那座山上啊，一直往前走不要回头，等天明时就走到了青山中的村落，坐下来喝一碗热汤，白白的芦花在身旁吹落，清晨的风声很安静，他哥又站起身来，在金色的阳光下有那么多条自由自在的路可以往前走。

他还有那么多的光阴没有度过。

他还没有看见今天的黑夜在金光中亮起来。

他们才重逢了几个时辰？他们此刻应该在囚车中依偎着彼此度过大雨夜，应该讲述着两个月来分离后各自的经历，应该永远陪着彼此再也不要分开，一起长大，一起照顾儿孙，一起注视着彼此白发苍苍。微笑与哭泣，人生所有的苦难他们都要一起经历，直到生命的最后一刻都应该在病榻前紧握彼此的双手，温暖的羁绊从生到死在这浩大冰冷的世间将他们紧紧拥抱，正如他们年幼时躲在下雨的屋檐下，他哥温暖的手指擦干他的湿头发，白汽雨声中传来母亲唤他们喝热粥的呼喊声。

天太黑了，四周太冷了，岑寂中他浑身发抖，几乎眼眶崩裂地盯着怀中浑身是血的哥哥。"别这样。"他用颤抖的手指胡乱摸着哥哥的脸，近乎哀求地重复道，"哥你没事的。"

血泊中，韦棠陆虚弱地望着他，缓缓抬起了手。

"弟弟，我真的不应该和你分开。"

他的声音越来越小。

他的手指从弟弟身上无力地垂下。

他的血不再流了，他的心脏不再跳了，身下红色的血泊渐渐变成深色。湿冷的泥地上，白茫茫的荒草间，他的弟弟浑身颤抖着紧紧抱住他，将头埋在他的颈窝中，小声地哀求道："不要这样，不要这样……"

他们的拥抱，被士兵们凶横地分开。

士兵们生擒着他那几乎要倒下去的弟弟，将枷锁和铁链粗暴地缠满弟弟全身；士兵们利索地从他的身体里拔出三把刀，麻袋不够装尸体，就当着他弟弟的面处理了他的尸体，变成长方块装好，裹上防雨的黑油布捆了起来。

一个那么高大的、仪表堂堂的、年轻的大公子，刹那间成了一包漆黑冰凉的东西，被随意地扔在地上。

就着火把的光芒，边俊弼正低头给灰灰包扎，漆黑的尸体袋子就摆在他们身旁。

被押送上囚车的韦温雪，在经过他们身侧的一刹：

"你们最好别让我活着回来。"

那失魂落魄的公子轻声说，他并不回头，濡血的脊背颤抖着向前走，声音低沉：

"告诉赵琰，他最好能彻彻底底地弄死我，不要让我抓住一丁点活下去的机会。

"否则，他就等好自己的死期。"

在众士兵讥讽的目光中，他后脊发抖地向前走，带着满身沉重至极的刑具重新坐回囚车，浑身布满新旧血痕，他在漆黑的夜里低头抱住了自己。

冰冷的风，吹起了漫山遍野凝结着秋霜的白草叶。

囚车辘辘地前行。

凌乱的长发在风中飘荡，韦温雪抱着自己的双膝坐在角落里，呆呆地望着身旁空掉的位置，眼神颤抖，车板颠簸。

后来有一年，我终于三十岁了。我还活着，而且活到了而立之年，若是我哥能看到，他一定会很开心。

记得我二十岁那年，是我哥为我操持的冠礼。他里里外外忙碌着操办一切，冒着鹅毛大雪，韦曲的冰湖游廊上挂满了红灯笼，他站在那里亲自迎宾，脸上却带着明亮的笑。那夜亲朋满座，花灯下他拍着我的肩膀，醉意中笑眼望着我，说我终于长大了，他一直盼着我成家立业，盼着我的孩子和他的孩子一起围在膝下玩耍，盼着韦家福泽绵延，而他爱的亲人们都能永远幸福。

三十岁那天，我一个人坐在铜雀楼上喝酒，望着江南明月照千里，寂静冬夜传来了楼下的青春笑声。小轩窗里吹着风，我喝着喝着，不禁愣神，我本是长安人，却为何做了半生的他乡客？

我想我哥走的那一年才二十八岁，我怎么就三十了，弟弟怎么跑到了哥哥前头？

我突然就不舍得年龄变大了。

我放下了酒杯，有点伤心，可又不知道该和谁说。

小楼里刮着凉风，楼下的绿衣少年还在嬉戏，我眯眼望着他们，恍然看见了自己喧嚣的曾经，大雪中少年穿着鲜红的马靴跑过结冰的游廊，大笑着对身后的哥哥说："我成年了，你不许再跟着我了。"终南山上有冬眠的小松鼠，有漂亮而凶猛的花豹子，有结伴冬猎的少年们高举着辛辣滚烫的高粱酒碰杯畅饮，却还有一个带着雪粒的温柔的背影，一直安静地跟在他身后。

现在，再也没有人跟着他了。

眼前模模糊糊的终南山上，我恨不能回头，漫漫雪路中红马靴的少年却还是甩开身后那双温柔的手。他那时二十岁，呼朋引伴地喝热酒猎狐狸，一心想要甩开哥哥才好玩得尽兴，却不知道身后的人，只能再陪他两个冬天了。

而三十岁的他坐在小楼上，寒月下天地广阔，风声穿过千里万里，终于孑然一身自由自在，却望着二十岁时兴高采烈的自己，难过得不知道该如何是好。

后来我会梦见一些很小的事。梦见小时候我哥带我去草场。

那时还是良朝的旧风景，大人们骑马打猎，小孩子们跑来跑去地捡兔子。天光下，疯长的草叶足有半人高，草里提前下好了兔子套，沿着不同的小路走，就能提起兔子被捆好的右脚，拾进小背篓里。

站在草叶中，我哥对我说：

"弟弟我们不分开走。"

可小时候的我却偏不要和他一路走，因为我想，一路上兔子是有限的，我们分开走，就能捉到两路的兔子。我偏要一头扎进草场里去，不要和他抢一路的兔子。

后来我一直在想，其实在他那一辈子里，没有一刻是想和自己的弟弟分开的。他想拉着他弟弟的手，走一样的路，他照顾着弟弟一起走。

可我那时偏要和他分开走。

逃蜀的时候，我要和他分开走，因为这样总能逃出来一个；青年的时候，我要和他分开走，想着政局未明要两边下注。可最后呢，我还是回到他身边了，他死在我怀里时，我其实在想，早知道如此，这一路上为什么要分开走呢，我们本可以陪着彼此的。

他或许不那么在乎抓了多少兔子，他只想和我一起抓罢了。

真正笨的人是我。

弟弟我们不分开走。

梦里，我哥还很年轻，他还没有经历过后面那些事情，更没有和我分离。他只是在草丛里张望着，大声喊我的名字。天空下风声寂寂，野草疯长，狗兔奔走。

我却没有站在他身旁。

第四十九章

十三年前。十二月。

那个十二月。

那个大雪纷飞中失去亲人、失去尊严、颤抖的公子被囚在笼中等待斩首的十二月。

他是一只被折断了羽翼的鸟。

最漆黑最恐惧的时候，没有一个人能解救他，没有一个人。窗外飘落着洁白的雪花，刑架上，韦温雪注视着自己的鲜血顺着手臂往下流。

无限坠落的深渊中，耳旁又传来狱卒们残忍的笑声。黑暗，那是些安静得只听得见地底惨叫的深夜，狱卒们用尖锐肮脏的指甲剥掉他背上的血痂，像是拔掉一片片带着血痕的龙鳞，又将烧得鲜红冒白汽的烙铁砸在裸露的伤口上，吱吱声中血水起泡皮肉烫得模糊。他疼得猛地昂起头又被狠狠地按回了刑架，他曾在心里小声呼喊过很多人的名字，乞求他们来救救他，他要崩成数块碎掉了，哪怕只有一个人，哪怕只是一个拥抱，支撑他不要倒下去。

可他永远是一个人身处巨大的黑暗旋涡中。

再也没有哥哥心疼地抱住颤抖的他，他一个人忍着，族亲人的尸体已堆满归来时的山岗，旧友成新坟，这冰冷陌生的世界一点点崩溃着他的心灵。他是野鬼坟中游荡的活人，再也没有人记得他，他在身心俱痛中更加痛苦万分地乞求，救救我，他在鲜血淋漓中大口大口地喘气，像是在黑暗中寂静的山谷中狂奔，眼前除了风就是雾，哪怕有一个人也好……大雪从天窗飘落到囚室中，他侧躺在枯草上抱紧了自己的双膝，薄薄的囚衣上血水伤口都粘在一起，他把头埋得愈来愈低，鼻尖的白汽在脸庞飘荡，像是一只受伤的猫环着自己渐渐睡着……哪怕，有一个人。

那一夜，杜路在病痛中做了一个梦。

梦里，有人敲门。

杜路打开草屋门，浅浅的光照了进来，门外站着韦二，韦二苍白得像是透明的人。

他穿着素白的衣衫，散着漆黑的长发，眼神安静，在浅光中微微笑着望向杜路，手里捧着一枝洁净的花。

他说："我来看看你。"

杜路笑着邀韦二快进屋。

他轻轻摇头："我还有事，要先走了。"

杜路问什么事。

韦二站在光中白衫翩飞，轻声说："我要去做泰山府君。"

梦中，杜路不觉有疑，笑着恭贺韦二。两人倚着门聊了一会儿，终于天色不早，韦二便放下花，转身要离开了。

杜路拿着花站在草屋中，望着门外韦二越走越远，不知怎的，突然出声问道："你要去的地方远不远？"

"远。"

"那你怎么去呢？"

韦二便在长路的中央停下，回头望着草屋中的杜路。白雾风声中，隔得很远很远，他突然看清了韦二流泪的脸庞。

"我行千里路来见你，便行千里路而离去。"

杜路猛地惊醒。

窗外蜀山又在下雨，他坐在床上缓了好一会儿，听得暴雨打叶声连绵不休，在湿冷的黑暗中坐着发呆。

他派去接幼公主和韦二的人，还没有回来。

蛊虫让他头痛欲裂，他撑着头，努力地回忆着这个梦。这不是个好梦吗？他一直在等待见到韦二，梦告诉他，韦二马上就会来了，可梦中的他为什么会被吓了一跳呢？

杜路闭上眼。

却再也想不起白衣公子流泪的脸。

很多年后，杜路才完全明白了那个梦的含义，那时他整日躺在铜雀楼的寂静暖阁中，韦二外出寻药时担心他无聊，就安排金小山给他读话本。身旁花草氤氲，少女的软声和香炉烟气一起袅袅飘荡，杜路有一搭没一搭地听，却猛地听见"迎卿来做泰山府君"一句，突然坐直了身子，问道："这是个什么故事，你再说一遍？"

原是桓哲和梅元龙同梦的故事。

身旁青烟被他的呼吸扰乱了，小山翻着书页讲道：梅元龙和桓哲是好友。有一天，梅元龙生了重病，桓哲来看望他，告诉他说："我昨夜做了一个怪梦，竟然梦见我自己死了，梦里我接你去做泰山府君，是不是很好笑？"

梅元龙闻言诧异："我昨夜竟也梦见你死了，穿着丧衣，来迎接我。"

两人都不说话了。

后来，他们竟然又做了同样的梦，梦中的他们对彼此说："约定好了，二十八日见面。"

梦醒后，两人沉默无言。日子一天天过去，等到二十七日下午，桓哲突然腹痛，向梅元龙要麝香丸。梅元龙见到好友后，叹了口气，告诉仆人们："为我打棺材吧。"

二十七日，桓哲亡。

二十八日，梅元龙卒。

他便先死去，穿着洁白的丧衣，按照约定的日子迎接好友渡过黄泉，接好友来做泰山府君了。

死亡若是一场寂静的恐惧，那便有人先做好准备吧，以使另一人到来时不觉得孤独，只觉得是重聚。

江南的春天很清静，洁白的光块透过天窗照在枕上，杜路以书掩面，躺在那里不说话。小山戳他，你在想什么？

我在想，有人要独自去做泰山府君，却不舍得让我接他。

我还在想，让我梦到那个人的那一夜，他到底在经历什么。

杜路什么都没说。

那个江南的午后，杜路赶走了小山，在春光中哗啦啦地翻着书页，他看见了一个魂行千里的故事，原来是小说家根据《后汉书》中范式和张劭的故事杜撰的，小说中的范式为了见好友一面，便挥剑自刎了，其游魂日行千里，终于按时赴约。书页下方，杜路看见韦二用朱笔小字批道了"何必平白教人亏欠"八字，不禁笑了起来，仿佛韦二看书看到这一段时那种无语极了的神情就在眼前。韦二还在这一页后面插了一页，是史书中范式真正的故事：

范式和张劭从小上学时就是好朋友，后来张劭病重而死，张劭托梦给范式："范式，我将在某日死某日葬，永归黄泉。你若是没有忘记我，请来见我。"范式哭泣着醒来，千里奔丧，抚着张劭的棺材告别说：

"死生异路，永从此辞。"

梦中，白衫的韦二放下了花，踏着风声静静地走远了。

铜雀楼的风铃轻响，黄昏彩色的光在头顶拂荡，无数微尘轻轻洒落，杜路放下书躺在那里，有些劫后余生的疲惫，还有一种多年过后，熟悉的旧人还在身旁的安宁。

那一次韦温雪外出回家后，杜路吃药格外卖力，端着乌黑黑的药碗一饮而尽面不改色，弄得韦二狐疑地望着他，杜路紧绷着手脚接受着韦二的审视，终于吞吞吐吐地问了出来：

"你有没有做过一个梦？"

"什么梦？"

"你来见我的梦，穿着白色的衣服，在很多年之前。"

"杜路你这个人天天在想什么？"韦二的目光变得愈发狐疑，他小声地问身旁的小山："杜路最近摔到过脑袋吗？"得到后者否定的回答后，他尽量平静地望着杜路："我没做过这样的梦，你问这个做什么？"

杜路手指蜷缩地望着他。

韦温雪挥挥手让金小山出去。

"我……我一直想知道。"吞吐中，杜路终于松开了手指，"你在死囚牢里到底经历了什么，那夜我做了一个梦，我想你当时一定是很痛苦，却没有一个人在身旁——"

"我忘了。"

韦温雪在木椅上坐下，喝茶道："我很少会想起那个时候的事。"

这句是真话。后来的很多年里，韦温雪都很少会想起死囚牢中发生的事情，除非在噩梦中一脚踩空的时候，在黑夜里发着抖醒来，捂着泛冷汗的额头忍受一波波锯着神经般的刺痛。那往往是些伸手不见五指的黑夜，冷得刺骨，却什么都摸不到，他拼命地想要抓住什么，却像个溺水鬼似的被人抓着头发狠狠撞向窒息的冷水——

再猛地提出来。

水滴在脸上滴落，大口大口地喘息中，韦温雪看见了狱卒大笑中的黄牙。

你真的不会哭吗？

他们带着口臭的热气在他脸上飘，指甲缝里满是灰泥的手指掰着他的眼角，在摸到一片温热的干燥时，发出了失望的起哄声。

赔率是一比四十的死亡豪赌。

石室中洞开着天窗，冬风吹拂着刑架上白囚衣的长发公子，长安的严寒足以冻死人，狱卒们却嬉笑着往薄薄的囚衣上泼了一桶又一桶冷水。"还逃吗？"他们一边泼一边问他，"还敢逃吗？"肮脏的水珠顺着袖子流落，却在寂静中渐渐结成了洁净的冰柱，蔓延在白囚衣公子的刑架上，将他周身都镀上刀子般疼痛的晶莹。

黑夜里开始下细雪。

雪花落进地牢的天窗，连绵地，细碎地，一点点安静地积落在他身上，如同黑木挂满霜雪。

面前，狱卒们围着明亮的热火炉，起哄中有人拿起烧得彤红的铁棒，猛地烫向了刑架上的韦温雪，肉的焦香在雪夜里热腾腾地飘远。

血、冰碴和融化的水，在白囚衣上咕噜噜地响。

在猛地颤抖和不停止地咳嗽中，他抬头望着众人，灰白的脸，哀望的眼睛。"不要折辱我。"他闭上眼说，他在剧烈的痛苦中缓缓低下头，一边大口大口地喘气，一边用力握紧了暗处的手指，整条坚硬的手臂都在绷着青筋，"我是长安的士族，不要像对待牛马一样，我不可辱。"

"折辱的就是你！什么贵族的公子，什么韦家的二少爷，如今不也像块鱼肉一样挂在这里，任我们哥几个上刑吗！"沾着唾液的黄牙在他眼前晃动，粗鲁的手掌拍着他的脸，"时代变了。你们这群人，已经作威作福了太久，现在就该尝尝下贱的滋味！"

"路上逃跑的时候，你小子多大胆啊，还说什么让赵将军偿命？我们兄弟还以为你小子多硬气呢，结果一上刑架，这就开始求饶了？"狱卒们哄堂大笑，"没骨气的软虫，太后得势的时候和太后乱搞，太后一失势就自己跑了，除了逃跑，你一个男人还会干什么？你现在接着逃啊？逃出去让哥几个给你掉脑袋啊！"

彤红的铁棒又落了下来。

身后凝结着冰寒的冷雪，身前流淌着烧透的热血。滚烫与刺痛，他都闭上眼忍受，无尽头的行刑中浑身在安静地发抖。

不知过了多久，头顶传来"呼啦啦"的响声，一阵雪雹从天窗中呼啸落下，冰得人后颈激起一层鸡皮疙瘩。胸前滚烫的烙铁突然停下，背上砭骨的严寒却愈加深刻，韦温雪虚弱地睁眼，看见了狱卒们私语中的怪笑。

纯白冰冷的世界里，韦温雪安静地注视着众人。悲恸落寞的身影，凝冻在十二月的霜雪中。

"听说这个人从生下来就不会哭，真的假的？"

在那悲凉的目光中，一群变态的狱卒大笑着打赌，赌到了什么程度，他才会落下泪来。

后来的很多年里，韦温雪都想把这段遭遇从记忆中切除出去，正如他在经营青楼时，总是叫自己温八，而宁愿那个无寒公子早就死了一样。无寒公子不该遭遇这些事，他是世家高贵的公子，他的父亲和哥哥那样爱他心疼他，翩翩的青年，洁净美好如同雪月交光。但在那个漆黑的冬夜，他被绑在狱中低着头任人殴打，那是烙马烙猪的东西，那些红烙铁拓在他身上滋滋有声，所有不堪和侮辱尽情毁灭着他白玉无瑕的生命。

他们切掉了他的手指。

只因为他不会哭。

夜色越来越深，白雪狂风大作，狱卒们渐渐失去了耐心，在一比四十的赌局面前躁动得红了眼睛，一把揪着他的头发按进冷水盆又猛地提起，可他的眼底还是干的。在失望的起哄声中，不知是谁，猛地捏起一方薄薄的刀片，插进了韦温雪的手指。

锋利的刀片一点点切进手指里。"只要你能哭出来，"他们按着他说，"你是写诗的人，你不想断着手指走向黄泉，现在就给我们投降，现在就给我们流下泪来。"

窗外白雪纷飞，窗内韦温雪被绑在刑架上，注视着鲜血顺着自己的手臂往下流。

他也希望自己能够哭出来。

他的胸腔要被巨大的痛苦撕裂了，可他的眼底依旧是干涸的。

窗外雪还在下，窗内，他望着自己的手指掉在地上，像是什么乳粉色的陌生的东西。

失望的抱怨声和兴奋的数钱声中，这场赌局终于结束。

他被松了绑，从血雪凝冻的刑架上放了下来，随意地扔到一旁。他躺在灰色的稻草丛上，不想看自己断指的伤口，便把残缺的右手藏进干燥的草堆里，垂着眼一动不动，任血水越流越长。

真是寒冷的一夜。

而明天天亮时，所有人都会被排队送往斩首的刑场。在长安刽子手集体挥下那一刀，以儆效尤。

狱中弥漫着恐惧的情绪，随着时间的流逝越来越烈，犯人们双手摇着栅栏，大哭大吼着，又在时间流逝中渐渐微弱并绝望。

外面大雪漫过黑夜，死亡的黎明即将到来。他浑身血伤，穿着薄薄的白囚衣，坐在满地脏臭的稻草中，失了心般用流血的双手抱住自己的双臂低下头，裸露的脖颈冻得青白。

严寒伤了他的肺，他缩在那儿咳嗽不止，整个脊背都在发抖，口鼻间呼气成白雾，在阴暗的石室中一阵又一阵飘荡。

身旁有个不认识的老妇看着他掉眼泪，望着望着，转起了手中的佛珠，口中小声地念叨了起来。

韦温雪烦躁地闭上了眼。

随着时间的流逝，在生命中的最后四个时辰，狱中反而变得异常平静。整个死囚牢都在忙着诵经，嗡嗡嗡嗡的超度声、拜佛声、祈祷声不绝于耳。不知是谁说的，马上就要见阎王了，趁活着赶紧给死后积善德，本来还忙着哭忙着叫的众人一下子便听信了，狱中一时间变得异常平和，众人围着一个小小的佛像，抹着眼泪悔过自己此生的奢靡浪费，乞求安排好来生。

"……乐本是悲的，幻境本是空的，美好终将毁灭，一切聚散生死都是已定的轮回，因此不必悲哀。"栅栏中，众人围坐在一个白发苍苍戴着枷锁的老人身旁，听他用敦厚的声音，缓缓讲经。

"我们这些人啊，这辈子投了个好胎，看似是金门玉堂，一生也尽享繁华风月。此刻死亡将近，才知道这人间乐事皆不过大梦一场。"那老人的话语有种令人心安的魔力，像是冬夜里的烛火，驱散了阴冷的恐惧，"经历此等大变故，其实是我们的幸运，因为它教我们看破，教我们悔过，教我们消灭心里的孽障，教我们由色入空看破大梦……"

死囚们的手不再颤了，他们不感到冷了，他们手拉着手，脸上渐渐洋溢起平和的光晕，那是带着泪的幸福的微笑，他们对着佛像叩首，抹着泪一声声忏悔自己的一生，在漆黑的大雪的死囚牢中，却仿佛看到了火光中的幻境。

所有的是非成败，都将随着时间的推移和人世的代谢而化为乌有，如同沙堆在风中消散。一切都是虚的，又有什么值得难过？放下执念，放下渴望，宇宙本是广袤而孤独的，生命本是渺小而冷寂的，是情与欲的孽障用奢丽欢乐的青烟蒙蔽了他们的眼睛，看透了这些，便刹那顿悟，得到解脱，从容地从大梦中归去。

"你有什么要在佛前认错的吗？"

众人的簇拥中，老者转向了独坐一隅的韦温雪，用白须下深邃的眼眸注视着他，幽幽问道。

韦温雪抱住自己，并不抬头，并不理睬。

"情人死了，富贵散了，亲人们在世上失散，荒唐的青春年岁都结束了，你也要葬送性命。"老人叹了口气，问青年道，"这命运的无常，不让你感到空虚吗？"

韦温雪仍不抬头。

狱卒们敲着栅栏，死囚牢里开始分发纸笔，犯人们纷纷写遗书，写给狱外亲朋的最后嘱托。

韦温雪缩在肮脏牢狱的角落里，双臂环着自己，身边讲经声环绕，他握不住笔，在这一刻才发现，自己已经写不了文章。

他一直在发抖，却没有掉过一滴泪。

他知道自己明天就要死去。

他知道自己不再是一个完整的人。

嗡嗡的经声，庄严的佛像，一切都在劝他信服，劝他超度，劝他看破。苍白的大雪在窗外狂飞，他无力地放下了那根拿不起来的毛笔，断指处的伤口，还在触目惊心地流血。

写不了的遗书，不如扔了。躺在灰色的稻草上，韦温雪在痛苦和寒冷中抱着自己，缓缓闭上了眼睛。睡一觉吧，他对自己说，醒来后就去砍头，他在这世上本也已经无牵挂，又要写给谁呢。

意识朦朦胧胧间，他突然想起来。

他还是有一个人该告别的。

他想——

还是有一个人。

深夜蜀山暴雨。

从梦中突然惊醒的杜路，缓缓坐起，坐在昏暗的房间内发呆。

那时杜路还不知道什么"泰山府君""魂行千里"的故事，亦不知道派去接应的人根本没有接到韦二。韦二又撒谎了，他摆摆手在暴雨中穿着黑帽衫一个人走回去了，去拯救一场他根本不可能拯救的悲剧，苍白的葬衣，走向了魂行千里的长路。

刚刚清风微光的梦里，他还对杜路微笑着告别，转过头来，却满脸泪水。

死生异路，永从此辞。

窗外暴雨愈响，潮湿的室内，杜路头痛欲裂，恍惚地想着这个梦，觉得似乎不祥，又觉得像个韦二将要回来的吉兆，想了又想，愈发牵起心底一片担忧。

夜色漆黑。

他心神不宁再也睡不着，只好在头痛中一边咳嗽一边起身。这一次，哪怕旁人再阻拦，他也要亲自出门去把幼公主和韦二接回来。

这样想着，他在黑暗的床铺间摸索着穿衣，房顶上大雨如雷，封闭的室内越发沉闷，他放在枕边的手，突然摸到了一样湿润的物件，他惊诧地捏住，拿起来一看，竟愣在那里：

那是一枝冰凉的花。

洁白得似乎在黑夜中发光。

雨声敲打屋顶声音愈发激烈，杜路的心脏在怦怦跳动，他不可思议地轻轻抚摸着这枝突然出现的白花，那样青春，那样鲜嫩，带着泪水般的雪粒和雨迹，柔软地栖息在他的掌心。

是北国千里白雪的冰凉香气，透明的花瓣，带着水雾沁人心脾的湿润，清清淡淡地把整个沉闷的屋子都拂亮了。

有人从杜陵的梅园，摘了一枝白梅花，放在他的梦外。

他不会知道，一年前的冬天，韦二踏着漫天大雪，孤零零地一个人走进了杜陵。满树满树的梅花，在皑皑的山丘上孤寂而热烈地盛开。韦二站在大雪纷飞中安静地望着，恍然看见幼时小小的杜路站在窗户下，望着他笑着招手，喊他来杜家看梅花的样子。

再也归不来的人，再也见不到家里的花。

他终把故乡的花折给了他看。

那样洁白的一枝花，里面有大雪中深藏的愧疚，有高傲得不肯说的话，有永远的道别，还有生死之间难受而节制的思念。

风雨交加，电闪雷鸣的黑夜，一道银白的闪电猛地照亮了杜路手中这一枝雪水湿润的白梅，他看见了，是千里外长安的花种，名叫白碧照水。

杜路猛地翻身下床。

他一瞬间像是什么都懂得了，又像是什么都看不懂了，额头在寒冷中胀痛地跳动，但他冲了出去，冒着大雨推门而出，呼来了自己的马，迅速地跨马而上，大雨中扬鞭向着北方奔去。

有什么东西，要追不上了。

他骑着马，冒着大雨，在银雷闪动的荒原上向北狂奔，满脸雨水地盯着长安的方向。

狂风狂吹着他的头发，暴雨砰砰地击打满地泥泞，水雾蒙蒙，他要看不清前路了，马还在狂奔，颠簸中他握紧了那枝花，温暖的手心中雪粒融化，泪水般顺着他的手腕流淌，打湿了他的衣袖。

千里之外，积雪的囚牢中，满脸血污的白囚衣公子被狱卒推醒，断指的右手被锁进坚硬的手镣，冻得青白的脚踝套上沉重的铁链，一边虚弱地咳嗽，一边被推搡着走进了死囚的队伍，向着熹光中的刑场一步步走去，队伍的黑影又长又浓重，阳光下一排排刀刃粼粼。

砰砰暴雨和漫天枝叶中，杜路不知道自己跑到了哪里，山路外还是山路，漫长得令人绝望。他第一次觉得空间如此浩大，而时间那么短暂，像一双巨手般钳制着他，他奋力挥鞭促马，却仍是在长长的线路上一点一点地挪动着向前，身旁千万银条般的大雨一根根戳进地面，笼子般困住一切，巨大的世界，两个相隔万里的人，怎么也追不上的飞速流逝的时间……他的马已经筋疲力尽，在寒冷中绝望地奔跑，越来越慢，他在大雨中低头望着，终于抬手，将一颗剧毒的苗药喂给了身下马。

他们已经就位了，一千三百八十七个死囚，地狱里足以给赵琰献上风雨无阻的每日祝福，白囚衣的公子想，他带着唇间淡淡的嘲讽，被身后的刽子手按着肩膀强行跪了下来。天空很蓝很美，金光打着圈映在他的眼里，刑场外的孩子被父亲驮着，举着小手高呼着"砍头啦"，清脆的童声咯咯笑。

冰冷的重刀架在脖子上，满身的阳光使韦温雪感到温暖，他眯着眼想，史书上的人物在这一刻都在想什么，李斯在想牵黄犬逐狡兔的日子已不可得，白起在忏悔自己杀孽太多导致天降罪，韩信在后悔为什么不用蒯通之计以至于死于妇人之手，项羽在哀叹天之亡我非战之罪。

而他在想什么？

"我还是我。"

他在阳光下睁着眼睛，那是双晶莹而平静的眸子，安静地注视着遥远的蓝天：没想到吧，命运，到头来我不顿悟，我不后悔，我不放下，我不宽恕，我一点都不会改变，我一个都不会原谅。

我还是我。

伤口模糊的脸上还在流血，红彤彤一片使他渐渐看不清面前的世界，可他对着世界微笑，那笑容是如此嘲讽，像是对着无常的命运和恐惧的死亡，竖起了他的中指。

风声狂怒的世界，黑浓得化不开的千里雾，瓢泼的大雨，漫长的路，杜路奋力劈开面前湿绿浓密的枝叶，锋利的叶子霎时划出一道鲜红的边缘，骏马已经呼啸而跃，癫狂地向前奔跑。

杜路脸上在滴血，那是无数道被身后叶子擦伤的痕迹，头顶银雷如长长的紫蛇般闪动，笼罩旷野四方，轰隆隆的响声如同金黄星辰齐落，而他要穿过去，像鲜红的燃烧的火箭穿越一整片烟尘。

抱歉，他在心里想。

是我不肯信你，是我错怪了你，是我的所作所为导致了这样的险地，是我对不起你。

在最危险的一刻，你都没放弃我，想方设法救出了我。

可我没去接你。

狂风袭面暴雨肆流，胯下的疯马仰头嘶吼，他抬袖擦干脸上的雨水，如烟的山路，重重又叠叠地在身边飞逝，身旁闪动的雨水中，无数块色彩如油漆般流淌着晃荡，大马奋力跃过漆黑的峡谷，千万里浓雾如水面破碎，又缓缓聚合。

有人远远地望着他。

杜路回头，马却跑太快了，四周景色一闪而过，什么都看不见。

大雨中，一个白色的身影缓缓地出现在山路的前方。

杜路心里一惊。

他急切地拍着马，一瞬间大雨声如万钟奏鸣，千万片树叶猛地静止，疯马咆哮着飞奔在大雾中留下残影，如一支箭捅穿了长长的通道……钟声巨响光芒四溅中，他终于冲了过去，张开双臂想要抱住那个人——

那暴雨中洁白的亡魂，安静地望着他。

在他策马冲来的一刹，雨幕中洁白的身影一下子被撞碎了，碎成无数片，在雨光中随风扬起。

四周安静了下来。

袖中的一枝白梅猛地落地。

杜路赶紧下马，蹲身，捧起了那枝沾满泥泞的白梅。

它却在湿漉漉地融化，在杜路手心里像冰块一样晶莹剔透地消逝，杜路伸手去抓，一切却都从指缝里溜走，滴滴答答地成了一摊水，又蒸发成了一缕烟，突然间就这么无影无踪了。

四周除了风就是雨，除了山石就是乱树，杜路茫然地牵马站在原地，漆黑的浓雾从未散去，而他已深陷不知方位的野地中，头顶紫雷闪烁，四面湿冷的暴雨混混沌沌地飘洒。

黑雾散去后，天地一片白茫茫。

脖颈上冷刀挥下的时候，断指的公子恍然看见了长安城囚徒王孙身上一片红雾喷溅，看见自己缓缓落在泥地上，死不瞑目地望着无法原谅的世界。

这是贵族最后的时代。

白发苍苍的老什长王念，人微言轻的新科状元冯忠，黥面的罪臣之子边俊弼，举着诗帖青衫窘迫的宋有杏……他们站在人群中望着旧贵族的斩首，望着金色的阳光在蓝蓝的高天上升起来，和煦地照满全身。

新时代的狂流，势不可当地到来。

在带兵前往荆州以调令驻军攻赵的途中，杜路得知了韦温雪被当街斩首的消息。那一夜大风明月落碧枝，他望着北方，沉默着，喝了一夜的酒。

第五十章

十三年前。十二月。

"告诉我，你是怎么活下来的？"

寂静春楼，男人放下了手中的茶碗，望着纸窗上浅浅浮动的虚影，回答说："因为我不肯流泪。"

"什么？"病榻上的男人望着他的侧影，问道。

"因为我不肯流泪，我不肯屈服，我不肯认命，所以我活了下来。"多年后，铜雀楼的老板，手持纸扇身着锦衣的韦温雪终于转过身，单手掀开了脸上的假面，抬头用晶莹的双眸注视着杜路，语气平静。

"不甘是一口气，支撑着我一步步来到这里。支撑我穿过千里冰原，穿过亲人和朋友们的尸体，而孤独地苟活下去；支撑我一个碎片又一个碎片地弥合自己，而不像他们期望的那样分崩离析下去；支撑着我从炼狱里像恶鬼一样奋力逃脱，对着命运金刚怒目做狮子吼，而绝不肯做那慈悲的听任的顺民……支撑着我，用流血的断掌亲手制造出一个连死神都猜想不透的弥天骗局，一个死而复生的千术。"

那一夜。

漫天鹅毛白雪笼罩住漆黑的死囚牢，苍白的稻草铺满冰冷的地板，一簇一簇烛光接连闪烁，最高处，庄严的佛像以金眸注视众生。

韦温雪抬头与佛像对峙。

四面经声嗡鸣，如同万千蜜蜂振翅，巨顷海浪波涛沉重地压顶而下，压着这唯一不肯俯首的罪人，诵经声忏悔声震着耳腔如同旋涡合鸣，疼痛的神经在吱吱声中似要撕裂。

"这命运的无常，不让你感到空虚吗？"

韦温雪仍抬着头。

老者叹着气，浑浊的双目焦急地盯着他，苦口婆心道："死到临头，还不认命不悔过吗？"

韦温雪猛地站起了身。

他的断指处还在滴血，他的面容苍白俊美得像是一个仙人，他咳嗽着撑住自己伤痕累累的身体，一步，两步，缓缓地走向了那个高高在上的神像。

满地跪拜的囚犯望着他。

他咳嗽着伸出手，取下了神像。

他把神像砸得粉碎。

"哐——"的一声，鲜血与木屑四溅！他将手中的雕像猛地摔向了铁柱，以猛然爆发的巨力，砸了个稀巴烂！分崩离析的躯体咕噜噜地滚落，他转身望向目瞪口呆的众人，声音平静：

"我这一生，绝不认命，绝不甘心，绝不忏悔。

"神佛并不比我的内心更具有力量。

"连死亡都不能压下我的头颅。"

人群哗然。

白发苍苍的老者叹气："此刻大梦将醒，你却还是如此愚钝偏执，根本得不到解脱。"

"亲人由聚到散，繁华由色入空，你们死到临头自以为大彻大悟的东西，无非是这些重复了千百年的废话。"韦温雪注视着众人，扬手扔掉了手中最后一截莲花座，"你们跟我想的，根本不是一件事。"

"你在想什么？"

"穷人总寄希望于下辈子投胎，正如将死者突然顿悟四大皆空，仿佛这样就能稍微减轻一点他们的恐惧似的。命运稍稍吓吓他们，他们便垂头打战，用空虚的名义为自己开解一切。而我要记住繁华也记住痛苦，哪怕它们怎样煎熬我的心灵，我都不会放手释然。我要至死牢牢抓住我的记忆，抓住我顽固的爱恨和执念的自我，因为一旦这些失去了，我也就不是我了，我被命运的苦难消解了。

"而我，怎么能被一块木头雕的佛像消灭了原来的我呢？

"解脱、看开和原谅，在我看来都是一种投降。我宁愿永不解脱，也不会与这个世界和解。有些事情永远不可能被原谅，正如有些人永远不配被宽恕。"红色血液顺着白衣袖流淌，他抬头，冷眸望向所有人。

"我不会向任何痛苦投降，你也不要帮命运做说客。"

登时一片寂静。

人群的角落里，那位一直转着佛珠的老妇突然抬头，颤巍巍地问道："你这样大逆不道，就不怕没有好来生吗？"

"我们本来就没有来生。"

满室惊愕中，韦温雪注视着众人，干脆利落地重复道："没有。"

人群被彻底激怒。

在和尚们诵经的嗡嗡声雷动中，有人捧着佛像的碎片哭喊，有人冲上去抓住他的衣领激烈指责，有人摇晃着囚室的栅栏号啕着用头撞墙，巨响不断，骚动爆发，狱卒们提着鞭棍赶来，四面尖叫声中他们挥舞着长棍镇压下了众人的哭闹，绝望的老妇还在死死抓着韦温雪不肯松手，一名高胖的狱卒冲了进去，一把擒住罪魁祸首的双臂，把他从众人的手掌间拉了出来，狠狠打了几棍，拉到一个极狭小的木笼前，塞进去上锁关好。目睹如此，混乱的囚室这才渐渐平静下来，仿佛韦温雪受到的严惩使众人得到了某种宽慰似的。

烛光闪烁，大雪飘飞。这漫长的黑夜里，死囚犯们在老者的低声絮语中，重新笼罩在一种悲哀的宁静氛围中，他们轮番爬向破碎的佛像，用皲裂的手指摩擦圆润的木雕衣纹，眼含热泪地小声忏悔，祈祷美好的来生。

冰冷的木笼里，韦温雪用断指的手掌，颤抖着放下了那根无法拿起的毛笔。

睡一觉吧，他对自己说。

梦里，他走过了孤独的千里长路，那是非常漆黑的地方，到处除了山就是雾，电闪雷鸣，魑魅魍魉在黑色山洞和深绿大芭蕉中隐约潜行，大风冰凉，他白衣飘荡着魂行千里，怀抱着一枝湿凉的鲜花。

在路的尽头，他敲响了草屋的门。

门里走出了他的旧友。

杜路笑着望向他，邀他到屋里坐。

他望着他的旧友，努力地微笑。

最后离去的时候，他放下花，孤独地走向了来时的路，他知道这是一条非常漆黑的路，可他必须头也不回地一个人走下去了，风狂雨骤，紫色的雷电在头顶闪烁，金色星辰火雨般纷纷降落，他白衣燃烧着，一步一步地走向路的另一头。

可是有人却叫住了他。

那是砰砰的马蹄声，像飞箭一样穿越时间，劈开黑绿的树林和漫天的风雨，飞奔着沿着他的身影追来。

瓢泼大雨中，他站在原地，恍然望见旧友迎面奔来。

突然，一阵尖叫声在耳旁爆发。

韦温雪睁开了眼。

梦里，雨幕中洁白的身影一下子碎成无数片，在杜路策马冲来的一刹，漫天洁白的碎片随风扬起。

韦温雪揉着眼醒来。

他不可思议地注视着眼前情形突变的死囚牢，两丈多高的天窗外，一只橙红的老虎竟然在漫天白雪中跳了进来！老虎身上绑着利刃长枪，一落地，就在囚室与囚室之间狭长的甬道间撒腿飞奔，所到之处刀刃碰撞铿锵，血红飞溅，狱卒们的大腿被高速掠过的刀尖划伤，四处尖叫声中，有人甩出了长鞭，瞬间老虎绿眸怒瞪着他向前扑着高高跳起，咆哮震耳中，巨掌扇向了持鞭狱卒的脑袋，狱卒一下子站立不稳，被老虎整个扑倒，惊恐中焦急万分地望向瑟瑟发抖的同伴："救我，快救我——"

老虎大吼一声，小山般的身躯压着狱卒，长长的虎牙猛地咬向脖颈——

空气中传来颈椎被咬断的脆响。

"吃人了！老虎吃人了！"

惊恐的吼叫声中，室内唯一能自由活动的狱卒们争先恐后地逃向大牢出口，还不忘在逃出去后从外面把牢门整个锁死。而被锁在牢中的囚犯们寒毛卓竖地往墙角里退，望着那满脸沾血的恶虎从尸体上抬头，长长的红舌扫过脸面，回望着他们，缓缓站起身——

"胖胖？"

木笼中，传来了韦温雪诧异的喊声。

老虎回头望了望他，三个月不见，它面上的凶狠在望向主人的一刹却并没有消退，只是从陌生到慢慢记起来，面带高傲地轻轻呼噜了一声，算是打过了招呼。随后它便转回头，舌头舔着嘴巴望向木栅栏后的囚犯们，身上长刃的冷光渐渐逼近——

老虎果然是养不熟的。

韦温雪苦笑，想一年前的胖胖还是他怀中抱着的幼崽，如今却已有大腿高，耀武扬威地吼叫着向世界露出冷光闪闪的长牙，再过一年怕是要长到胸腰那么高了，猛兽总是天生蛮力，又那么肆意妄为。

胖胖一掌拍向了密密麻麻的栅栏，木屑掉落，震得铁锁打战。

整个囚室的人都在抖。

"哐！哐！哐——"那猛兽越拍越怒，半个脑袋大的虎掌轮番往木栅栏上抢，震得囚室门摇摇欲坠。所有人都捏了一把汗，既庆幸这老虎并不懂得如何使用身上绑着的铁器来破门，又担忧它这样一掌一掌打下去，木栅栏真会折断——

"扑通！"

他们不用担忧了，因为这该死的木栅栏并没有坚持多久，连着五根一起被老虎一击毙命地拍断了！

老虎冲了进来。

满室的囚犯从木栅栏的断裂处冲了出去，哭爹喊娘地在地牢中逃窜，拍着紧锁的地牢门，哭着哀求外面的狱卒打开门。

身前牢门纹丝不动，身后老虎咆哮着冲来。

他们像小耗子一样尖叫着继续逃。

"别跑——你越跑它越追——"韦温雪坐在木笼中，双手环口冲众人喊，无奈混乱中没有一个人听话。他只好托着脸坐在那儿，观望着满室混乱的追逐，心想胖胖你个傻儿子，你应该先过来把你爹的笼子给弄碎啊，你追他们干吗？

今夜是谁把胖胖带到这里的？

十月份他与父兄在蜀道上听闻了韦曲家院被叛军掳掠的消息，却早已自顾不暇，只寄希望于胖胖自己逃走了，如今见到胖胖皮毛油亮，却并不像是流浪已久的样子。这几个月来是谁收养了胖胖，又为什么会让它跑到这死囚狱中？

韦温雪猛地站直了。

雪光中的天窗之上，一个瘦削的人影闪动，无声地从高处跳了进来，降落在厚厚的稻草上！

身旁所有囚犯还在恶虎追逐中哭叫着逃窜，混乱中无人发觉这胆大包天的潜入者，只有韦温雪站在木笼中，心情复杂地看着那瘦削的蒙面人缓缓走近，四周人影疾速攒动，他们站在彼此面前，静静地凝望。

雪光猛然照亮了潜入者的面具。

韦温雪一愣。

"居然是你，你来这里是想亲手杀我吗？"终于看清来者面具的一刻，韦温雪长长地叹了口气，"一想到我的死亡能让你终于获得平静，我竟还有些宽慰。"

潜入者摇头。

"可我不能平静。"他脸上的兽面在光影中晃动，时明时暗，"我本该有无限光明的未来，是你毁了我的一生。纵然你得到死亡的报应，可我的青春、希望和黄金时代也早已被耽误而无法弥补了。"

身周人影疾走，虎啸喧嚣。

"那你想做什么？"

"想和你下盘棋。"

木笼外，潜入者从随身包袱中拿出一方棋盘，黑白棋盒放在两侧，晶莹棋子在修长手指间纷纷撒落其中。"请吧。"潜入者把黑子推给笼中人，低声说，"我等了十三年，就是要证明自己，就是要和你再下这一局棋。"

"十三年了，你还是这样。"

木笼中，白囚衣的公子黑发散落，他并不伸手接棋盒，只是垂头叹息道："你到底要叫我怎样好呢，我的，宁老师？"

第五十一章

二十六年前。宁安二年。

囚室高高的天窗上白雪漫飞，地上橙红色的猛虎逐着众人呼啸，一方木笼，像是四面飘风狂卷海水翻涌中唯一一块安稳不动的礁石，他们站在石头两边，一动不动地望着彼此，身后时间与空间快速移动，一幕又一幕地剥落，色彩如油漆般大块大块地斑斓掉落……身旁群臣笑闹，绣帘上的黄金花在热气中轻轻摇动，青衣的宫人奔走着传菜添酒，银铃轻响人影攒动中，他们坐在棋桌的两侧，一动不动地望着彼此，窗外的三春园大雪漫飞，缓慢地、缓慢地停在空中。

"你不会明白我一生的耻辱。"棋盘的右边，年轻的国手执棋的手指在发颤，"在天子宴群臣的众目睽睽之下，我被我自己教大的孩子摧毁，而昨天他还仰头冲我天真地笑着，装作愚笨地落子，让我多教他一些，以天才的伪装来残忍地戏弄一个愚人。我竟也俯下身来全心全意地教他，看他乖乖地听话，对着他露出鼓励的笑，殊不知自己像一只猴子，一个人笑着让猴子教自己剥香蕉皮，那猴子便全心全意地教，一边鼓励着人，还一边担心这人学不会怎么办，殊不知一切都是逗乐罢了。

"我竟把这逗乐当了真的，我竟把这一声老师当了真的，我这只猴子竟要真心真意地教人剥香蕉皮。

"直到这场宴席上，他不想玩了，于是他当众剥了我的皮，让所有人一下子看清了，这高高在上的老师其实是只猴子，这么多年的授弈学弈不过是猴在教人，人在逗猴罢了。于是全场哄堂大笑，笑得那只猴子头昏眼花，笑得那只猴子无地自容，几乎要一头撞死在棋盘上。

"他本不必如此残忍的，我那时只是一个二十多岁的棋手，他却折断了我一生的热爱和希望。"

万千片雪花凝在空中。

棋盘的另一端，九岁的孩子低头抱着猫咪，神情难过地缩成了一小团："可是宁老师……你，找错人了。"

"你说什么？"

"那个毁了你的人并不是我，我并不是那个凶手。"孩子的声音越来越小，他看上去似乎要哭出来了，低着头说，"我的宁老师去哪里了，我只是，我只是想和他多说说话啊。"

我的宁老师，他是一个很好很好的人。

小的时候，我每天都盼着他来同我说话，因为他比我身边所有人都更懂我。别人都在笑三岁小孩上桌乱摸牌，昌公主掐着我的脸，逗我给她换牌，只有他把我从昌公主手中抱了回来，让我接着打牌，像个真正的成年人一样独立思考着玩下去。哥哥同我走路时，总是生怕我跌倒，紧紧地牵着我走一样的路；而宁老师与我同行时，如果我想要自己走另一条小路，他便放手任我前行，尊重我的选择和自由。每一天的棋局内外，我们都在进行着酣畅淋漓的交锋，那种痛快感，使我觉得我们才是真正的朋友，是理解彼此的人。

他很爱我。

当我走不动路时，他会抱起我；当我下棋进步时，他会眉眼弯弯地对我笑。我跟着老儒师开始学写字时，他特意带我去买了属于自己的第一根毛笔。"别人都以为你是个孩童，可我知道，你是不愿意将的。"宁老师这样笑着对我说，"这根毛笔适合你现在的手，才是你真正满意的。"

可是后来，宁老师这样的笑容越来越少了。

他对我笑得越来越勉强，他开始躲避我的目光，他从什么时候起不再发自内心地对我笑了呢？是从打叶子戏时我已经把众人手中的四万六千张牌算得一张不差的时候，是从我在残谱里面推出了前人没想到的棋局而高兴地喊宁老师看的时候，还是我们上一局下棋，我差点险胜了他的时候呢？

"我实在没有什么可教令郎的了。"那日，我在墙根的芭蕉叶下躲雨，突然听见屋内宁老师与父亲说话，他的声音闷闷的，有些苦涩又有些恍然，"每次面对令郎，我只能感觉到自己的有限。"

"宁国手何必谦虚至此呀。"屋内传来父亲温厚亲切的笑声，"宁国手是当今翰林中最年轻的棋待诏，其天资绝代，世上谁人不知。宁老师再教不了犬子，只怕世上没一个人能教了。"

宁老师又是推辞，父亲却只是笑着说他谦虚。

最后，宁老师长长吁了一口气。

"事实上，我的水平也只能教到令郎这样的棋艺了。等令郎下棋更好的时候，我也就不能觍着脸继续揽功了。到时候，还请韦侍郎为二公子另觅良师。"

宁老师……想离开我了。

一滴雨从头顶芭蕉叶里漏了下来，冰凉凉地滑进我的脖颈，我拧着衣服，却怎么也不能把雨滴再挤出来。

可我不想让宁老师走。

第二日蓝天晴朗，天光云影都在一颗颗晶莹棋子上徘徊，宁老师坐在我面前，我一边偷偷看他，一边低下头望着棋子走神。"该你了。"他出声道，我猛地一惊，执子便落在了那个最该落的地方，一个即将堵住对方的死局。

宁老师的脸色一下子变得青白。

"下得不错。"过了一会儿，他努力地对我露出微笑，用干涩的声音表扬道，"你布的这个局，我竟没有看出来。"

那一刻，他脸上的神情真是让我难受。

黄昏时下了暴雨，我目睹着宁老师离开的背影，他看上去很孤独也很疲惫，灰蒙蒙的大雨在他身后飘洒像是漫天黄沙，屋檐下一串串风铃在雨声中回荡，他瘦削的脊背微微弓着，走得越来越快。

夏日的暴雨不断往下滴落，在庭院青色的地面上砸出一片片灰色的水渍，雨越下越大，灰色连成一片，于是整个地面都变了颜色，这种感觉让我心惊。

我只是……想再见到他。

于是在又一次下棋的时候，我眼中望着对方那个隐秘的破绽，手指却轻轻滑了过去。

他见我笨拙，便又笑了，点着棋盘耐心地讲解，低下头来朗声问我有没有听懂。我手中汗淋淋地攥着棋子，眼里只看得见他的笑脸，突然间松了一口气，小声央求他再讲一次。

再和我多说说话吧，宁老师。

我那时终于明白，有的爱是有条件的。在我只是一个弱小笨拙的孩子时，他是爱我的。而在我逐渐超越他的时候，尽管他努力在克制自己颤抖的内心，可他无法保持对我的爱了。

他是骄傲的。

他也是脆弱的。

花积姐姐总是说，我虽然爱笑好脾气，却是她见过的秉性最执拗的孩子。我要冬天养一朵水仙花，便想把它冻在冰里永远不凋谢；我想要驯服一只漂亮的小野猫，便每天喂它最好的小鱼和牛奶，让它见了我便迫切地奔跑而来；我想要宁老师在我身边，便想让他永远待在我身边，再也不想着离开。我会照顾好他敏感而脆弱的性格，观察到他眼中每一丝诧异的情绪和一闪而过的恍惚，给予他足够多的教育我的成就感，让他在苦苦琢磨之后茅塞顿开地落下棋子，让他如释重负地获胜，让他对着我笑，让他抱我在膝上，用手指点着棋盘温声讲解，让他用爱陪着一个弱小笨拙的孩子慢慢长大。

于是那些年里，他不觉有疑，我如愿以偿。

十三年前的三春园中，漫天大雪静浮在高空，身旁青衣的宫人提着酒壶凝固，观棋的众人保持着张嘴大笑的姿势一动不动。"你从来没有瞧得起我，你只是在戏弄我，可我不需要你一直装傻装笨来满足我那点可怜可鄙的自尊心。"棋盘的两侧，青年棋师握紧的拳头仍在颤抖，他慢慢垂下头去，"你毁灭了我，在所有人面前。"

九岁的孩子抱着猫缩成一团，低着头小声说：

"我没有想戏弄你，宁老师。

"只是因为，我一旦做得比你好，就发现你不开心。

"你说过，等我变得更好的时候，你就会离开我了。所以我只好一直笨一点慢一点，这样你才会开开心心地教我，我才能一直见到你一直和你说话。

"直到三春园里的这一天。

"是我高兴得忘乎所以了。我认识了杜家那个笑容明亮的男孩，有了第一个同龄的好朋友；我看到了第一只主动向我走来的小猫咪，它蹭着我不肯离开；我还终于可以自由自在地下几局棋了，陛下和爷爷都望着我叫好，我玩得太尽兴了。

"直到我看见你眼中的痛苦。

"可我以为这只是一盘棋，我以为我们已经足够好了，我以为你已经离不开我，就像我离不开你一样。

"可我终究是想错了。

"我不知道你竟会一生陷进这一场痛苦中，在心灵的折磨中苦海浮沉不得解脱。"那个孩子抱着猫，缓缓抬起头，明眸中映着窗外的万千雪花，"宁老师，若杀我剐我可以让你得到内心的安宁的话，你尽管来做吧。但是，带给你一生痛苦的凶手，真的是我吗？"

棋盘被猛地掀翻。

满地水晶棋子黑白迸溅中，红着眼睛的青年棋师站起身，十三年的委屈与苦涩，他在浑身颤抖，手中那一柄银白的利刃伴着黑影呼啸袭来——

座位上的孩子闭上了眼睛。

"砰！"

一个白色的身影突然出现。

在青年棋师猩红的眼瞳中，二十二岁的韦温雪站在孩子身前，一手夺刀，一手护住了这个小小缩成一团的身影。

"这么多年了，还没杀够吗？"韦温雪松了刀，抱起身后颤抖的孩子，转身望向面前手持长刀的青年棋师，目光复杂，"你恨了他那么多年，他还傻气地盼着老师再来见他一面，不要再告诉这个孩子他是凶手了，饶过他的一腔真心真意吧。有什么事都冲我来，让我来替他还你。因为他还会伤心，我却不会了。"

窗外的雪猛然落下来。

凝固的时空被突然敲碎，火盆上白汽猛地向上蹿起，明黄的绣帘被掀开，青衣的宫人走过绣帘传来一盘又一盘佳馔，人影攒动，捋着白须的韦宰相在望着小孙子笑……众人围观着黑白棋子，挥动着手臂唾沫四溅地指点……时光如盛开的莲花般一瓣又一瓣地闭合，凋落的颜色向上一滴滴浮聚。

"把孩子给我！"

青年棋师握紧手中的尖刀，红着眼逼近了阴影中的仇人："我可以饶过你，可我必须杀了他！这个孩子是毁掉我一生的凶手，只有完成对他的复仇，才能消解我面对一生荒废时昼昼夜夜的痛苦。"

四周色彩斑斓，时空如同一盏莲花台般不断旋转，浮光中棋师脸上的兽面时隐时现……越逼越近的刀尖下，韦温雪抱着怀中埋着脸的孩子，轻声说：

"宁老师，你可以杀了我，但我不会告诉这个孩子他是凶手。

"十三年的敏感，十三年的抑郁，十三年的委屈愤懑，十三年的沥血决心，你沉浸在自己的悲哀中，可是这份悲哀，真的值得沉浸吗？

"九岁那年，他在三春园里连赢了二十位国手，他们有人惊讶，有人讨教，有人叹气，却没有人恼羞得连夜退出了翰林。同样输了一盘棋，可能毁了一个棋手的人生，也可能只是另一个棋手眼中非常短暂的小事。他并没有羞辱你，是你将被他胜过视为耻辱，非要在那么多婴孩身上报复回来。

"他只是赢了一盘棋而已，不是他毁了你的一生，是你毁了你自己。"

青年棋师的刀猛然颤抖。

四周时光旋转中，他茫然地望着面前小小的孩子，又望向抱着孩子的白囚衣公子："那我应该向谁复仇呢？"

"向我复仇吧。"在三春园最后的幻影中，白囚衣的公子轻声道，"让多年后的你，杀了长大后的我吧。"

第五十二章

十三年前。十二月。

十三年后，在三春园白雪御宴上那一场改变命运的棋局发生后的第十三个年头，白囚衣的落魄公子站在长安死牢的木笼中，垂眸道："宁老师，杀了我吧，你终于能获得内心的宁静了。"

满室烛火飘摇。

兽面的中年人站在笼外，轻轻摇头。

"可我无法平静。"他说，"十三年了，我必须和那个孩子下完这一盘棋。"

"可他没法和你下棋了。"

"什么？"

"他没有手指了。"韦温雪平静地说，尽量自然地抬起了自己仍在流血的右掌，"你看，他已经没法夹起棋子了。所以你放心吧，他不可能再赢你了，他永永远远地认输了。"

宁老师猛地怔住。

他不可思议地伸出手去，轻轻摸了摸那颤抖的指尖。那差点躲回去的手掌是冰凉的，食指被一条歪扭丑陋的红伤口触目惊心地斩断，被他看了几秒，最终还是仓皇地从他的手心里缩了回去。他眼前只留下一个苍白的影子，指甲干干净净的，修剪得很整齐，是一只写诗的手，十三年前曾轻轻抓住过他的衣袖，是那只手。

时隔多年。

是那只手。

兽面的宁老师望着垂头不语的白囚衣公子，恍然看见了漫天梧桐叶在盛夏金光中摇晃，孩子伸出小手牵住他的衣袖，安静地走过一段又一段阴影中的长路，黄昏的风吹起衣摆，碎光跳动，他们走过整个夏天，那曾是美好而宁静的时刻。

那个时刻本来是可以延续一生的。

从三春园出来的时候，那小小的孩子正坐在哥哥怀中，低头抚摸着手中的小花猫，见有人擦身而过，孩子抱着猫抬起头，随即惊喜地喊道："宁老师！"

他却没有回头。

他失魂落魄地往前走，脸色苍白地往前走，身后的人言人语和放肆笑声在追着他，他的骨头几乎支撑不起他的肉了，他在冬日的阳光中渐渐融化，踉踉跄跄，疾走如逃。

"老师，老师！我在这儿啊宁老师。"身后传来嗒嗒的脚步声，那孩子抱着猫，踏着满地雪泥急切地奔跑着，一路追着他的背影，"是我啊宁老师！"

他却越走越快。

孩子毕竟没有追上。

"宁老师……他不会来了吗？"

窗明几净，摆放得工工整整的棋盘旁，小小的孩子捧着脸蛋望着窗外，嫩黄柳枝已经长了出来，小燕子结伴飞过屋檐，一日又一日的黄昏带着漫天光影落下去，他在晨光中把每一颗棋子都擦得晶莹剔透，又在昏暗中一颗颗收回棋盒，喃喃道："宁老师是不理我了吗？"

哥哥叹气，摸了摸他的脑袋："别想了，你还太小，很多事情并不明白。"

"哦。"他收起棋盒，低头乖乖地应了一声。

"送你一个礼物。"哥哥见他还是无精打采，便捂着他的眼睛，把他手中的棋盒取了下去，放回了一本小本子，"猜猜是什么？"

"是小说！"

孩子惊喜地喊道，一睁开眼，就迫不及待地望向手中的小本子，一字一字念出书名："是《集异记》！我没有这本书，谢谢哥哥！"

"不要耽误学业。"哥哥笑着揉了揉他的头发，"夜里也不许点着蜡烛偷看，明天再看。"

没想到这一本《集异记》却造成了离家出走的事件，小温雪看到王积薪夜宿蜀山听人口头下棋的故事后，便摩拳擦掌，要去蜀山找到新棋谱。"到时候宁老师就会来找我下棋了，我就又能见到宁老师了，最近我记下了好多话想和先生说。"小温雪在留下来的字条上如是写道。少年韦棠陆攥着这张字条，在金光中狂奔着敲响了围棋赌坊的大门。

"大白天的，现在不开门，晚上再来。"赌坊老板打着哈欠，对着韦棠陆如是道，抬手欲关门——

"等等！千万等等！"热气和光芒中，少年赶紧倚着门，展开了手中的字条，"我找宁国手，有关我弟弟的事情，请他一定要见我！"

赌坊老板便走进了漆黑的坊中，不一会儿又走了回来，又打了个哈欠道："宁国手没有时间，还请回吧。"

"那请你把这张字条交给他，请他一定要看。"少年把手中这张汗津津的字条交给了门内人，不放心地嘱托道，"我没时间了，我要赶紧去追我弟弟了，但我希望有些事情他能够明白，他一定要明白。"

他却没有看那张字条。

老板打着哈欠走了过来，向他伸出手心里那张不成样的字条。

"谁写的？"他问。

老板懒洋洋地答道："韦家那个小少爷写给你的。"

他刚伸出去的手指一下子缩了回来。

"拿走。"他说，"别让我看见。别让我想起来。"

那夜他做了一个梦，梦里又是风雨交加的白昼，破碎棋盘人言人语中，他像一只被剥了皮的猴子一样浑身流血。他嘶吼着醒来，头痛欲裂地颤抖。

在深深的不甘中，那个兽面老人找上门，带他进入了黑暗地下中的另一个世界。

在那里，他切割掉了第一个男童的肚皮，作为柔软的战利品，在报复的那一刹尝到了致命的快感；在那里，他带上兽面，在阴暗欲望的旋涡中与各位达官显贵共赴极乐；在那里，他手持铁刃滑行于血肉之中以发泄毕生的苦闷。所有的痛苦是否都该有一个归根到底的罪人，他想，那个孩子施加给他一生不幸，被更多婴孩替罪。

"可我并不是这样想的。"多年后，那个小小的孩子穿着破碎的白囚衣，站在铺满灰色稻草的木笼中，望着他渐渐低下了头，"我曾以为你会再来看我，可是你没来，宁老师。"

"你变得不像我的宁老师了，我也不知道我的宁老师去哪儿了。"

"我想去找到我的宁老师，所以想去蜀山找到新的棋谱，想再和他一起下棋，想再见到他说说话。可是我最后也没找到我的宁老师，就像我最后也没能去到蜀山一样。"孩子低着头，声音越来越轻，"再后来，我就这么长大了，我把宁老师弄丢了。"

他颤抖着，望着那个小小的孩子不断诉说的幻影，缓缓摊开了手掌：

"你不肯说的那些心事，我其实都知道。"

木笼内，一直抿唇沉默着的白囚衣公子猛地一愣。

在宁老师摊开的手心中，躺着一块乳白色的玉牌和一张破旧得不成样子的字条。

"在你们离开长安的一个月后，叛军闯入了韦曲，放火掳掠，四处搜刮一空。不久后，亡命店的赌盘里被人放进了一块用破纸包着的玉件，我剥开一看，是一块莹润洁白的羊脂玉牌，背后刻着两个字。"

宁老师将手中的玉牌翻了过来，轻轻摩挲着这两个阴刻着的字痕：

雪郎。

"那是你的乳名，这是三岁那年昌公主赏赐给你的长命牌，那是我们在满盘红色夜明珠悠游的光芒下通宵打叶子戏的遥远日子，显赫金门，风流岁月。昌公主是个短命的美人，正如我们也都是短命的才俊。我刚刚进来时一直望着你，我在想，我的这一生，莫非也是你生命的隐喻？"

"我记得这块玉。"韦温雪并不接话，望着他手心摊开的两样东西，问道，"但那个字条是什么？"

"是你童年时给我写的那张字条。"宁老师带着笑意望向自己已然长大的学生，用两指拈起字条，送到他面前，"真奇怪，十几年前的我不肯打开，让赌坊老板原封不动地送回了韦曲，十几年后韦曲破败后，它却又包裹着这块玉牌来到了我身边，被我亲手剥开。我读到了那个小孩子写给我的话，你要打开看看吗？"

韦温雪的目光有点躲闪，他避开了越来越近的字条，冷冷地说了一句："哪有此事。"

兽面背后，宁老师眼中笑意更浓："是你写的。"

"我没写过。"笼中，那清冷的白囚衣公子干脆背过身去，闭上眼不愿再语。

"看来你是真不记得了。"身后，宁老师哗啦啦展开了字条，正色道，"没事，我给你念一遍。"

笼中，韦温雪的后背一僵。

在老虎飞奔众人逃窜的满室混乱中，宁老师稳稳地站在笼子外，双手展开字条，一字字大声念道："……雪郎近日读书，看诗也是先生，看集也是先生，满纸满页都是先生，沈休文酬谢宣城曰：'神交疲梦寐，路远隔思存。'《诗》云：纵我不往，子宁不嗣音？……"

"好了好了！"

韦温雪终于受不了，他长长地叹了口气，万般无奈地转过身："行行好吧，我的宁老师，这些小孩子的傻话你看也看到了，笑也笑过了，就别再拿来羞我了。"

"这不是傻话。"宁老师垂下阴影中的兽面，轻轻地说，"这是很动人的话，若我在该读的时候读到，我不会过那样的一生。"

韦温雪望着他手中那张字条，陈旧字迹中，看见了满篇幼稚矫情又真心真意的表达，那是一个孩子对老师絮絮叨叨的诉说，那是各种不解、委屈、怨念与暗促促想告诉老师快来见自己的小心翼翼……他读着读着，单手捂住了自己的额头，叹息道："我认为这种东西最好永远不要被人读到，免得读得人一身鸡皮疙瘩。"

"不，这是我读过的最好的一封信。"宁老师笑了，他小心翼翼地叠好这张脆弱的旧纸，收进怀中衣衫的最深处。"只可惜，我没有按时读到它。多年后，等我终于读到这张字条，等我发现岁月中巨大的误会并试图和解，等我终于赴约与那孩子下棋时，却发现……很多事情错过了就是错过了。"他长长吁了一口气，低头道，"我因为善妒和恼羞而错过了自己一生的美好时代，也因为读晚了这封信，错过了那本该绵延一生的美好情谊。"

韦温雪望着他，也缓缓笑了："还不算太晚。"

"已经晚了。"宁老师不忍地望着他，脸上还带着笑，声音却有些轻颤，"我们已经不能下完这盘棋了。"

"你已经赢啦，一个活人比起一个要死的人，还不是赢家吗？"韦温雪的笑容仍如往昔般灿烂，他将触目惊心的那只手藏在身后，用左手颤悠悠地端起棋盒，交还给宁老师，"既然你都想明白了，不想报仇了，那就赶紧走吧。"

宁老师轻轻摇头，微笑着，声音却颤得越来越厉害："我今夜本就不是来报仇的，我是来赴约的。"

"那你表现得可真不像，进门时那气度真像是来杀我的一样。"韦温雪低头笑了，"宁老师，既然你早就看到了这张字条，既然什么都想明白了，又为何要吓唬我呢？为何进门时还装作原来那执拗疯狂的样子，非逼着我与你下一局棋呢？"

宁老师接过棋盒，低声说："因为留给你我下棋的时间没有多少了。"

"我懂了。"韦温雪点头，"你本不想花时间与我解释那些事了，只想快点下完一局，因为你知道，我没有时间了。"

"不。"宁老师的声音颤得越来越厉害，他努力地保持着微笑，兽面后那双眼睛却盈盈地蓄满了泪水，望着面前自己的学生，轻声说：

"是我没有时间了。"

韦温雪一愣。

面前的宁老师微笑着含泪望向他，颤抖着，掀开了自己的衣衫：

他的肚皮上没有肉，只有白骨。

一只只白蛆在蠕动。

他胸以上的部位和小腹以下的部位，还都是正常的皮肉，只有腹部的整块皮肉被整整齐齐地切割一空。伤口处一边长肉芽，一边在腐烂流脓和发臭。

"怎么会这样？"韦温雪震惊地望着他。

"我赌输了。"宁老师颓然地一笑，"我本该听你的话早点离开亡命店。大雪落下来的时候，是不长眼的。"

一个月前。

一位不速之客推开了亡命店的门。

满屋熟客原本叫他离开，可他竟将无数金银珠宝和一块破纸包着的羊脂玉牌全压在了桌上，问众人有没有敢与他赌的。

本是长安政变人心惶惶的时候，有本事的早就逃到外地避难了，被困在长安没逃出去的旧权贵们，便胆战心惊地躲在亡命店里，见多了屠杀与家破，愈发醉生梦死起来，外面战乱越多，地下赌桌搓得越响，以在麻痹中寻求心安。这样坐吃山空了两个月，此刻见到大量现银，他们不由得鬼迷心窍起来。

而那个不速之客进门之后，凡赌必输，无论叶子戏啊，双陆啊，甚至连猜骰子大小都赢不了一局。好在他输得爽快，每天都手捧金银大把大把地往外送，从不抱怨。乱世中他如同散财童子般玩了半个月，弄得亡命店中人人都盼着他来，终于有一天，宁老师也忍不住了，坐上了和这个倒霉赌鬼面对面的赌座上。

他连赢了十二局。

他绝不该输那最后一局的。

对方并不是一位绝顶高超的棋手，但他却跳进了前十二局的思维定式，在轻敌和傲慢中，跳进了对方摇身一变的第十三场陷阱。

刀尖指上脑袋的一刹，他大口大口地吸气，他指着手边如山堆积的金银玉牌要塞给对方，央求对方饶了自己。对方俯下身来，用冰凉的刀片拍着他的脸，微笑着说："不要害怕，我只要你的肚皮。"

他不解地望着对方，继续央求，甚至拿整个亡命店做交换都在所不惜。

对方却只是轻轻摇头。

"不记得我了吗？"对方怜悯地望着宁老师，伸手掀开了自己的上衣，"那现在呢，现在认得我了吗！"

在看清楚的一瞬间，宁老师浑身哆嗦。

那本是一个成年男人强壮利索的腹部，一块块突起的肌肉清晰而漂亮，却让人多看一眼都不忍心：那腹部上只有红肉，没有皮肤。

一个陈旧而整块的白疤切割掉了他的肚皮，留下了一个长方形状的框，框外是正常的皮肤，框内是没有皮肤的暗红色的丑陋的肉。他受这个伤一定很久了，久到他活了下来并且有幸自愈。他受伤时一定很痛，痛到多年后他抚摸着自己伤疤的手指，依然在轻轻颤抖。

宁老师攥着金银塞给他的手也在抖。

"我知道你是谁了。"满脸的眼泪从他的双眼中不住地奔流，他捧着金银的双手仍试图拉住面前的人，"你是当年那个被绑在亡命店桌上的小男孩，是我赢得的第一个猎物，是我走进亡命店的第一天，是我割掉了你的肚皮。"

越贴越近的刀光下，他在颤抖，在流泪，在忏悔，在道歉。他合十了双手作揖，他摇晃着对方的衣角，他的人生从未如此无助而害怕过。"善恶到头终有报。"那不速之客将他绑在桌板上，挥下银亮的匕首时说，"无法无天的人们啊，你们的报应来了。"

他被割掉了一整块皮肉，痛苦和惨叫中，体会到了多年前那个幼小的男孩所经历的一切。

他的亡命店在大火中熊熊燃烧，金银都化成热水，映照着那些已经藏匿两个月的权贵四处被押送的身影。

他滴血的肚皮被那个不速之客拎着，那人走出亡命店后，踏上了长安深秋明月朗朗的街道，大火在身后燃烧，那人却并不回头看，握紧双拳健步如飞，像是终于如愿以偿，又像是再也不敢回头看一眼自己童年最深处的恐惧。

"沈队长，这次多亏了你，我们才能找到景国公势力最后的藏身处。"夜色中，斑白长须的老军人跟上了那人，两人并排而行。"王元帅，也谢谢你给我时间，让我先拿到了这样东西。"被称为"沈队长"的不速之客吁了一口气，攥紧了手中滴血的皮肉。"我理解你。"王念伸手拍了拍他的肩，低声道，"我有时候觉得，我们是那么相像的两个人。都遭遇过不公，都挣扎着活下去，都在军队中改变了自己的命运，都要拼尽全力去创造……一个新的世界。"

寒冷的秋夜里，宁老师捂着流血的身体，顺着冷月下荒草蔓生的长河道边逃边躲。

满包金银玉牌拍打着宁老师的肩膀，这是他一生赢得的赌资，那个不速之客为他亲手背上了包袱。"逃吧。"那人提着尖刀，为宁老师打开了亡命店的大门，身后一整排被绑好的权贵在士兵刀戟下跪地啼哭。那人说："我不杀你，带着你一生赢得的东西，带着你一生输掉的东西，自己逃吧。"

浑身是血的宁老师，被那人推到了门口，背上了满包沉重的金银，推到风声自由的秋夜街道上，闻到冰凉空气的一刹，他甚至在剧痛中回头，感激地望了那人一眼，却望见了那人面上嘲讽的笑容。

"忘了告诉你，这把刀在切你之前，被我涂过脏土和铁锈，所以你会得上破伤风的。猜猜这包金银，能把你的命买到什么时候？"

冷风扬起千百根霜白的茅草，高高的月亮照着寂静幽深的长河道，宁老师捂着满腹的热血，摔倒在了泥道的中央，过了一会儿，才靠着土墙缓缓坐起。怀中那一包金银硬邦邦地硌着他的胸，他低下头，一边筋疲力尽地喘息，一边缓缓打开了包袱，一块块查数起来。他认识黑市上有一位人称"鬼见愁"的医师，只要有足够的钱，只要他还能带着钱跑到那里去……

他扒着满包金银的手猛地顿住了。

一块羊脂玉牌从破纸中滑了出来。

他一把抓住这块莹白若雪的无价玉牌，足有半个巴掌大，浑身找不到一丁点瑕疵，圆润的触感仿佛是在抚摸少女的肩头。他摸了一会儿，只摸到两个微微凹陷的刻字，便感激地松了口气。够了，钱够了，他连忙把这块羊脂玉缠回破纸里仔细地包好，却在低头一瞥之间，看见了纸上陈旧的墨迹：

……宁老师，我很想你……

一瞬间，他浑身都僵住了。

羊脂玉牌从膝间滑向泥地，头顶的秋月明亮的光辉洒向四野，他颤抖着双手打开了那张尘封已久的字条，瞳孔恍惚间，像是看到满纸光芒再也不受岁月的压抑向着他迸溅而来。

光芒中，那孩子向他飞奔而来。

隔着岁月深海透明无声的水流，孩子焦急地对他说话，委屈地对他说话，用两只小手抱着小猫，奔跑着想要追上老师越来越远的身影。而岁月的另一边，他终于听见了。

他回过头去。

突然间，他发现那天雪地晶莹，冬日的天空是广阔的蔚蓝，彩画游廊上数只浅灰色的大鸟"哗"的一声展开双翼，纷纷擦着他的耳畔向上扑腾飞翔，寂静中，那孩子低着头不敢望他，伸出一只小手，轻轻牵住了他衣袖。

"宁老师，"孩子小声说，"跟我回家吧。"

十三年后，他在荒野寂静的冷夜里浑身流血地靠在土墙上，读着那封孩子写给自己的信，又哭又笑。

他在想，自己这一生怎么会沦落到了这样的境地。

自己本是全国最年轻的国手，怎么会成了一个罪孽滔天的赌徒？原本是可以一笑置之的事情，怎么会弄得他十三年来躲在地下，在金钱和血臭中过着人不人鬼不鬼的日子？

自己怎么会遭受了命运这么一出戏弄？

就着头顶澄明千里的月光，他合上了那封迟到了十三年的信，带着满脸泪水，把玉牌翻过来放到眼前看，看清了那阴刻着的两个字是：

雪郎。

这就是他学生的长命牌，是昌公主赏赐的。但昌公主在嫁到韦家一年后便过世，数年后，恭帝因为哀思过度而崩逝。

十三年前的春天，当韦棠陆从城外草堆里把"离家出走"的弟弟背回家时，韦棠陆看见弟弟腰间的这块长命牌，突然想到昌公主的往事，觉得不吉利。回家后，韦棠陆嘱托花积，把弟弟的玉牌取下来收好。

正巧那日，宁老师拒绝打开那张字条，叫赌坊老板原封不动地送给韦家的小少爷。白天，绿果儿收了这张纸便随意地扔在了桌上。晚上，花积找东西包玉时，便抓起了桌上这张用过的纸，缠在了最里面。

这么一缠，就缠了十几年。

缠到学生长大了，缠到老师带上了兽面，缠到韦氏家破人亡，缠到亡命店在大火中燃烧，缠到他浑身流血地瘫坐在寒月白茅中的长河道上，缠到木笼中的学生用断指的右手颤抖着触碰老师身前白蛆钻窜的腐肉，问道："还有办法吗？你快拿着这块玉牌去求鬼见愁，他肯定还有办法啊。"

"我去求过。"宁老师放下了自己的衣衫，凄然一笑，"他说纵使华佗再世，也无力回天了。"

韦温雪的手指猛地一顿。

"肯定还有办法……"

"我求医问药走遍了城内郊外，没有办法。"宁老师垂下了头，"他们帮我割了几轮腐肉，可是腐肉又生腐肉，他们说我可能明天会死，也可能再坚持一个月，直到所有内脏都被感染。可惜没有亡命店了，本来这是一个多好的赌题啊，我还真想知道最后会是哪个混蛋能猜中我的死期。"

韦温雪不忍地叹了口气："再试一试吧……"

"不用安慰我了。"宁老师说，"对我这缺了一大块的身体来说，我已经走了太远，越走越听见死神的声音就在我头上盘旋。那是一个冬风吹荡的黄昏，我站在荒废的长河道上看着满天紫色的云霞缓缓沉下去，我想这可能是我见过的最后一次夕阳，转过身来，我却看见了一只金色的猛虎，埋伏在茂盛的茅草深处，安静地注视着我。我本来应该在它跳起来的一刹就葬身虎腹中，可惜，我的包袱里刚好装着两只作为路上口粮的烧鸡。"

两人哑然失笑。

"那天我坐在老虎的身旁，望着黄昏下它抱着那两只鸡，心满意足地吃完了。它看上去饿了很久，却并不怕人，吃完后，竟还用脑袋蹭了蹭我的大腿，那意思分明是问我还有没有鸡。我便敞开了空荡荡的包袱，它勾着大脑袋看了一会儿，便有些颓然地坐在地上，懒懒地舔着自己的前肢，那神情分明是在忧虑自己下一顿饭吃什么。我有点警惕地望着它，生怕它想起来面前还站着一个挺好吃的人类。"

"它其实还不会捕猎，"韦温雪边笑边说，"才一岁多，在野外都是跟着母虎才能活下去的。"

"怪不得。"宁老师说，"怪不得它卧了一会儿，猛地站起身，冲着深草外的大道上跑去。我听见了辘辘的车声，站起身往草堆外一望，望见了两头黄牛拉着装满人的大囚车，一步一步向着长安走来。那老虎就藏在路边，望着那大囚车，想过去又不敢过去的样子，低低地呼噜了几声，却被淹没在风声和车声里。我在想它到底在看谁，顺着它的目光望去，竟看见了囚车里的你。"

"原来这傻孩子还找过我呢。"韦温雪注视着满室追逐玩耍的胖胖，"我怎么看不出来它这么有情有义？"

"怎么不有情有义呢？今夜我是跟着它，才找到被关押在这里的你的。"宁老师说，"那日我诧异地看见，你竟作为叛乱的重犯被关在那人挤人的大车里，像个失了心的木人，脸上满是泥泞和血痕。我那时才知道，你要死了，你才二十二岁，却要随着旧王朝的湮灭而斩首示众。到那一刻我才发现……我们的命运，是同一对耽误与荒废的隐喻。"

韦温雪突然笑了："哪有什么狗屁的命。"

"是啊，哪有什么狗屁的命。"宁老师注视着自己的满腹白蛆，眼含泪光却大笑了起来，"我已经被命运戏弄了一生，可我不能这样死去，我不能在谅解和解脱中微笑着死去，我不愿意听从这样的戏弄！今夜，该我来戏弄命运了！"

韦温雪猛地一怔。

在他还来不及出声阻止的一刹，宁老师猛地抽刀，切断了自己右手上的食指！乳粉色的断指飞了出去，红血四溅中，地面上两根断掉的食指并排落在一起。

"宁老师，你这是……"韦温雪瞪圆了双目，他突然间意识到了今夜来者的真正目的，一个意想不到的疯狂目的——

"胖胖，过来吧！"宁老师猛地取下脸上的兽面具，冲着人群中奔跑的猛虎大喊道，"过来！做我教你今夜要做的事！"

奔跑而来的猛虎一跃而起，冲着宁老师，张开了血盆大口——

四根弯曲锋利的虎牙划过了他的面颊。

一瞬间，血流如注。

在韦温雪颤抖的瞳孔中，面前人顶着血肉模糊的脸，用流血的断指将兽面具递给了笼中人。

"十三年来我嫉恨着我的学生，可到头来，我还是怜惜我的学生。

"在这最后一场棋局上，老师和学生不做对手了，让我们联手吧。我们站在命运面前，不惧怕，不哀求，不谈和，让我们加倍奉还它深加于我们身上的戏弄和屈辱，用两个人的两辈子跟它斗到底。我们是死局中鏖战突围的棋手，是众目睽睽之下的大千术家，是前无古人后无来者的狂妄斗士。

"活下去，替我去战胜命运！"

光芒四溅中，胖胖一声虎啸，抬爪拍碎了囚禁着韦温雪的木笼。

四周有犯人发觉了这边不对，转身欲观察情况，被胖胖一声虎啸飞扑而至，张口咬烂了脸面。人群尖叫四散，纷纷躲进囚间的墙壁后，有的跑得慢了些，便被猛虎拖住，狠狠地在脸上咬了几口。

光芒中，那只颤抖的残手，接了另一只残手手中的兽面具。

"我会替我们赢。"

韦温雪猛地低下头，带上了那张兽面具。

他接过了宁老师递来的玉牌，脱下了薄薄的白囚衣，和宁老师互换了衣服，抱着一黑一白两罐棋子走出了破碎的木笼，捡起了地上的第二根断指。在与猛虎并肩走向天窗的那一刻，他终于不忍地回头，望向木笼中那个穿着白囚衣的满脸血肉模糊的男人。

"替我活下去。"笼中白囚衣的宁老师望着他，"胖胖，带他走吧。"

猛虎迫不及待地冲着主人张开了血盆大口。

韦温雪抬头，望着这间被封锁的死囚牢唯一的出口——头顶正上方那足有两丈多高的狭小天窗，他突然明白了这个不可思议的逃生之法，向身后的宁老师重重地点了一下头。

他对着胖胖那大张着的血盆大口，缓缓蹲下了身，任猛虎叼起了自己的后领，像衔着一个刚刚捕获的猎物，冲着漫天白雪中明亮的天窗一跃而起，蹬着房檐，冲向了长安白雪千里的夜风街道，落地便飞奔起来，虎虎生威地奔向远方。

两刻钟后，狱卒们终于把城南猎虎队的救兵搬到了，囚牢紧锁的大门这才被打开，猎户小心翼翼地捅开一丝门缝，往里面一瞧，却发现那猛虎早已不见了影踪，只留下地上满室混乱的爪印，最后终止在两丈高的天窗上。

看见牢中被拍碎的木栅栏，狱卒们倒吸一口气，赶紧叫了囚犯们一一点数，发现人头数不变，这才长长松了一口气。

唯一难办的是，牢中有不少被老虎咬毁容的，面对着那四五个鲜血满脸的囚犯，狱卒们硬着头皮一一询问名姓，听见哭声和骂声也不好再说什么。等到了那白囚衣的男人面前时，狱卒们自知他那张嘴里吐不出什么好话，看见那右手上断掉的手指，便自知理亏地低头，在本上画了个圈。

不知道那猛虎会不会再来，他们又紧张了两个时辰后，太阳终于升了起来，满室的囚犯被带去刑场斩首，他们生怕有人要用老虎劫法场，绷紧了全身警戒，直到望着满地血浆奔流人头一颗颗落地，这才松了一口气，蓝蓝的天空上金光照耀着安宁的新日子。

他们不知道。

一个浑身腐肉白蛆穿行的将死之人，挂着"韦温雪"的名牌，穿着白衣混在死囚犯中，在即将行刑的一刻，平静地望着蓝蓝的天空，轻声说：

"命运啊，我终于戏弄过了你。"

第五十三章

失我

浑身是血的韦温雪，就在那个白雪漫飞长安的漆黑冬夜，带着一只老虎逃出了死囚牢。

他们终是要告别。

一粒粒洁白的雪屑钻进橙红皮毛里，老虎抖了抖黑纹白圈的圆耳朵，望着主人的身影消失在十二月的风雪中。

被踩踏下去的细雪在脚下发出吱吱轻响，前方的世界是如此广阔，一片白茫茫。他走着走着，恍然在想，我是谁呢？

听闻旧贵族被斩首的那一夜，韦温雪看到很多很多双眼睛，在漫天白雪中，像是一只只微微发亮的黄黑斑蝴蝶，缓缓张开双翼，似生似死地凝望着他。他入迷地望着那些悬浮着的眼睛，在雪地里走了一圈又一圈，贴近了仔细地张望。

可那些映着他身影的眼睛突然又闭上了，上千只黄黑斑的蝴蝶倏忽合上双翼，向着深深积雪同时栽了下去。韦温雪猛然一惊地直起身，最后一双眼睛擦着他的鼻尖坠落，他看见了一片洁白的影子，蝴蝶里住着世上最高洁而孤独的诗客，像水镜中天上的月仙，那素来温润的柳公子凄婉地望着他，终于闭上眼，葬在白雪皑皑的长安。

当世界上再没有一个人看到你，再没有一面镜子时，你还知道自己的模样吗？

当记得你的人都死光了——

你还存在吗？

他恍然似乎什么都不记得了，关于自己的一切，金色的光从蓝天上升起，在书页的记载中，韦温雪的脑袋便在这一刻落地，关于他的所有历史已经终止。

那么，现在的他又是谁呢？兽面遮着他的脸，他游荡在长安的一个又一个黑夜里，孤独地失忆，他记得父母兄弟淑德宁老师每一个人的样子……但他记不起自己的样子了。

他曾是个如狐般狡黠的幽暗情人，执着长长的青玉烟管，坐在暴雨的床幕下低声说出虚与委蛇的情话，但在那个黑衣的女人离去后，狐狸失去了那双要骗过的眼睛，那身赤红色的皮毛又与谁看呢？

他也曾是个在春庭中穿着蓝衫，朗声说"我心甘情愿，绝不后悔"的青年，要在时代轰轰烈烈的大洪流中自退一步，隐身在暗礁中为家族的大船保驾护航。但突然间大船毁灭之后，想要保护的人都已经失去，只留下暗礁中的独活人手握空荡荡的纤绳，他是要干什么呢？

他从没有一刻这么想找个熟人说说话，他非常迫切地需要，需要看见别人眼中自己的影子。

他感受到"韦温雪"在消散。

冰天雪地的十二月，他除了那块玉牌身无分文，黑夜中他饥肠辘辘地睁着眼睛，看到无数难民在身边坐下。一阵吆喝声传来，手持火炬的士兵奔跑着穿过长街，一道道金色的光在湿漉漉的黑路沿上滑了过去，他和所有人一样伏下身，尽可能缩着身体藏在木车后面。那张兽面还捏在他手中，无声地喃喃道：活下去，去战胜命运。可他也不知道那是谁的命运，他又要怎么去战胜它。

死亡和酷刑都不曾战胜他——

但他在一个人面对白茫茫的陌生世界时逐渐溃散。

冬风整夜，人声马蹄声不断，石板路上睡着醒着都在震动。他在街头抱着膝做了很多个梦，美好的梦，熟悉的面孔一个个在眼前旋转。他最后梦见自己在哥哥身旁坐下，大雨在头上洒落，大车走得很缓，他们兄弟俩轻声说着话，突然间翻车了，哥哥的尸体砸在自己怀里，他瞬间惊醒。

然后他才意识到，梦里的事都已经发生过了。

他竟然活在一个哥哥死去之后的世界了。

后半夜又下雪，他露宿街头失眠半宿之后，顶着满头霜雪站起身，向着渐渐发白的世界踏雪游荡。他边走边咳嗽，怀疑自己尽日以来的恍惚与病情有关，更怀疑自己会在时间的恍惚中渐渐原谅过往，因此他要一件事一件事地告诉自己发生过什么，在雪地里旁若无人地自语起来，讲他父兄的死，讲韦家的破灭，讲他的永不原谅……他一圈又一圈在雪地里原地打转，口中滔滔不绝，城门处的路人见了他这副模样，便躲瘟一样惊恐地绕开，他口干舌燥地讲啊讲，终于停下时，已经堆了满头满肩的白雪。他咳嗽着抬起头，这才看见身旁静静立着一个粉衫的身影，已然在那儿站了好久，眼含热泪地望向他。

大雪纷飞，他在城门外的难民人群中与花积重逢。

女人素白的脸被冬风吹得疲惫，憔悴微肿的眼睛，亲切而悲伤地端详着他，看见他身上衫子还在飘荡，衣带只胡乱打了个结，松松垮垮地垂着。

她眼泪突然就落下来了。

"二公子。"

韦温雪猛地回神。

"姐姐。"站在雪地里凌乱的脚印中，他望着花积，一瞬间竟有些慌张，仿佛不知道自己该是什么神情了。

花积却已蹲下身，冰天雪地中，顾不得身上的包袱，抬手为韦温雪整理衣服。

泪水顺着她的眼睫垂了下去。

当她再抬起头时，明眸里努力带着笑意，声音憔悴而温柔："二公子，我日日夜夜地念经点香，请菩萨保佑你活下来。就当这是我为你强求来的寿命吧，就当是我的不对，你不要再想难受的事逼自己了，好不好？"

她想起夜里韦温雪一个人喃喃自语着在雪地里绕圈的场景。

她的眼泪又流了下来。

韦温雪望着她，鼻尖呼出一串冬夜的白汽："绿果儿和凝霜她们几个呢？"

花积只是摇头。

"二公子你不要知道了。"花积说着说着却眼睛通红，风雪中系紧公子胸前的最后一根衣带，泪水中低声说，"不要知道了。"

韦温雪便沉默了。

她拉着他的衣襟，一步一步地在难民队里向前移动，她看见了他恍惚的神情。黎明时的湿雪还在往他肩上落，她拂着落魄公子衣上的雪，却怎么都拂不干净，寒冷中像是一场永无止境的较劲。

喧嚣的世界里白昼的光芒升了起来。

混混沌沌前行的难民队伍被猛地照亮。

清晰得纤毫毕现的光影中，公子猛地扳过她的肩膀，低头望向那双安静的悲凄的眼睛。花积抬眸望着他，他注视着她，也凝望着她眼中的映影，想要说些什么。

她却抢在他之前开口："二公子，我们主仆好不容易才重逢，往后我一定会把你照顾好，请你不要让我离开。"

"我不是什么公子，我只是一个逃亡的罪犯。"他松开她，别过眼，"姐姐，你已经在我身上搭了半生，不能把命也搭在我身上。"

"可我想为你整理好衣带，为你绣你喜欢的帕子，为你每天端好温水泡好热茶。其实我知道，这些小事对公子来说未必重要。"那双悲凄的眼睛凝望着他，那温柔的声音在大雪纷飞中说，"但那些小事对我很重要，做那些事，是我前二十年生命里全部的意义。没有了公子，我也不会是我了。"

她坚定地微笑着望向他。

她的眸子里映着韦温雪清清楚楚的身影。

他望着她的眼睛，终于找回了一点自己以前的神情，眸子中的青年像以前那样笑了，那是韦温雪的笑容，灿烂的，明亮的，在寒冷冰封的世界里猛地出现。他突然低声说：

"你是对的。这世上记得我们的人已然不多，就最好彼此铭记，不要再彼此遗弃了。"

大雪中，韦温雪带着花积离开了生活了前半生的长安。

冒着严寒与战乱，他们一路逃难。

当她终于捧着他断指的手，那一夜的眼泪就没有停过。寒冷的大风哗啦啦刮着一层纸窗，破旅店的床板散发着莫名的气味，他的手臂揽住了她，她哭着颤抖着，缩成一团被他抱紧在怀里面，断掉的手指插在乌发间，他抱着她睡去。

那是巨大灾难使世界塌陷之后，伤痕累累的两个幸存者筋疲力尽的一场拥眠。袅袅的白汽升起，缭绕整个漫长的寒夜。

走过一座又一座荒村，寒月霜下游鸦哀叫。他望着女子站在柜台前，解开她的绣花包袱，一个铜板一个铜板地点数，她憔悴地低着头，声音温柔而生涩地求旅店老板再宽限一些，得了对方的冷语，手指捏着柜沿却仍在微笑。

后来，他们连那样的破店都睡不起了。借宿在荒寺里，灰色的大老鼠在积灰的灯油台上跑窜，她捂住脸，不敢看那蛛网后神像阴暗的眼睛。他坐在她身旁，安静中有些内疚地垂着头，抬手轻拍她的肩膀。

一日他低着头，塞给身旁女人几块碎银。"怎么得来的？"女人担忧地问他，他沉默不语。他总是独自出门，夜里很晚才回来，轻声叫醒她，从衣衫里拿出两袋温热的糕点，递与她吃。

她后来才知道，他是赌来的钱。可天底下哪有只赢不输的赌局，那日他被对手迁怒，差点没把命搭进去。后来还有一次，光天化日之下，他回到旅店里拉着她就往外跑。"不要回头。"他温声交代着。可他们还是被赌场的人追上，他像一条狗一样被人挥着乱棍打，一声不吭，只是把她护在自己身下。

"公子……你不要再去了。"

"我答应你。"浑身伤痕中，他望着花积，抬手抹着她的泪，轻声说，"好了，不要哭了。"

可他们还是要接着逃难，乱世中北方的村里四处是饿殍，他们没有可以停留的地方，更没有任何营生的法子，饥肠辘辘地走过一片又一片田野，米价飞涨，女人肩上的包袱已经薄得只剩一层纸皮，再这样走下去他们真的要饿死。当铺里，他解下了腰间的玉牌，却被她纤细的手一把拽住衣袖。

"这是当年我给你包的那块玉，大公子嘱托我放好的。"她说着说着又是眼角泛红，"连韦家最后一个物件都留不住，大公子会怪罪我的。"

他在听见"大公子"三个字时，手指猛地一颤，恍惚中被她抓住玉牌重新放回怀中。

但他们终究也没保住这块玉。

暴雨中的桥洞下，他浑身滚烫地躺在她膝上，虚弱地闭着眼睛，她一边哭一边喂水给他。磅礴的大雨白昼黑夜下个不停，他偶尔睁眼，费力地抬手，从下到上轻轻抹干她的眼泪。

她扶不起他，一个人冒着大雨去抓药，浑身湿透地回到桥洞里，掰开公子滚烫的嘴唇倒漆黑药汁给他喝。终于她也倒下，他们在高烧中依偎在一起，他用额头贴着她苍白的脸，他小声地问她还好吗。得不到回应，他一边咳嗽，一边摇摇晃晃地抱起她。暴雨中，他捡了一片破荷叶支在她头顶，用断指的手掌，他背着她踏过泥泞，两个人滚烫的肌肤湿漉漉地贴着，满世界都在飘摇冷雨。

她为他倾空了那方柔软的小包袱。而他在她病重时，贱卖了那块御赐的长命玉牌。洁白的羊脂玉从手心抽空的一刻，他望着那细细的"雪郎"二字，消失在一双油腻枯老的手掌中。"你等我。"他突然望着那戴着厚厚眼镜的白长须当铺老板，焦急地说，"不要卖，也不要改雕它，等我最多三年，我会出十倍的价钱把它赎回来。"

白长须的老板望着他一身褴褛，摇头嗤笑。

他转身离开，声音低沉："我今晚就来赎它。"

老板一笑置之，低头继续把玩玉牌，突然意识到自己鼻上一轻，扶眼镜时，早已空无一物了。

当铺外，韦温雪纤长的四指一转，眼镜消失在袖底。

他捡了条破红绳，把长发松垮垮地扎在身后，挺直的鼻梁上架着眼镜，挡住自己原本的脸。漫天雨水之下，他咳嗽着抬起头，一个人踏着黑夜走进了本地蛇头匪帮的聚集处。

那时他大病初愈，已然三天没吃饭，瘦削的脚踝走起路来都有些飘浮，却依旧挺直了身板，推门而入，眼镜上冷光一闪，他对着戒备森严的众人，露出了漫不经心的微笑。

"让你失望了，姐姐，可好人在这个世道是活不下去的。"是夜，韦温雪把沉甸甸的钱袋扔给了郎中，抚摸着榻上女子渐渐温凉的额角，轻声说，"今后我就不是原来的姓名了。我挣了一些沾血的钱，我以后还会挣更多。请你不要讨厌这样的我。"

那块洁白的玉牌已经回到了他腰间。

他发誓自己再也不会卖掉它，他不会再让自己陷入任何无助的境地，他必须主宰更多东西，哪怕他必须与黑暗为伍。

在后来扬州的十三年里，她目睹着他戴上人皮假面，一点点白手起家并逐渐在商场上杀戮从容的那些年里，她不会知道，在庐州那个走投无路的夜晚他曾做过什么。那一夜，他一个人踏着暴雨声走进贼窝，戴着眼镜低下头，在那个名作马爷的黑帮头子面前，用断指的手抓起了桌上的赌盅。

"你叫温八是吗？你最好有点本事，否则就仔细着自己的脑袋。"

他不语，动作果决地一翻赌盅，"砰"地扣在桌上，束在身后的长马尾随着他的动作猛地一落。他退后一步，眼镜冷光闪烁，对着赌盅向马爷做了个"请"的手势。

马爷打开了赌盅。

刚刚还盛满六个骰子的赌盅里，瞬间空无一物。

惊叹声中，手下的喽啰们翻找了半天，方才发现，那六个骰子竟一直压在马爷的后衣摆上，由幺至六，次第相叠，像一座小宝塔一样无声地垒在那儿。

这个精彩的千术，为他赢得了一份黑暗而暴利的工作。"你以后就是我的鱼鹰了。"那杀人不眨眼的匪头马爷，望着面前戴着眼镜的瘦削男人，用手中的烟杆敲了敲他的脸颊，"温八是吗，你一定要乖，听话的鱼鹰才能活得久。"

所谓鱼鹰，就是赌场里为老板叼鱼的那个人。他扮作一个平平无奇的赌客，穿梭在信义庄的数个赌场中，从散户手中大量赢钱，而赌场老板为他提供庇护，并以此敛财。

每夜赌场结束后，韦温雪都疲惫地揉着太阳穴，带着腰间沉甸甸的砝码钱袋，走向黑暗中一直监视着他的黑帮手下。他们总是凶狠地绑住他，一边搜身一边威胁道："敢藏私的，就把你的手脚剁下来喂狗吃！"他总是一言不发地忍耐着，任他们粗鲁地劫走他的浑身财物，点数几下，便随手抓起一把碎银扔在地上，像赏赐一只狗那样对他抬抬下巴，他便也颤巍巍地俯下身，在讥笑声中一点点拾起碎银，白雾的镜片遮住脸，看不清他此刻是什么神情。

"真是老实得窝囊。"那些黑帮小弟这样评价他，他们在带钱袋回信义庄的路上，总是忍不住抓几把银子塞进自己口袋里。只有那个四眼的男人，夜夜把自己赢得的钱如数上交，他们扔多少他就拾多少，认命地从不争辩。"估计是输怕了，你们没看见他那右手只有四根指头吗，指不定是被哪家赌场砍下来的呢。"小头目如此说道，"马爷让我们监视了这么久，也该放心了。"

他便被允许进入信义庄工作，从最开始的打杂记账到逐渐成为马爷最信任的心腹，不过半年时间。那时大定的军队正在与杜路鏖战，各地绿林豪强并起，每天都有人前来投奔，信义庄日渐坐大。明伦堂上常常群情激昂，而温八总是垂着一条松松垮垮的马尾，沉默地跟在马爷身后，耷拉着眼镜提笔记录，像个怯懦的哑巴。但在官兵围剿信义庄的困境中，平日里振臂高呼的众人一片死寂，只有这个四眼男人站出身来，用残掌扶住椅子上神情绝望的马爷，指着墨迹未干的地图，语气冷静地讲兵布阵。

从信义庄的大获全胜，攻下淮南，众匪人坐在满箱金银上一边喝酒一边畅想大业，醉倒在帝王梦中好不快意；再到各自为营，拔刀相见，分崩离析，烟消云散，也不过半年时间。他亲手为他们绘制了大梦，又亲手引诱他们在内斗中毁灭。最终他把他们席卷一空，永远离开了庐州。当他在大火之夜抱着女人走出信义庄时，马爷尸体的猩红血液在脚下流淌，他揽了揽花积的金丝裙，不想让血弄脏她的裙摆。

在那副懦弱男人的伪装下，藏着无数欺诈、杀戮、谎言、背信、吞并、奉承、拉拢、冷箭……那泛着雾气的厚眼镜终于从鼻梁跌落，露出一张雪月清辉般悲哀的脸，但他不想再看见这副属于韦温雪的面容，便挥刀割下别人沾血的脸皮，贴在自己面上。

"无寒公子已经死了，他不是我这样的人。"

那个如月光如白雪般的少年，变成那个八面玲珑的男人，似乎是一夜之间的事。

他拿走了信义庄沾着死人血的金银箱，在扬州租下产业土地，开始了他的商场博弈。赌场，高利贷，航运，私盐私茶，军火走私，钱庄……再到妓院，他用十三年的时间逐渐建立起一个黑暗而暴利的商业帝国。在人生地不熟的扬州，他从泥泞的最底层一点点往上攀爬，总有人想把他踢下去，他曾被人骗得差点倾家荡产，被本地商帮联手折磨，被敲竹杠的官员用鞋底踩过脸，也在良心不安的深夜里突然惊醒：他知道那些负债累累的老人本不该进门，那一夜之间倾家荡产的赌客中会有人跳河，他知道灾年里常有人找他来鬻儿卖女，那些干瘦的女孩掴住自己洁白如藕的臂膀，在男人们淫秽的目光中拉住他的衣角求救。他知道众生都陷在苦难中，但他不予拯救，反而从背后再推一把，推他们进入烈火焚身的欲望地狱。

他有时会想到那个夏天，渐暗的黄昏，他和柳公子并肩走回去，雨水和绿树叶都在白纸伞上跳动，空气清新得仿佛伸开手就能划出一道粼粼水波。那一刻充满希望，他本来准备好要走向人生的另一条路，一条全新的路，一个光明而美好的未来，却永远对他关闭了入口。

"姐姐，你会瞧不起我吗？"在江左好不容易建立起铜雀楼的那天，他望着一片朱门歌舞，低声笑了，"连我自己都瞧不起现在的自己。"

"无寒公子应该死了。他怎么能变成我这样的人呢？"

"我是温八，一个不配穿丝衣的下九流商人，一个到处给人赔笑脸的男老鸨。"

那些年里，花积注视着公子落魄扬州，少年日渐苍老。他笑得愈发圆滑，学会给寻事的官员毕恭毕敬地鞠躬，会为所谓名流写的歪诗喝彩捧场，也会手腕冷酷地打压对手，会面无表情地吞并弱小。"温老板看上去像个清俊书生，但做起生意来可真是厉害。"酒场上老油条们都这么说他。"人生地不熟，还请多关照。"他蒙着一张假面，语气娴熟地一位位轮番敬酒，却被一位老人猛地抓住："以后就要在我的地盘上开店了，不喝了这杯可是不给面子。"那老人笑着，端了最廉价的劣酒给他。"冯叔的面子怎敢不给足呢。"他笑着扬起这杯酒一饮而尽，然后就是被添满的再一杯，再一杯……

那夜他依然没能醉，只愈发难受得很，身上劣酒的味道让他恶心自己。他洗了个热水澡，躺在柔软的大床上入睡，却在半夜噩梦中突然惊醒。花积抱住颤抖的他，问他梦见了什么，他低头不语，伸手把花积抱得更紧。

这是独活者的阵痛。

就像他哥还在野草地里叫他的名字，金色的猛虎还在富贵的庭院中狂奔，盛夏的雨水还滴落在贵族青年们的头顶。他微笑着远望着，突然惊醒时，已然孤独地活在世界的另一头了。

"你知道吗，你有很严重的失眠症。"

昏暗中水漏在一声声滴落，花积抱着他的脑袋，轻轻抚着他的肩膀："我明天就叫医生来，想法子让你能安稳地睡觉。二公子，听我一句劝吧，你想要的东西太多了，执念太深了。但你要明白，世上失去的东西都不可再得——"

"谁说的，总有一天我会回到长安，我会夺回我失去的一切。"他仿佛在沉醉中突然翻身而起，背对她，低沉道，"我可以不睡觉的，我愿意日日夜夜地清醒着，牢记我的失败和耻辱，而不是在江南美梦中渐渐遗忘。所以不用叫医生了，我并不想治病，也不打算酣睡。"

《吴越春秋》上写，越王勾践在被俘虏的三年里，自甘做马夫，三年不愠怒，面无恨色，甚至在吴王夫差病重之时，亲自去尝吴王的粪便，断言疾病将愈，终于换得吴王动容，得到了赦免。而勾践在回到故国后，冬抱冰，夏握火，悬胆于户，苦身劳心，在深夜里孤独地潜泣，哭泣后又一个人对着黑暗发出声声尖利的呼啸，像是要吼尽心里的痛苦，那是胸腔里受困的风声，在越国宫殿空旷的黑夜里一圈又一圈寂寞地缭绕。千年后，韦温雪用断指抚摸着脆弱的书页，他真悲哀自己看懂了这个故事。

疯癫的巨兽撕扯着他的内心，而他必须微笑着稳住自己活下去，在白日里优雅交游，与众人言笑晏晏。他并不知道自己为何总在黑夜里醒来，或许是不甘，或许是仇恨，或许是心事重重，又或许是……他被剥夺了太多的东西，他的灵魂拼命地想回去，他的内心深处不能接受这样残缺的自己。

"在后世的史书中，我一定会是个恐怖的名字，日夜睁着眼睛谋划诡计。后人们揣测我的动机，为了尊严，为了复仇，为了赢回输掉的东西，为了家族雪耻和宗庙延续。但或许，我想成为的并不是什么英雄名相……"

黑夜里，他孤独地睁着晶莹的眼睛，轻声说：

"我只是想成为……原来的我。"

在世上某一片纯白与冰冷的地方，还生活着那个名叫无寒公子的诗人，他是冰河与雪的主人，笑起来眉眼天真，懒散、华贵又安乐。他穿着银色的衣衫，抬眸远远地望着温八，便转身，走进了连夜飘沉的大雪中。

他永远年轻，像冰雕一样晶莹剔透地凝固，又等待着春天的重临。温八抱着这块冰雕，孤独地走在肮脏的阴暗的人性战场上。他相信有一天，万物都会在水波光芒中哗啦啦地融化，千万条银色的春河奔涌着倒流而来，怀中的冰块也会苏醒，无寒会拉住温八残缺的手，揭下他的兽面，注视着他苍老的眼睛说：

　　"我们赢了。

　　"我们，该回家了。"

第八卷

十年

但他在最后一刻，

真的想念代州了。

第五十四章

内战

那场内战。

那场窃国新皇与前朝将军的战争。

在战争结束后的多年里，作为主将之一的边俊弼，一直试图写下内战史，以向后人解释，赵琰是如何在几乎毫无胜算的情况下，既有洛阳襄阳北蜀三地之围堵，又蒙弑君屠臣之恶名，偏偏又遇上大量军人逃跑投奔旧主杜路的颓势，却只凭借着秦晋两地，最终提三尺剑以布衣直取天下。常言道"仁义不施而攻守之势异也"，可一个暴戾的恶人，为何战胜了仁义的英雄。读到这一页史书的后人们需要一个交代。

这段历史不长，边俊弼已经写过好几遍，每次写完就烧，烧了又忍不住写。

原因无他，是陛下不许任何人写。

"杜路"的名字是帝国上下的禁忌，不仅口头上噤若寒蝉，连任何纸牍上写了的都需要销毁。边俊弼有时甚至怀疑，杜路是陛下最恨的仇人，所以才要他永远烟消云散，不留给后世一点痕迹。

那时幼帝被毒害的消息传出，天下哗然。赵琰自知已无任何退路可言，干脆在紫微宫中公然践祚。面对着四方起兵，他不仅以重军把守各个通往关中的险关要道，

136

更是在彻底剿灭陇西势力之后，将所有反对他的前良贵族押于长安集体斩首示众，以此举傲天下，彻底摆出占关中而敌四方的死战之态。

而杜路还活着的消息，更像是一道惊天春雷，炸响了整个世界。

在权力的新一轮大洗牌中，西蜀武林再次选择去追随杜路。他们与杜路本就有着深远的合作关系。两年前，武林人士深受西蜀国君的迫害，于是暗中助力杜路攻打西蜀国，而杜路在事成之后，如约放出了所有入狱的武林人士，以其重诺和仁义折服了各路豪杰，从此建立起他在江湖中的深厚声望。西蜀武林也成了庙堂之外支持杜路的中坚力量，不仅曾为杜路水战造舰出力，更是在灭梁战争结束后，帮杜路接手看管了那七位张氏皇子，以防他被长安朝上的文臣集团和淑德太后抓到把柄。甚至这次杜路从苗寨得救，都是多亏了这群老友。如今眼看天下落入窃贼之手，而英雄蒙此残害虐杀之冤，这群侠义的江湖人士又怎能坐视不管呢？

当杜路好不容易归来时，已经是十一月底。为了保护即将入蜀的幼帝，杜路通过武林招兵买马，想组建一支护卫军。只有暴力才能制止暴力，杜路深谙于此，他的第一要务是为陛下建立起能够对抗赵琰的力量，这样才能确保陛下顺利地回到关中。因此，他并没有第一时间向天下昭告自己的冤屈，而是悄悄募兵以防打草惊蛇。

另一边，赵琰把幼帝遇害的消息压到岁末，终于压不住了。

"肃清逆贼，还政于王"的幌子一瞬间被戳破，天下百姓震怒，八方英雄并起。道德话语权猛地颠倒，眼看自己已成为罪大恶极之徒，赵琰索性放手把想做的事都做了个够，公然践祚，宣新国号为"大定"，新年号始熙。其胆大妄为，令人瞠目结舌。

是月，杜路向赵琰宣战。

目睹刻着良灵帝笔谕"大将军"三字的兵印传令天下，各地驻军恍然如梦中惊醒，"杜将军还活着"的消息从一个军营炸响到下一个营地。

这是良灵帝生前赐予杜路的金印。这是那个被侥幸推上皇座，却因无能和体弱而被淑德皇后一点点袭走权力的年轻皇帝，能为大良做的最后一点贡献。他那时已意识到自己命不久矣，寄希望于身后有一位铁血的忠臣，能够执掌金印虎符，扶持幼年殿下，从而捍卫大良国命。如今虎符已毁于淑德之手，但这方黄金兵印一直握在杜路手中，凝结着二位君臣以生死之交联结的默契，带着那传承国命的深厚心愿，终于重见天日。

可是如今的大良血脉，还剩什么呢？

幼帝在蜀山中遇害，景国公一脉尽数为赵琰清剿，堂堂正统皇室，竟儿息衰微到只剩下一个侥幸逃脱的三岁幼公主。而这个棘手的困境，竟要归结到四十年前的太子造反案，使良恭帝在壮年时诛杀了自己大量的儿子。但讽刺的是，这位一生以铁血手腕著称的良恭帝，却在晚年因为昌公主的去世而忧思以终。而自小体弱的灵帝，就这么突然被命运推上了皇位，懦弱地坐了十一年。为了求和，灵帝将自己的亲妹妹萧逢香嫁到了大漠，在那个残忍的悲剧发生后，却沉默着不敢复仇。恭帝若是泉下有知，一定会为儿子的不争气而叹息，他唯一能庆幸的是，他为儿子留下了一个稳固有力的朝臣班底，既以文臣钳制武将，又利用八大贵族的争斗在朝政与军事内部彼此制衡，最终稳定地服务于皇权。这个班底会辅佐灵帝做出正确的选择，确保大船持久地航行下去。

但这个太有能力的班底，对于灵帝或许并不是什么好事。韦宰相、柳补阙等深得恭帝信任的老文臣，像是他父亲的魂灵一样，在恭帝死去多年后依然威压着他。

他是个孱弱的男孩，从小就惧怕父亲，一有人喊他去训话，他便躲在母亲生前留下的衣橱里，把脸埋在柔软的彩衫间。他的第一位妃子是一位关陇中的闺秀，端庄而无趣，一言一行都仿佛在告诉他，皇帝该做什么。他与她生下长女念安，起初孩子可爱有趣，但当公主长到四岁时，就开始用跟她母亲一模一样的腔调与他说话了。当时他逃也似的离开，从此不愿意见这两位母女近乎一模一样的脸。他经历了很多这样的女人，仿佛她们只是女版的堂上大臣。直到他登基后，他遇上了第一个让他念念不忘的妃子，她出身山东寒族，却像个高贵的女皇般穿着鲜红长袍，丰盈的鬓发间插满亮闪闪的银饰，黑眸望着前来训诫的宫中女官，露出轻蔑的笑。

"你知道吗？"她懒洋洋地趴在他身上，猫一般摇着盈盈的腰，"你是天下的皇帝，是自由的大鹏鸟，人们应该惧怕你，而不是你被他们钳制。而现在，他们假着你的威风，束着你的手脚，一边笑话着你一边偷你的东西吃呢。

"你应该去去他们的威风了，你应该告诉他们，谁才是君王。

"让我来帮你，真正地飞翔。"

食物使牛马为主人奔跑，特权是稳定运行的代价，但年轻的皇帝还并不明白这一点。那个春宵放肆得令人陶醉，第二日天亮后，他突然间难以忍受望见朝堂上那一张张父亲留下的面孔，那些阴魂不散的老魂灵。

于是，他在父亲的计划之外，做出了第一个错误的选择。

让这个美丽的威严的女人做新皇后，让她成为他身上一把鲜亮的佩剑，再用这把剑去斩断束缚他手脚的铁链。废除旧皇后的那一夜，他听见了那个总是穿着米色长裙的温良女子连夜的啜泣声，关陇群臣跪在星夜下的皇宫外，请求陛下回心转意。耿耿星河欲曙天，他听见风声中无数请愿的人，却坐在明亮的琥珀屋里，用猩红的颜料涂画着女人洁白的裸体，那种违逆让他快乐。

第二日，传来了旧皇后在清晨自杀的消息。

"父皇——"他听见八岁的女儿念安对他说，她低垂着洁白的脸颊，瘦弱的身脊微微弯曲，这诺诺的姿态让他讨厌极了。她也在害怕，颤抖着却努力抬眼望向父亲，黑白分明的眼睛里努力噙住泪水："您不可再被奸人蛊惑了，想想母后，请您一定要励精图治……"

女儿再说什么，他已经听不进去了，只觉得那米色的魂灵还在眼前飘荡，闷得他透不过气来。

后来，当宫女查出念安公主房中的巫蛊案，淑德皇后请求把公主移入三春园时，灵帝便点头同意了。朝臣们震惊于他的愚昧，却无人能明白他有多感激这位红裙的皇后能听懂自己的心声。

她越美艳冷酷，他越是深深迷恋。

或许这份不能被世人理解的扭曲之爱，早已深埋在多年前电闪雷鸣的雨夜，失母的孱弱皇子躲在衣橱里，将头埋在彩衫中的孤独幻想。在一听到父亲的名字就会瑟瑟发抖的童年时代，他在幻想一位强大而高贵的女性，庇佑他，支撑他，拥抱他。在樟脑丸的陈旧气味中，男孩深深地耽于衣橱里的幻象，那有时是他从未谋面的母亲，有时是他未来的妻子，有时是他明丽自信的小女儿，笑着抱住他的肩头。

他确实用这把新剑撬动了旧臣们的利益。

但他也最终死在这把新剑之下。

黄泉下相逢时，他的父亲良恭帝万万想不到，他仅仅活了三十二岁，只留下二女一子便撒手人寰。他的大女儿被淑德嫁给了赵琰，唯一的儿子蹊跷地死在蜀道上。唯有一个牙牙学语的小女儿，成了大良最后的血脉。

虎符和金印，这是他瞒着榻边女人，而为大良做的最后一件事。但这或许也是灵帝做的第二个错误选择，因为杜路借此，不仅统一了百年未有之广阔疆域，更建立了三百年未有之强盛兵权，使良恭帝留下的文臣对武将的制约系统完全失效了。而杜路的轰然湮灭，更是以百万重军的遗留，彻底摧毁了庙堂和平。淑德与二季反目，山东势力分裂成两派，关陇士族身陷极其不利之境地，韦家转身投靠太后，而裴家暗中递刀剑给赵琰。而在远离权力中心的北境黑夜，赵琰手持冷剑站在众人身后，用一纸假情报引出庙堂中的巨斗，等着二季耀武扬威领着十八万大军北出关中，他便躲在蒲津渡口一举挥下命运的巨剑，夺了兵权一路战回长安。

巨大而失控的兵权，是国变的开端，杜路是这一切的导火索。但当杜路活着重回世间时，他便是唯一有力量制止兵变而拯救国变的金印大将军。

而此刻，他重新举起金印，传令八方，天下响应。

边俊弼写到这一页时总在想，无论如何，杜路依然是一位令人敬重的对手，他在几乎最糟的情况下却做出了几乎最好的选择。由于南诏国偷袭苗寨，杜路被劫持到遥远的大理，白山林救出他之后，花了一个半月时间在崇山峻岭中赶路。在蒲津兵变和陇西之战都已结束的十一月底，杜路才回到四川得知了消息。虽然时机尽失，但他迅速为幼帝组建了一支护卫军，其效率之高令人惊叹。而在发现幼帝遇害后，杜路以最快的速度传令天下，一是派兵驻蜀道以窥汉中，二是把幼公主交给蜀军保护，三是联系洛阳的二季旧部提出合作。而他本人带兵顺江而下，以兵印号令荆襄驻军——他在南方战争结束后亲自留下的精锐部队，迅速北上跟随他扼守襄阳。这样一来，洛阳、襄阳和北蜀像三颗棋子一样围住了关中，配合山河形势，使赵琰三面受阻。

另一边，赵琰公然践祚，摆好了死战的姿态，其实是为了激怒天下以求速战突围。但杜路识破了这一点，他在切断了关中与洛阳、江南的粮食交通之后，并不急于以手中的几万散兵向前攻打，而是要把赵琰彻底困死在关中，一点点消磨大军。

经济战和舆论战，一个充满创造力的战争领袖天生就会利用这些武器。粮草围堵对士气的打击或许是缓慢的，但舆论的骤变可以如海啸般瞬间掀翻一切。比"狼和东郭先生"更残忍，比"蛇与农夫"更阴险，他杀了自己最好的朋友取而代之，踩着恩人的尸体上位，最后仆人还娶了主人的未婚妻……这个背叛与仇杀的故事简直让人着迷。"秋天茂盛的山麓间，赵琰猛地掏出银刀，插向了身前毫无防备的杜路……"如此戏剧性的画面令茶馆里众人兴奋，一传十十传百，听得孩童拍手妇女惊呼。

当时的情况对于赵琰几乎是一个绝境，军中每天都有叛逃的消息，大批军人投奔旧主杜路。甚至汉中的一支守军连夜南奔，差点让巴中的敌军攻打了进来。赵琰曾以"替杜路复仇"为旗帜在蒲津夺得了这支大军，但在杜路死亡的真相曝光之后，这支大军顷刻间又因为同样的原因把矛头对准了他自己。

闯入关中的窃贼啊，幼帝已死，杜路现身，你还能拿什么再去欺骗天下？你已经成了所有人的靶子，又该拿什么在外困内疑中活下去？

在得知杜路未死的那个清晨，边俊弼急得拿起情报冒着夜色入军营，竟看到陛下一个人坐在结冰的湖旁，大风吹着积雪狂飞，明亮湛蓝的天幕在他身后缓缓升起，鲜艳的军旗在蓝天下肆意地飘荡，赵琰昂着头，神情恍惚地注视着天光下的一切。

"陛下——"边俊弼担忧地出声。

赵琰没有回头。

"陛下，您知道吗，杜——"边俊弼大着胆子走上前，又想起陛下不许称呼那个人的名字，改口道："他还活着……"

"你闻今天这空气，像不像塞北的风？"

边俊弼一愣。

赵琰站起身来，高大的影子长长地垂在冰面上，他只是昂头注视着高飞的彩旗："你会想念代州吗？我有时很想念那里。"

"陛下，这……"边俊弼强行按捺住自己的情绪，低下头抱拳，"末将遵从陛下的任何决定。只要能追随陛下的战马，哪怕回到那里，也是很好的地方。"

那凌厉而苍白的男人突然笑了：

"太迟了。"

那句话听上去很苍凉，但皇帝那时的语气，却是充满嘲讽的。后来边俊弼无数次地回想这三个字的声音，那并不是赵琰在为自己的困境而自嘲，也不是嘲笑边俊弼心有不甘的虚伪，而是……

嘲讽某种即将重蹈覆辙却不可更改的东西。

但当时的边俊弼并没有意识到这一点，他沮丧地等待着赵琰接受杜路的劝降，赵琰对代州的想念让他受挫。这个赤马上银甲杀阵的铁血将军，怎么能像幼稚无知的灰灰一样，怀念代州那种地方呢？这就像是他一直信奉的暴龙，其实是个牛羊般的素食家，突然要归隐山林而做一些"望峰息心，窥谷忘反"的逍遥事了。

军队中士兵叛逃的问题越来越严重，赵琰却听之任之，不予严惩。这种态度更是加重了边俊弼的沮丧。而在发现敌军已经驻守巴中和剑门以窥汉中，与洛阳联手派兵布阵以堵崤函，而杜路本人更是亲自带兵重镇襄阳之后，边俊弼长叹一声抓着满头乱发，觉得关中的脖子虽然暂时还安全，可眼睛耳朵嘴已全被扼在了别人手里。

而此刻关中的脖子，就是汉中。

居关中而无汉中者，不亚于隔墙而与猛虎同居。如果说关中的南防御墙是秦岭，那么四川的北防御墙就是大巴山；而汉中，恰恰正处在秦岭和大巴山之间。当关中与四川敌对之时，谁得汉中，则如同自家铁门之外再加一层铁门守护；而谁失汉中，则不异于使敌军长驻自家门前。汉中地处两大高耸山脉之间，地狭不足以双方僵持，因此南北一旦开战则双方必有进退；而汉中又地处汉水上游，不仅控带荆襄，更是重要的粮仓。对此刻向东交通已被切断的关中而言，汉中一失则经济全断，是要被人彻彻底底地掐住脖子的。

从九月蒲津兵变到十二月，赵琰一共指挥了三次大的战斗，洛水之战、汉中之战和陇西之战。赵琰是一个果断的军事家，在于紫微宫逼杀淑德之后，他们打着迎回幼帝的旗号穿过秦岭进入汉中，又沿着金牛道、米仓道继续向南搜寻。在蜀道上发现幼帝死亡后，赵琰在绝境中当机立断封锁消息，迅速带兵北潜，出其不意从东西两侧攻打汉中驻军，七日夺城。而汉中失守的同时，陇西残余的良朝势力还在负隅抵抗，赵琰亲自带大军作战，浴血冲锋，在十一月彻底收复陇西，十二月把关陇余孽在长安集体斩首。

赵琰已经够快了，用三个月的时间平关中、控汉中、定陇西，这构成了一个山河四塞的完整的金城之地，足以据天下之首而控天下之脊尾，效仿秦皇汉祖而东治天下。

但留给赵琰的时间又实在太少了。仅仅三个月后，本来群龙无首的各地良朝驻军，却迎回了死而复生的杜路大将军，一盘散沙被迅速组织起来。他将面对的是天下人的责难和一位战神级别的对手。

这位传奇的对手，面临自古六国合纵而不能攻入的金城之地，面对关中的四面山河和八方雄关，却并没有选择亲赴洛阳指挥西攻入秦，也没有选择去蜀北指挥攻打汉中，而是遥遥地领着军队就守在襄阳。

依旧是八百里秦川，依旧是山河四塞，可是看见杜路的这一招，边俊弼登时觉得关中像是被戳破了一样，浑身上下都露出破绽。

如果说蜀北正虎视着关中的南大门——汉中，洛阳正威慑着关中的东大门——崤函与潼关；那么襄阳，不仅向西沿汉水就能直捣汉中，向北沿平原就能支援洛阳，更是像一把斜刀一样直对着关中的东南门——武关。

杜路守在襄阳，就像是象棋盘上一颗远远的"车"，不仅既保护着自己放在北边洛阳的一颗"炮"，又保护着自己放在西边汉中的另一颗"炮"，更是隔着一层武关亲自望着对方的"帅"。

或许投降是更合适的，边俊弼抓着头发想，无论现在往哪里打，都像是中了对方的圈套。

潼关和崤函还经得住胶着，但是汉中万万没有回旋之地，一旦动手，要么失地而退守秦岭，要么死守而与北蜀军顽抗，需要不断抽调兵力来填这个无底洞。如果在汉中作战的同时，杜路顺着水路偷袭汉中，或者偷袭武关而直捣关中……边俊弼松开了自己的头发，双目无神地望向天花板：或者，也可以两边都进行。

汉中不能丢，可是汉中恰恰是握在对方手中的把柄。

第一场短兵相接的激战果不其然在汉中爆发。

战争进行到第三个月，边俊弼再望向从关中抽调士兵的数量时，已经麻木了。汉中的战场像是在焚人一样，投进去的人堆成山，却连个响声都听不到。今夜敌军攻打汉中，明天我方再抽调大兵回击，而敌军一回逃就进了蜀道，你再追又中了埋伏。有一次我军大胜，乘胜追击敌军，一路追到剑门关。可是然后呢？敌军一逃进剑门关那就真是"剑阁峥嵘而崔嵬，一夫当关，万夫莫开"了。他们休整一段时间，便又是奇兵北出，夜袭汉中了。而你没有办法，只能再往汉中调兵来填窟窿，可你也在想这日子什么时候是个头呢？

边俊弼有时候自嘲，他们这不是在保汉中，这是在阻止诸葛亮的北伐大业。

东边的情况也好不到哪里去，潼关的守军传情报来说，今年春天黄河水位又低了，南河床露得越来越多。边俊弼抓着头发，简直想去上书请陛下去祈雨，但他知道此举只会得到那个毁尽宗庙的男人轻蔑的笑容。边俊弼只好数着日子，雨水没下雨，惊蛰没下雨，春分没下雨……关中一年的雨像是在去年兵变时的七天暴雨中下光了似的。后来，在发现连清明节都没下雨之后，边俊弼抓着头发倒在了床上，他望着天花板，已经看见了大片大片平坦的河床通向西岸，敌军一马平川地冲来，而孤零零的潼关已经形同虚设。

谷雨那天，终于下雨了。

边俊弼做梦都在想着黄河暴涨的画面，这简直是在救关中的命。

第二日，站在漫天白雨中，边俊弼所在的军队收到了陛下的调令，派他们前往汉中支援。

看来窟窿是越来越大了。

尽管内心早有准备，但望着南方那有进无出的寂静战场，边俊弼还是深深吸了一口气，有些不忍地望着自己的小队，尽量声音高昂地鼓舞动员。众人齐声呐喊，铁戟如林在雨水中挥动。

灰灰喊得格外认真，淋湿的卷发都贴在白皙的脸上，浅色的眼睛望向队长，那目光中是纯粹的信任。边队长却别过头，不愿意再看他的眼睛了。

那时探子劫到了敌方的秘密军报，江湖联盟的募兵十分得力，下一次作战定在半个月后，杜路将亲自带兵，水路合围，发动一场巨大规模的最后总攻。而我军在汉中坚守已久，物乏人疲，杜路对他们的消磨已久，正是一举攻克的时机了。

赵琰收到情报后，立刻派这支军队从关中出发，一方面是添兵守城，另一方面是让他们搬运物资粮草过秦岭，增援日渐山空的汉中城。

但此刻，这群大雨中齐声宣誓的士兵都不知道，在他们奔赴南方战场的同时，关中已经发生了巨变。

他们的皇帝赵琰，正悄无声息地带领大军离开长安。

临走之前，赵琰交给汉中城的行军元帅一个锦囊，命令二十日后打开。

这二十天里，战火连天的汉中不亚于人间炼狱，边俊弼在满地血河中疲惫地望着身旁战死的同伴，定军山的战争仍未结束。敌军在蜀道上拼命地厮杀要冲出来，而他们必须用大军死死扼守住金牛道的出口，趁着对方路狭地窄不能大规模冲锋，堵住敌军把他们向南逼回阳平关。

他和灰灰在定军山附近死守了五天五夜。

夜里绚烂的火箭猛地划破寂静长空，哨声突然吹响，刚刚疲惫合眼的士兵又鲤鱼打挺般惊醒，漆黑中敌军冲了上来，突然间就短兵相接开始战斗。寸步不让地僵持，一个人倒下又一个人接上，年轻的士兵失足便滚落陡峭的山麓，在黑暗中甚至不能最后看一眼他的脸……"边哥，我害怕。"天光渐亮，红色的朝阳如新血滴落在每个士兵的面上，脚下战场狼藉。在这短暂而宝贵的平静中，灰灰躺在山路上，脏兮兮的汗水流满脖颈，他望着远方的金光大口大口地喘气："黑夜真是让人害怕啊，终于天亮了，在山的那边，敌人此刻也会后怕吗？"

"灰灰——"

"我真的想念代州。"灰发的少年在山麓晨光中坐起身，抱住自己的膝盖，靠在身后树干上，"我很想回去。"

边俊弼站在他身旁，恨铁不成钢似的望着少年小小的脑袋，望着浅金色的光芒下一根根灰色的卷发："为什么要回去，你难道还想做那个不被接受的另类吗？"

"边哥，其实……"少年犹豫了一下，突然垂下头，很轻声很轻声地说：

"其实我在这里，也并没有好到哪里去。"

边俊弼一怔。

他意识到灰灰想让他接着往下问，只要他问一句怎么了，灰灰就能把深埋在自己心里很久的那些话都说出来了。可他不知道为什么，站在此刻血腥味和草木香气共同飘荡的山风中，他望着远方的金光缓缓地照耀天地，却陷入了沉默。

"会好的。"过了一会儿，边俊弼听见了自己的声音，看见自己的手掌轻轻拍了拍灰灰的肩膀，像他对每一个队员做的那样，带着笑意鼓励道，"会越来越好的。"

灰灰点了点头。

像之前每一次一样，像决定离开村庄一样，像决定加入代州军一样，灰灰永远是听话的，永远在信赖边哥。

"别想了，你害怕的时候，就站在我的身后，我会保护你。"清晨渐亮的山路上，边俊弼微笑着伸手拉灰灰站起身。十五天后，炮火连绵的汉中城墙上，边俊弼一把按住灰灰的脑袋，向下按进装满马草的木箱中："藏在这里，不要出来。"抱着武器狂奔中，边俊弼一边抹掉脸上伤口上的血污，一边对身后大吼道："灰灰，等炮声停下的时候，你不要找我，要一直往北跑，知道吗？"

等不到身后的回答，边俊弼双手持斧，大吼着冲向了城楼上敌军的先登者——

血水模糊了他的双眼。

汉中城即将被攻破的那个夜晚，边俊弼站在城墙上，脚下火花绽放，身后尸叠如山。脚下人潮涌来如蚁奔，一个又一个身影冒死攀上城楼，火箭与刀枪迎面袭来。

身上的伤口越来越多，身旁队友一个又一个倒下，很快又有队友一群一群地接替上来，大家都不是生命了，是燃烧的木柴，是注定要被矛刺穿的盾，是被堆积上去就不能回头的海浪。所谓死亡，只是一根用过便扔掉的木柴。而现在，边俊弼嘶吼着从地上的内脏中拔出斧头，劈向了另一个攀登者的双手，那握一根根木柴扔向火焰的人，既不是杜路也不是赵琰了，那是巨大无形的东西，是人类的狂梦与癫乱，是一旦开始就超越任何意志的战争巨轮，碾压过每一个人的血肉灵魂。

而他不能被这种东西碾碎。

他要在狂梦中看见他的新世界。

他们还有希望……在敌军渐渐缓和下来的攻击中，边俊弼的利刃毫不留情地清杀，雷霆般的炮声源源不断地炸响，血液顺着城楼的石头缝往下滴，虎口震裂的伤口已经麻木……敌人又冲了上来，边俊弼疯狂地投掷着巨石，火箭伴着石块像流星向下涌去……

炮声震动的军帐内，行军元帅用颤抖的手指，打开了赵琰交付的锦囊。

他不可思议地瞪大了眼睛。

城墙上，血汗顺着额上黥字往下流，再一次模糊了边俊弼的眼睛，他用脏手去擦……突然，他看见城下一座座巨大的云梯车滚滚而来，绣着"良"字的大旗在风声中飘摇，是敌军从汉水运送的物资冲破一路的封锁，居然到达了！满地火把如星河般明亮，他似乎听见了城下"杜将军"的呐喊声，千军万马如海水般自动向两侧分开，那高马上金盔黑甲的大良将军，沿着这一条人海中的道路缓缓从远方走来，注视着前方的城楼：

"该结束了。"

登时，楼下鼓声炸响，号角震天！

从襄阳赶来的援兵将汉中城团团围住，敌方最后一轮疯狂的进攻开始了。而困守数天的汉中城已经人疲马倦，补给的火药甚至堆不满尸体相叠的高度。面对着一座座云梯车围着城墙纷纷架起，边俊弼脑中一片空白，城上炮台疯狂地向下发射，却终是抵挡不了一队又一队的士兵攀登而来，有人倒下，但还是有人不断跳进城楼……边俊弼满脸血泪地冲了上去，或许自己燃烧的时刻到了，他挥动巨斧时在想，无论如何，他作为边家最后一个男人，曾在光芒中的激战里证明过自己。

"后撤！所有人后撤！"

边俊弼已经听不清在喊什么，他看到行军元帅冲了出来，双眼发红地拉住了离他最近的士兵，那士兵的双眼也是发红的，正嘶吼着挥舞长戟要向前冲去，却被元帅的双臂拦腰抱住。魏元帅死死箍着他，冒着漫天火箭炮声，对城楼上所有人撕心裂肺地大吼："立刻弃城！"

边俊弼听到了，但他还在向前冲，战争的巨轮无法停下，正如迎面的长枪已经刺来，他必须去砍断它，因为后退就是死亡，每一根木柴都已经在烈火中燃烧，没有人能够抽身停止。

"这是陛下的命令！"

边俊弼不可思议地回头，看见魏元帅一手拦住冲锋的士兵，一手挥舞着一张字纸："不是我教你们做懦夫做逃兵，是陛下二十天前就下令放弃汉中。现在所有人听令，炸掉炮台，立刻弃城！"

全身的血像是在一瞬间抽空了。

边俊弼并不记得那天自己是怎样离开了汉中城，像是醉梦突然惊醒，发现自己仓皇如一只败狗。"砰"的震天巨响中，全部火药绚丽地爆炸，阻碍了敌军的攀登，也摧毁了他们自己的城楼，只为赢得最后一刻逃命的时间……身后胜利的英雄们在震天的锣鼓声中拥入城墙，而他们只是狼狈地奔逃，战友的尸体被遗弃在身后，雄伟的炮台一座座失声，边俊弼还嘶吼着握住手中滴血的巨斧，不断扭曲身体想回头，却被哭泣的灰灰拉住手臂，跟跟跄跄地向北撤退……

当遍野冷风彻底吹醒狂梦时，他已经身处阴冷黑暗的秦岭森林了。一座座临时的营帐在栈道上支起，队友喘着气躺在地上，捧着自己断掉的手臂，不再叫痛了，只是沉默地望着黑暗的星空。

边俊弼缓缓坐下。

他双臂抱膝，把头埋在怀中，心想：此刻那位金盔黑甲的杜将军，该是怎样骑着雄壮高马迈入众人欢呼的汉中城。

而早在二十天前，赵琰就想好投降撤退了。

赵琰明明决定了要弃城，却还是把军人送到汉中来，给他们强烈的信念，再让他们为他白白送死吗？

这二十天里，他们按照赵琰的部署，先是兢兢业业地扼守蜀道口，后来米仓道失守，他们在定军山处也只好后移；再是保卫汉中城，他们进行了那么多次拼死拼活的战役，与汉水守军配合着日夜严防；最后是死守城墙，在那样的生死修罗场里他们支撑了一天又一天，那个赵琰留下的锦囊是他们心底最后的希望，但当他们终于打开时，却看见了"全员北撤，弃汉中，守秦岭，派使者谈和"这一行近乎讽刺的字眼。

边俊弼听见了身旁士兵小声的议论声，据说负责守汉水的行军元帅，也收到了赵琰的锦囊，让他在二十天后的傍晚打开。汉水的守兵们好不容易坚持到了今天下午，打开锦囊一看，却看见了"弃汉水，北撤，守子午道"的指令，于是士气大溃，直接弃船北逃了，这才让杜路今夜就来到了汉中。

如果不是赵琰的投降命令，他们本来还可以再撑下去……

山风凌厉的荒野中，边俊弼单手捂住自己的额头，不想让自己对赵琰的失望和怀疑情绪像野草一样在脑海里疯长下去。

但是这样一个投降的窃贼，真的值得追随吗？

怪不得有那么多人会去投奔杜路。

边俊弼被自己心底这个突然冒出来的想法吓了一跳，但守在秦岭的日子里，他眼前不断浮现出人海中那光明的英雄，笔直地向前，像是金光与火焰穿越黑暗到达眼前。

只要往南走一段路，你也可以去追随那个英雄……

寂静的森林中，风吹动遮天蔽日的树叶，日夜都在哗哗作响，似有细小的声音在他耳旁不断引诱。

"边哥，你在想什么？"

灰灰一声落下，脑中思绪顿时消散，边俊弼轻咳一声，接过灰灰递来的干粮，轻声道："没想什么。"

"哦，快吃吧。"灰灰在他身旁坐下，低着小脑袋，吃得很认真。

"灰灰，我问你……"

边俊弼突然开口。他捧着干粮，并不看身旁那双浅色的眼睛，只是轻声问："如果，如果我带你做了错的选择，你该怎么办？"

灰灰停下咀嚼，歪头困惑地看着他。

"算了，你才十五岁，又懂些什么呢。"边俊弼摇了摇头，捧起食物大口大口地吃，突然被呛到，猛烈地咳嗽起来。

灰灰赶紧拍他的背："慢点吃。"

在他凑近的一刻，正在咳嗽的边俊弼突然抓住他的手，极小声地快语道：

"士兵们在子时换班。今夜你回到帐篷里后，不要睡着，默数一千声数之后，你一个人拿好行李出来，我在这棵树下等你。"

边俊弼松开了他。

灰灰瞪着眼睛，反应了一会儿，也学着边哥那样小声地说："好，我记住了。"

如果我带你选错了，灰灰，那么我今夜要带你去重选一次。

是夜，子时。

边俊弼监督完手下小队的巡逻交班后，一个人悄悄向着密林走去，行李早已藏在约定好的那棵树下。

他抱臂站在树后，在心中默默查数："一，二，三……"

寂静中，他突然听见了一阵马蹄声急促地冲向营地。随后有人跃马而下，脚步声砰砰，奔向了行军元帅的营帐。

而行军元帅的营帐，就是挨着边俊弼右手边那棵树搭起来的，边俊弼甚至能听见帐中被褥沙沙，有人翻身而起，翻找火钳点油灯。突然亮起的帐篷壁上，两黑影对坐，小刀裁开信封的沙沙声听得边俊弼后颈发痒，正在他悄悄伸手去挠时，帐中突然传来魏元帅一阵响亮的大笑声，震得边俊弼一指挠破了自己的皮肤。

"……七十九，八十，八十一……"

"原来如此！竟是这样的兵行险着！"帐中，魏元帅边笑边揉着手中纸团，哗啦啦的揉纸声听得边俊弼后背也痒了起来，强忍着仔细听帐中声音，"快半年了，老夫这心里，是第一次这般畅快！"

"这才是真正的用兵如神啊。"帐中另一人也笑了起来，"如今这难局，就看那杜路要怎么办了。"

"依目前的形势来看，下一次大战应该是在南阳。"帐中，来人对魏元帅轻声说道。

帐外，边俊弼猛地一愣：南阳？

南阳处在洛阳与襄阳之间，如果赵琰在南阳动手，只怕会被敌军南北夹击包了饺子，此刻去进攻南阳的意义何在？

"南阳这个地方，豪强和士族势力根深蒂固，宾客千户，团结乡里，杜路在此地并不占优势。"帐中，魏元帅却似乎不觉得攻打南阳的决策有什么问题，反而很平静地分析道，"八百年山东士族势力，对良王朝始终是一个隐忧，三百年来又是打压又是拉拢，但在良朝自五鹿之战衰弱后，中央皇权对崤山以东的控制愈发吃力，如果不是良恭帝那五十年的铁血执政，只怕长安和洛阳作为两个权力中心早就分裂了。而杜路在驱除北房和收复南方之后，原本下一步要解决的，就是中央和山东士族的矛盾。可随着淑德的夺权越政，这个矛盾不仅没有被解决，反而越拖越大遗留

148

至今……"

怎么聊起了这些？

边俊弼丈二和尚摸不着头脑。算了，马上要离开这里了，就把赵琰要攻打南阳的消息献给杜路吧。

耳旁，帐中元帅的声音还在继续："如今淑德和二季已死，山东大姓也受到了很大削弱。但在地方上，各家族的影响力却不容小觑。这股力量我们必须要争取。因为这才是杜路权力的真正真空区，陛下比我们看得准。"

另一人笑道："是啊，杜路名声虽大，但他的名声在崤山以东并不好使。没了关陇士族，没了百万禁军，杜路此刻最有影响力的支持者只有两个，一个是他当年在南方作战时亲自留下的军队：荆襄驻兵。这支驻军人数不多，却继承了战后长江上的所有精锐战舰。话说当年朝廷上，文臣们还非常忌惮他在这一处地方留驻兵，如今却成了大良的救命稻草。而他的第二个支持者，就是西蜀武林，江湖联盟帮杜路从天下各地募兵，造了很大的声势。"

"……三百零七，三百零八，三百零九……"

元帅略一沉思："所以说，若以此刻天下局势为九格之盘，则陛下占晋与关陇两格，而杜路占川渝与荆襄两格，陛下居西北而南下，此乃居高屋而倾瓴水之势；杜路居西南而北上，乃结长江而成霸王扛鼎之势。两人天下逐鹿，必交会于中原；东治天下，必争于齐鲁江南；久战与否，必看长江经营之得失。陛下若得中原，则荆襄临危，但杜路仍有机会争取江南。可杜路若得中原，则陛下进取齐鲁与江南皆无望，不得不退守关中，此天下危矣。"

"长江拉锯，还可从长计议。但中原之战，犹如狮虎相遇，生死迫在眉睫。今夜，还请魏元帅为我细讲一下南阳士族的情况……"

"四百九十八，四百九十九，五百！"

边俊弼转身就走。

他不想再听这些毫无意义的战术了，他对赵琰的失望和质疑情绪已经到了极致：轻易地放弃汉中，却在妄想着南阳？黑夜几乎要遮不住边俊弼脸上的冷笑了，他的衣袍刮过草木发出轻响，身后帐中人声不断，仿佛都在催促着他，带着灰灰快点离开……

边俊弼猛地停住脚步。

他不可思议地回头，捕捉着帐中那近乎消失的声音：

"……所幸我们攻下了洛阳。"

什么？

边俊弼几乎是小跑回去的，躬下身贴着帐篷的墙壁，在心脏的怦怦跳声中听到了令他目瞪口呆的消息："……是的，陛下故意让杜路的襄阳军队进入汉中战场，然后伏兵千里，意在洛阳。"

这一次，黄盖甚至都不需要挨打。

赵琰对禁军中逃跑的士兵听之任之，不予严惩，其实是因为，那些前去投奔杜路的士兵中，潜入了大量赵琰派去的间谍。

旧恩与新遇之间，不是所有人都会选择留恋。

二十天前。

大雨中，赵琰终于收到了他想要的消息。

这半年的时间里，杜路想在汉中用蜀军消磨赵琰，赵琰便一轮一轮地派兵过去让杜路消磨，使杜路愈发相信赵琰不能失去汉中。但赵琰其实只想知道，杜路什么时候才会真正离开襄阳。

杜路策划的汉中决战，正是赵琰要抽身离开汉中的时候。

赵琰了解杜路，那是他曾经的主人，他从少年时就追随着杜路一路走过荒漠草原，他了解这个人的魄力、天才、光明和信念，但也永远知道在什么时候反身一击，就能捅向杜路最痛的地方。

那场大雨中，赵琰身穿银甲站在高楼上，目睹派往汉中的援军越走越远。然后他遥望着襄阳的方向，目光冰冷，嘲讽某种即将重蹈覆辙的东西。

把那个人推下悬崖，他已经做过一次了，却又要做第二次了。

银盔的光在墙壁上移动，赵琰走下楼，面对着肃静的千军万马，跃赤马而上，举刀前行。

他彻底抽空了长安，命令大部队趁着暴雨离开关中，再一次站在波涛汹涌的蒲津渡口前。

经蒲津渡由秦入晋，便可绕过潼关。接着向北行军，从垣曲进入轵关陉，一路向东穿越太行山，便可绕过崤山和函谷关，直入中原。

十三日后，他们杀出了轵关，在洛阳的北方虎视眈眈。

而此刻洛阳的重军，还在东方把守崤函。

一条汹涌的黄河水从西向东奔流，将定朝的大军与洛阳隔开。而洛阳的北大门，正是黄河之上连接两岸的渡口：孟津。

渡过了孟津，他们就能绕开洛阳的三面环山，一马平川地南下洛阳。

而在赵琰驻马于黄河岸边眺望孟津的这一刻，千里之外，杜路正率领军队沿汉水而上，一路向西激战，进入汉中。

这是一次危险万分的豪赌，因为赵琰已经抽出了自己所能抽调的全部兵力，此刻的关中是空的。所谓山河四塞，已经成了一个空心的皮球，但凡杜路的军队掉头去攻打武关，便能一下子戳爆皮球，直入关中。

天下再也不会有另一个人这样行军，杜路不会，裴拂衣不会，韦温雪更不会。疯子式的做法，在悬崖上为了一棵苹果树而纵身高跳，要么大获全胜，要么满盘皆输。

他必须保证杜路一路沿汉水而上，保证杜路胜利，这样才能把襄阳的主要兵力都引到汉中，从而难以在第一时间支援洛阳。

同时，他也必须保证杜路不能快速占有汉中，以防杜路反应过来，迅速攻打关中，后院着火。

既要让对手胜，又不能让对手速胜。如此一来，才能给自己足够的时间攻下洛阳。

他的优势很明显，在继承了大良的禁军羽林之后，纵有大量军人逃逸，但他此刻依然手握至少二十万的重兵，远非洛阳的五万旧部，或杜路手中的几万散兵所能比拟。但他的颓势更加明显：关中根本养不起这么多兵。这个问题从当年二季编兵时就已经很严重了，而如今那些为禁军数量吵得不可开交的良朝臣子差不多都死光了，这个问题依然没有解决，反而越来越困难。

赵琰不得不承认，杜路封锁关中的经济制裁是非常一针见血的，先是失去四川阻断蜀道，然后失去洛阳的漕运，最后甚至连汉中都被剥夺。加上今年关中少雨，赵琰非常怀疑，如果今年夏麦无收，关中就会从内部崩乱。

所以他必须突围，要么站在悬崖边上困死，要么奋力一跃，以粉身碎骨的决心，去摘取万丈高枝上的苹果。

此刻，他向南方的秦岭汉中和汉水战场，一共派去了五万士兵，拖住杜路与襄阳军队厮杀；在东方的潼关与崤函，两万士兵已经和洛阳军队对峙了半年，马上会按照他的锦囊命令发动进攻，吸引洛阳的注意力以调虎离山；在东南方向的武关，他派去了一万士兵死守，但赵琰知道一旦计划败露，杜路会立刻在汉水掉头去攻打武关，这一万人根本无法阻止杜路进入关中，游戏会立刻结束；在西南方向的散关，赵琰也派去了一万士兵，但他也知道一旦杜路不接受他的谈和，攻下汉中后迅速向北攻打散关，这一万人也根本不是杜路的对手；危机四伏，而在萧关、蒲津等要地，赵琰只留了几千人，他把所有能抽出的军队都从关中抽出来了，十万大军全部跟在身后，凝望着面前汹涌咆哮的黄河水。

在河水的南边，耸立着洛阳城。

151

那是富饶的红苹果，是悬崖上的诱惑，是古今所有的兴废事，是天下的逐鹿梦。

率重军横渡黄河从来不是一件易事，但以肉躯率万马争夺天下之时，谁人又不是在陨身糜骨？

昔者，有一狂夫，披发提壶涉河而渡，其妻追止之，不及，堕河而死。乃号天嘘唏，鼓箜篌而歌曰：

"公无渡河，公竟渡河。堕河而死，其奈公何！"

权力或许就是这种东西，在它面前，每个人都会变成渡河的狂夫。赵琰在指挥孟津抢渡时，望着漫天箭镞中冲锋的士兵们，不禁这样想。年轻的肉体流着红血在泥水黄沙中倒下，羊皮木筏散开，他们的骨头会遇见八百诸侯会盟时扔下的旧旗吗？那些早已烟消云散的狂情，却在真实地改变历史。

没有大船，没有千舟，十万人的军队靠着最简陋的木盆和皮筏抢渡黄河，用了整整三天三夜。疯子一样的军事官，赵琰计划中的每一个步骤，每一块土地，每一个时辰，都无疑是在悬崖上同时起跳。崤函的定军从东方进攻试图钳制洛阳，但最多为赵琰争取了一天的时间，洛阳的大部队在收到孟津的消息后，迅速转身，在两天内赶到支援，对赵琰正在涉河的军队发起了正面进攻。

这是一场极其惨烈的战争。

肉对肉，眼对眼，真正你死我活的正面厮杀。即使赵琰率领着对敌军呈碾压之势的十万兵力，但他差一点在这场战斗中永远地沉了下去。千年汹涌的黄河水，第二次残忍地考验了这个后世的君王。这一次，它丝毫不再显现上一次蒲津偷袭时给予天时地利的仁慈，反而像是在狠狠惩罚赵琰每一次的投机取巧，来吧，它对他怒喊，正视你敌人的千军万马，置身于最差的劣势最难的时刻最绝望的困境中，依然昂起头冒血雨蹚长河闯天堑地杀过去！

赵琰的十万大军差点在这场黄河决战中覆灭。

但当他们杀过黄河的时候，就再也没有任何活人能够阻止他们进入洛阳。

战争的第二十天。

在千里之外的西南方，杜路率领的襄阳军正在冲破汉水守军的一路拦截，两岸炮火轰天，战船水军逆汉水而上，向着汉中一路西行，战无不胜，奋战前进。

而洛阳被偷袭的消息，还未送达。

赵琰必须庆幸，杜路那个时候还没有推行苗药催马法，这封横越千里的军报送了整整八天，在第十四天从孟津送出，到第二十二天才送入汉中，到达杜路手中。

听上去不可思议，但这确实是苗药催马法发明之前，这个世界上的最快速度。加上关中被封锁，这封军报必须绕上一大圈的路，从洛阳送到南阳，再从南阳进入汉水，方才在第二十二天的夜里送达汉中。

那个时候，杜路正在汉中接受赵琰使者的投降。

而边俊弼正站在行军元帅的帐外偷听。

听到陛下引诱杜路进入汉中，然后瞒天过海用十万大军走轵关陉偷袭洛阳时，他不可思议地张大了嘴巴；当听到黄河上危急万分的决战时，他在黑夜里紧张得掐住自己的手腕。而在听到赵琰已经坐镇洛阳，十万大军与潼关军队东西夹击扫清了洛阳的最后势力，此刻大军正陆续回到关中支援武关和散关时，边俊弼禁不住激动得一拳打向身旁的树干，惊得落叶扑簌宿鸟鸣飞，帐中两人的谈话声登时一顿，厉声道："偷听者何人？"

耳旁听见帐中脚步声突起，有人掀帐而出，边俊弼登时心跳如擂鼓，不能再犹豫，转身就逃。

他刚跑出几米，黑暗中"砰"地就撞到了一个人，正吓得惊慌失措时，听见对面人惊喜的声音："边哥——"

边俊弼一把捂住灰灰的嘴巴，将他按进草丛里，两人并排蹲下，紧张地听着身旁魏元帅的脚步声沙沙，过了好一会儿，元帅终于回帐。

两人长长地松了一口气，看着彼此，突然笑了。

"边哥你还记得吗，我们第一次遇见时就是这样子，村民们追我们，我们两个躲在坟地里，吓得大气也不敢出呢。"

"怎么不记得。"黑暗中，边俊弼望着身旁那双浅灰色的明亮眼睛，笑着松开了灰灰的肩膀，"居然都五年了。感觉你还是个孩子，我却已经变了很多。"

"边哥已经是大英雄了，上阵杀了那么多敌人，是我的偶像。"灰灰望着边俊弼，眼中是那样纯粹的崇拜，"我经常在想，要是没有边哥保护我，说不定我早就死在敌人刀下了——"

"不要说这种话。"边俊弼用手肘捅他，"不会这样的。"

"嗯！"灰灰像小狗一样点头，圆圆的灰眼睛望着他，"那我们现在出发吗？"

"出发？"

灰灰指了指面前的行李袋："边哥，你不是想去投奔杜——"

边俊弼眼疾手快地捂住了灰灰的嘴，警惕地望了望四周的黑暗树林。

"乱说什么，我从来没这么想过。"看见地上自己的行李，又看见眼前这双明亮的灰眼睛，边俊弼心中突然有一种按捺不住的烦躁，使他声音不由得低浑，"我从来只追随陛下。今夜的事，就当没有发生过。"

灰灰还被他捂着嘴，赶紧点头。

"走吧。"边俊弼警惕地望着四周，示意灰灰拿着行李起身，让他赶紧回自己帐篷去，别惊动任何人。

那个小小的身影，便像是做错了事一样，抱着自己的包，躬身悄悄地走出了树林。灰灰想回头看边哥一眼，却终于没有转回头，而是听话地迈出步子，快速溜回了自己的帐篷。

边俊弼遥遥地望着灰灰进帐篷，长长呼了一口气。

他抱臂在树林的冷风中站了一会儿，不禁觉得自己有些过分，灰灰孤零零跑回去的背影实在可怜，让他忍不住想追过去。

算了。

他稳了稳心绪，无论如何，今夜他终于明白了一件事：

他正在天下的风雨中追随一条真正的龙。

暴龙从不以仁义而与凡人结友。

暴龙用撕裂旧世界的惊心动魄的力量，以银亮闪电和气吞山河之势，使凡人震慑臣服与追随。

边俊弼在震撼中一遍遍回想这出大谋略，将计就计，化险为夷。他想到皇帝是如何在巨大困境中耐心地等待了半年，又如何在二十天的时间内直下洛阳，恍惚觉得不可思议。他继而有些羞愧，羞愧于自己不仅没看懂潜龙在渊的暗谋，反而不断地怀疑和摇摆。他不由得感慨，当他只能看见一个汉中的时候，陛下正在注视着更大的格局。

在后来的三年里，边俊弼成了赵琰最为忠心的跟随者，即使他知道对面是杜路这个级别的对手，即使赵琰第一年在南阳战场一败涂地，即使赵琰第二年落败淮北而使杜路占尽江南，即使在最危急的关头，边俊弼都不曾再怀疑过赵琰一刻。

他也终于发现，赵琰拥有许许多多忠诚的追随者，那种忠诚并不比投奔杜路的士兵少。曾经他以为天下人都会唾弃赵琰而追随杜路，那是他想得太简单了。

原先士兵们虽然喊着"为杜路复仇"的口号被赵琰带回关中，但这二十多万大军并不是旗帜统一的，因为良朝禁军的来历实在太复杂：原先跟随裴家的江淮军队，蜀梁两国的俘虏军，赵琰在平苗途中募的七万灾民，还有赵琰自己的代州军，加上重编的羽林军……这些人与杜路其实没有忠义关系。而真正为杜路之死愤然不平的，是那八万人的杜家军。

如此，蒲津兵变上那口号声虽然声势浩大，但仔细想来，其实是杜家军喊着，赵琰的军队哄抬着，其他所有人听着跟着。有人稀里糊涂地挥手臂，有人激昂地大声喊。

虽然那场兵变的触发点是为杜路复仇，但在根本上，其实是全体士兵与山东教头的矛盾。杜路或许只是一部分人的愤慨，但二季从上到下的编兵绝对触犯了所有人的利益。历史上很多大事都是如此发生的，群情是真的，旗帜也是真的，但旗帜只是旗帜而已。

作为正统，作为道义的一方，杜路拥有广大的支持者。忠义的士兵千里投奔，捍卫良朝的匹夫自愿跟随，仁义的侠士结成联盟……他是大良最后一个英雄，人们为他的光芒感召。

但这并不意味着，作为窃贼和闯入者的赵琰，受到天下人唾弃的赵琰，就会众叛亲离。恰恰相反，杜路的归来带来了"复良"的新威胁，这使赵琰拥有了更有力的支持者，比如裴家，比如高虢，比如日后倒戈支持赵琰的东梁旧臣和谋士集团，再比如边俊弼、沈队长等在军功中翻身的广大平民。

有人需要的不是旧理想，而是新规则。

如果说杜路和他的追随者在奋力恢复这个世界的旧态，那么赵琰和他的追随者，要去重新划分这个世界的新利益。

这是非常重要的一点，是边俊弼第四次写内战史才顿悟的根本原因，可以解释后来内战中非常多匪夷所思的事情，比如为什么失道者反而多助；为什么杜路率先占有江南，却没能真正得到江南；为什么杜路是一个天才式的军事寡头，屡胜赵琰，但最终他失去了天下。

但当年的边俊弼，只是把原因归结为楚霸王式的妇人之仁。杜路在汉中接受了赵琰使者的投降，那两天的谈和，使他失去了能够轻易进入关中的最后时机。或许是杜路没能猜到，本该有着数十万大军的关中，此刻竟然敢是空的。也或许是赵琰的好运气，杜路给了他第二次机会。两年后，已经成为心腹大将的边俊弼，在攻下江左的庆功宴上醉眼望着赵琰，问出了那个深埋于心中的疑问：

"陛下，您当年抽空了关中攻打洛阳，可若是杜路在汉中时不接受使者的投降，而是继续带兵向关中攻打，该怎么办？"

舞乐喧嚣中，苍白而强壮的男人缓慢地抬头，他看上去没有喝醉，只是那双微红的眼睛缓缓眨着，很认真地一字字回答道："若是他来杀我，我就引颈受戮。可惜，他当年没有这么做。"

"杜路本打算做什么？他对使者说了什么？"

"他说：'燕子，你已经没有路可走了，现在停下来还不晚。'"苍白的男人昂着头很疲惫地闭上了眼睛，"他还说，他原谅我。"

边俊弼拍腿大笑，周围众人也碰杯祝贺，高语道："还是陛下神机妙算，算准了杜路的妇人之仁和假面道德，算准了他会在汉中停下来，相信那种诈降……"

"可若是我不想被原谅呢？"

寂静被猛地拉长。

盛宴的阴影中，金冕的苍白男人独坐，拥着酒自语道：

"我想被他深深地仇恨。

"我想让他被我刺痛，被我伤害，然后铭记住我的伤害。

"我连他的恨都不值得吗？"

那一瞬间，边俊弼恍惚觉得，赵琰并不恨杜路。尽管是他亲手把杜路推下了悬崖，可最后却是他受伤了。

但边俊弼在酒醒之后，注视着陛下站在地图前，语气冷静地制定着对杜路的围剿计划，不由得摇了摇头。他心想这何止是恨呢，这是在赶尽杀绝，除之而后快啊。

每次写到内战的结局，边俊弼的笔都会停驻很久，他想起那穿着金盔黑甲的将军杜路的尸体。重军围城中，赵琰曾在火光高楼中大吼着奔跑，又在看清杜路坠楼的尸体后，站在原地望着尸体，双肩颤抖地冷笑。赵琰把杜路的尸体一路从渝州带回长安，又下令把杜路的尸体悬挂在城墙上日夜残忍地鞭打，直到完全腐烂，高大俊朗的青年化成一团钻着蛆的血水模糊的红肉，滴滴答答，恶臭熏天，在长安的城楼上缓慢地消散。

火光中，边俊弼再一次烧掉了墨迹未干的纸册。

灰烬四处飘散，边俊弼抬手驱逐着，猛然间看见纱帐中沉睡的人影似动了一下，急忙去掀帐，却在下一刻看清了这只是飞动的影子。他呆在原地，沉默中捂住了自己的脸。

那一箭是我射的。

那逼死杜路的最后一件事，是我做的。

我不后悔。

十年前，在内战结束后一个安静的春天清晨，边俊弼穿过微湿白雾登上长安的城楼，平视着这一具腐烂的躯体。红肉悬挂在空中，远处模糊着城郊一片浅浅的青色，零散开着淡金色的小花。

边俊弼望着杜路那颗已掉出眼眶的眼球，低声问："你还记得我吗？"

我写过很多关于你的故事。

现在，该让我给你讲述我的故事了。这是非常渺小的故事，在巨大战争和天下争夺中毫不起眼，甚至不配被写入那些烧掉的纸页。可是，你必须知道这个故事。

在清晨的白雾和房檐的铃声中，边俊弼抱臂坐在城墙上，与死去的杜路面对面坐着，轻声问：

"你会想念代州吗？"

第五十五章

异类

边俊弼和灰灰曾见过一场金光璀璨的大雨。

那一刻，美梦在眼前成真，四周铃铛飘荡着碎响，命运终于走过了贫瘠的长路，他们拉着手喘气，望着暴雨中灯火通明的红城门缓缓打开，长安耀眼的光芒照在他们身上。

那是两个少年记忆中最快乐的一个晚上，每一滴雨水都在身周闪光，他们拉着手冲向长安，在雨夜中大笑，冲向终于到达的崭新的世界。

"我们从此再也不是罪人，我们也会成为英雄，被人尊重，被人喜欢，和所有人一样！"

"我是灰灰！"

"我是边俊弼！"

他们在雨夜中冲整个世界大喊，在辉煌胜利的一夜，在翻身入主长安的一夜，他们喘着气穿过空荡荡的朱雀大街，像两匹鬃毛飞扬的白马穿过湿润的石板路，要自己的名字被整个世界听到。

他们挥舞着银亮的武器向前冲，浩浩荡荡的大军与他们并肩，他们从来没有像此刻一样并不孤单，他们与所有人共同完成了巨大的事，建造了这个金光明亮的新世界。

那一夜，所有人都在祝贺，都在击掌，都在狂欢中喝酒。热烈的筵席持续了整整一夜，军人们在湿漉漉的朱雀大街上大笑，踏着胡乐癫狂地跳舞，一片喝彩中比赛着把箭镞扔向远方。

许多人围着灰灰和边俊弼，大家都是醉醺醺的酒鬼了，勾肩搭背的，夜里看着彼此只知道嘿嘿地笑，露出洁白的牙齿。"咱们边哥……牛！"红脸的跛脚士兵一手拿着酒壶，另一只手胡乱比出个赞许的手势，"第一次上战场，杀的是谁？杀的是他国舅季光年的脑袋！就凭这个，来，小弟干了！"

他昂头便咕噜噜地喝酒，脸憋得更红，所有人拍着手喝彩，但这鼓掌还没一会儿，只听"啪"的一声，酒壶竟从他手里掉了下来，这跛脚士兵摇摇晃晃地往前一倒，躺在石板路上呼呼大睡了起来。

所有人哄堂大笑。

边俊弼让灰灰把这跛脚士兵扶了起来，旁人又称他大英雄，非要来敬酒，边俊弼边喝边说："真算不上什么英雄，其实是个乌龙，那国舅拿一个小士兵挡剑，我以为是灰灰遇害了，就冲过去报仇。"他说着说着也笑了起来，对所有人举酒道："幸好，灰灰也没事，国舅也杀死了。来，敬大家伙一杯，敬这一回有惊无险！"

"也是双喜临门！"醉鬼们你扶我、我搀你地笑着，举手响亮地碰杯，一饮而尽。

边俊弼这边喝完，虽然有点晕，但余光看见灰灰也在咂摸着小酒杯，赶紧拍了他一下："你喝什么呢，少喝点。"

"我不！"灰灰护住自己的酒杯，往后跳了一步，灰眸亮晶晶的，"今天我也是功臣，我就要喝酒！"

所有人又是傻笑：

"嘿，小胡人儿，你今天立了什么功啊？"

"我是边哥的好朋友。"一口烈酒下去，灰灰的脸都有点发红，像只小猫似的得意地说，"边哥说了，他是为了保护我，才上战场杀了国舅的。"

醉鬼们望着他，像是恍然大悟一样，拍着大腿说："对呀，那我们也理应敬你一杯。"

灰灰便被推到人群中，开心地笑着，跟所有人干杯。

边俊弼笑着摇头，也抬手跟灰灰轻轻碰了一下杯，对他眨了下眼，一饮而尽。

夜色渐明，醉鬼们一轮又一轮地喝酒，到最后干脆在湿漉漉的地板上盘腿而坐，你枕着我，我依偎着你，瞎聊些不着调的话。有人问："小胡人儿，你跟咱边哥是怎么认识的啊？"

"我们是在逃跑中认识的。"灰灰便一五一十地说道，边俊弼从来没见过他这么开心过，坐在人群中他的眼睛整夜都亮晶晶的，"那时候不像现在，没有一个人听我说话，愿意跟我玩。边哥不一样，他对我可好了，一直照顾着我，帮我打野鸡，带我去新的地方……"

醉鬼们听着听着，纷纷吹口哨："不愧是咱们边哥，黄河上都为朋友拼过命了，讲义气！"

"这才叫真朋友。咱们做战友，以后脑袋悬裤腰带上，背靠背地打仗，讲的就是一个义字！"

"边哥，我听说你这次立了大功，马上就要封队长了，管一百号人呢。到时候别忘了我，兄弟们都想跟着你。"

边俊弼此时也喝醉了，豪迈地应了下来："好！到时候都跟着我，灰灰也跟着我，我要照顾朋友一辈子。"

后边有个耳背的士兵，枕着身旁人的肩头，迷迷糊糊地问道："边队长说什么，他准备一直照顾着小胡人儿？"

"那是当然！咱边哥讲义气！"身旁士兵已经握不稳酒壶，却单手在空中一挥，醉酒中突然大声唱道，"我桃园三结义威名远震，弟兄们统貔貅欲救苍生……"

众人听着听着，终于睁不开眼，一个赛一个呼噜着睡了过去。终于酒壶一掉，这士兵自己也往后一倒，张着嘴睡着了。

东方天色渐白。

这是梦中的新世界。

很快，边俊弼欣喜若狂地得知了封赏的消息，在人生第一场庆功宴的重要时刻，他激动地邀请灰灰一起去。宫殿很大很美，夜里千烛摇曳，到处闪闪发亮。舞姬踏着轻盈的步伐，在桌席间旋转如陀螺，一圈又一圈，灰灰看得张大了嘴巴。那位银裙舞女便笑着俯下身，将手中的鲜花插在了灰灰头上，弄得他瞬间红了脸蛋，躲在边俊弼身后不敢再抬头。

但边俊弼很快发现，那场宴席并不轻松，他作为军中的新秀，被一位位军中长官轮流拍肩膀，他诚惶诚恐地举起酒杯，生怕自己哪句话不合宜，或者在某长官面前显得和另一长官太亲密。而灰灰还不懂这些，坐在边俊弼身旁笑得灿烂。宴上的鸡腿又香又脆，他吃得心满意足，偶尔抬起头，在香味和柔光中崇拜地望着边哥。

终于宴席结束了，边俊弼一整晚其实都没有吃下什么东西，带着灰灰走出宫殿好远，才敢停在空无一人的路上，疲倦地松了一口气。

"边哥，你真是个大英雄，今天晚上所有人都崇拜你喜欢你，让我也觉得好光荣。"

夜色中，灰灰捧着鼓鼓的肚子在路中央停下，回头等着边俊弼跟上，眉眼弯弯地笑了。

看见灰灰的笑脸，边俊弼心中终于轻松了一点，他快步跟上灰灰，闻见他满身的饭香味，问道："今晚的菜好吃吗？"

"特别好吃！"灰灰对他重重地点头，伸出两只油光闪闪的手，一根根认真地数着，"我吃了一个……两个……六个鸡腿！"

边俊弼哈哈笑了。

灰灰也傻笑，拉着他，两人便在空无一人的黑暗中，飞也似的奔跑。

这个新世界遇到了一点困难。

杜路，杜路。

那段时间，边俊弼每天都在念这个名字，弄得灰灰也跟着紧张。终于接到调令去支援汉中战场的那天，边俊弼躺在床上反而有点释然了，但他随即从床上弹了起来，他想办法找了一个又一个人，问他们能不能把灰灰留在关中。

可他毕竟只是一个小队长。大雨中，边俊弼不忍地看着队员们喊口号，而那双灰眼睛信任地望着他，一起奔赴前线。

汉中城沦陷的那一夜，发现赵琰是主动投降的那一夜，边俊弼望着身旁的灰灰，简直想给自己一巴掌。

如果他带灰灰选错了，该怎么办？

幸亏那晚他在帐篷旁偷听见了真相，幸亏所有的怀疑都是误解，幸亏他留在了真正的巨龙身边。

这仍是新世界的方向，他释然地想，只是有一个强大的对手要战胜。他必须战胜杜路，才能防止这个世界倒退。

汉中战场后，由于守城有功，边俊弼被封为团校尉。

他在训练场上严厉地点兵，三百人都敬畏地听令。新来的士兵们都说，这位黑帽黥面的边校尉看上去冷酷，待人却温柔重义气，如此气魄，日后定能成就一番大事。

但是，边校尉却总和一位灰眸的少年形影不离，显得怪异极了。时间一久，新来的士兵们纷纷打听，这小胡人儿为什么会参加大定的军队，又和边校尉是什么关系？

那少年的外貌如此奇特，边俊弼在军中又是令人瞩目的新秀，这种好奇渐渐越传越广，连沈校尉手下的士兵都会故意绕路来看一眼"小外国人"长什么样。后来连边俊弼都有所耳闻，觉得好笑又无聊，并没有过多理睬。

可他虽不放在心上，却有旁人替他忧心忡忡。一日，王念找他来议事，看到他身旁的灰灰，欲言又止。边俊弼便让灰灰先出去，与王念聊了半晌正事，相谈甚欢。可王念在离去时，捋着自己长长的白须，突然说：

"小边，用人是一门学问。很多事情虽然你本无心，可却不知道别人眼中看到了什么。"

边俊弼看到帐外，灰灰站在一棵树下可怜巴巴地等他，又看到面前王念那双苍老而澄透的眼睛，不由得有些烦躁，嘴上说着谢谢王统帅提醒，心里却在想，这么点小事，也要管到我头上吗？

本来军中有人好奇灰灰，边俊弼不觉得什么，王念的好意提醒，边俊弼也不是非要逆着他来。但是听人这么三说两说的，他就再也不把灰灰带在身边，倒显得有猫腻似的。

那是陪在他身边度过最艰难岁月的朋友。

共患难，起微时，有什么要藏着掖着的。边俊弼所幸摊开了，和王念讲灰灰是谁，和所有不知情的新士兵讲灰灰是谁，心想这下总该明明白白，见怪不怪了吧。

王念却望着他笑了笑，摇着头走了。

后来又有一场重要的宴会，魏元帅已与边俊弼提前打了招呼，将把他作为军中最耀眼的新秀带去宴上亮相，介绍给幕僚。魏元帅让边俊弼带个随从，边俊弼想到灰灰最爱吃宴席，便避开下面士兵，小声告诉灰灰今晚和自己一起去。灰灰一听见又有鸡腿吃了，赴宴的一路上都笑语不停，像只小黄雀。

那场宴会果然热闹，灰灰埋头吸了一大口热汤，满足地呼气，开心地望着舞姬亮晶晶的袖子飞荡。

边俊弼又被人轮番敬酒，这一回他老练了许多，微笑着举止自若，当别人称赞他年轻英俊时，他便低下头让人摸一摸自己额上"刺配代州"的黥字，讲了几个令满堂捧腹的笑话。魏元帅望着他频频点头，他也在众人簇拥中，真诚地举酒敬了魏元帅一杯，一饮而尽。

"边校尉，怎么不见你的随从呢？"

众声喧闹中，灰灰在面前一堆碗碟间突然抬起头，像只小兔子一样跳了起来："在这儿！我在这儿！"

大家又笑了起来，有人道："边校尉这位随从真是可爱，是个小胡人儿。"

边俊弼便趁此机会，拉住灰灰的手，又向众人介绍了一遍："这是我的好朋友灰灰，当年我流浪代州的时候，如果不是灰灰的一小块窝窝头，说不定我早做了饿死鬼了。"众人笑，边俊弼便接着道："我们是患难之交，如兄如弟，灰灰是个可怜的小孩，当年他的母亲被胡人掳走……"

他介绍着灰灰的来历，众人频频点头，有两位军官一边听一边交头私语，脸上都是同情和称赞。但在边俊弼停下说话的一刹，好巧不巧，新上台的舞姬让乐师换曲子，突然的寂静中，这二人的私语声被猛地放大：

"所以说这人是一个野种——"

世界似乎都惊呆了那么一刹。

边俊弼僵硬地转身，看见身旁的好友脸色发白，不可思议地盯着面前两个军官。

那灰色的眸子猛地颤了一下。

下一刹音乐声回来了，彩袖如云的舞姬们继续跳舞，世界像是在突然暂停中被释放了出来，众人纷纷缓过神来，拉着边俊弼继续喝酒。边俊弼却站在那儿一动不动，僵持地望着那两个军官，与他们在人言人语中对立。

那两个刚刚私语的人，脸色都有点不好看。

他们年龄更大，跟随魏元帅的时间更长，军阶也稍高一些。眼看魏元帅对边俊弼青眼有加，他们今夜不好对边俊弼说什么，这是拂了魏元帅的面子。可若是边俊弼一直瞪着身为前辈的他们，不肯让这事过去，那是要在魏元帅的场子上找事吗？

"他不是，他跟我们每个人一样。"边俊弼坚定地站在那儿，在人群中握着灰灰的手，目光灼灼，"二位前辈，你们理应向他——"

"别这样，边哥。"

灰灰突然松开了边俊弼的手，对着面前两人勉强笑了一下："没有的事，大家继续喝酒吧，今夜本来多开心啊，玩笑而已，别因为我伤了和气。"

灰灰的笑容微微有些颤抖。

他懂事地往后退，把空间让出来，让人潮把边俊弼包围。

众人眼色多好呀，你左我右地拍着边俊弼，亲昵道："是啊，都是跟你开玩笑呢，边校尉这人正经，不识逗。不过二位长官，看看咱们边校尉有多护短，就知道他平日里对手下士兵们有多好了。"

那两人面色一转，连忙顺着台阶附和道："是啊，小边是耿介人，军中就需要这种爱护。"

边俊弼也缓过来神，借着别人塞进手里的酒杯，敬了二人："是我不识逗了，二位长官别放在心上，多多担待我这个愣头青吧。"

璀璨宴席的光芒中，他苦涩地昂头饮酒，对着众人勉强笑了一下。

"不了，我不去了。"

边俊弼知道这是一场很重要的受封，他知道上次围观的众人这次还会在场，却努力去做一个讲义气的朋友，努力用往常那样高兴的神情叫住灰灰，高声喊一同前去。但在即将走出帐门的时候，灰灰慢慢停下了脚步，从边俊弼手中抽出了自己的

162

手，低头道：

"边哥你去吧，这次我不想去了，真的。"

他看见那浅灰色的眸子中的怯缩，却不知怎么的，在心中暗暗舒了一口气。

"那也好。"他听见自己的声音在黑夜中落下，"我先去参加受封，晚上再来找你，给你带好吃的。"

星空下，灰灰便往帐中退回了一步，微笑道："快去吧边哥，别迟到了。"

这个新世界需要有人奋战。

那是始熙一年的秋天，边俊弼因着战功和勇谋，在军中屡获提拔，从团校尉到营指挥使，后来魏元帅做军都指挥使，边俊弼又被调去江淮战场作战。而那时他终于有能力把灰灰留在更安全的洛阳，在后方做守兵。

当是时，杜路和赵琰，一个控汉蜀联荆襄顺长江而下江南，一个占中原扬马鞭而渡淮河，两人曾是这样合作着在春和景明中统一了东梁，联手俯瞰金陵的旗帜缓缓降落。几年后，两人却又各自走着同样的路线，迎面相对，身后万军厮杀，樯橹灰飞烟灭，天下的命运在暴风黑雨中孕育着新的闪电。

一条长江分割天下，北为新定，南为旧良，内战深陷于此，持之以久地坠落。在遥望着寿春而不能得的日子，魏元帅站在高楼之上把酒临风，摇头哀叹道："或许这场内战会五年十年地延宕，甚至如五鹿之战后的大良般百年僵持下去。"

身边风吹纱帘晃动，黑衣的边俊弼却只是负刀抱臂，沉默地望向远方，目光灼灼。

烽火连三月，家书抵万金。

他世上唯一的家人是那个灰发的孩子，一场激战之后，他胡乱地去掉头盔甩开血汗淋湿的头发，急切地撕开了信纸。灰灰不会写字，每次都站在写信先生那里，一句又一句絮絮叨叨地念边哥，写字先生嫌他烦，删繁就简只写了些"自经风雨别离，蟾月几圆？别来无恙，多加餐饭"的套话，边俊弼仔仔细细地读着这几乎一模一样的信件，什么都读不出来，却仍读了一遍又一遍，用血伤中颤抖的手把千里而来的信纸紧紧贴在胸前，仿佛在多年前流浪的大雪天里，那个孩子低头把温暖的手指贴在他脖子上。

淮北战败在一个冰冷苍茫的冬日，大风刮着破柳枝，他独立在灰蓝色的冰面上环顾四野倾颓的尸体。一群群羽毛沾血的天鹅扇翅膀高飞，死亡的惊惶与巨大的挫败笼罩着他，他几乎抽剑斩向自己的脖颈，如果不是冥冥中那个孩子的目光还在千里外凝望着他。那孩子排了好久的队才站在写字先生面前，正搓着双手跺着脚，呼着白汽一声声热切地念给他，灰眸发亮地等着他回家。

对视着那双眼睛，绝望中，他缓缓放下了自刎的剑。

他坐在冰面上，低头承认这个残忍的事实，他不可能战胜杜路。杜路是一个传奇，将永远地威压着一切作为后来者的年轻武将。更残忍的是，他其实并没有比杜路年轻多少，杜路在他的年龄，已经一匡天下建立起不世功业，所有的后来者，无论二季还是赵琰，都只是在窃取杜路的光芒。没有杜路，他们什么都不是。没有杜路，这个时代并不是少了一个英雄，而是所有的英雄都会熄灭。

如果不是悬崖上赵琰那一匕首，这个世界永远不会是这样子，时代本来只需要一个英雄一个圣人。可从赵琰把杜路推下悬崖的那一刻起，世界走进了一条崩坏的线。

这杜路一手建立起来的百万禁军，本来要捍卫威仪，肃清外戚，重整山东的大军，却在一轮轮窃贼的手中交替争夺。这杜路风卷残云而重建一统的帝国，却再次不可救药地分崩离析。历史如此讽刺，杜路用禁军和天下一统来强化皇权，那皇权却不可思议地成了极弱。他为了理想做一切正确的事，却得来了一个万劫不复的错果。

如果没有那一匕首，如今的世界本该臣服在杜路脚下，向着那个少年的皇帝，按照杜路的理想和计划，明君南面，天下得治。

这个坚定的爱国者，再一次用他的铁血丹心赢得天下响应，用他的千军万马誓死捍卫理想与正统。而且英雄未老，英雄还年轻孔武，英雄依旧是强大得难以直视的对手。

内战开始的半年内，杜路迅速攻占汉中，在发现洛阳被偷袭之后，与赵琰在南阳展开了正面厮杀。杜路不仅抵住了武关和洛阳的两面夹击，更是以几万散兵的悬殊兵力大胜了十万禁军，使赵琰不得不退出南阳盆地。这个令人瞠目结舌的战果，不仅意味着赵琰统一中原的计划受阻，更意味着杜路从此以南阳为屏障，而大大加固了襄阳和荆州作为战略要地的安全性，乃至于掌控整个长江之势。如果说赵琰得洛阳，是折了天下的中心骨；那么杜路巩固荆州，就握住了天下的大血脉。至此，这场游戏再也不是一场能速胜的搏斗了，双方通过骨和血分别获得了久战的能力，并清楚地意识到这是一场向齐鲁和江南的追逐赛。而这场追逐赛中，杜路赢得了头筹。四川、汉中、南阳、襄阳、荆州这五个地方的凝结，赋予他对于长江的极大权力，使他率先占有江南，从蜀到吴首尾联结成一体。当杜路将大良的旗帜插在金陵城的上空飘扬时，赵琰的马队还深陷于中原四战之地。当杜路已经整顿江左，带领十万江东子弟北渡淮河时，赵琰迎来了惨烈的淮北之战。望着苍蓝的天空，边俊弼绝望地坐在尸体旁，沾血的白羽毛在风中飘荡。

他们要如何战胜杜路？以割肉汉中来换得洛阳，以数千间谍来挑拨人心，以利益来许诺山东……但也只到这里了。这些阴谋，不足以建立起一个帝国。到了内战第二年的年中，仍没有一只军队曾在与杜路的正面交锋中获胜。边俊弼被困在淮北战场九个月，生死悬在颈上。

内战的真正转折点，是东梁集团的的集体倒戈。

当是时，赵琰向天下求贤已久，他在某一刻是否会后悔过对韦温雪的枉杀，乃至于对整个关陇集团的彻底清除，使他陷于纵有兵可用武，而无士与共谋的困境？在裴家和山东士族的势力膨胀中，他愈发需要一个更高超的政治班底，一个协同运作的谋士集团，这个集团不仅需要政治经验和勇气，更需要一种新的工作关系——他们为他工作，而不再是为家族——他们只在此刻工作，而不能把影响力永久绵延。

始熙二年春，高祖亲临江南，顾庐而与东梁旧臣密谈。

那时已经有太多的江南贤俊，跟随翁朱宰相的脚步而自杀殉国。留下来的，那群青衫褴褛却不食周粟的文人，昂头望着面前高大苍白的定皇，他们说请回吧，杜路早就来过。他们手握匕首说，虽然当时没有跟随翁圣而去的勇气，但此刻总要做个不贰之臣。

何况是这样一位弑君杀主的天下大盗。

面对着满屋惊疑的目光，那个铁血的君王，用一句话让所有架在自己脖颈上的匕首开始晃动。

他说：

你们既然活着，东梁又怎么会死去？

满屋的眼眸在颤，他一个人注视着他们所有人，他挥动黑色的披风转身离去，他用他对人心的洞察，用离去的背影和只有一次的机会，冲这些落魄亡国的文人们呼告：

"本来，东梁已经被良朝终结了，历史从不倒页。但现在时代又给了你们一次机会，让我唤你们来，再造东梁。

"你们若在，东梁的精神就永存。

"若是主宰下一个时代的不是你们，而是变回良朝那样，那才是东梁真正的灭亡！"

终于，终于回家了。

从淮北战场回到洛阳，是在一个初雪飘洒的冬日，风声中满队的旗子在飘扬，边俊弼挂着拐杖跳下大车，单脚落地踩了薄薄的雪声，呼出白汽来，仰头看见一轮淡黄色的太阳，落日沉沉地在雪原上挥出温柔的红光。

人声喜悦，营地里的狗窜来窜去地叫，一个个黑影撞在一起又渐渐拉长。凯旋的氛围中，他冲搀扶的士兵摆手，说我自己就可以，你快去见想见的人吧。那士兵感激地冲边长官鞠躬，随后挥着手在雪地里跑远，营外站着一位红头绳的姑娘，一直望着他，在他跑来的一刹却没有拥抱，蹲下身哭了。

边俊弼摇着头带着笑意，收回了目光，他一个人冒着细细的雪和黄昏的光，挂拐单脚往前一步步地跳。薄薄的雪地里踩出单行凌乱的脚印，他低头看脚印，又抬头望着人群的缝隙，心想在他走到哪里时，人群背后会突然冒出那双灰色的眼睛，咧嘴笑着望向他。

但直到黄昏的光完全消失了，黑色笼罩军营，橙红的灯火点点星星地亮起来，他都没有找到灰灰。

夜里，随从的士兵又回来过一次，嘴角带着噙不住的笑容，帮边俊弼铺好了床被，扶他扔开拐杖坐到床上，小心翼翼地把那条受伤的腿笔直地放在被褥里。看见那脚腕有些红肿，士兵有些愧疚地说："长官，小的今夜一定好好值守。"边俊弼笑了，说："你走吧。"见那士兵站在床前愧疚愈甚，边俊弼堵他道："快走快走，别让你家那位生我的气，你就是不想见她，也别讹我身上呀。"两人相视大笑，士兵合拳对他拜了拜，说谢谢长官，短短几个字竟有些哽咽了。边俊弼便摆手，让二人赶紧团聚去了。

黑暗中，一灯如豆，他拥着一床棉被在寒冷中独坐。

竟然活着回到人间了，他在雪夜里想到了太多画面，半生很短，却已见过太多生死别离。

凭着最初的一股意气，走过千里万里路的云月，他与那些传奇的英雄交手，终于也成了一位英雄，在战争的炮火中亲手插下金陵的胜旗，也在众生团圆的雪夜里独自一人默默坐着，这一瞬仿佛什么都变了。

他想起了父亲，当他还是一个小男孩时，那个幸福的家庭也曾在这样的大雪夜里依偎在一起，有冰凉的甜梨子。他也曾听着雪声躺在小床上，和此刻一样睁着眼睛，但那时他在支起耳朵偷听母亲的脚步声，在她推门而入的一刹那连忙翻身装睡，紧紧闭上眼睛。

而此刻，黑夜的雪声寂静地敲打着帐顶，他支起耳朵听了又听，除了风声，什么也听不到。

烛光温暖地闪烁着，在床上蔓延出一层薄薄的金光。他躺在金色的枕上，听着头顶的雪声，簌簌的，轻轻的，安宁落在他的身旁。

他闭着眼笑了，心想其实什么都没变，他还记得，只要记得，就能在脑子里回响起来。

果然，他听见了母亲的脚步声。

他连忙吹熄蜡烛，带着笑意，在这孤独的雪夜里要尽快翻身睡去了。

忽然，真的脚步声传来了。

"谁在外面？"黑暗中静了一会儿，边俊弼忽然福至心灵，惊喜道，"灰灰？"

"唉，边哥。"帐篷外，终于响起了小小的声音，少年扭着脚踩吱吱呀呀地踩着脚下的积雪，有些愧疚地说，"边哥，我吵醒你了吧，我本来不想打扰你睡觉的。我只是听说你回来了，忍不住过来，我以为我可以安安静静的。"

"你这消息真灵通，我今天傍晚就回来了。"边俊弼说着说着忍不住笑，"我拄着拐，找了你半天都没找到，你那时候在哪儿呢？"

"我那时在守兵的帐篷里。"灰灰踩着雪，小声地说，"其实，我那时知道你回来了。"

"那你怎么不来见我？"

"我看今天人多，我……"灰灰停下了踩雪的脚，静静地站在那儿，突然呼了一口气，"我是很想去见你的。"

两人隔着帐篷，沉默了一会儿，漫天雪花簌簌地落下。

"傻孩子。"

边俊弼叹了口气，突然说。他的声音变得很轻柔："快进来吧，我也很想见你。"

边俊弼掀开棉被，伸手去摸桌上的火石。灰灰听见帐内沙沙的声音，想到边哥在被窝中已脱过衣服，连忙说："不了，太冷了，边哥你不要动了，我不想让你再折腾一遍。"

"不碍事，进来吧。"

"我明天再来找你，边哥，今天晚上我们隔着帐篷聊聊天就好了。"灰灰趴在帐篷壁上，轻声问，"你的腿疼吗？"

"不疼。"边俊弼带着笑意摇头，"一点都不疼。"

"那你躺好了吗，千万别冻着。"

"躺好了，很暖和。"

"那就好。"灰灰放下心来，"快睡吧边哥，我走了。真难过让你找了我那么久，我明天一定来看你。"

"等等，灰灰。"边俊弼叫住了他，"我有件事要第一个告诉你。"

"什么事？"

"你别告诉其他人。"边俊弼也凑近了帐篷，在雪夜里小声说，"魏元帅死了。王念将军说，我这次很有可能会……他会跟陛下再说一说。"

帐外传来了灰灰惊喜的低呼声："这是好事，我简直迫不及待要看到边哥你穿上新盔甲，这好光荣啊。"

听见灰灰的笑声，边俊弼也笑了："先保密哟。"

"一定！"帐外，黑暗的雪地中，灰灰对他行了个军礼，然后又忍不住笑了，"怎么办，我现在就好开心。"

"这一年发生太多事了。"边俊弼说，"我想出去见你，我有好多事情憋在心里，特别想告诉你。"

"我也有好多事情，边哥。"灰灰踩着脚下的积雪，"但我今天不能告诉你！"

"为什么？"

"因为你是伤员，要多睡觉。"不等边俊弼回话，灰灰像只小雀般跳着说，"我走了，你千万不要出来了，明天见！"

边俊弼也笑了。

"好，明天见。"

雪夜又安静了下来，他躺在那儿，听着黑暗中雪落下来的声音，心窝渐渐温暖。

一生中有许多个明天。

第二天一大早，雪停了，铺得厚厚的一层。边俊弼是被帐外人喊醒的，掀开帐门，发现老将军王念精神矍铄地站在门外，声如洪钟地问道："小边，腿怎么样了？"

"只是皮肉伤深了一点，不碍事。"边俊弼单腿往后跳着，把王念将军迎进门来。

王念闻言笑了："小边，你这年轻人也太老实。战场上刚下来，长官问你伤怎么样，哪有说不碍事的，不碍事怎么能显得出功劳呢。"

边俊弼闻言讪讪："王将军教诲得是，我下次……"

"哎，没让你改。"王念把床旁的拐杖递给他，"我喜欢你这性格。我当初在羽林军里干了半辈子什长，到头来却被人诬陷贪军饷，老实人常吃亏啊。我现在看着你这样的小辈，总想爱护一些。之前我常找你议事，后来听说你跟了魏元帅，我说实话还有些惋惜。"

边俊弼低下了头："我那时也是……"

"没事，都过去了。"王念拍了拍他的肩膀，"我都这么大年纪了，除了对小辈惜才，也害怕你这性格受欺负，没有别的事。"

"王将军对我的恩情，我真的是感激不尽。"边俊弼望着老将军，一时百感交集，"将军您为人宽厚，让我很受感动，说句冒犯的话，我常从您身上想到先父。"

"令尊边运史的事，我也常常想起。"王念叹了口气，"同样是遭遇这种案子，我有幸逃了出来跟随圣主，而令尊死在狱中，想来真是伤感。"

"日后若有机会，我想为父亲翻案。"

"当然有机会，写历史的机会就在你手里。"王念微笑着望向边俊弼，"下一场汉中战场的主将，我想和陛下推荐你去担任。"

边俊弼赶紧抱臂对王念行礼："末将，末将承蒙将军此等知遇之恩，誓死不辱使命！"

王念赶紧扶他："仔细着别摔了，是你本身有武德，我只是献玉而已。不过你还有很多竞争者，裴家那些人并不好惹，今日堂上你一定要好好表现。"

"好！我不会辜负了将军您的恩情。"

"走吧，别让陛下那边等急了。"

王念和边俊弼便走出了帐篷，二人向议事堂走去。这时太阳刚出来，天色深蓝中升起金黄，满地白雪冷冷地闪耀，一座又一座帐篷拉出长长的黑影，巡逻的士兵打着哈欠踏着晶莹的融雪，擦过他们的身边。

一个士兵远远地走了过来。

他垂头穿过银白的雪地，浑身闪耀着光。

清晨愈发浓烈的金光，迎面照射着他，照得他清晰又鲜活，那灰色的卷发，那牛奶般白皙的脸，那晶莹的眼睛和瞳孔里突然映见的面前两个人，越来越近，越来越近，整个冰凉的早晨在这一刻的光芒中璀璨得像是一场久别重逢的盛大戏剧。

灰灰的眼睛一点点亮了起来。

明天见。

他站在那儿望着边哥，望着边哥被一位白发老人扶持着，在金光中拄着拐杖，一步步向他走近。

边俊弼抬头，突然就看见了灰灰，看见他浑身光芒熠熠地站在雪地中，双眸闪闪地望着自己，一步一步地走过来了。

他起得这么早，就来赴约了。

一瞬间，边俊弼的心情就如同此刻初雪早晨的空气，干净又冷彻，在纯净的白雪世界中飘荡。他望着灰灰向自己走来，越来越近，露出了熟悉的笑容。

突然，他感受到身旁一道目光。

那目光令边俊弼浑身一冷，他缓缓转过头，看见王念正望着灰灰，望着那怪异的卷发和显眼的灰眸，微微皱眉。

他在那一瞬间看清了王念眼中的厌恶。

那个厌恶甚至是关于他的。

金光中，边俊弼望着灰灰越来越近的眼睛，深深吸了一口气，然后扭过头。

在相遇的一刹，边俊弼突然别过眼，从灰灰身边沉默地擦肩而过。

像对每一个陌生的巡逻士兵一样。

边俊弼跟在王念将军身后，擦过灰灰，安静地走过去了。

你知道吗，这个新世界需要一点点时间。

边俊弼后来终于在守兵帐篷里堵到了灰灰，他拄着拐杖，焦急地给灰灰这个孩子解释："王将军他之前跟我说过，让我不要用你当随从，我那时敷衍地答应了他，但那是说说而已，因为我那时跟着魏元帅，王将军管不到我头上。可现在魏元帅死了，我那天陪着王将军去见陛下，路上遇见了你，我是想跟你打招呼的，可我想起来我之前答应过王将军，他会觉得我是一个不诚实的人。不是你不好，只是我不想让别人觉得我不诚实，就是这么简单，这个事跟你本身没有关系，真的没有关系，灰灰你能理解我吗？"

灰灰坐在杂物箱上，轻声说："我知道。"

"那你为什么不来见我，你是觉得委屈吗？"

"不是。"

边俊弼沉默了一会儿，打起精神，带着明亮的笑容对灰灰说："那明天跟着我去赴宴吧，明天有好吃的，还有好多人跳舞，你想吃鸡腿了吧？"

"边哥……我不去了。"

"你还在介意那件事吗？我们是熟人，在外人面前，怎么都行吧。"边俊弼抓着头发，"这样，我答应你，我以后再也不会因为任何人不理你。别生气了灰灰，你这样我心里不好受。"

一滴温热的眼泪，突然滴到边俊弼手背上。

"边哥，"瘦削的少年坐在灰尘遍布的杂货箱上，昂着头，不让眼泪再往下落，"我有点想念代州。"

边俊弼有点焦急地扶着他："你知道那是不可能的，现在战争正如火如荼，我肩上也有很大的担子，我们已经咬牙坚持了这么久，再坚持一会儿不行吗？"

"对不起边哥，我真的讨厌自己耽误你。"灰灰抱住了自己的膝盖，闷闷地说，

"你不要难过，做你该做的事吧。"

"你没有耽误我——"

"我不是个小孩子了边哥。"灰灰把头埋在臂弯中，突然说，"王将军为什么讨厌我，我知道的，我都知道的。"

会好的，都会好的。

边俊弼抓着自己的头发盯着帐顶。

后来的日子里，边俊弼跟在王念身后，又在洛阳军营里遇见过一回灰灰。那一次灰灰非常懂事，不等王念抬头，灰灰就低眉顺眼跟在巡逻队伍的后面，把自己藏好了安静地离开，懂事得让边俊弼心里难受。

可他该怎么办。他望着灯影飘拂的帐篷顶，心乱如麻。他想到一大早就热情前来的灰灰，又想到王念那道冰冷的目光，第一次意识到，世界永远是不宽容的。王念手中的权力，正在决定着他们的命运。他必须带着灰灰奋力爬到最上面，因为灰灰在哪里都显得怪异，只要他一天不够强大，灰灰就还会生活在别人的目光和指点中。

他不能再委屈灰灰了，那个在代州捉野鸡唱歌的孩子，不该在军队里看别人的眼色活着。

"大战在即，洛阳的守军只会留很少一批人了。边哥，还要想办法把灰灰留下来吗？我现在去找人打招呼。"

边俊弼却拉住了他。

"不，这次我要带着他。"

"这次战争危险万分，边哥你……想好了吗？"

边俊弼望着房檐底下的一根根冰凌，突然说："他需要一些军功。"

"边哥！"跛脚的红脸士兵压低了声音，瞅四下无人，才焦急地耳语道，"你这是在做什么？你要是给他冒领军功，被人查出来，你……"

"可我不能再对不起他了。"边俊弼长长吁了一口气，"我听说了，我在淮北的一年多时间里，他在军中受人欺负，他们都喊他小野种，让他睡在杂货箱上，兵痞子们抢东西还奚落他。可灰灰一句没跟我说过，他盼了一年盼着见我，我却在见他的第一面……"

边俊弼垂下了头。

世界上很多痛苦是无法责备的。

他后来才知道，在他于淮北战场迎来热烈胜利的时候，他的朋友正在帐篷里吃着剩馒头。

他挂着功勋被那么多人拍肩膀，仕途越来越得意，成了众人抢着结交的红人。他的朋友却失意地坐在灰尘漫布的杂货箱上，听着帐友们天南地北地聊天，把自己沉默地藏在一个角落里。

在最艰难的岁月，他们一个罪臣之子，一个被抛弃的混血儿，两个怪异的人结伴流浪，却也自成一个温暖的世界。可在进入关中这天下的中心之后，一切都变了。

他再也不是罪臣的儿子，他却在哪儿都是不被接受的怪异儿。

最初他还反抗这一切，但在王念的目光下，在意识到跟灰灰站在一起显得自己也怪异了的一刻，他装作不认识地从灰灰身边走过去了。

或许他不该这么做，他应该像最初那样，坚定地握住朋友的手。可这样做对他们又有什么好处呢？王念会从他们两个怪人身旁毫不留情地走过去，权力还有很多选择，比如沈持重，比如高虓的儿子。而他一旦被权力淘汰，就更加无法改变灰灰的处境。

再等一会儿，灰灰，他想，只要你有了军功，没人会再看不起你。

"边哥！你已经为他做得够多了，他还是个孩子，他不理解——"

边俊弼摇了摇头，无数冰凌柱上人影同时晃动："没有我，他还在代州自由自在地生活。"

"没有你，他说不定早就饿死在代州了。"红脸士兵摇头，终是一跺脚，叹了口气，"边哥，如果你一定要这么做的话，把我的军功轮给他吧，这样我才好放心你的安危。"

始熙三年，在王念的支持下，边俊弼如愿担任主将，率领十万大军奔赴汉中。

两年前边俊弼如一只丧家犬在战败中逃出了汉中，两年后他带领整饬大军第二次南下秦岭，卷土重来，收复失地。与汉中战场同时，赵琰也亲自带兵第二次奔赴南阳战场，麾下四十万大军士气高昂，他们值得重写历史。

当是时，杜路主守巴蜀。

而进入巴蜀的两扇大门，正是汉中和荆州。

在杜路丧失江南军队之后，双方陆军兵力的悬殊已不可挽回，此刻杜路的主要优势押在长江水师上，以荆州夏口为根基，尚有对长江居高临下的制霸能力。而在陆地上，杜路通过汉水、南阳和襄阳三地的联结，使汉中、荆州这两扇大门能够彼此守卫互相支援，形成一个稳固的防御环。

而赵琰这次出兵，就是绕开夏口的水师优势，而从后方袭击荆州。他恰似双手各持一把尖刀，要从汉中和南阳这左右两侧入刀，把荆州的陆上防御环彻底撬开。

而两把刀撬到最中央，就是襄阳城。

一旦襄阳沦陷，荆州危矣。

"不用有太大的压力。"金光闪耀的清晨，在众议纷纷声中选择了边俊弼的那一天，陛下的声音果断而平静。边俊弼在受宠若惊中跪下领命，听见头顶陛下轻声道："若是作战顺畅，你就带兵一路下汉水，与朕在襄阳会合；若是作战不顺畅，也是常有的事，你只需要消磨汉中，钳制住敌军的一头，也是功劳。"

陛下这番话，不仅是在抚慰年轻武将，更是要让堂上所有瞧不起边俊弼的大臣都听见。私语声登时结束，边俊弼感激地抬眸，望见苍白的皇帝坐在议事堂中，周身威严却面容柔和。陛下感受到他的目光，低头望向他，露出若有若无的笑："还跪什么，好好去养你这条伤腿。真到了荆州，你还打算单腿蹦着去捉人吗？"

堂上大笑。

边俊弼也笑了，过了一会儿，疑惑了起来：这个捉人，是捉杜路吗？

若是真见了杜路，陛下的意思这是该杀还是该抓呢？

一个第一次做主将的愣头青，却在幻想着自己是要杀了杜路还是捉了杜路，边俊弼带着灰灰往汉中出发，一路上越想越觉得好笑。可两个月后在汉中战场迎来胜利时，这个问题居然给他一种越来越近的错觉。等到第五个月的时候，历经战场上浴血厮杀，望着近在眼前的襄阳城，边俊弼吁了口气，心底却隐隐激动了起来：

莫非自己，这是终于要和杜路相遇了吗？

当边俊弼终于见到杜路时，是在一片午后的金光中，百草摇曳如浪，风声静静。

在西陵山的山路上，他们狭路相逢。

准确的说，是边俊弼伏兵在此地守了多日，终于守到了从荆州战场带兵后撤的杜路。

年轻的将军坐在高马上，平静地望着他。

那个时刻是盛夏的午后，大片大片洁白的云朵在湛蓝的天空下四垂，草的飞影，鸟的声音，山上一群麋鹿迅疾穿过灌木，金光如雨幕般地纷纷洒落在男人身上。他没有披铠，一身干爽的素衣，持着一柄沉重的长槊。夏日的光芒下他的手指修长如古僧，满是刀疤，却又很干净。

那一刻，边俊弼在金光中如此清晰地注视着这个男人，他太年轻了，俊朗的脸上光影生动，眉宇和鼻尖，眼眸，下巴，唇。边俊弼屏住呼吸望着这张面容，风吹光动中，近在咫尺。

他比想象中高大强壮，比想象中更周正，也比想象中更沉静有力量。

边俊弼有一种奇怪的感觉，当他第一次面对苍白的暴戾的皇帝赵琰时，感受到泰山压顶般的震慑；当他第一次面对金光风声中的杜路时，只有种释然的沉静感和熟悉感。可若是赵琰站在杜路身边，赵琰却是会被杜路的气度盖过去的。

虽然杜路的气度是那样平静，虽然赵琰的威压是那么咄咄逼人，可边俊弼意识到，杜路就是一言不发地走过人群，都会在顷刻间得到所有人信任的那种男人。他和人间每一个人都是同类。

他是高大坚毅、神仪明朗的男人。他是白日中安静的光芒，是青色大风中天空下四面徐飞的群鹰。当他无声地望着你，你便从那目光中知道，他能够理解你的心灵，并且在乎你的感受。

你只要看到他的面容，就知道若你跌入水中，他是一定会来救你的那种男人。

这样的人就是小杜，见到男人的这一刻边俊弼就懂得了，小杜就该是他。

边俊弼诧异于自己猜想过那么多次杜路的模样，一旦答案呈现在眼前，就发现是这么自然，就像是杜路身上的素衣一样，就该如此。

金光迸溅的山野中，边俊弼缓缓抽出了自己的横刀。

风声中黑帽向右翻飞。

以边俊弼为首，身后铁盔坚甲的士兵们分成左右两列，摆成长长的对门阵，一柄柄银光粼粼的斩马刀在夏日中闪耀，刀尖与刀尖之间，正正好空着一人一马能通过的最窄距离，敌人一旦想驾马快速冲过此路，马匹就会在高速和刀尖的共同作用下瞬间血流成河。而在左右两侧的高山上，数百位连弩手还在草丛中埋伏，瞄准了这条必经的窄路。如此一来，一旦杜路的军队走入射程，就不得不以长蛇蠕动般的缓慢速度，一边与左右士兵搏斗，一边接受头顶千万箭雨的冲击。

来吧。

边俊弼双手握紧了横刀，向着面前高马上传奇的敌人抬起头，眸子中金光熠熠。

我已经等了你太久，来战胜你，我的英雄。

他竟没有穿甲。边俊弼眯着眼，注视着面前仍未动身的男人，边俊弼知道他有一身冠绝当世的好铠甲，是江湖中的铸剑世家陈家为他锻造的，但他只是一身薄衣前来。夏日云朵散开，金光中男人喉结分明，侧脖上有一颗小痣，全都清清晰晰地裸露在空气中。

"你有一把很好的刀，是良成帝时才能打造的宝刀，很昂贵也很坚锐。"男人望着他，却又像是看向遥远的地方，衣角和发丝都在夏日的风中飘荡，"但你看上去不适合它，你适合更重的武器。"

"这不重要。"

"你应该带着原先那把长柄巨斧前来。"

边俊弼注视着自己双手上并不明显的痕迹，心中一惊，面上却在众军面前嗤笑，声音洪亮道："那只会让我更快地战胜你，不是吗？"

"我只是想更方便一些。"

高马上的男人说出这句让边俊弼困惑的话，仍是很平静的声音，一边说一边在金光中单手架起一丈八尺的铁杆长槊，侧头问他："开始吗？"

"否则呢，指望我像关羽一样放你走华容道吗！"话还未落，边俊弼已经冲了出去，冲着对方昂头嘶吼的大马，挥出金光凛冽的横刀。

他曾在淮北战场用这样一把刀，竖切了整匹马的躯干，刀下而丝血未落，收刀回鞘后，面前的大马才轰然山崩成两截。

他这次是双手挥刀横斩，突击如迅雷，起手够快瞬间数步上前抵消对面长柄武器的距离优势，一个利落的转身便挥出长刀，刀锋加上手臂的长度猛地冲向杜路的马颈，飞也似的挥斩过去，一道银光中刀面上映着这匹马惊恐的眼睛，刀尖已然抵进皮毛——

却猛地僵住。

他不可思议地低头，却见胸前的铠甲已被沉重的铁槊死死顶住，恰似一矛一盾，在僵持中发出颤颤欲裂的响声。

那柄庞然的马槊握在杜路的单手中，由高处向下抵住他胸前的铠甲。马上的将军以惊人的臂力，在他挥刀的一刹那，迅速推槊而出，从他的双臂下穿过，槊锋直顶住胸膛，把他的整个身体在扭腰发力的一刻猛地卡住。

边俊弼力气已发完，刀却还未挥到，而杜路在这一刻顶着他，甚至不需要再加一只手了。众目睽睽之下，那柄长槊，竟能顶着边俊弼的胸口把他从马前缓缓推动。

满军惊呼。

边俊弼咬紧了牙关，微微蹲下双腿，突然抛刀，在刀落下的一刹反向握住刀把，用横刀的刀背，从下往上狠狠地砍向杜路的铁槊！铿锵一声后，二人赛力僵持，一刀一槊互抵着颤抖。

边俊弼的双脚在满地山石间一厘一厘地向后动摇，杜路顶在边俊弼胸前铠甲上的槊锋，也被横刀厚重有力的刀背一毫一毫地向上推开。夏日的午后风声大作，杜路加上了另一只手往下压槊，边俊弼额上滴汗，胸前盔甲吱吱呀呀，黑色宽帽在风中飞扬。

"边哥，往后退！"

危险万分的时刻，他偏偏听见了身后灰灰焦急的声音，又听见了红脸士兵及时捂住了灰灰的嘴。所有有经验的士兵都知道，此刻他千万不能后退，因为他和杜路只有半个身位的距离，一旦他卸力后退，杜路的铁槊便会借着马势瞬间向前，在冲力下洞穿他的盔甲和身体。

"你为什么不让他们帮你？"杜路问。

"你不是也没有命令你身后的士兵向前吗？"边俊弼喘着气，握刀的双手青筋暴起，"这是我跟你两个人的较量，我等了你许多年，才等到这一天。"

因为这句话，杜路认真地望了一眼边俊弼："我看到了你额头上的刺字，你是什么时候刺配到代州的？"

"七年前。"

"那时我是代州的主将，为何我没有见过你？"

"因为我做了逃兵。"边俊弼用力得双眼发红，胸甲上槊锋终于一点点快要被推开，"我是四年前才加入代州军的。"

"怪不得，你原本是该跟着我的。"杜路说，"看上去也是，你并不像燕子的人，你倒像是我的人。"

边俊弼带着满头晶莹的汗水，咬着牙，抵着刀背说："在阵上……攀旧情……可是……有点晚了啊！"

在话落的一刹，他突然双手挥刀，用刀背狠狠地砍向最后一截槊锋！要用猛力把杜路的马槊从自己的盔甲上彻底砍出去——

他却猛地砍了个空。

那本该笨重的铁长槊，却在他挥刀的一刹那，更快地撤了出去！手上猛然一滑，杜路的马槊高高扬起，在他砍空失力的那一刹，沉重的铁槊一个回旋，一击挑飞了他的横刀！

杜路在马上伸手，接住了这柄刀。

身下的大马扬蹄嘶吼。

明白清晰的天幕下，边俊弼颓然地站着，望着金光中那个素衣平静的男人，等待顷刻间杜路的铁长槊借马势冲来，一举击碎胸前盔甲，刺透血肉躯干。

迎面的马嘶声和风声瞬间逼近了耳朵。

他作为一个男人没有闭眼。

下一刹，边俊弼却没有迎来胸前的重击，他看见了不可思议的一幕。

一匹马绝对不该跳那么高。

但在那个风吹草影摇晃的夏日午后，在两军对峙林立的山麓间，他就是目睹着小杜手握横刀和长槊，驾着风驰雷霆的烈马，从天而降一般，烈马扬蹄飞冲，跨栏一般跃过他的头顶，在炮鸣般的巨响中落地，加速疯狂地冲向了刀光林立的窄道。

过了一会儿，他才意识到——

那匹马的眼睛是红色的。

苗药的威力下，红眼的疯马冲向了注定会血流成河的窄道，地上刀刃击鸣，天空弓弩齐响，致命的刀光箭雨纷纷击向金光中唯一一个飞驰的目标，而它的主人根本没有披甲。

夏日午后骤然而起的血腥味中，边俊弼缓缓地回头，注视着杀局中一人独前的杜路。

杜路伏在疯马的背上，横着架起长槊。他用双手把槊杆与刀柄握在一起，槊锋向右，横刀向左，身旁两面刀光粼粼闪烁，身下大马嘶吼着向前飞冲，一人一马在这刀光林立的窄道上所向披靡，仿佛一具飞速推进的杀戮战车，所到之处首级割断，两侧脖颈上喷溅的一片红雾，在同时向后喷出。身后，一把把被切断的斩马刀和士兵的人头同时落地；身前，士兵们恐惧地面对着魔鬼般越逼越近的夺命马，惊惶地四处逃窜，却在窄道上彼此踩踏，被冲来的马蹄踩断脊柱。

边俊弼在这一刻才理解，杜路说长柄巨斧更方便是什么意思。

箭雨中，杜路一边冲锋一边从地上挑了具死尸背在身上，挡着飞箭继续向前杀戮。身下，那匹烈马已经被劈砍得体无完肤，刺猬般浑身插着长箭，却在剧痛中更加癫狂，甩着脑袋愤怒地冲向前方的敌人，马身上架起的槊锋和横刀无情地划断一切挡路的血肉之躯。流血声如同划破了一方方豆腐，堆叠着杀出穷途的出口，最后面的士兵已然吓破了胆子，在窄道四面踩踏的惨剧中动也不敢动，呆愣愣地等着杀戮战车无情地斩来。

"往山上爬！都往两边山上爬！"

边俊弼站在窄道的入口，撕心裂肺地冲着出口处的人大喊，他看见灰灰已然吓坏了的眼睛，焦急地喊："扔了刀，抱住你身边那块石头，往上跳，跳到比马高的地方！"

在疯马上的刀锋冲来的最后一刹——

灰灰抱住了那块山石，双腿颤抖着发力，终于蹬了上去。

银光闪过，横刀吹毛立断的刀锋，堪堪地从灰灰的鞋底下划了过去。

灰灰抬头，远远地望着边俊弼，苍白的脸上毫无血色，两人都在抖。

一片血红遍地、断肢堆叠的人间炼狱里，边俊弼绝望地望着溃败的险关，也望着杜路远去的背影。这身穿坚甲、武器精良，足足有一千二百人组成的斩马刀队，竟然在刹那之间灰飞烟灭。两侧的山麓上，他的弩手们也已经暴露了位置，不少已经在刚刚的战斗中，被杜路的弓箭手从地上射箭贯头，此刻正惶惶地望着杜路的步兵们从四面八方爬上来包抄，而手中的弩箭已经用空了大半。

他边俊弼，自命兵谋不凡，平生也是勇武力士，如今背靠窄道天险，刀甲具备，伏兵数千，而堵截一支败走逃蜀的残军，竟然能弄到顷刻间全军覆没。浑身颤抖中，年轻的边俊弼捡起一把锋利的斩马刀，踏着满地血淋淋热乎乎的软尸体，沿着窄道向前走去。

"站住。"

他对杜路的背影说。

那匹浑身流血的大马，正跟跄着向前，却一走一跌，杜路抚着马头，没有回眸。

"请与我一战吧。"边俊弼的脚步在湿答答的尸体上沉闷地走来，宽帽下的眼睛盯着这个男人，"我一定要知道这个结果。"

那匹大马已经坚持不住了，还在痉挛着向前走，却缓缓低下了头。

夏日的下午，大片浮云遮住天空，山野间成一片墨绿的影子。杜路低头沉思着看马。边俊弼在墨绿世界里这一条猩红的道路上一步步走上前，昂头望着杜路，孤勇地道：

"来吧。"

那匹大马终于走不动了，呜咽着，四肢无力地屈下。

杜路安静地拍了拍它。

"我成长在以草原可汗为英雄的时代。"素衣沾血的男人下马，干净的双手握着一刀一槊，轻声道，"我理解你的心情，少年人起于微时，总是日夜难寐，胸中时刻有血在烧。"

"你作为一个传奇，来理解我的失败，真是十分不必。"边俊弼持刀立在胸前，正视着他，"来吧，我宁愿你杀了我，却不能接受你不给我一个结果。"

"战死是件解脱的事情。活着去面对赵燕，接受自己一生的政治前途到此终结，才是最困难的。"杜路望着他，那目光平和而熟悉，"已然想好了放弃生命，那你有没有想过，不如追随我入蜀？"

边俊弼低下头，抹着满脸的血痕笑了：

"你果然像传说中的那样，对谁都会伸出手去。"

"我只是觉得，你原本就该跟着我，这是在物归原主。"杜路对他说，"就像我不仅知道你惯用的是巨斧，我还知道，你为何会拿这把横刀来堵我。"

"为什么？"

"因为你穿了太坚固的盔甲。"杜路望着边俊弼，那胸前铠甲上只留下马槊一道未透的划痕，"已经穿了重甲，再想使用一件重兵器，总是难事。"

"所以这也是你没有穿甲的原因吗？"边俊弼望着他手中的一刀一槊，突然醒悟，"你为了让马驮着沉重的铁槊，以高速穿越人群斩杀开路，所以牺牲了自己的盔甲，以减轻马的负担。"

"你看，我们连想法都一样。"

"不，我的全员覆甲已经告诉了你此地埋伏弩手，而你的单衣临阵却迷惑了我们所有人。"边俊弼持刀站着，缓缓抬起头，"我不如你，但我还是想试一试！"

杜路摇着头转回身：

"不必了。"

"我连你的恨都不值得吗？"在杜路向前走去的刹那，边俊弼不知为何，突然喊出了这句话，他猛地持刀冲上去，刺向杜路的后背。

杜路反手用横刀挡住。

"其实七年前，我知道有个被刺配过来的孩子半路逃了，当时赵燕问我要不要派人去抓。"杜路背对着边俊弼，缓缓道，"我那时说，算了。

"我没有去捉你回来，因为我以为，你会拥有一个不一样的人生。

"某种意义上，今天的我们是一种重逢。我不想多年前我决定放走的孩子，多年后我再亲手杀了。"

杜路放下了横刀。

"可我不需要你再放我一次！"站在血尸倾颓的绝境里，边俊弼嘶吼着，挥刀阻拦着杜路离开，招招直逼要害。杜路只好提刀，两人往来过招中刀光凛凛，边俊弼缠斗不休。

终于，杜路的士兵缴获了山上弩兵的全部武力，他们此次撤兵轻装简行，不擒俘虏，就地快速斩杀。此刻军队已经下山，用马匹驮着缴获的盔甲武器，一边沿途拾刀，一边走过了尸体堆叠的窄道。

杜路眼见马匹走来，转身一个挥剑，趁着对方躲避，迅速地蹬马镫而上，驾马错出两个身位，不多时便甩开了边俊弼，扬长而去。

大风刮过，前方一片金亮。

万千树影晃动，边俊弼站在满地已经冷凉的尸体中，绝望地盯着那个传奇的男人带领千军在金光中越走越远，影子拉得很长，对他毫不在意地离开。

"你听着！"他突然大吼，"我叫边俊弼，我总有一天会战胜你，我会让你牢记我的名字，像我日夜念着你的名字那样深刻！"

前方，杜路的马蹄突然停下。

"你叫什么？"他远远地问。

"我叫边——俊——弼！"

突然，杜路转身驾马冲了过来！

窄道的光芒被一劈两半，两侧山壁拉出长长的黑影，一切在风驰电掣中猛然逼近，边俊弼恍然地举起刀，却看见了一张金光中燃烧着的脸。

诧异，痛苦，悔恨，悲伤……种种复杂的情绪在这个男人眼中闪动，他沾血的素衫在风中飘扬，他颤抖的双手握紧了长长的铁槊。

那柄长槊划破风声猛劈了下来。

边俊弼双手握刀横挡。

刹那间，杜路的铁槊从高空劈向长刀，一下子劈到底。

在两截残刀"哐当"的落地声中，槊锋已经切中了边俊弼的胸膛，厚重坚固的铁甲不断地震动嗡鸣，却终于抵不住这借马势冲来的天崩石裂的一击，裂缝出现了，越裂越长，甲片一片片飞崩出去。

边俊弼胸口受了此等巨力，忍住疼痛向后压腰，在槊锋完全切开铠甲、胸前传来血味的一刻，他整个人从槊锋下堪堪地擦了过去。

虎口脱险的一刹，他连忙向后退，捂住胸口踉跄着勉强站稳，盯着金光中乘高马持巨槊、突然如火神般愤怒燃烧的男人。那男人也盯着他，那目光中是难以想象的复杂和痛苦，一层晶莹的光蓄在他眼里。

"边俊弼，边俊弼，"素衣沾血的男人声音在颤，"我怎么都不会想到，你竟然是边俊弼。"

他知道自己的名字，他甚至还痛苦地念着这个名字，牢牢铭记。在满地的猩红血尸间，在痛苦地捂着胸口的这一刻，边俊弼竟感到了刹那的惊喜，抬头吼道："你早就听说过我的名字是吗！你在淮北战场打败过我，从那以后，我发誓我有一天要让你铭记我。我做到了，你是从哪里听说了我的名字，金陵大捷，还是第二次汉口之战——"

"这个名字，是杀了韦棠陆的那个人的。"

大风中，地上万影变换。

边俊弼不可思议地望着眼前人，望着杜路眼中带光地昂起头，恍惚地望着青天上的光影晃动。

"我听说了，他们那夜本来逃出去了。是有人把他们抓了回去，当着韦二的面杀了他哥哥。

"我一直在想，韦二那一夜到底是怎么过来的。

"我之前只知道，杀了他们的人叫边俊弼，因为这件事还领了赏金。"杜路终于望向身前人，那目光在颤，"但我如何都想不到，七年前我自己放走的那个孩子，就是边俊弼。"

草声浩大回鸣。

边俊弼捂住滴血的胸口，望着面前男人注视着自己的双手，喃喃道："我知道自己愧对韦二，可我竟不知道自己愧对到了这个地步。"

"人间怎么会有这么一桩事，我七年前好心放走的那个孩子，怎么会在七年后当着韦二的面亲手杀了他哥哥？"漫山金光飘荡，一颗透明的泪水砸进男人满是刀疤的手，"黄泉之下，我还怎么有脸去见韦二，我还怎么见他。"

"他因我而死，死前竟还经历了这一遭。眼睁睁地看着他亲哥死去，竟还是因为我。"

杜路说不出话了，山麓夏日的风声很安静，大片大片树枝影拂在他身上斑驳，泪水从他手上滴落。

边俊弼靠在山壁上，一边捂住胸口望向杜路，一边昂头露出了嘲讽的笑。"这又算是什么事。"他边笑边摇头，"真没想到，我日夜念着你的名字，苦苦等待着终结你的那一天。而你记住我的名字，竟是因为这种小事？"

他绝望地笑了。

"我想我是等不到那一天了。"他缓缓垂下了眼睛，自嘲地说，"我这么努力要成为杜路刻骨铭心的对手。可直到我临死的这一天，杜路能记住我的，却还是这种小事。"

金光中，杜路擦干手掌，再次举起了长槊，长长的黑影分明地落在边俊弼的身上。

边俊弼望着杜路的眼睛。

"如果，我是在七年前参加了代州军，你肯定会更好地记住我。"

他平静地说，年轻的脸在金光中被黑影一分为二，眼神孤傲而悲勇。

"动手吧。"

在他的昂头注视中，那三百斤重的铁槊在金光中架起，伴随着骤然浩大的风声，笔直地斩向他。

生命的最后一刹，到来了。

长槊猛地劈下，高木万叶同颤，山麓间响彻了"哐当——"的撞击巨响声，惊起一片灰尘血水，悬浮在金光中，又缓缓沉落。

有人呆住了。

夏日光芒中，他们像是一组山壁上黑色的剪影：一人坐在高马上居左，一人站在地面上居右，铁槊如一根黑色的长条，横亘于两人之间，长长地捅来。

而另一道黑影突然跳了下来。

在那无声无息的一刻，在那清晰的金光与碧绿的山野间，一道黑影挡在了那人的胸前。

"哐当！"

鸟雀惊飞，万叶同颤，一片灰尘血水在金光中漫起，洒在边俊弼身上，缓缓沉落。

"灰灰！"他目眦尽裂地望着从山壁上突然跳下来的少年，眼神颤抖地望着怀中浅灰色的卷发，那挡在他面前的穿着新铠甲的身体，那一柄刹那间贯穿一切的长槊，那些金光夏日中缓缓沉落的东西。

皮肤奶白的少年趴在他怀中，在浓重的血味中，一边忍痛一边嘶气。

他在最后一刻从山壁上跳了下来，用后背的坚甲挡住了边俊弼胸前铠甲的裂缝。

他自己却被长槊猛地刺透。

"灰灰！灰灰！"边俊弼在满手温热的血液中意识到了什么，他双手抱住灰灰插着长槊的身体不让他倒下去，却看见怀中苍白的少年，在金光中一点点闭上了灰色的眼睛。

像是已经很困了，再也坚持不住了。

他抱着灰灰恍然地抬头，望着面前神情惊诧的杜路，夏风吹过山野，金色的光尘在两人间飞荡。

杜路如梦初醒地拔槊。

热血哗地流了出来，边俊弼简直无法相信，人的血竟能流出这么大的声音。金光中他颤抖着望去，却看见了红肉切口中洁白的脊柱，灰灰从他怀中一点点滑了下去，他又赶快抱紧。

这时他感到，头顶上铁槊的风声再次传来，那个坚毅的男人并没有改变意志，金光中挥起巨槊，要在满身血债中彻底终结这一切。

他抱紧还在流血的灰灰，一动也不愿动了。在世界的遗弃中同生，也在世界的遗弃中同死。

引颈受戮的一瞬，边俊弼似乎看到了幻象，万千飞翔的火箭，像璀璨流星般擦过他们。

窄道后，突然响起了奔腾的马蹄声！

"不好，是赵琰的追兵来了！"

身前，西逃的军队登时色变，在万千火箭飞射中仓促地继续逃奔。一支火箭猛地刺中杜路素衣下的手臂，巨槊猛地一颤。

纷扬的火箭与逼近的马蹄声中，杜路复杂地望着地上的边俊弼，突然叹了口气，掉头催马，扬长而去了。

边俊弼紧紧抱住怀中满身是血的灰灰，盯着杜路的背影越来越远，眼眸中满是火光。

十年后的冬夜里。

边俊弼再一次烧掉了刚刚写成的史册。

纸灰飞荡，火光中仿佛纱帐中的人影动了一下。边俊弼急忙去掀帐，却在下一刻看清了帐中卷发少年一动不动的苍白的脸。他站在原地，沉默地缓缓在床沿坐下。

灯光融融的静夜里，雪声簌簌，他坐在那儿，想念着一双灰色的眼睛。

他已经三十多岁了，腿上的旧伤在这样的天气里隐隐发痛。而帐中的少年永远那么年轻，自从少年沉沉睡去之后，岁月仿佛在那张奶白的脸上暂停了，永远是十七岁的样子，永远闭着他睫毛长长的眼睛。

"他的胸脊受伤了，就算醒来，也是不能站立的残疾人了。"太医望着边俊弼眼中闪露的希冀，不忍地补充道，"我是说如果，他或许明天会醒，或许永远不会醒。"

一生中有许多个明天。

他却再也没等来他的那个明天。

多年后，他在脑子里无数次地回忆那个银光白雪的清晨，空气冷彻，灰灰在一帐帐军营的黑影中笑着向他走来，眸子里满是亮晶晶的光。而他没有别过眼去，在王念注视着他的一刻，在面临一生中最重要的选择的那一刻，他望着灰灰，像他们还在代州一样，拉住了灰灰的手。

像没有人一样，像四周满是人一样，像他还寂寂无名一样，像他离权力只有一步之遥一样。

像怪物承认自己的同类一样。

像他们都不是怪物一样。

风雪声沉沉的冬夜里，他终于掀帘，望着那张十年如一日的脸，为灰灰再次盖好被子。

尽管他知道那被子永远是好的，从不曾被踢乱。事实上除了呼吸，这十年里灰灰连手指都不曾动过。但边俊弼永远觉得下一刻，他就能从被子上发现一点不同的痕迹。

他把灰灰扶起身，给灰灰喂水喝。

"还记得这个吗？"边俊弼捏着一只铜酒杯，轻轻往灰灰的唇边倾斜，"这是我们在朱雀大街上喝酒的那一夜，你用的小杯子。我那时以为你很喜欢喝酒，后来我发现，你只是喜欢和人们一起喝酒。"

"那是我们到长安的第一夜。其实在他们喊我边哥，却喊你小胡人儿的那一刹，我就应该说，这也是我们的灰灰。"

边俊弼擦干灰灰嘴角的水痕，扶着他躺下，轻轻说："可我那时还太年轻，既看不懂你喜欢什么，也不知道该怎么做。"

那天结束后，就没有人和灰灰喝酒了。边俊弼越是升职，越把灰灰介绍给众人，越是没有人肯私下里与灰灰亲近。这只小酒杯却被灰灰珍藏着，放在他每日睡觉的杂物箱里。那时他的帐友们常聚在一起热闹哄哄地喝酒，他是否曾举着小酒杯凑上去？又是否在人群的突然安静中，懂事地退出去再也不打扰？

在边俊弼面前，他们对他疏远地礼貌。边俊弼不在的那一年，他们时时刻刻指点着他的灰眼睛灰头发：

非我族类，其心必异。全凭着那个姓边的关系，大定的队伍里，才会混进这种人。

十年前，在内战结束后某个春天的黄昏，边俊弼一个人来到洛阳，走进凌乱喧闹的守兵军帐。帐中士兵们猛然起立，一片寂静而畏惧的目光中，边俊弼走过帐中一架又一架昏暗的床位，走向角落中那个满是灰尘的杂物箱。微弱的光线下，是一张脆弱发黄的薄布单，一个小小的草枕，久无人用。边俊弼轻轻地伸出手去，抚摸上面一小截灰色的头发，卷卷的，在他的呼吸声中飘摇轻颤。

所有士兵沉默地望着边俊弼打开木箱。

他们看见了很多很多的黑芝麻。

一小包一小包地放着，排得很整齐，仿佛积攒了好多充满干劲的希冀。边俊弼颤抖地取出一包又一包的黑芝麻，在箱子的最里面，他看见了一只陈旧的铜酒杯。

这是灰灰在朱雀大街上和所有人碰杯喝酒的一夜，是美丽新世界的一夜，也是短暂的唯一的一夜。

他是那么地喜欢人群。

只是人群不喜欢他。

多年后寂静的雪夜里，边俊弼擦干自己的脸庞，努力微笑着，把小柜上的另一沓东西拿给昏睡的灰灰："还记得这个吗？这是写字先生的信，他跟我说你总是眼巴巴地看着他，让他写长一点再长一点。可等了一会儿你又说，还是写短一点吧，边哥在战场上不能分心，他可能也不需要这些信。"

多年前那个春天，在黄昏一片柔和的光线中，边俊弼坐在写字先生的摊位前，听着营地里的狗叫和风声。"那在写信时灰灰念给你的那些长长的话，是什么呢？"

"他常跟我念叨，他很想回代州，在这里，真不知道自己能为边哥做些什么。"

四面炊烟升了起来。

他在黄昏中无法停止地流泪。

他在一瞬间想到灰灰安静地挡在他身前的那一幕。他孤独地坐在写字先生摊前，望着春天的黄昏缓缓地沉了下去，风中人们奔走，四五黄犬追随着回家。

他终于理解了灰灰为什么喜欢代州。

不是因为被照顾，不是因为被帮助，而是因为那个时候，他用仅有的一小块窝窝头支撑了另一个逃亡的人活下去。

那一刻，他觉得自己被整个世界需要了。

他希望自己也是被人需要的。

漆黑的雪夜里，边俊弼把昏迷十年的灰灰包好在温暖的被窝里，缓缓扶起，让灰灰也抬起头，好似望着整间屋子。

他们四面和头顶的墙壁，都画成了湛蓝与洁白的颜色，那是六月辽阔的云卷云舒的天空。地面是参差的绿色，开着淡紫色的小花，不远处，一只扑腾的野鸡跳上了墙面，似要向着辽阔无边的草原飞奔而去。

"快醒来吧，醒来我们就回代州啊。"边俊弼把少年微凉的手掌贴在自己脸上，近乎乞求，"快点吧，不要让我守着这些东西再等下去了。"

"你一直睡着，怎么能知道，其实当年你寄来的这些信，我在战败后读了很多遍才有力气活下去。

"我其实是需要的。

"无比需要。"

第五十六章

穷途

他快死了吗？

金光中，一个人点点头。

如果仗还没打完，他就死了，他还是英雄吗？

风声里，另一个人摇摇头。

若是战胜，他也没机会享受战果。若是战败，他就再也不是那个英雄。

两个人点点头。

那他为什么还要打这场战争呢？

两个人摇头。

他若是还想做英雄，就绝不该打这场仗。他之所以打了这场仗，是因为他敢于让自己不再是那个英雄。

他们望着马背上昏迷的杜路。

沉重的铁檠长长地压在杜路身上，沾血的素衣在风中飘荡，高大强壮的男人在费力地咳嗽。

他活着去打这场战争，可是会有人原谅他的失败吗？

"我堂堂江左，到底是他杜路的私产，还是他杜路的羊圈？"

杜路在睡梦中颤了一下。

"缺兵来江东抓人，缺钱来江东征税，缺粮来江东抢米，缺地来江东圈占。数一数这才几年，这匹狼闯进羊圈里，剥皮吃肉了一轮一轮又几轮？"两位举着牌子的中年男人在春天的风声中奋力疾呼，身后四面柳枝用力聚散飞扬，"我堂堂江东三千才俊十万子弟，为何要为他人驱使？为何不能团结一心？为何要头破血流地为北良奋战而不能去再造自己的祖国？"

"口出狂言，把他们带走！"

手中的牌子仓皇地跌落，两个男人被绑住双手踉踉跄跄地跟在征兵队中，妻儿在身后啼哭。年轻的将军亲口下令了这一切，以他的坚毅和果决，制造即将渡淮的十万大军。

梦中白雾散开。

"杜将军，当年你已经从东梁俘虏了那么多人，二季把他们放了回来，这才两年时间，你现在却要强迫他们再次参军。"淮北战场持续十三个月血流成河，金陵城熙熙攘攘的平民请求停战的队伍中，士兵们拿着枪戟阻止他们前进。一位白发苍苍的老者冲了进来，拦在金盔黑甲的杜路面前，双手作揖乞求着跪下："将军，我的儿子侄子都被充了军上了战场，一年多了生死不明，家中妇人已经哭坏了眼睛，我求求你了，求求你让他们回来一个人好不好，我愿意去替他们，我这把老骨头愿意献给将军……"

186

那老人声音里的无助，苍凉得闻者落泪。

深秋的风声在石头城上盘旋。

青灰色的天空下，杜路抿唇望向长长的队伍。那长队里有人哭泣，有女人抱着嗷嗷待哺的婴儿，有断腿的老兵拿着画像，声音沙哑地询问儿子的下落。身前的士兵们打量着杜将军的目光，手中的枪戟不知是应该放下，还是应该继续指着人群。

"这场战争，是为了终结战争。"

那高大俊朗的年轻男人，面对着芸芸众生的苦难，目光望着一个又一个鲜活的个人，望向千年石头城青灰色的长空："太公望曰：杀人安人，杀之可也。攻其国，爱其民，攻之可也。以战止战，虽战可也！时代必有牺牲，而后才有政教与太平。"

他随时准备好了去牺牲自己。

可世上不是所有人都是杜路。

他高举的旗帜，理想的烈火，青史的正义，这些固然高洁，却不能够解救一个个渺小家庭的苦难。

江东子弟多才俊，卷土重来未可知。

可胡元任说，项氏以八千人渡江，败亡之余，无一还者。其失人心为甚，谁肯复附之？

他们，真的还愿意随你重来吗？

大风中，一个男孩埋头在哭。

"不许哭！"

一个妇人狠戾地骂道。

她端着一碗汤药，瞪着两只因泪水而银亮的眼睛，颤颤巍巍地走向白发苍苍的老者："你为什么要去跪求杜路这愣种，没有用的。他们又来抓兵了，你快从后门逃吧。"

老者揉着自己膝盖，坐在床沿上，颓然地说："我不逃了。"

"你真的要去吗？"

"我要去找阿夏他爸。"

"逃回来的人都说，战场上的血把湖里的冰都染红了，天鹅像乌鸦一样，啄着满湖死尸的肉。而他们那些因为反战被抓的人，都被绑在军队的最前面，用身体去挡火炮飞箭。"妇人说着说着，眨了一次眼，晶亮的泪水沿面颊四溅，亮晶晶的眼珠瞬间变得灰暗，"叔叔，你若是能找到小宝的爸爸，也记得告诉我消息。"

"好。"

眼睛灰暗的妇人和哭泣的孩子，望着手持刀戟的抓兵队推门闯进来，望着白发苍苍的老人颤巍巍地走出门，在沉默中被带走。

存者且偷生，死者长已矣。

莫自使眼枯，收汝泪纵横。

大风中，那男孩埋头默读着父亲留下的书，忍不住发出恐惧的哭声，却在母亲的斥责下，强忍住泪水。

她擦干他的眼睛。

那男孩抽泣着，抬起头来，满脸麻子。

"我不知道自己为什么会越来越频繁地晕倒。"楼船七层的舱室中，年轻的将军咳嗽着从昏暗的床帏间缓缓坐起，"为什么我会在某些时刻虚弱至极？可在更多时候，我依旧是年轻力壮的？"

"会好的。"陈德荣的目光有点闪躲，"圣女马上就能为将军研制出解药了。"

"你们是不是有什么事情瞒着我？"杜路问，"这个断魂蛊，是时断时续的，对吗？"

"是……但它不是无解的，会慢慢治好的。"

陈德荣低下了头。

"可若是一天这样下去，我就一天不适合做战争的总指挥。"杜路望着自己的双手，目光恍然，"在这种战场决策关乎生死的紧要关头，人们怎么能拥有一个随时会昏迷的主将呢？"

"将军，金陵之战的事，不必自责。"陈德荣扶着他，坐回到床上，"你那时昏迷了半个多月，高烧不止，淮南战败是我们的无能，不是将军的失败。是世人不知道，将军已经是强撑着来打完这场仗了。"

"我不希望世人知道。"

"我明白。"

"军心不能乱。"床帐中的将军轻声说，"我宁愿他们认为是我战败了，也不能让他们认为自己跟随着一个人命危浅的将军，否则大局便不战而溃。"他轻轻抚摸着良灵帝留给他的金印，"大良王室已然倾颓，我不能再倒下，我是大良的最后一面旗帜。"

陈德荣别过头去，掩住自己眼中的泪光。

如今这世道，王室倾颓，奸臣窃命，纲常扫地，无义而战。面对着这样变动的、野心的、利益勃发的混乱世界，孔仲尼曾哀悼礼废乐崩，追修经术，以达王道。而杜将军要以一人之力匡乱世反之于正，用炎炎之生命力挽天下之狂澜。杜路明白，他最后的生命或许会在这场战争中消失殆尽，他的英雄传奇也注定在这种战争中消亡。本不必做，也本不该做。可他至死犹坚，仁义的理想，经史的精神，绝望的追求，这些竟比他个人的英雄之名更重要。

英雄从来不是为了成为英雄，而能成为英雄的。

赵琰奔着生，明知利益，向着得到而战。而杜路奔着死，明知虚妄，却依旧向着失去而战。

为了让这个世界恢复道德和秩序，他曾是一位不朽的英雄。可同样为了让世界恢复道德和秩序，他宁愿消灭自己的英雄神话，在病魔缠身中做最后的奋力一搏。

陈德荣注视着这时的杜路，竟感到某种杀身证道的意味。

"我希望我能活到战争结束的那天。"杜路轻声说，"若是我活不到，起码后世的人们会知道，有人这么做过。"

"会好的。"陈德荣望着他，"一定会好的。"

杜路他该怎么办？

星星弥漫山湖，大片大片树影在旷野中拂荡，红衣的小月牙单手支着头，坐在一块石头上，还在猜着那个谜题。

你，我，同根蛊，到底有什么关系？

那个名叫李鹤的青年道士在离开时对她说，等她想出这个谜底的时候，他们还会再见。

可这谜底是什么呢？就算解出来了又怎样，她该拿什么去破解根本没有解药的断魂蛊呢？

失去江南，失去兵粮。失去荆州，失去一切。

兵力太悬殊了。

杜路所面对的危机，竟是他两年前剽掠天下后亲手建立的百万禁军。

整个南方在两年前刚刚被他杜路掏空了一轮，再怎么强压，一时之间已经难以再供给他第二轮第三轮了。杜路曾经拥有许多从草原上带回来的好马，许多出生入死的雇佣军，许多金银财富，现在却全握在赵琰手中，像他夺来一支长枪反过来刺向杜路的胸膛。

从某种意义上讲，杜路的对手并不是赵琰，而是曾经的杜路。

失去了江南军队后，此刻杜路所剩无几的优势，都押在长江上。他两年前打造的战舰楼船，留下的荆襄水师，成了最后一道巩固巴蜀的防线。

战场上最无力的事情是，你预料到对手会做什么，却已经回天乏术。杜路明知道赵琰会从汉中和南阳入手，用巨大的陆军优势占据襄阳，然后从后方打开荆州，割断巴蜀与荆州的联系，反过来再围堵夏口。可杜路已经陷入了无米之炊的困境：此刻他的陆上主力若是再分散到汉中和南阳两头，只怕会被赵琰全歼。而他的水师若想逃离未来的围堵，就要放弃夏口而立刻西撤。

向后收缩防线是最安全的办法，但也可能是最差的战略，因为他已经退无可退。若是守着夏口要地，尚有一搏之力，若是水陆全员退守荆襄，则相当于将夏口不战而拱手相让。赵琰此刻已经占据江东，伐木造船来弥补双方水师差距不过是时间问题，待对方羽翼已丰，夏口无异于是一颗扔向长江上游的定时炸弹。

陆地上的双方大战即将开场，而他们除了船以外什么都紧缺，缺兵、缺马、缺粮，甚至缺少喂马的草。

杜路在战争最困难的时候，收到了一笔银子。

一整包，沉甸甸的，有半人高，被细密的麻纸一层层包好，信使乘小船一路向西来到夏口，在大战前夕亲自送到杜路手中。

杜路咳嗽着，展开包着银子的信纸，上面寥寥写着几个字："我过段时间来看你。"

那字迹端庄清朗，停匀合度，让杜路阅读的目光猛地愣住，熟悉的气息中，他手中的信纸开始颤抖。

那信使却已乘舟离去。

空旷的江面上，杜路转过身，放下船，去追那个身形纤细的信使。后者终于在青江上停下，却不回头。

"他还好吗？"

男人颤抖着问，眼泪一下子落下来了。

"这乱世的逃亡里，他是怎么攒够了这么多银子，又怎么能都寄给我，他该怎么营生？"

独立于江水一叶舟上，信使终于开口，却是个少女的轻声：

"他说他不想让你知道，要你不要问了。"

"你带回去还给他。"

信使摇了摇头："你安心打仗吧，他还会再寄钱给你的，不要担心。"

白色的大风中，小舟在江面上飘摇远去。

"他活着就好。"高大的男人，风声中胡乱地摸着自己脸上的泪珠，对渐行渐远的小舟吼道，"这样的乱世，真是令人欣喜的事。但请你传信给他，让他不要来了，好好活着。"

可是他还是输了那场战争。

金光中，他带领主力穿越山岭上边俊弼的封锁，在漫天火箭的追击中西逃入蜀。

那是兵荒马乱的岁月，韦温雪依然穿越南方，和杜路见面。

从扬州到夔州，三千里路。他乘着一辆干净朴素的马车，带着满箱打发无聊的话本，在四面战乱中穿过尘烟，去见他的旧友。

那是在白帝城熙攘的山庄中，孩子们在笑。杜路站在游廊尽头秋绿色的风声里，月门处洁白的光芒在他身上拂动，门外，辘辘的马车声停了下来。

杜路笑了，他安静地走上前，掀开马车的车帘。白衣公子便颔首，拉着他，缓缓走下了马车。

秋风中，他跟着他安静地往院里走。

他们一句话都没有说，却一下子和好如初了。

杜路感到身旁熟悉的呼吸声。

那一瞬间，仿佛所有苦难，从来都没有在他们身上发生过。

那场重逢是苦难岁月里难得的欢乐时刻，在多年后回忆时，他们依然想起那种喜悦、颤抖而酸涩的心情。秋夜的冷雨敲打着武林的山庄，侠士们笑着聚在一起为韦温雪接风。热气腾腾的圆桌上，众人喝着酒围坐一起，不住地恭喜公子。杜路也笑着回应，一次又一次地举杯，替身旁的旧友接下所有人的祝福，祝他平安，祝他长寿，祝他从此幸福喜乐一生美满。

那白衣公子安静地坐在杜路身旁，单手为他斟酒。

雨声磅礴，他的长发在身后披着，洁白的丝衫纤尘不染。他用单手认真地倒酒，蜡烛的微光在他的鼻尖跳跃，抬起脸时，又是絮然的笑容，真诚地望向每一个人。

旧友重逢的喜悦中，杜路笑着端起韦温雪为他斟的那杯酒，仰头一饮而尽。韦温雪也笑了，"喝慢些。"他说，拉了拉杜路的袖子。杜路不经意地低头，却看见了长袖下只剩半截的手指。

"怎么回事？"

杜路抓住了韦温雪那只缩回去的手。

"那没什么。"

在杜路缓缓松开的手掌中，韦温雪把剩下的四根手指一点一点地缩了回去，望着杜路，又垂下眼睛。

他在前来的时候，取掉沾血的人皮假面，换了干净的白丝衫，佩带着美好的玉牌。他想努力地让旧友知道，什么都没有发生过，他还是那个韦温雪，自从他们桂花之下一别经年后，他和彼时记忆中的韦温雪并没有什么差别。

"你听外面的雨下得多大呀。"杜路坐在他身旁，轻声说，"雨声好大。"

"是啊，雨声很大。"

"秋天这个季节，灯光却显得很温暖。"

"是啊。"

"那句诗怎么说，雨中黄叶树，灯下白头人。"

韦温雪笑了："我又没有白头发。"

"会有的，有一天我们都会是老头的。笨乎乎的，颤巍巍的，说不定你喊我，我还耳背呢。"

"到时候日子该多无趣。"

"不如去买鱼竿吧。我们两个老头，在河堤上晒着暖阳，慢慢悠悠地一块钓鱼，从午后钓到黄昏。"杜路望着他，"钓着钓着就瞌睡了，醒来一天便过去了，什么都过去了。"

雨水沿着房檐一滴滴往下落。

他们安静地碰杯喝酒，灯光融融，听着外面秋夜的声音。

那天韦温雪睡着了，旁人以为他醉了，又或是累了，他坐在杜路的身旁睡着，长长的头发披在两人身上。

他其实没有醉，只是三年来第一次放松下来，坐在熟悉的人身旁，不知不觉渐渐垂头睡去，任人群喧嚣，他依着杜路，像是那夜曾经依着他的哥哥。

秋雨声中。

杜路垂下头，轻轻地抚摸他断掉的指端。

第五十七章

十年前。始熙三年。十一月。

历经三年内战的胜败追逐，黑色天幕中银色的闪电似要破云而出，天下的命运进入最后的抉择。

失去汉中和荆州后蜷居巴蜀的旧良政权，如同一只被折断了双翼的蝴蝶。

在百万定军的围堵进攻中，不知还能活多久，不知是否还能飞翔。

韦温雪第一次目睹杜路发病，是在白帝城霜叶簌簌的清晨，房子冷得发白，灰瓦片踩上去轻轻地响。彼时赵琰的舰队已经逼近了夔州江关，决战一触即发。白帝城中杜路与众人商议了半宿，兵谋初定，眼见天色亮了，便推门出去，一行人踏着轻响的灰瓦往山庄顶上攀登，去眺望长江上的夔门。

韦温雪走在杜路身前，两人边走边说着话，突然耳旁便寂静了，一回过头去，身后却已空无一人了。江边初冬湿润的冷风刮过面颊，韦温雪扒着房檐往下望去，却见杜路跌落在地面上，紧闭着双眼，呼吸粗重，似已不省人事了。

韦温雪吓了一跳。

他最初还以为，杜路只是失足摔倒了。但在众人聚成一团的搀扶中，他摸到了杜路滚烫的额头，听见了破风箱般嘶嘶的咳嗽声。青白的霜叶下，韦温雪不可思议地望着众人把杜路抬走，仿佛一瞬之间，面前人便从他熟悉的杜路，变成了深入膏肓的重病患者。

原来不只是他在装作自己是正常的。

一直以来，他的朋友也在装作自己是正常的。

自从金色桂花下告别的那一晚，四年里，他们各自经历了多少沉默的苦难。相逢时，再怎么想在旧友面前保持旧模样，却怎么都不是过去那两个少年人了。

灰色的瓦片在头顶轻响，公子沉默地独立在庭院中，眼眸安静，衣衫飘荡。

杜路的情况越来越危险。

"你带他走吧。"陈德荣看着床下一盆黑红色的咳血，深深地吸了一口气，转身望向白衣公子，"杜将军这样下去真的会死。这里没有人能医治他，你快回陈家，找一个名叫小月牙的苗寨圣女，让她医救杜路的性命。"

"陈家在哪里？"

"在巴中百里峡以北的铸剑峰上。"

"可是这样一来回至少要十天时间。"韦温雪盯着窗外长江夔门严阵以待的水师船队，又望了望床帏间面色灰白的杜路，"若是我带他去了，这次大战，回来时或许便赶不上了。"

陈德荣叹了口气："先去吧。"

他拍了拍手，一只洁白的海东青从窗外冲飞进室内，轻轻落在韦温雪肩头，歪头整理自己纷乱的翼羽。

韦温雪望着它。

"它叫小知，非常聪明，会引路带你到陈家。"陈德荣望着他们，"无寒公子，杜将军就拜托你了。"

两岸青江的炮声中，白衣的公子驾着一辆马车，衣袂翩飞，带着昏迷的旧友向百里峡赶去。

鹰隼翔飞，身后漫天火光。

"我教了你二十年，你竟然还不能记住，断魂蛊没有解药。"

房檐上，紫衣圣姑嘲讽地盯着昏迷的杜路。

"好好想一想，你，我，同根蛊，三件事到底有什么联系？"

洁白的翅膀猛地展开，夜色中青年道士飘然离去。

夜色大湖边，一身红衣的小月牙蹙着秀丽的眉头，再一次梳理这三件事的线索：

同根蛊，是使两个人生命相连的邪术。十年内，若是一人死去，另一人会重伤残疾；十年后，蛊虫会彻底长成，到时候若是一人遇害，另一人无论身在天涯海角，都会立即暴死；

我，是苗寨从南诏国偷来的女婴，哭声可以使所有人沉睡和遗忘，除此之外我还懂一些苗寨的蛊术和药方，但目前看来对于杜路身上的断魂蛊没有作用；

至于他……

"喝！"

一双冰凉的手猛地捂住她的眼睛。

小月牙吓了一跳，来者缓缓松开手。小月牙转过身一看，只见一位纤眉俊鼻、气度清爽的女子，着一身靛蓝衣衫，腰间环着一道轻盈的白丝带，正俯下身笑眼望向她："走这么近都没发现，你在想什么呢？"

"你真是个小坏蛋。"小月牙知道陈宁净是故意吓自己，望着她也笑了，埋怨道，"我还不是在想怎么给杜路治病的事，本来有点头绪的，都被你给惊扰了。"

"头绪，头绪，你都想了三年了，也没见你想个明白。"陈宁净看小月牙作势要打她，连忙在她身边坐下，哄道，"好好好，你说说看。"

"我……"小月牙如鲠在喉了半天，终于颓然道，"我说不出来。"

陈宁净望着她又笑了："小傻瓜，别难为自己的脑壳了。"

"你不也没想出来嘛！"小月牙虽然嘴硬，却泄气地靠在她的肩上，休息着自己确实有点累的脑袋，忍不住望着满天星星叹息，"唉，三年过去了我都想不出办法，杜路身上的断魂蛊该怎么办呢。"

"我倒是知道有一个人，很多人说他是天底下最聪明的人，或许只有他才能想出来办法。"

"谁？快去请他来呀。"

"他不在了。"陈宁净摇了摇头，"那年我破解了他的字谜信，在长安城见过他一面，是他侦破了杜路的下落，我和白伯伯才会去苗寨的。可没想到，那竟是我见他的最后一面。"

"我知道了，是那个无寒公子吧。"小月牙突然抬起了头，小花猫一样用下巴抵着陈宁净的肩头，眼睛亮亮地压低声音道，"喂，都说他长得好看，到底有多好看啊？"

陈宁净低头望着小月牙亮晶晶的眼睛，看了一会儿，带着缓缓的笑意说："我倒没有觉得他有多好看。"

"喂，你肯定是在嫉妒。"

"我嫉妒他什么呀？"

"嫉妒他又聪明又好看。"小月牙又枕了回去，靠着陈宁净的肩膀，在清爽星空下笑着说，"虽然你也又聪明又好看吧，但是山外有山，所以你嫉妒他，肯定是这样！"

陈宁净抿笑，安静地伸手扶住了小月牙，让她依得更舒服一些。

"对了，你刚刚去哪里了？"

陈宁净没精打采道："别提了，又是来提亲的，我好不容易才溜出来呢。"

"你很抢手啊。"小月牙贴陈宁净更近，拍着她的手，小声道，"今天来提亲的人怎么样？你喜欢吗？"

"不怎么样。是林家的人，一看就是奔着冷锻法来的。"

"林家？可我记得，你舅舅是苏照，苏照的表哥不就是林乐吗？你们本来就是亲戚，怎么还能结婚呢？"

"我们的亲戚关系已经很远了。"

见小月牙面露不解，陈宁净只好给她解释了一番汉人之间的家族关系：

"你看，我的母亲姓苏，名叫苏玦。苏照是我母亲的哥哥，所以他是我的舅舅。而我母亲的母亲是林氏，也就是我的外婆姓林。外婆有一位堂哥，叫林长岛。林长岛有两个儿子，小儿子就是林乐，大儿子叫林弓。而林弓他的儿子，就是这次来提亲的少年，叫什么……林惊尘。"

"我听完之后只觉得更晕了。"

"简单来说，我的外婆和林惊尘的爷爷，就是苏照的妈妈和林乐的爸爸，这俩人是一对堂兄妹。"

"你们的家族都好庞大啊。"小月牙捂着脑袋想了一会儿，问道，"那你岂不是有好多兄弟姐妹啊？"

"亲的只有两个，弈儿和颜儿。表的堂的有一堆呢。我有一个小表弟还被绑架过呢。"陈宁净说着说着笑了起来，"那一年，我妈急得要命，派我和我爸去救小表弟，说救不出来就不许回家了。"

"这个小表弟姓什么？"

"姓梅。"

"不对吧，怎么会姓梅呢？"小月牙掰着手指怎么也弄不明白了，"你妈妈姓苏，你的表弟不应该也姓苏吗？"

"因为那是我妈妈的妹妹的儿子。"

小月牙颓然地捂住自己的脑袋："好吧，你们汉人的称呼多得像绕口令一样，我又想错了。那个小表弟为什么会被绑架？"

"因为我的小表弟从金陵往四川来投亲，路上被山贼抓了。"

"他为什么会在金陵啊？"

"还不是因为我那个姨妈。"陈宁净摇了摇头，"我妈妈的这个妹妹，名叫苏珍。当年她不顾苏家的劝阻，执意远嫁给了东梁的梅学士。后来梅学士和我姨妈有了一个孩子，叫梅臣香，就是我那小表弟。那孩子可怜得很，我姨母难产而死，没过几年姨夫又自杀了，臣香一个小孩子只好带着两个小仆人来四川投奔苏家，半路上居然遇见了山贼绑架，寄信给苏家索要赎金。他们勒索勒到苏家头上，那可真是……亲手绑住活阎王了。"

两人忍俊不禁。

"这是哪一年的事？"

"应该是……我算算啊，见韦无寒是四年前的夏天，那么绑架的事应该是五年前的冬天，这两件事相隔不久的。"

"然后你这个大侠女就出发去救小表弟了？"

"那是！"陈宁净得意地笑了，在星空下挥手道，"那一年，我们陈家苏家一大群人，全都跑到深山里面解救人质去了，那窝山贼被端了个底朝天。臣香小表弟倒是没什么大碍，只是受了惊吓，死死攥着一个破手帕，让我们赶紧去救他那两个小仆人。原来他那两个小仆人，弄断了绳索自己先逃出去了，说是要去官府报信。结果我们在山上找了半天，都没找到人影，半路上还碰见一只凶性大发的老虎冲我们大吼。一群侠客组成包围圈，杀死了老虎，这才看见老虎背后有一个山洞，好奇的人往里面一探头，居然看见一堆死人的白骨，旁边还扔着撕开的衣服，臣香一看见那衣角就昏了过去，那衣服正是先前逃出去的两个小仆人！"

"天啊，他们三个人被山贼绑架，没逃出去的最后一个人获救了，先逃出去的两个人反而遇见老虎被活吃了？"

"别提了，我们发现的时候，他们的骨头都被啃光了。等扒开了这堆骨头，下面居然还有一只没睁眼的小虎崽在嗷呜嗷呜地叫。我爸这个时候叹了口气，说真是冤冤相报，我们刚刚杀死的那只老虎，竟是个刚生完幼崽的母虎。之前，冬天山里少食物，它杀了那两个小仆人。后来，我们这群人在山里寻找失踪的两个小仆人，走到了它的洞穴前，母虎以为自己的孩子有危险，就跑出来驱逐我们，又被我们杀了。"

"真是可怜。"小月牙颇可惜地问，"那只小老虎也可怜，没了妈妈，它也活不成了。"

"不。"陈宁净摇了摇头，"小老虎被卖了。"

"啊，卖了？"

"我们抱着那只小老虎下山，正商量着怎么办的时候，遇见了一位上山来的天竺大胡子。那大胡子说，他最近要去长安，长安的贵族们喜欢养珍奇异兽，我们不如把虎崽交给他，他会为虎崽寻觅一个好人家的。我父亲还有些犹豫，大胡子便说，他愿意拿这个做交换。说罢，他打开了肩上的布袋子。"

"布袋子里面是什么？"

"一只白得发蓝的大鸟，漂亮极了，似鹰似雕，展开翅膀的时候感觉山间都被照亮了。"

小月牙听得心生向往："这是什么鸟啊？"

"那天竺教士说，这是渤海国罕见的宝鸟，万鹰之神，名叫海东青。"陈宁净望着荡漾银河的湖水，追忆道，"那天竺教士举着这只海东青，在山间一步步走向了我的父亲，很郑重地说：'你应该收下它，因为你有三个孩子，其中一个孩子会是这只海东青真正的主人，他们在一起，才会真正目极千里地翱翔。'"

"那只白鸟也望着我父亲。

"在他们走近的那一刻，我父亲交给了天竺教士那只虎崽，而海东青飞落到我父亲的肩上。

"就这样，我父亲上山时是去解救小表弟，下山时抱了一只小虎，而回到家时，肩上落着一只海东青。"陈宁净想来又笑，"那只小虎崽你不用担心了，据说五年前卖给了长安一个大户人家呢，奢靡得不行，每天喂老虎喝牛奶吃活鸡呢。"

小月牙也笑了："可是我来你家三年了，怎么既没有见过海东青，也没有见过小臣香啊？"

"海东青跟着我爸呢，这三年不是一直打仗吗，它正帮着杜路各处侦察呢。至于梅臣香小表弟，他毕竟是苏家的外孙，五年前匆匆告别后就回了苏家，我也没见过了。只听说我外婆林氏对臣香心疼得不行，说那孩子实在吓坏了，日日夜夜攥着一个小手帕做噩梦。我舅舅苏照虽然神志不清，但后来也有个健康活泼的儿子，名叫苏星舜。苏星舜和梅臣香差不多大，有一次淘气抢了臣香的手帕，扔到古井里，结果捞不上来了。那臣香开始日夜地发高烧。外婆只好哄着他，让身边丫鬟绣了个相似的字样给他。他握着那两个字样，才终于安心地睡着。"

"那手帕上绣了什么？"

"好像就两个字。"星空下，陈宁净蹙着眉头想了一会儿，"叫什么……明玉。"

"明玉？"小月牙颇感奇怪地重复了一下，"你们有人叫明玉吗？"

"没有啊，我外婆打听了几年了，没人知道这个明玉是谁，都觉得奇怪得很。"陈宁净说着说着，眉头愈蹙，"最奇怪的还是臣香那孩子，大人们问他谁是明玉，他一个字都不肯说。但有一年过鬼节的时候，他突然半夜跑到祭祀的台子上，点了红蜡烛，一个男孩挥着两片白布在风里面唱歌，尖着嗓子，反反复复就唱一句话。"

"什么话？"小月牙凑到她的眼前。

陈宁净犹豫了一下。

"这句话我还是偷听见的，我母亲和我父亲说时压低了嗓子，说臣香那天发烧了，也可能是小孩中邪了，否则怎么可能大半夜起来，唱那么一句瘆人的歌词。

"她说，鬼节夜里的风声中，梅臣香一个小孩独自站在满桌兽头和供品上，大声地唱——

"'一个明玉死了，两个明玉活了。一个田好死了，两个田好死了。'"

小月牙打了个哆嗦。

两人坐在黑暗的星空下，风声卷来，大湖荒草沉沉地响着。

"这话怪得很。"她说。

"是怪得很，真不知道小孩是怎么想的。"

当韦温雪终于带着杜路来到陈家时，是一个呼气成雾的阴天，山上覆着霜，到处都显得灰绿。他下了马车，抱着昏迷不醒的杜路往山上走去，冬天的山露冰冷地打湿衣摆。

海东青在公子头顶前后盘旋，不住地催促，到了半山腰时终于尖鸣一声，开心地展翅冲进陈家院子，突然它又飞了出来，落在韦温雪的肩头，白色羽毛在他耳边扑扇着。

"我说了，我不会嫁的！"

院中一声愤怒的喊声，海东青浑身一抖，埋身下去，用小脑袋蹭着韦温雪的脖颈。

蓝衣的女子猛地冲出院子，腰间一条洁白的长丝带在风中如鱼尾飘拂颤动，她握着拳，在山麓间大口大口地吸气，白雾缭绕。

"好久不见。"

一个温柔的男声在她身旁说，陈宁净猛地一抬头，看见了大风中灰绿山麓上的白衣公子，他站在那儿，肩上大鸟扑扇洁白的双翅。

"韦……韦公子？"陈宁净用手捂住嘴巴，泪水已流了下来，"你还活着？"

他对她笑了一下，说："是啊，我还活着。"

风声中，她轻轻拥抱了他，像上次分别时一样。

两人把昏迷的杜将军抬入院中，陈家很大，庭院房阁顺着青翠山峰的走势绵延盘旋而上，他们路过飞檐金黄的楼馆，走过明火烧得红亮的铸剑阁，避开众人的眼目，来到一片霜草蔓延的荒芜大湖。一间小小的草房临泽而立，水光波澜中，一个红衣蒙面的少女坐在湖边沉思。

"小月牙！"

红衣少女抬头，缓缓看见了水光中大湖彼岸的白衣公子。

灰色天空下大片荒草在轻轻摇晃。

她一瞬间惊呆了似的望着他。

"你怎么会来？"少女注视着韦温雪，缓缓站起身，那目光无比地悲哀，"你怎么还在流浪，你怎么还没有归去，你怎么还在梦中？"

四面风声大作。

"这是怎么了？"韦温雪扭头望着陈宁净，困惑地问她。

陈宁净也奇怪地望着红衣少女："小月牙，我还是给你介绍一下吧，他就是我说的那位——"

一滴晶莹的泪，从红衣少女脸上滑落。

"父亲。"

她哭着望向韦温雪，在青草荒芜的世界里隔着湖水白雾冲他喊："你怎么会来这儿，你怎么还在这儿？"

那一瞬，陈宁净无比困惑地望着韦温雪和小月牙，却看见了韦温雪同样困惑的神情。这一刻，他们甚至忘记了思考自己为什么还醒着。小月牙的泪水在韦温雪面前失效了，当她哭泣时，世界不再被迫沉睡和遗忘。

她只是泪流满面地望着韦温雪。

白色的大鸟从韦温雪身上冲了出去，在大湖上飞翔盘旋，又轻轻落在她的肩头。

"你就是传说中那个圣女小月牙吧？"韦温雪不解地望着红衣少女，"你认识我吗？可我不认识你，我之前从没见过你。"

少女眼含悲哀地望着他。

"小月牙姑娘，你是认错人了吗？"

少女沉默着摇头，晶莹泪水不住地往下滴落。

"那我们是什么时候……"

"我不能说。"她胡乱地擦着脸上的泪水，努力地望向灰白色的天空，"见到你这样望着我，真是叫我难过。韦公子，是你给了我名字，可我现在只能叫你韦公子了。"

冬日的阴天，四野荒芜，灰色的湖水平静地荡开，雪白色的大鸟埋头整理着翅羽。

一声激烈的咳嗽声突然从地上传来。

"先不说这个了，快把杜将军抬进屋吧。"陈宁净从一头雾水中如梦惊醒，"杜将军的情况很危险，救人要紧！"

红衣的小月牙低下头，这才看见了昏迷中面色苍白不断咳血的杜路，一时慌了阵脚，连忙往湖的那边跑去。

"他身上的断魂蛊更严重了。"

坐在茅屋内一格格的药材柜前，在韦温雪和陈宁净的注视中，小月牙给人命危浅的杜路把脉，她含着眼泪摇头："他现在很痛苦，他在承受着身体内的经脉血管千百次地断裂，又被强力捏回去，仿佛浑身血肉被一整面的钢钉整个刺透了，又狠狠地拔了出来。"

白衣公子抿唇望向病榻上高烧的旧友。

"或许圣姑说的是对的，我们应该帮他早点了结。这才三年，杜路就从一个基本上无大碍的正常人，陷入了无法自控的频繁昏迷状态。越拖下去，他清醒的时间就越少，而他的痛苦却越甚。"小月牙放下了手指，捂着脸深深地吁了一口气，"我越帮他吊着命，越觉得罪恶，因为我是在延长对他的折磨。就像在极刑中他快要解脱的时候，又非要叫醒他给他喂了糖水一样。"

陈宁净轻轻拍了拍她的后背。

"但我相信杜将军有非常强烈的活下去的意志。"陈宁净轻声说，"因为这不是一个英雄该死去，而窃贼大获全胜的时代。"

一架架药材的光影中，韦温雪注视着她们，有些沉重地开口：

"他就算活着，这场战争也未必会赢。"

陈宁净和小月牙不可思议地回头，望着背光而立的白衣公子，他打量着病榻上他的旧友，那神情是悲哀的，那目光却是洞察的，温柔的声音说着最残酷清醒的事实。

"如今夔门水战蓄势待发，局势危在旦夕。一旦白帝城失守，赵琰的船队不日之间便可沿长江进入渝州，胜败几乎就注定了。"白衣公子望着昏迷的杜路，"有些话不忍心说出来，但我奔波三千里而来，是因为我预感到事情……已经到了最后的关头。"

小月牙还不太明白，陈宁净的神情已变得沉重。

"韦公子，若是旁人说这种话，我大概还是会相信杜将军。可你说出这句话，我便知道这意味着什么。"陈宁净苦笑了一下，"如果这场战争失败，我们都会成为俘虏，是吗？"

韦温雪犹豫了一下，低声道："赵琰这个人异常残忍，到时候恐怕会把整个江湖联盟……斩草除根。"

就像曾经对待韦家那样。

屋内一片寂静，窗外，传来了后山上颜儿和弈儿追逐着皮球的笑声。

"若是最终战败，那我要赶在巴蜀彻底沦陷之前，把幼公主带走。"药壶的白茫茫雾气中，公子抬眼望着她们，"当然最好不要有那么一天，我会一直在这里帮杜路，竭力守住夔门。"

白汽中，陈宁净看着他，突然摇着头笑了。

"三年前，你带着满身血伤，把幼公主和杜路送回来；三年后，你又穿过千里战场，来分担杜路和幼公主的危难。"她伸手，望着白鸟缓缓降落，"韦公子啊，可是你怎么不想想自己呢？赵琰现在还不知道你活着，你却偏要在最差的时候来到最危险的战区，若是巴蜀沦陷，你又能逃到哪儿去？"

两岸战火滔天，赵琰的刀已经架到了他们每个人脖子上。

韦温雪本来可以在扬州隐姓埋名地独活。

可到了最后的关头，他又回到他们身边了，就像三年前那个雨夜一样回头，去拯救一场他根本不可能拯救的悲剧。

"可若是我望着你们罹难，我便真的不认识我了。"

一片药香白汽的朦胧中，那白衣公子缓缓坐下，阴天的黄昏在他身后沉沉地暗了下去，他侧头说：

"在三年前那场巨变发生后的很长时间里，我都感受到'我'在渐渐消散。一个被剥去了一切的人，突如其来的残缺和孤独，让他对自己都陌生了。他日夜告诉自己要复仇，可他不知道那巨大的仇恨该如何托付，更不知道拿掉这仇恨后，他的生命还剩什么。"

一方破旧的兽面具从袖底滑出，白衣公子抬手轻轻抚摸着："直到他走回这里，置身于绝望的败局和困境的危机，拉住奄奄一息的旧友，他却发现自己并不恐惧，因为他终于感受到了一丁点对于自己过去灵魂的熟悉。他还是无寒，他灵魂中的某些东西从来没有被改变，这一点对他很重要。

"他是来拯救别人的，他也是来拯救他自己的。"

水汽静静地飘拂。

白色大鸟在陈宁净肩头扑扇，她低头望着他，轻声说：

"足够了。"

"满身伤痕，一根断指，千里奔波，数年落魄。"温热的白汽中，她轻轻拍了拍他的肩膀，"在这些都过去之后，你依然是你。"

外面彻底地暗了下去，韦温雪去外室拿油灯。

"宁净姐姐，"趁着他离开，小月牙轻轻拉了一下陈宁净的袖子，小声说，"战局和杜路的情况都不容乐观，我们必须准备好那个最特殊的计划了。"

"先别说。"陈宁净轻轻拍了下小月牙的手背，"到了最后关头再说，我和白山林都已经准备好了。"

"你们背着我在嘀咕什么？"

在白衣公子的注视中，小月牙和陈宁净对视一眼，喃喃道："没说什么……"

"让我猜猜。"韦温雪倚着门框，眯眼望向她们说，"是准备学那专诸刺王僚吗？"

"韦公子！"小月牙跺脚，"没有，我们——"

"是便是了。"陈宁净猛地抬头，承认道，"杜路的军队人少势弱，自然比不上对方的百万强兵。可我们江湖联盟并不是没有优势，陈家的铸剑术和冷锻法独步天下，四大名门中出过无数神秘杀手和豪杰侠士，还有小月牙这样天下难寻的毒蛊师。要杀千军万马，非得用千军万马去杀；可在人群中杀一个人，有时候一个人一只蛊就够了。此刻大船将沉，危机欲临，大家与杜将军绑在一根绳上，更是团结万分。就算为了自保，都不可能坐视赵琰进入渝州。"

"我欠杜路一条命，为了保他，我一定会保到底。"小月牙起身说，"到了最后关头，实力越是悬殊的时候，越是该用最特殊的手段。"

韦温雪垂头凝思。

"这也未尝不是个办法。"他说，"但是，赵琰此人生性多疑，该怎么接近他呢？"

夜色。两岸高山，急流激湍。

冬天的江风中，赵琰推开楼船的窗户，目光向西，遥望着高耸山峡上的白帝城。

白帝高为三峡镇，夔州险过百牢关。

如果把四面环山的天府之国比喻成一只圆形的木瓢，那么长江便像是一根钉到木瓢上的长柄。而瞿塘关夔门，就是联结木柄和木瓢的那颗钉子。赵琰的军队要想沿长江进入四川，必经三峡险关。而一旦攻破最后的夔门，便亲手推开了四川的东大门，溯江而西，直下渝州。

"陛下，该换药了。"

身后传来王念一声叮嘱，赵琰却没有回头：

"嘱咐你们去查的事情，查到了吗？"

"回陛下，边元帅已经去检查那批缴获的兵甲了，说是今晚回来便给您答复。"王念使了个眼色，让身旁一直低着头的医师赶紧上前，一层层解开男人背上的纱布，红色的箭伤裸露了出来，伤得很深，差一点就命中要害。"陛下，上药有些疼，您得忍着。"医师一边说，一边颤抖着手把白色的药粉撒了上去，再用纱布赶紧按好。

皇帝却面不改色，一边忍痛上药一边问道："铠甲修好了吗？"

"回禀陛下，您那身银甲是良成帝时御赐的明光神甲，整个后背的圆护浑然一体，虽然只是刺穿了一条缝隙，却一时没有工匠敢修复。因为要补那一条缝，必得把整个圆护重新淬火一遍。"王念摇着头说，"他们也知道自己技不如前人，怕毁了这块好甲后，就难以再造了。"

陛下垂头凝思："当今这世上，就再也找不到好的制甲师了吗？"

冬风刮着灯烛摇曳。

医师悄悄退下，王念思索着沉默，一片安静中，室外突然传来了叩门声：

"陛下！末将边俊弼求见！"

"快进来！"王念闻声喜悦，"正说着呢，小边元帅你就来了，那批新缴获的兵甲里，可曾查出来什么吗？"

"是有些东西。"黑衣宽帽的边俊弼进门，向着皇帝走近，双手奉上一只布袋，"陛下，请您看看这个。"

赵琰接过布袋，打开，倒在手掌中，看见了一块块黑亮的甲片。

"这是什么？"

"冷锻法。"边俊弼当着陛下的面抽出腰间横刀，王念正欲上前阻止，听见他回头道，"王将军，借你身上铠甲一试。"

王念犹豫地看着他。

"给他。"陛下说。

王念便脱了铠甲，将上百斤的重甲递给了边俊弼，银亮刀光猛地一闪，边俊弼已经收刀，王念低头望去时，铠甲的袖子已被削断，他轻轻一扯，那袖子才哗啦啦地落地了。

"小边元帅，你这是……"

"陛下，请给我一块甲片。"

赵琰抛给了边俊弼一块黑亮的甲片，边俊弼挥刀向空中劈去，灯火猛地一震，等那甲片铿锵落地时，王念连忙蹲下身去看，却见那甲片已然出现了一条深深的裂痕，拿起来对着灯看，已然隐隐透着光，不由得摇头道："这算什么——"

"王将军，请看这里。"

摇曳的灯火中，陛下沉默地打量着边俊弼手中银亮的横刀。

这是良成帝时造就的御中宝刀，削铁如泥，坚韧异常，不久前在与杜路手中三百斤铁槊的互抵中尚有一抗之力，砍巨椽斩马骨都不在话下，却在刚刚对这小小一块甲片的劈砍中，刀刃上锛了口子。

"这是一种前所未有的新甲片，"边俊弼松手，将锛口的横刀扔在地上，望着陛下手中的布袋说道，"这种甲片薄到不可思议，却又坚韧异常，用寻常的箭头根本破不开，即使用宝刀砍开，也会反伤得刀刃锛裂。他们仗着夔门险关，全员覆新甲，用巨弓强弩不断地发射箭雨冲我们而来，而远攻中，我们的箭镞根本破不开他们的盔甲，才让他们这么少的人守了这么多日。"

"这种新甲是何人造的？"

"俘虏们不肯说，探子们打听了这么久，只知道这种工艺叫冷锻法。"边俊弼吁了一口气，"可这冷锻法到底是什么，没人知道。"

"这种秘术，想必跟武林那些家族脱不了关系。"皇帝摆弄着手中甲片，低头说，"未必是俘虏不肯说，而是他们根本就不知道。这种制甲绝技，都是家族内的不二法宝，兄终弟及，父死子传，像良成帝时造的东西很多现在都失传了，可宁愿失传，都不会道与外人。"

"那陛下您的意思是……"

"俘虏的铠甲有多少？都送给工匠们，让他们随便拆，随便重铸，慢慢琢磨其中的奥秘。"

"可是……"边俊弼面露难色，"陛下您有所不知，敌方也知道这新铁甲的威力，他们被俘虏时都提前集体卸甲，宁愿直接沉到滚滚长江里，也不给我们留一点机会。这几枚甲片，还是我们在江水稍缓处提前布下渔网，然后打捞上来的。拼拼凑凑，还没凑够半个胸护。"

"这……"王念听罢愣了一愣，"那群工匠的水平我清楚，他们连陛下铠甲上的裂缝都不敢补，让他们凭借这一点甲片，破解出冷锻法的秘密，只怕要到猴年马月去了。"

"陛下，末将以为，解铃还须系铃人。"边俊弼抱拳道，"现在已经不仅仅是攻入夔门的问题了，而是这个神秘的制甲师，必须为我大定所用。"

皇帝垂头望着他："你有信心找到他吗？"

"禀陛下，"边俊弼说，"臣誓死不辱使命，一定会觅得此人，为陛下打造神甲。"

凌晨，两岸炮火暂歇的安静中，边俊弼卸下了周身铠甲和武器，将宽帽塞入领口中，冒着冬夜湿冷的江风，他猛地跳进了漆黑湍急的长江。

一片白色的水花激起，又在夜色中落了回去。

陈家山庄。

提亲的队伍还在僵持。

"姐姐，母亲让我来喊你出去。"

屋外，传来了陈家小妹妹的声音，她探头探脑地往茅屋内望去，只见红衣蒙面的小月牙坐在榻前，为床榻上的年轻将军擦汗。

"他怎么了？"小妹妹抱着皮球望向杜路，看见他额上汗水打湿碎发，轩阔的眉宇微皱，便小声问红衣女子，"他生病了，是吗？"

红衣女子便转过头对女童说了些什么，可那声音既像鸟语又像银铃，女童听不懂。

"算了，你去帮我找姐姐吧。"小妹妹摇了摇头，"我帮你看着杜将军，你告诉我姐姐，妈妈让她快去大厅，林家和陈家的人都在等她。"

红衣女子对她点了点头。

女童便一个人托着腮，坐在小板凳上，等着大人回来。这期间杜路一直昏睡不醒，小女孩等得无聊，望着榻上的男人小声说："你也是贪吃了吗？上次我贪吃便发烧了，发烧最难受了。"

没人回答。

她想了想，从怀中掏出一颗新鲜的红苹果，用袖子擦干上面的水珠，轻轻摆在他的枕头上。

祝你早点好起来啊。

小女孩真诚地说："你是我和我哥哥的偶像，爸爸每天都教育我们向你学习，我们每天都很勤奋练武，长大后我也想成为你这样的大英雄。"

白帝城外。

边俊弼从埋伏已久的树冠上一跃而起，赤手抓住了空中一只飞翔的灰鸽，而后顺势一滚，落地时，手指间已经展开了鸽脚上的字条。

"百里峡，铸剑峰。"他眯眼道，迅速把字条缠了回去，整理了一下鸽子凌乱的翅羽，然后松开手，望着灰鸽劫后余生似的迅速振翅高飞。

身上衣衫还湿着，在冬风中冰冷地贴在身上，他从领口里拽出皱巴巴的宽帽，罩在头上，转身离去。

走向巴中的方向。

"我说了多少次了，我不会嫁的，他们怎么还来？"

在小月牙担忧的目光中，陈宁净望着山脚下彩旗飘荡的送聘礼的长队，深深地吸了一口气。

"你很讨厌那个新郎吗？"身后，韦温雪问道。

"不，我不了解他。"

"那你为什么不肯嫁呢？"

"那我怎么能嫁呢？"陈宁净转头望着他，"我都从来没见过那个人，又该如何同他过一辈子？"

"宁净啊，你想过怎样的一辈子呢？"

"我给你讲个故事吧。"她说，"我师父临死前，要把一身绝学托付给我。那时我父母连忙将我弟弟领过去，跪在南剑翁面前求他说，女儿家终要嫁人，还是应该传给男孩，才能背负起传承绝学的使命。可我师父说，"山风间，她提起这段往事，声音中却不由得有些哽咽，"在天赋面前，他们首先是人，不分男女。"

韦温雪轻轻拍了拍她。

"我师父说，嫁人又怎样，操持家务孩子又怎样，我们每一个人的梦想都在俗世生活里埋葬着，但总有一天它们会长出芽来。只要宁净你相信，你生来一辈子不只是做这些琐事的，你的生命足以担负起更大的理想。只要宁静你明白，你的铸剑天分是超越我的，天降的使命已经选择了你，只要你在平庸的生活中一直一直坚持下去，你一定会成就那些——

"你生来就该成就的事。"

泪眼中，她望着青山间彩旗招摇的迎亲队伍，轻声说：

"那时师父已经奄奄一息了，却在我父母面前，坚定地握住了我的手，用尽力气说：'她一生的使命，就是千万不要埋没自己的天分。你们不可以埋没她，宁净你也不可以埋没你自己。'"

小月牙递来布帕，陈宁净轻轻擦干眼睛，努力平静地说：

"韦公子你问我想过怎样的一生？之前，我想要完成我一生的使命，成为最好的铸剑师，走遍四方，行侠仗义。"她垂下眼睛，拉住小月牙的手，轻轻把布帕放了回去。"但我后来，遇见了一个让我很开心的人，我们在一起，让我有一种想为美好世界而奋斗的感受了。"

"那是哪家的公子呀？"

山风中衣袂飘飘，白衣公子垂眸望着她："你爱上的那个人，你有告诉过他吗？"

陈宁净不断地摇头："不，我不知道那是不是爱，我……"

"原来是暗恋。"韦温雪笑了，"何不告诉他，让他也来提亲，把你娶回家去。"

"不，不……"陈宁净摇头愈甚，"我们不可能结婚的，也不可能在一起的，我们跟别人不太一样，我只是想照顾那个人，我……"

她盯着彩色的长队不断上山逼近陈家院墙，又回头望着那白衣的公子："帮帮我吧。"

"去自己表白，让那个你真心喜欢的人来帮忙吧。"韦温雪带着笑意摇摇头，"我可不帮这种忙。"

"回来！"

韦温雪刚刚转身离开，陈宁净腰间的"白丝带"已经迅速弹出，在小月牙张大嘴巴的惊呼声中，陈宁净单手握着白练，拉着顷刻间被五花大绑成一颗白茧的韦温雪，她叹了口气："对不住了老朋友，借你一用。"

"喂！"韦温雪在被她拉走的过程中不断挣扎，"有人向你提亲，我本来只是看热闹的，怎么看着看着我自己被抓了……"

当边俊弻从百里峡一路北上到达铸剑峰时，他看见一队抬轿送礼的彩旗队从山上长长地走下来，为首的中年男人面色阴沉，身后跟着一位十六七岁的清秀少年。那男人看上去很暴躁，皱着眉不断地大声说些什么。少年垂头一言不发，抚摸着手中一个湿润的青苹果。

在他们走近的一刻，边俊弼连忙伏身到草丛中，望着面前一只只靴子走过，那男人的怒火清清楚楚地传来。

"……那个小白脸，明明有婚约，却勾搭上了一个扬州经商的小白脸？还说什么聘她也可以，她要让小白脸做大房，可以考虑让惊尘做二房？我们林家，绝无被这样羞辱的道理！"他越说越激动，"更何况，南剑翁在临死前把一身绝学都教给了陈宁净，她空有那么一身铸剑制甲术，却要嫁给一个不会武功的普通人？她怎么能这么没有责任心，她到底有没有为武林着想？"

"父亲……"

"你也有问题！"男人回头怒视着儿子，猛地拍了一下他的头，"说什么真心相爱是最重要的，还说什么你祝福他们？你脑子是被狗啃了吗？"

"对不起……"

"你知不知道这桩婚事对于我们林家意味着什么？"男人越说越气急败坏，"南剑翁死前嘱托过，四大名剑中在世的三把剑，会平分给陈家这三姐弟。陈德荣夫妇虽然不乐意，但没法公开违令，他们那两个女儿日后都会陪嫁名剑，而陈宁净的嫁妆，就是名剑白羽。"

"父亲，那只是一把剑……"

"好，名剑白羽你不稀罕，那冷锻法呢？"

路旁草丛中，边俊弼支起了耳朵。

男人都被气笑了："林惊尘啊林惊尘，你自己是大方得没了老婆，整个林家失去的可是冷锻制甲术。刚刚让你再去给陈宁净说句话，你看看你——"

"父亲！"少年终于吼了一声，随后又觉得失态，小声说，"人家一对佳人，我又何必去横插一杠呢？怪不得她不想嫁过来，若我是她，若我明知道夫家对自己毫无感情，眼中只盯着利益，我也不会嫁的。"

男人闻言嗤笑："利益？你以为天下有什么婚姻是不讲利益的吗？"

"无论如何，我真心敬佩她。"少年握紧了苹果，声音渐渐大了起来，"我也希望我能找到一个真心的爱人，我也希望像她那样勇敢地说出来，我也希望我来决定自己的人生。"

"林惊尘！"

男人一声怒吼，喘着气双目发红盯着他："你记住，只要你是林家的儿子，你就不可能过那样的人生！"

在男人的目光下，少年缓缓垂下了头。

他跟在父亲身后，领着长长的彩礼队，沉默地走远。

在终于下山的一刻，少年不经意地回头，看见陈家一行人还在带着歉意目送他们，最前面站着那个垂髫的小女孩，她望着他手中的青苹果，有点不好意思地笑了笑，比了一个"快吃"的动作。

他想起来了，手中这个苹果是这个小妹妹塞给他的，堂上剑拔弩张时，陈母为了缓和气氛，便让小女儿给众人分发苹果。这十岁的小女孩还有些怕生，把青苹果塞到他手里，低头说一句"你不要伤心"，便一溜烟地跑走了。

暮色山脚下，少年冲小女孩高高地扬起手，"咔嚓"一声，咬了满口清脆的汁水。

在苹果的涩香中，草丛里的边俊弼，目送着林家的长队离开铸剑峰。

他看见那少年脚腕上，有一块暗红色的胎记。

走起路来，像是蝴蝶张开翅膀一样，一飞一飞的。

"陛下，小边元帅打听到了，那冷锻制甲术是当年南剑翁自创的绝学。而陈家的长女陈宁净，是南剑翁在世时唯一的徒弟。"

五天后，夔门外的惊涛江水中，一只胀得发白的手伸了出来，使劲儿拍打着楼船的船身。甲板上的士兵们连忙奔来，这才看见船下的渔网里竟缠住了一个奄奄一息的男人。众人七手八脚地把渔网捞了起来，解开了周身的捆绑，被缠住的男人终于躺在甲板上，胸膛起伏，大口大口地呼吸。

众人疑心他是敌军的探子，正狐疑地盯着他时，突然有士兵看见宽帽下额头上的黥字，惊呼道："这是边元帅！"

士兵队长连忙捂住了他的嘴巴。

在众人的注视下，已经在长江大浪中奋力游了一夜，又好不容易摆脱渔网缠身的黑衣男人，在甲板上喘匀了气，一句话不再多说，起身就奔向楼船第七层，一路上浑身湿衣在冬风中滴水。

"武林中陈苏白林四大名门，分别以铸剑、武校、走镖和绝杀著称。"身上衣服的滴水已在地板上聚起小洼，边俊弼发着抖抱拳，对着正在包扎伤口的陛下说道，"作为铸剑世家，陈家无异于整个江湖联盟的武库。而陈宁净，就是冷锻制甲法的唯一掌握者。这些新甲，多半出自她手。"

赵琰抬头，淡淡地看了他一眼：

"别站着了，那边有火盆，坐下边烤火边说。"

"谢陛下。"边俊弼受宠若惊，坐在火盆的暖光中，周身方感觉好了一些，继续说道，"如今陈宁净已经到了该谈婚论嫁的年龄，江湖中不管大家小姓，都蜂拥而至向她提亲，目的就是争夺这冷锻法。但末将听说，她竟与人私订了终身。"

"哦？"高大苍白的男人挑眉，不置可否地笑了，"有点意思。"

"除了冷锻法，南剑翁去世前，还把三把名剑赠送给了陈家三姐弟，分别是白羽、青木和玄山。据说陈宁净的嫁妆，就是白羽剑。"

"白羽剑竟然真的存世？"

"陛下，莫非您也听说过它？"

"有些耳闻。"男人一边给自己缠绷带，一边低头说道，"据说它是这世上最轻的一把剑，古代鲁人用东海鲛丝制作的。"他抬头望着烤火的边俊弼，"跟你听说的是一把剑吗？"

"是的。"边俊弼点头，"他们说白羽剑，像羽毛一样绕指柔，是一把不可劈砍却威力无穷的软剑。似剑非剑，似甲非甲，却既强于最锋利的剑，又胜过最坚固的甲。象虎，为天为泽，主肃杀，得之者武德大兴，被称作兵家剑。"

"这样一把剑居然真的存在。"赵琰若有所思，"你还听说了什么？"

"末将还听说，白羽剑有一个天生的对手，就是玄山剑。"边俊弼身上的水终于不再往下滴了，金色的火光映满全身。

"玄山，据说是天底下最重的剑，有着巨山压面一般的威力。善使者，挥之则运斤成风，如锤震虎，似斧劈龙，隔甲能杀人，敲盔而脑裂。象龟，在地为水，主幽深，得之者洞察万妙，被称作智者剑。

"至于青木剑，它是最像剑的一把剑，稳重传统，仪正庄严。象龙，为风与雷，主仁德，得之者神贵明善，被称作君子剑。"

"此三把剑应当都在陈家，而唯一下落不明的，就是红剑。据说它是最不像剑的一把剑，像窃贼一样神出鬼没，忽地夺人性命，又突然消失。可它失传得太早了，连名字都没人知道，久而久之被戏称为红不剑，也就是红不见。"边俊弼摇头，"关于红剑几乎没有记录，推想起来，大抵是象雀而主火的，或许是为克制玄山剑而生的。"

"未必。"赵琰摇头，"这四把剑的象征，只怕是后人牵强附会。否则怎么会金水相克，木火互悖呢？只怕只是四把好剑，偏偏被强加了意义罢了。"

"末将不知。"边俊弼低下头，"只是听他们说，若能四剑汇聚，便是天命当兴的有德者，应成天下共主。"

高大苍白的男人嗤笑一声："怪不得。那陈德荣一把年纪，原来还做着这样的美梦。我说那良皇室就剩个小女辈，怎么他们西蜀人还跟着杜路效忠起大良来了？只怕是把杜路当了肥羊，自作聪明地打着另外的盘算。"

"那陛下您以为……"

"我是不相信什么四德共主的鬼话。"赵琰低头剪断绷带，"但我确实需要有人来补我的盔甲了。"

床帏轻响，几缕袅袅白雾拂荡，枕边一颗新鲜红苹果的香气中，杜路虚弱地睁开了眼睛。

定军水师沿长江向西通过三峡，最后一峡是瞿塘峡，也是三峡之中最险的一关。赤甲山在北，白盐山在南，这一红一白两座高山仿佛两位怀着世仇的擎天巨人，纵被一条长江隔开，却仍旧上万年地怒视彼此，组成了一扇巍峨高耸的天门，阻碍着入侵者的船队继续前进。

此等天门，便是夔门。

万里长江在夔门脚下猛地收缩，其湍其急，其窄其险。百年前，西蜀国在五鹿之战后逐渐崛起，在夔门两岸铸造高大铁柱，而后只凭借一根长长的铁链便封锁住整个长江水面，使荆州水军逡巡而无法前进。而如今两军激战已久，大良军队凭借此等天险，利用这两座山上的抛石机、弩机、炮台等守城器械，在赵琰的火箭坚船种种猛攻之下，一日一日地艰难坚守。

而夔门的后方，就是白帝城。

在杜将军重病未归的日子里，白帝城的将帅们日夜焦头烂额地商量对策，望着前方火光连绵的夔门，每一声巨响，都仿佛预示着摇摇欲坠的命运又跌落了一步。

与此同时，夔门外江上楼船第七层的暗室中，苍白高大的皇帝，注视着黑衣宽帽的青年提笔，在墨迹未干的地图上标注了一个红点。

"瞿塘峡虽然水流险急，但就我此次来回的经验来说，并非不可通过。"边俊弼用毛笔蘸了蓝色颜料，接着在地图上画出一条路线，"我一路上潜心记着水文地理，若派出善泳士兵数千，一路潜行从水底通过夔门，进入白帝城——"

"不可。"王念摇头，"你这是在照搬蒲坂的经验。可蒲坂是平原上的城关，只要从内部打开城门，外面的骑兵便可长驱直入；而夔门是山门险江组成的水关，其险不在白帝城也，在乎锁江铁链、守城器械和夔门天险三者也。即使我们有数千人游泳潜入白帝城，也无法打开天险让大部队进入夔门。到时候，这游过去的人进得去出不来，便是有多少算多少，全给对方做了瓮中之鳖。"

"将军说得有理。"边俊弼放下了毛笔，抓住自己的头发，"可若是夔门水战再这样久战无果，敌方背靠着整个四川的供给，而我们在这江面上消耗殆尽，便只能……暂时先撤兵了。"

身后，沈元帅出声道："末将以为，杜路今日之优势全在水师，他之前没有为了保荆州而做鱼死网破之搏，就是为了把水师悉数撤回到夔州，为自己保留坚守四川的最大力量。他这支水师虽然人数不多，却几乎继承了当年南方战争的全部精锐装备，更是拥有不少从东梁国俘虏的昂贵舰船。加上夔门天险，我们不必在此硬耗。"他看着皇帝面色平静，便继续说道，"末将斗胆进言，何必让对方田忌赛马下去？不如以己之长攻彼之短，我们先回襄阳整顿大军，再由汉中南下，从蜀道进入四川。"

头戴纶巾的冯忠深深地蹙眉。

这未必不是个办法。只是白帝城就在眼前了，渝州也就在眼前了，若是水路通畅，他们现在只需要几天的时间就能占领整个四川，却偏偏被这一道夔门拦路，实在弃之可惜。而等他们回到汉中，再指挥南下攻入蜀道，就不知道要到什么时候了。

灯火跳跃，在皇帝苍白的面上拂动锋利的阴影，他抿唇望着那色彩斑斓的地图，所有人都静默着等待。

"从来没有人攀上过那两座高山，是吗？"

"陛下，这……"

"那山上的炮台是谁人筑的，弩机和投石机又是谁搬上去的，敌军为什么能在山上居高临下地发射火箭？"

"陛下，您还是再看一眼这张地图吧。"边俊弼小心翼翼地提笔蘸了黄色颜料，再次勾勒了一下两山夹江的轮廓，"您看，我们两边的山壁，不仅向着后方三峡连绵数百里，而且几乎像两面立起来的镜子一样，石壁笔直地冲向云霄。我们攀不上这石壁的，敌军也不是从这里上山的，他们是从我们前方夔门以西的开阔山地上，从缓和的地势绕上来的。简言之，因为他们在夔门里面，所以他们有路能走上这两座高山。而我们被拦在夔门外，就被夹在了这两面无可攀登的石壁之间。"

皇帝轻声笑了：

"你既然知道带兵潜过夔门，就不知道到底该从哪儿上岸吗？？"

"陈元帅，陈元帅！"黄昏，白帝城中，一个士兵捧着急报穿过青色山庄，"赵琰撤兵了！"

闻讯，堂内的男人们纷纷抬头，不可思议地望着士兵，为首的老人捋着白须道：

"消息可当真？"

"当真！我们今日用投石机击沉了敌军的一条小船，在漫天火箭的追击下，他们的另一艘大楼船慌不择路，又撞上了山壁！"士兵满脸喜色，"我们连忙掉转炮台，对着那艘大楼船穷追猛打，没想到那竟是赵琰乘坐的楼船！他们为了保护赵琰，顾不得反击，连忙放下小艇，放弃楼船，全员护送着赵琰撤兵向东逃了！那艘触壁的七层大楼船，此刻就在赤甲山脚下漂着呢！"

"好！好！"有一大汉握拳敲着桌面，眼睛发亮道，"趁他们士气大溃，我们不如打开锁江锁链派出水师，向西乘胜追击！"

陈德荣连忙扶着他坐下："不可，万一他们是诈退呢？"

"就是，他们在江面上久战无果，估计是要想了个花招，用这一次诈退，把我们夔门的水师引出去，骗我们打开锁江铁链，到时候他们一个回马枪，不就进入这夔门了吗？"有一谋士一边摇扇子，一边笑道，"可他们不曾想过，我已经算到了他们的谋算。我们非但不追，我们还要将计就计，反过来埋伏他们。"

"此话怎讲？"

"各位可知道，他们为何要把造价不菲的大楼船扔在江面上吗？"

"为何？"

"木马计啊。"那谋士扇子摇得更欢，"敌军只以为我看过孙子的兵书，却不知我这个人最讲究中西合璧。大秦人的故事听说过吗？一方先扔下一个大木马，然后撤兵诈降了。另一方兴高采烈把这大木马拉进城，却不想半夜里，那木马里面全是藏好的士兵，跳出来打开城门，里应外合一举破城了。"他手中的扇子往窗外一指，指着那白江上孤零零漂着的富丽楼船，"你说他们故意扔在江上的这艘七层大楼船，里面能藏多少人？"

众人登时吸了一口气。

"好眼力，好眼力。"有人赞道，"幸亏你懂木马计，否则我们还把这楼船当胜利品缴获了呢，一拉进夔门，不就砸到自己的脚了吗？"

堂中众人也连声表扬，这谋士越听越得意，手中一把羽扇在大冬天里扇得冷风飕飕："如今我已经破解了他们的计谋，不但不会捡这石头，还要逼得他们不得不自己回来搬这石头，让他们砸他们自己的脚。"

"此话又是怎讲？"

"这艘七层大楼船不仅是他们的重要主力，还是斥巨资造好的新船，他们敢扔，我们就敢等。看谁先憋不住。"这谋士说着说着笑了，"就让这楼船在江面上漂着呗，看船里藏的人什么时候弹尽粮绝，看赵琰什么时候终于舍不得了，派战舰回来拉回他这条楼船。到时候——"

他的羽扇往窗外又是一指："咱们山上架好弩机炮台若干，夔门里藏好战船水师，以这大楼船为诱饵，布好圈套。等到某夜里他们一来，我们就出其不意攻其不备来个包抄，一举大挫敌军！"

众人点头称赞："有道理，我们将计就计，偏不捡这楼船，就用这昂贵的楼船逼他们回来，再埋伏他们！"

在那飕飕的羽扇风声中，陈德荣面色凝重，不住地摇头："这太过冒进了。我们还是在此等候，等杜将军回来，再另做谋算。"

"杜将军？"突然有人嗤笑一声，"等他回来，说不定我们水师等得甲板上都长草了。"

"你什么意思？"

"我对杜将军没意见。我真的佩服他。"那人道，"但我也得说，现在的杜将军已经不是以前的杜将军了，他时时昏倒，我们这战局可不能时时停下。若凡事都要杜将军杜将军的，便像是跳一步停一步地走路，过于胶柱鼓瑟了。战机稍纵即逝，该把握的时候就得把握住。"

"这……"陈德荣面露难色，转头望向白须老者，"父亲，你说句话吧，这杜将军……"

白须老者望向窗外江水，深深吸了一口气。

"等不及杜将军了。"他说，"战机珍贵，我们就以这楼船为诱饵，先布下埋伏吧。"

"杜路，这是你的草药包，煎药的方法我都托宁净姐姐写好了，你到了白帝城，不要忘记按时喝药。"青山脚下，四人一马站着，红衣少女用银铃般的苗语嘱托道，"另外我给你做了些药丸，路上如果来不及煎药或者病情严重，你就赶紧吃这个。"

她纤白的手指把药包交到杜路满是刀疤的大手里，一双明秀的眸子望着他："别忘了啊。"

"嗯！"恢复了精神的杜路笑着望向她，接过药包放进马袋里。

"杜将军，这是你的新盔甲，更轻更薄，威力却更大。不要担心这些孔洞，它们能把刺中你的箭头削下来。"蓝衣的少女捧着一副甲片连缀的新甲，亲手为男人覆上，"利刃是伤不了这副盔甲的，不过要小心重击武器，不要跟铁锤骨朵之类的硬碰。"

"好的，我能感受到宁净你的技艺又进步了。"杜路活动着肩周，一边感受一边说，"这副铠甲竟比上一副还要精湛。"

"那是！"这清俊女子冲他扬眉笑道，"都不舍得给你了，我都想自己覆着它，上阵去杀敌呢。"

杜路也对她笑了："我替你杀，一定不辱陈大小姐的使命。"

"好呀，另外我还得嘱托一句，我师父的造甲秘术不能被别人学了。战场上宁愿沉了它，也别被敌人得手。"陈宁净望着杜路，"另外，一路顺风。"

"好！"

杜路便跨马而上，对她俩抱拳。青山脚下茅草簌簌，韦温雪安静地望着他，陈宁净抱着小月牙的手臂，对他挥了挥手。

"你不同我回去吗？"杜路望着韦温雪，"上马呀。"

韦温雪摇了摇头。

"无寒公子才不跟你走呢，他要跟我们在一块！"突然，两个女孩拉住韦温雪，笑着冲杜路摆手道，"药包和铁甲都给你了，你快走吧！"

杜路失笑，在高马上望着他们三个，无奈道："喂——"

"你安心打仗去吧。"满头银饰哗啦啦地摇晃，红衣少女笑声清脆。蓝衣少女冲杜路喊，"我们有一个特殊计划要和韦公子商量。"

"什么特殊计划——"

"不告诉你！"红衣小月牙冲杜路做了个鬼脸，"你这个小猪崽，走了走了，不要管我们了。"

在韦温雪的笑声中，身披坚甲的杜路无奈地摇头，不再与她们争辩，低头拍马，沿着崎岖山路，飞速向战火欲燃的白帝城赶去。

深夜。夔门。黑暗中江浪喧哗。

赤甲山下，那艘被遗弃的七层楼船还在孤零零地漂着，像一块气味香甜的诱饵，等待着某人前来享用。

黑暗中，夔门这两座高山上，藏身着数位哨兵。他们正用手指握紧水晶石贴在眼睛前，目不转睛地望着江水的尽头，居高临下地观察着诱饵附近的情况，等待着猎物进入圈套。

一条长长的锁江铁链，将夔门内外隔开。在这威严天门的后面，精锐战船水师正列阵以待，等待着哨兵一声哨响，便瞬间冲出去，将落入圈套的猎物彻底剿灭。

今夜，会来吗？

与此同时，黑暗中，滔滔江水上浮着一只只幽暗的小艇。

边俊弼正在指挥跳水。

"水下跟紧点。"他低声说，"记住我跟你们讲的到底在哪里上岸了吗？"

"我已算到了他们会算到我们的谋算。"

"可我就是要利用他们对我计谋的利用。"

一盏橘红灯火照亮的小舟中，苍白皇帝与老将军王念对坐，低头摆弄着桌上的沙盘：一个木瓢，一个木柄，一双木筷，一根黑线和一堆各色的纽扣，便组成了此刻复杂的夔门地图。

木瓢为四川，木柄为长江，木柄与木瓢的联结处，正高高架着一双筷子，便是此刻的夔门两山。

筷子脚下，也就是两山脚下的江面上绷着一根黑线，便是那锁江铁链。

白色的纽扣放在山门的后面，便是白帝城。

红色的纽扣放在山上，就是炮台弩机石机若干，放在筷子顶上，对准了木柄这整个江面。

而一颗黑色的纽扣被放在木柄的尽头，便是此刻漂荡在江上无人认领的大楼船。

最后，是一颗蓝色的纽扣，压在木柄下面，在赵琰的指尖挑动下，一寸一寸地划过长长的木柄，神不知鬼不觉地从下方穿过锁江的黑线，往木瓢里面游进去。

"好了。"赵琰抬头，对手中捏着一颗橙色纽扣的王念命令道，"再等三个时辰，就放船攻过来。"

漆黑山路上。

杜路还在奋力策马向白帝城飞奔。

他的眼皮控制不住地狂跳。

卯时初。

凌晨黑浓的水雾间隐隐透着暗光，朦胧中渐渐能看清两山的轮廓。

山上，举着水晶石的哨兵打着哈欠，突然间目光一顿，拍着同伴的肩膀低声说："来了，来了。"

目光尽头，那黑天白水的交界线上，隐隐出现了一艘中型舰船的轮廓，越来越近！

哨兵举起鸟哨，一声低音在寂静的深山中响起，轻震着江水铁链，传向夔门后列阵以待的大良船队。

对方只来了一艘船！

哨兵们拿着水晶石使劲儿地望，在确定对方只来了一艘船时，他们互相交换了一个兴奋的眼神，然后用清脆鸟叫般的哨声，将信息传给了夔门内的战队。

那艘船近了，更近了！

哨兵们吹响了"解开铁链，准备出战"的哨声。

这艘敌人的舰船终于接近了大楼船，舰上水手们自以为神不知鬼不觉，用钩子把大楼船拉近，随后架起风帆大桨，要趁着黑雾赶紧把大楼船偷偷拉回去时——

数十艘精锐战船从夔门内冲了出来！

它们像闪电一样飞速地滑过黑暗的长江，冲向敌方的楼船和舰船，以多攻少，顷刻间将两船团团围住！那舰船上的水手们登时吓得面无人色，在这插翅难逃的绝境中，他们望见对方甲板上的大良水师统帅微笑着盯着他们，一挥手下去，数百只长钩从四面八方伸出，像是用无数根铁臂，同时把他们的船身死死拉住！

"你们已经中了埋伏，还不速速束手就擒！"

在四面包围的绝境中，甲板上的水手们扔掉船桨，绝望地望着大良的士兵蜂拥而至，刀光凛凛。

"我这颗橙色的纽扣已经交给你了。"王念说，将手中那颗橙色纽扣一路顺着木柄滑向了木筷子脚下，那里锁江的黑线已经剪开，数十颗绿色纽扣冲了出来，将橙色纽扣与黑纽扣团团围住，彼此紧密地挨着。

木筷子上，那几颗象征炮台弩机的红色纽扣，正对准了一橙一黑这两颗纽扣。

而那颗刚刚从江底下游过去的蓝色纽扣——

已经沿着夔门后地势稍缓的山地，悄无声息地攀到了筷子的半山腰上。

赤甲山半山腰上。

浑身滴水的边俊弼，带领他的士兵们躲在草丛中，望着江面上大良的船队包围了两艘船。

他眯着眼睛——

架起了一支燃火的羽箭。

"杀！"

大良军队冲他们大喝道，在这江上铁笼般的被俘困境中，敌方的水手士兵们扔下船桨，在甲板上如鸟兽般溃逃。

大良水师统帅一声令下，数千名士兵跳进敌方的船只，身覆漆黑新甲，手握银亮大刀，砍向这些誓死反抗的敌人。在一轮轮生死追逐中，血流满地，侥幸逃脱的水手士兵们争先恐后地往江水里跳，扑通一声又一声，大良士兵便往水中不断射箭，不多时，血便染红了这一方水域，咕噜咕噜的冒泡声渐渐消失。

"真是大获全胜！"有人恭维道，"今夜我们不仅全歼敌军，还俘获了两艘战船！若是杜将军知道，一定会大喜过望。"

"不能掉以轻心。"水师统帅望着七层楼船巨大的黑影，"那里面可能藏满了敌人，就等我们把他们拉进夔门去。"

"那我们现在……"

"把那艘大楼船从里到外检查一遍。"统帅说，"这艘中型舰船也不要放过，把舱室彻底查一遍。所有人分成两队，一队检查一艘船，检查途中全员一起行动，注意断后，以防被隐藏的敌人暗中偷袭。"

收到命令后，副帅带着数千人走进了舱室，而统帅带着另外数千人，跳进了大楼船里。在昏暗不明的凌晨，他们摸着模模糊糊的影子，踏进了寂静的七层楼船。

木板在脚下咔咔轻响。

四面漆黑，整个船身在不断地摇晃，风声穿过巨大楼船的一层层空室，发出诡异的尖鸣。几千个大良士兵手拉着手，在黑暗中摸索着往前走，偶尔踩到一团软绵绵的东西，尖叫一声，捡起来一看，隐约看清那是一团漆黑的假发，在手指上长长地缠绕。士兵刚缓了一口气，翻过假发来，却看见一颗烧焦了的眼珠。

怪异的风声一直在响，柜子门都扑通扑通地晃动。

"到底有人吗？"寂静中，某个士兵终于受不住了，不顾身旁人的劝阻，双手环住嘴巴冲四面大喊，"有人就出来啊！别藏了！"

回答他的是一声毛骨悚然的笑声。

他们拿着剑柄，把每一寸柜子、房间、床铺都捅过了，第一层确凿无疑没有人，那敌人藏在哪儿呢？他们踏着吱吱呀呀的木板，又往迷宫一样巨大的第二层走去，其间再有人踩了骨碌碌的东西，也忍住不去想不去看了。

第二层稍微亮了一点，统帅推开窗，他们隐隐能看见房间内灰色的轮廓了。

一个黑影猛地往里面跑去！

追！

几千个士兵跟着统帅，在漆黑巨大的楼船上疯癫地跑着，一切都在巨响，在摇晃，在发出诡异的笑声……突然，那个黑影不见了。他们喘着粗气，终于看见一道救命似的金光透过船缝，斜斜地照进空室里。

统帅擦着自己的满额汗，长长地喘了一口气。

"这楼船里确实有人，幸亏我们先检查了一遍。"他说，"如今天亮了，他们再也无处可藏，走，让我们去把他们彻底抓回来——"

突然，他流着满额汗愣住了。

金光中——

有个奇怪的人一步一步地走了过来。

那个诡异的笑声，那个他们追了一夜的人影，那个涂得鲜红的面容在晨光中一点点亮了起来，红脸人咧开嘴冲他们笑，红脸人在空荡荡的房间里手舞足蹈，红脸人举着大大的白色牌子，在几千个士兵面前，向他们摇晃着牌子上的黑字。

那牌子上写道……

"砰！"

一声巨大的爆炸声响彻凌晨，在昏暗的江面上，像是血红色的巨大烟花砰然向四面绽放，木板樯橹四飞。爆炸时光芒之盛，甚至照亮了遥远的白帝城。

巨响在山壁间反复回荡，缓缓消散。

世界再次陷入了昏暗。

过了一会儿，金色的晨光才终于升起。

王念和赵琰望着小轩窗外粲然明亮，又猛地暗下去。

他们面前，一局沙盘已经结束。

蓝纽扣已经登上了山顶，而绿橙黑三色纽扣，全部放在了木柄下。

赤甲山顶上，边俊弼望着面前被俘虏的大良哨兵们，一个抬头示意，他们便被一个个下饺子般砸进百丈下的长江内。

他转过头，吹熄了手中燃烧的羽箭，望着湿衣的士兵们掉转炮台和弩机的方向。

对准白帝城的方向。

两刻钟前。

在半山腰处，湿衣的士兵们掩护着火光，边俊弼架起一支火箭，眯着眼，瞄准了江面。

他注视着良朝数千人的精兵水师分成两队，尽数走进了舰船船舱和七层楼船，

219

开始寻找那些"木马里藏着的敌人"。

就像是注视着两个法宝般的小木盒，把一大堆人尽数收了进去似的。

在最后一个人走进舱门的一刹——

他射出了那支燃烧的羽箭。

冲着赵琰派来的舰船。

"你们要想办法，不仅要让他们相信第一艘船事出有妖，还要让他们相信我们一定会派第二艘船把第一艘船拉回去。这样他们才一定会去埋伏。"

"陛下，这怎么能保证呢？"

"除非第一艘船是那艘船。"冯忠转身对赵琰拱手道，"陛下，我想出办法让他们相信了。可是您，舍得炸掉那么多银子吗？"

那艘足有七层高的、富丽堂皇的、斥资巨大的、刚刚造好的新楼船，在江面上孤零零地漂了三天三夜。

第三天夜晚。

它迎来了赵琰派来的船。

一艘中型舰船。

看上去是来接它回去的。

实际上舰船里装满了炸药。

黑夜中，锁江铁链突然打开，数十艘大良战船冲了出来，将两艘敌船团团围住，数百根长钩伸出，像无数铁臂把它们联结在一起。

大良士兵们跳进敌船。

山上的边俊弼点燃了第一支火箭。

大良士兵们分成两队，悉数走进船舱和楼船，去寻找木马中藏着的敌人。

在最后一个人走进舱门的一刹——

边俊弼射出了那支燃烧的羽箭。

冲着装满火药的中型舰船。

"砰！"

巨响声中，以舰船和楼船为核心，数十艘联结在一起的大良战船像炸了爆米花似的哗然崩开，爆炸的红色火云在江面上冲起，四面木屑樯橹散开，熊熊烈火中，沉重的船体一个接一个地倾倒沉落。

赵琰抬手，将木柄上方的橙黑绿三色纽扣，瞬间全部扫下。

江面上白汽升腾。

借山势，借水势，都不如借人的心势。

王念将木柄下绿橙黑三色纽扣一颗颗取走，边取边说："陛下，您确实算到了对方算到你的算谋。"

赵琰摇头："战胜他们的不是我。"

"那是谁？"

"是楼船里藏的那些人。"

"可是我们都知道，那大楼船里自始至终，没有藏任何一个人——"

"对，这就是战胜他们的东西。"赵琰关上了小窗。

"想象，也是一种力量。

"是这种想象的力量，让他们因为害怕木马计而把楼船扔在江上三天三夜，让他们相信我们会折回来取这艘装满人的船，让他们一步步全员走进了装满炸药的船舱。

"最后杀了他们所有人的，正是他们想象中的大楼船里藏着的人。"

金色的晨光升起——

照亮夔门外空荡荡的江面。

江底沉落的水泡声，渐渐消失。

金光中——

有个奇怪的人一步一步地走了过来。

那个诡异的笑声，那个他们追了一夜的人影，那个涂得鲜红的面容在晨光中一点点亮了起来，红脸人咧开嘴冲他们笑，红脸人在空荡荡的房间里手舞足蹈，红脸人举着大大的白色牌子，在几千个士兵面前，向他们摇晃着牌子上的黑字。

那牌子上写道：

鬼魂们，欢迎来到永世受困之船。

他们注视着这红脸人手中晃动的牌子，一阵头晕，他们在大汗淋漓中突然想起来，是的，他们早就死了，死在金光未升起之前。

他们在走进这艘漆黑大楼船第一层的时候——

听见了船外震天的爆炸声。

第五十八章

刺杀

"……就这样，他们靠着两艘船，引诱数十艘大良战船出了夔门，包围之中，突然炸掉了我们全部精锐……"信使边说边哭，"江上惨剧未息，山上赵琰潜兵偷袭，夺了我们的炮台石机，转向白帝城的方向一阵猛攻。城里烈火熊熊，山上激烈厮杀，而江上赵琰的战舰船队全部开了过来，没了水师和炮台，那一条锁江铁链再也无力阻挡敌人进入夔门……当天中午，夔门失守。赵琰的战船沿长江进入四川，围困了渝州城。杜将军终于赶到，带领残兵们誓死守城，但颓势如此，恐怕已经无力回天。"

泪眼中，小月牙拍着陈宁净抽泣的肩膀。

"老爷说，他愧对杜将军。明明杜将军第二天就能赶到白帝城，他们一群人却偏要夜里埋伏，结果为了敌人的两艘船，折损了杜将军的大半精锐舰队。如今渝州受困，杜将军虽然没说什么，但老爷心里难受得很。"信使说到这儿已经泣不成声，哽咽道，"老爷还说，今日之危在其罪一身也，他誓与渝州同生共死。而你们作为他的子女，一定要保护好幼公主。"

陈宁净流着泪点头：

"即使四川沦陷，我也一定会想办法让幼公主活下去。"

渝州城外。

赵琰卸下周身破碎的铠甲，在内侍瑟瑟发抖的目光中，平静地用绷带包扎新的箭伤。

"我看见了那个射箭的人。"他边缠边说，"是陈德荣。他居然真的忠心耿耿跟着杜路，到这种时候还死守着不放弃。"

"陛下——"王念担忧地说，"渝州破城是早晚的事，神甲尚未修复，您不必日日亲征。"

赵琰却不置可否："那个陈宁净，是他的女儿，对吗？"

"是。据说是武林中有情有义的侠女，她父亲被困在渝州城中，若是我们此刻请她来修复神甲，想必她不会拒绝——"

"请她？"赵琰低声笑了，"我对她很好奇，不如这样，你们去聘她。"

"聘……聘她？"

"是的，一道旨意传下去，你们送上彩礼金箱，一路八抬大轿，让她穿上红婚服带上红盖头，带着白羽剑嫁给我。"高大苍白的男人咬断了自己臂上的绷带，抬头道，"告诉陈宁净，她既然是我的妃子，陈德荣便是我的国丈，我放他一马。"

"陛下，您何必费此周章呢？明明只要陈宁净过来，就能得到冷锻法和白羽剑——"

"可我就是想看看，她会不会嫁给我。"赵琰低声笑了，目光望着苍青色的天空和漆黑的高墙，"她为了心爱的人宁愿毁掉婚约，现在父亲的性命危在旦夕，她唯一的办法却是嫁给我。观看这个抉择会很有趣，不是吗？"

王念低着头不敢作声。

当陈宁净掀帘坐进红色的轿子时，冬风里天色苍苍，四面青山荒芜，她最后看了一眼送别的人们，眸中泪水终于落下。

她转过头，踏上了轿子。

背影毅然。

"宁净，你若不想去了，就不要去了。"风声中，突然有个年轻男人的声音冲她大喊，那白衣的公子跑了过来，敲着她的窗子，对她吼道，"你还有你一生要完成的使命，你还有那么多天分没有施展出来，你不该这么年轻就断送自己！你要为你自己活！"

她擦着泪笑了："韦公子，我也真想为自己而活啊，可是为什么连你这样的人都做不到呢？"

隔着一层轿子，外面男人的呼吸声猛地一颤。

"这么多年里，我一直在努力地为自己而活，我做我想做的事，去我想去的地方，拒绝我不想要的婚姻。我一直埋怨我的父母，纵然教了我武艺，可心里还是只想让我成为一个贤良淑德的人妻人母。那么多年里，我见到笼里的鸟儿就要打开笼子让它飞走，我听到父母喊我的声音就要躲起来，我一次又一次地离家出走，在江湖里面肆意地闯荡，我想向这个世界证明，纵然我是一个女儿，可我不仅能成为南剑翁唯一的徒弟，不仅能够仗剑行侠，更重要的是，女人也能有自己的使命和理想，她们的生命也有要实现的东西啊。可我父母不理解，他们一次次地抓我回来，纵然他们看到了我的能力，可他们还是固执地为我寻找一门又一门捆绑着利益的婚姻，从来不肯倾听我内心的声音。那么多年里，我要被这种不理解逼疯了，我常常在想，我总有一天会像鸟一样离开，再像闪亮烟花一样绽放。"

泪水一滴滴濡湿她的脖颈，她在红盖头的黑暗中努力地微笑："可直到这一刻我发现，我做不到为自己而活了。"

一壁之隔，韦温雪敲着轿子的手指垂了下去。

她在努力地擦着自己的眼泪，鼻音温柔："我那固执的、好心肠的、头脑老旧的父亲，我那与我吵了半辈子的父亲，我该怎么把他丢在战火纷飞中的困城，独自高飞呢？"

韦温雪说不出话了。

"你不用担心我了，我是谁呀，见多识广的陈家大小姐，我才不会让我的生命折在这儿呢，我还有好多剑没铸完呢。"她带着鼻音笑了，"我只是得把我爸救回来啊，我还得让他亲眼看着我绽放，好让他对我这个女儿心服口服啊。"

轿外，他勉强笑了一下："是啊，陈家大小姐，我等着你回来，一定要回来，可别把你挡箭用的老朋友扔在这儿啊。"

她笑着说："知道了，别把自己说得那么可怜嘛。"

"等你回来的那天，你一定要告诉我，你真正的心上人是谁。"他说，"到时候，我一定把他绑过来给你求婚，我们痛痛快快地喝一场真正的喜酒。"

"不用了，无寒，帮我照顾好幼公主吧。"她的声音轻了下去，"还有小月牙。"

"一定。"

"一定。"

白衣公子站在原地，注视着红色轿子在蓝灰色天幕和寂静青山中走远。

他知道。

一柄洁白的软剑正在她腰间颤抖，像是一条长长的羽毛，柔软地缠着她，尖端微微发青，那是小月牙炼了一夜的毒液。

但他不知道。

她的袖中藏着一个黑色小木盒。

里面有一团凝固的碧血，还有一只比米粒还小的白色蛊虫，正在轻轻蠕动。

数天前，荒山顶上，光影拂荡的藏书阁内。

一红一篮两个女子在翻书。

"……古往今来这么多刺客，下场却只有两样：要么如同专诸聂政，敌死我死；要么如同荆轲豫让，敌未死而我已死。但是，真的没有让刺客全身而退的办法吗？"

"以一人深入敌营，只怕难以逃脱众戮，除非……"

"除非什么？"红衣少女问道。

"除非不战而屈人之兵。"蓝衣女子合上了手中的书册，抬头轻声道，"刺客永远不掏出袖中的剑，就能敌不死，我也不死。"

红衣少女愣了一会儿，突然惊叫道："你是说——"

"同根蛊。"

蓝衣女子对她点头，压低声音道："这是唯一让刺客全身而退的办法。也是唯一一个能够让赵琰顷刻间同意全军撤退的办法。"

剑最恐怖的威力，永远不在于挥下去的那一刻。

而是当它架在你脖子上。

抵在你的心口上。

悬在你的头顶上。

永远悬着。

对不起，韦公子，我向你隐瞒了这件事。

坐在漆黑轿子里，红色的软布在眼前晃来晃去，她在泪眼中抓着手中的小盒子，再次回想三年前南诏国那一夜众人埋伏在房檐上，听见紫衣圣姑对南诏老国王说出的一切："……你想要下蛊的时候，便取出一勺碧血一只蛊虫，教唆你欲下蛊之人喝下碧血。而喝下碧血的两个人，两只蛊虫便会被血味吸引而钻进他们的身体，使他们从此生命相通……"

这是陈宁净的刺杀计划。

第一步，取出一勺碧血，放进赵琰的酒杯。

第二步，引诱赵琰喝下。

第三步，打开木盒，让蛊虫钻入赵琰的身体。

竟是如此简单，在想出这个办法的那一刻，她望着整本《刺客列传》里的前辈们叹息，他们要是有同根蛊就好了，这个蛊虫简直是为完美刺杀而生的。只要赵琰喝下碧血，他的生命就攥在刺客手里了，这是最漫长的死亡威胁，剑永远架在皇帝的脖子上，他必须答应刺客一个又一个要求，否则刺客就会杀死身中同根蛊的另一个人。小月牙查过古籍，虽然十年之后两人才能生死同时，但是在这十年间，另一人死去后对赵琰造成的后果依然相当严重，赵琰承受不起瘫痪、昏迷、失明等等随机代价。

而另一个身中同根蛊的人，应该是谁呢？

陈宁净最初的想法是让幼公主和赵琰一起吃下碧血，因为谁和赵琰中了同一对同根蛊，谁就是永远安全的，这样就能迫使赵琰永远不敢杀幼公主了。

可是小月牙说，要想威胁赵琰撤兵，就不能把幼公主牵扯进同根蛊，因为赵琰知道，江湖联盟是不可能真的杀了幼公主来伤害他的，所以威胁就失效了。暴怒中赵琰可能会直接杀了刺客，然后进入四川彻底搜查，抓到幼公主后把她永久囚禁。

于是只能采用第二个方案——陈宁净自己吃下碧血。

当刺客与皇帝生命相连时，她就可以全身而退了。

陈宁净已经抱着必死的决心，随时可以自杀来伤害赵琰，而赵琰却不可能杀了陈宁净来伤害自己，因此这场心理博弈，一开始就注定了己方的优势。

在火光围困渝州城的这一刻，她坐着红色轿子在深蓝色的山林中颠颠晃晃地前行，像一个光脚的人去单挑所有穿鞋的巨人，她将无所畏惧一往无前，因为她必须救出父亲，救出杜路，救出整个江湖联盟存活的希望。

她的小弟弟和小妹妹还在家中。

真希望十年后，她能如约带着他们到长安春游。她本想悄悄地和颜儿在湖边分别，但颜儿从身后冲过来抱住她的一刹，她差一点就失去了接着往前走的力量，她满脸眼泪，却必须为了他们接着走下去。

她希望他们都能活下去。

她希望自己也能活下去。

祝我成功吧，祝我能活着回来，到了那天我一定要鼓足勇气，去亲吻所爱之人。老天爷一定会想看到这一天吧，他不会让我的生命折断在这一天之前吧，所以保佑我吧。

她穿着鲜红的嫁衣，在轿中哭着颤抖，却握紧了手中的小木盒。

数天前。

灰尘飘荡的书架上，小月牙红面纱上的眼睛亮了起来。

"这才是完美的刺杀计划，我们快把这个办法告诉韦公子！"她兴奋地说，抱起那几本书就想立刻回铸剑峰去，"他一定能帮我们想出一个万无一失的计划——"

陈宁净拉住了她。

"不。"陈宁净垂头说，"忘了这件事吧，我只带上白羽剑就够了。"

"宁净姐姐，当然是用同根蛊更好啊！"小月牙跺脚，"你用剑杀了他，你就回不来了。只有用同根蛊，才能保证你全身而退。"

陈宁净只是不住地摇头。

她突然想起了一件事。

同根蛊确实能保证她活下来。

但制作同根蛊却需要另一个人甘愿献出生命作为代价。

"你不用担心，宁净姐姐，我来为你做同根蛊。"小月牙突然间明白了什么，红面纱上明亮的眼眸认真地望着她，"只要你能平安回来，我愿意为你献出生命。"

陈宁净也望着她的眼睛，轻声道：

"我不愿意。"

那天她们沉默地走出藏书阁，踏着湿润的石板，一步步缓慢地下山。暮色中苍野寂静，黑色乌鸦盘旋着发出长长的嚎叫，当天色彻底变成冰蓝时，她们听见了苍凉山野中的脚步声，一位波斯和尚正拾级而上，与她们狭路相逢。

陈宁净和小月牙都怔怔地望着他。

"你像是那个把我扔进水中的人。"

"你像是那个带走虎崽，并且给了我父亲海东青的人。"

"和尚你这次来，又是要做什么？"

深夜，荒山深处的独院，大片大片墨绿色在白色冬雾中摇曳。

一个小男孩提着灯在走路。

"据说尿床是残暴杀手的特质。"那个矮胖的妇人抱着滴水的床单，目光狐疑地盯着缩在墙角里的他，"你已经六岁了，你必须学会起夜。"

他便在一个个冰冷的深夜里被推醒。

恐惧地望着门外无数黑色的影子，男孩提着一盏小灯，硬着头皮走向山后的简陋茅厕，解开裤子，注视着自己黄色的尿液滴滴答答，在冰冷世界里冒起热腾腾的白汽。

他总觉得自己会死在童年。

每一次喘着气从黑暗中跑回睡觉的房间，温暖的气息弥漫，哥们儿呢喃着不同的睡语，他丢下摇晃的小灯，顾不得脱下可能沾了尿液的外衣，把自己裹在棉被中，大口大口喘气。

他们总有一天会杀死他。

像杀死一只蝴蝶一样。

先撕开翅膀——

让那丑陋的虫子无助地爬行，再割掉一节一节黑色的细腿。

杀死蝴蝶是这位亡国皇子在蜀地中唯一的游戏，他在六岁的人生中已经被囚禁在荒山中四年，时时刻刻猜想着自己未来的死法。

血是红色的。

男孩无数次地验证过，躲在厨房的门后，注视着矮胖妇人手中银亮的餐刀绞着鲜红的肉：鸡的血是红色的，鸭子的血是红色的，猪的血是红色的……白汽和腥味中，男孩低头望着自己的孱弱的手腕，上面的血管却是青蓝色的，这让他困惑，却不敢切进去看一看。

直到那一天。

月光金黄，黑暗中大片大片墨绿色在白雾中摇曳，起夜的男孩拎着一盏小灯，照亮了泥泞中波斯和尚的尸体。

这一刻，他捂住了自己的嘴巴。

那个和尚灰白的手腕垂在一个生锈的铁桶上。

男孩捂着嘴，提着灯，走上前——

照亮了桶中凝结的人血。

血是绿色的。

"……找到一个真心为你献祭生命的人，在他的血管里种下蛊虫。月圆之夜，将他的血管打开，在浑身血液快要流尽的时候，蛊虫便会随着最后两勺血流出来，你要拿一个小盒子小心地接住，盒中的血便凝固成为晶莹的碧血。"

藏书阁中，蓝衣女子一字字回忆道，末了转过身，注视着面前人："和尚，你真的想好了吗？"

波斯和尚点了点头。

"我能问一下，你为什么要帮我们吗？"陈宁净望着他的眼睛，"我们无亲无故，你为何要为我献出生命？"

那白肤高鼻的异族和尚沉默了一会儿，拨弄着青灰色的珠链，轻声说：

"他以那滴泪的形状，做了人间的月亮。"

在陈宁净困惑的目光中，波斯和尚抬起头，目光平静地望着她："你不必知我为了何人而这么做，亦不必知道此事的因缘始末。我甘愿为你献出生命，但你无须感激我，因为我另有我的目的，我们各取所需，你只管享用我的生命，不必愧疚。"

"你有什么目的？"

"在此岸，是为了刺杀赵琰，终结这一切苦难。"和尚望向窗外的青山，目光复杂，"在彼岸，是为了阻止我的师父和师兄。"

"和尚，你的师父和师兄是谁？"

"你见过我的师兄，那个骑白鹤的青年，你还记得他的名字吗？"

"李鹤。"

"对。"波斯和尚的目光转向小月牙，"李鹤日后还会来找你，无论他要你做什么，你都不要做。"

"可是他留下的那个谜题——"

"忘记那个谜题吧，那只是另一个灾难的开端，是不能打开的盒子。"波斯和尚望着一蓝一红二位女子，长长地叹息，"你们听我的话就够了，只要我献出生命做出同根蛊，陈宁净去刺杀赵琰，一切战争与灾难就都结束了，这是唯一的完美结局。等李鹤再来找你们时，无论他如何花言巧语，你们都不要听信他。"

陈宁净和小月牙迟疑地对视了一眼："李鹤是不是还有事情要告诉我们，那个谜题——"

"我说了那不重要！"和尚突然暴怒，拂衣站起身，背对她们喘着气道，"你们到底有没有决心去刺杀赵琰？若是你们不相信我，我现在就去找其他人，找一个真正值得我献出生命的人！"

小月牙连忙拉住了他，连声安抚。

"我们相信你，我们对李鹤只是好奇而已，但我们最要紧的计划就是刺杀赵琰。"小月牙说着说着已经有点呜咽了，"赵琰已经下旨逼宁净姐姐进宫嫁给他，我们除了刺杀这个暴君，已经没有任何出路了。你要是走了，我就自己给宁净姐姐做同根蛊。"

陈宁净目光悲伤地望着她，伸出手，却只是轻轻放在小月牙肩上。

"留下来吧和尚。"她轻声哀求道，"我承认我想活着。"

和尚终于微微动容，背对着她们，轻声说："这样吧，你们许诺我三件事，我就放心地献出生命。"

"哪三件事？"

"第一件事，不要相信李鹤。"

"好，我们许诺。"

"第二件事，制作同根蛊这件事，只能有我们三个人知道，这是绝密之事。在刺杀完成之前，不许告诉任何其他人。"

"连韦公子……都不能告诉吗？"

"是的。你们可以告诉他刺杀赵琰的行动，但绝不能提半句同根蛊的事，更不能走漏风声是我做出了同根蛊，以防节外生枝。"和尚望着她们，"因为我是背着师父师兄在偷偷帮你们，绝不能被人发现，否则李鹤一定会赶来阻拦我。"

小月牙和陈宁净答应了。

"最后一件事，等我死后，你们把我的尸体扔进河水里，把所有制作同根蛊的证据都毁掉。"和尚取下了手腕上的珠链，轻声说，"那时纵然李鹤骂我怒我，我早已随水而去，不留痕迹，死无对证，他也无法追责了。"

二人点头。

窗外，山间暮色沉沉。

昏黄的光线下，他用银色的小刀剖开自己的血管，在少女们的目光下，缓缓送入两粒白色的小虫。他的身体在痛苦地颤抖，他的眼神悲伤而安然。

割肉喂鹰，舍身饲虎。

原来是这般滋味。他在心里想，多年前那个人也是这样的感受吗？金红闪电三千云台之上，那个人垂头，固执地闭着眼睛，心中涌出他的月亮。

他已经不愿再回忆了。

他发现自己在痛苦中流泪，如果给他一次再来的机会，他要冲向那云台，抱住那个孤独中闭着眼睛的人，他要冲八面漆黑的宇宙大喊他懂得了，你们不能说那是无意义的，从他为生命落泪的那一刻，从万物死亡的那一刻，可是你们能懂吗，你们能够懂吗？

可当时他为什么只是远远地观看呢？

我还给你这条生命。他在泪流满面中想，这是擅自逃离命运的第二次机会，请你，一定要奋战重来。

月圆之夜。

三人在约定的荒山上见面。

"你在喘气，和尚，你为什么这么疲惫？"

"我去见了一个人。"

"谁？"

"一位故人。"他苍白地笑了，看上去像是所有气血都被掏空，他所途经之地草木枯萎，他浑身散发着绿莹莹的光，"他睡着了，我送了他一件礼物，作为告别。"

"那你现在有悔恨吗？"

"没有了，我自觉自愿，甘之如饴。"

他便注视着她在月光下，提起一把锋利的刀子，打开了他的血管。

碧绿的血液流了出来。

血哗啦啦地流进铁桶中，和尚把手搭在桶沿上，虚弱地望着桶中绿色渐渐升高。红衣的小月牙拿着木盒准备着，在绿色渐渐积满的一刻，一只白色的小虫子露出头来。

她连忙拿勺子接住了最后两勺绿血，每勺中有一粒白色的蠕虫，分别放进两个小盒子中，渐渐凝结成碧玉一般。

和尚的尸体在冬风中渐冷。

"谢谢你。"

黑夜中，红衣女子为他抚上了眼睛。

"不远处便有一条溪流，我们把他放进去吧，可以一路流入江河。"蓝衣女子顿了顿，说道，"至于盒中的碧血，我是现在吃吗？"

突然，小月牙愣住了。

"应该是吧……"她的声音在黑夜里有些犹豫，"圣姑当年有说它是什么时候生效吗？"

"我不记得……"

"我也不记得了。"

一阵冷风在两人之间刮着。

"宁净姐姐，现在怎么办，怎么和尚也不交代清楚呢？"小月牙的声音一下子有些慌张了起来，"你明天便要出嫁了，到底什么时候吃这碧血呢？吃早了，吃晚了，会不会影响啊……"

陈宁净拍了拍她，安抚道："不要急，藏书阁不就在山顶吗？你之前查过的那几本古籍里，说不定就有记载。我们现在就去看看。"

深夜中偏僻荒凉的山野间，蓝衣女子拉着红衣女子，向山顶走去。

月光金黄，黑暗中大片大片墨绿色在白雾中摇曳，起夜的男孩拎着一盏小灯，照亮了泥泞中波斯和尚的尸体。

他捂住了自己的嘴巴。

满桶绿色的血。

光线颤抖中，他差一点就扔掉油灯夺路而逃了，但在那尸体灰白色的脸颊前，他浑身发抖地僵住，呆若木鸡地站着。

良久。

男孩终于不抖了。

他缓缓地放下手，望着自己手腕上青蓝色的血管，他的目光从害怕到困惑，又若有所思。

为什么是绿色的？

下一刻，好奇终于战胜了恐惧。六岁的男孩总会做一些非常奇怪的举动，比如冬天时把雪球塞进衣服口袋里带走，比如把新书本放进嘴里嚼着，再比如此刻，他小小的身体缓缓蹲下，用他稚嫩的手指，抓了一块绿色的凝固的血。

冰凉凉的，软腻腻的，滑溜溜的，很有弹性，他站在桶前，抓着这血块，忍不住用指甲一点点戳着，不过一会儿这碧血块便裂开了。男孩便又伸手，抓了一块更大的，团在手里紧握着，像抓了一条小泥鳅。

原来人血真的是绿色的。

黑夜荒山中，男孩忘记了起夜的目的，忘记了矮胖的嬷嬷，一心要把这块血带回去，证明给哥哥看。可那冰凉的血块在他温热的手指中滴滴答答地熔化，他再捞，新的血块再化，正当他急得要捞一块最大的碧血时，突然，黑暗中传来了嗒嗒的脚步声。

两道光线过来了！

男孩望着面前波斯和尚的尸体，突然感到了一种即将被来人逮住的恐慌，望着自己满手的碧血，仿佛这和尚是他杀的一般。慌乱中，男孩一溜烟躲进了身旁黑暗的灌木中，蹲成小小的一团，捂住油灯，注视着一篮一红两道身影从远方缓缓走来。

竟是两个女子。

蓝衣的身影在不远处停下。

而红衣女子提灯走向了黑暗中的尸体，双手拎起了装满碧血的铁桶，晃晃荡荡地走向了不远处的溪水。

往返两趟之后。

"宁净姐姐，我已经把和尚尸体和碧血都销毁干净了。"荒山上，红衣女子擦干了自己的手指，走向蓝衣女子，"按照书里的记载，你现在可以打开木盒了。"

蓝衣女子便从怀中掏出了木盒，小心地打开。

红衣女子上前，从木盒中捏出了什么细小的东西，太远了，躲在昏暗灌木背后的小男孩并不能看清。

"可以吃了。"

蓝衣女子颤抖着，从盒中拿出一块晶莹剔透的血块。

油灯照得它绿莹莹的。

两根白皙的手指捏着一块绿血举高，她闭着眼，耳坠颤抖着，将绿血送向了自己的红唇前。

灌木后的男孩屏住了呼吸。

他望着那块颤动的凝血，像一块绿色的宝石，缓缓地滑向了粉红色的颤抖的舌尖。那蓝衣女子双手捂住自己的嘴巴，使劲儿地吞咽了下去。

过了一会儿，她才缓缓睁开眼，对红衣女子点了点头。

红衣女子把握紧的手指放在蓝衣女子肩上，缓缓摊开了手掌，两位女子盯着那手中的东西。

但那东西太小了，周围太暗了，黑暗中男孩睁大了眼睛使劲儿地望，可他什么都看不见。

突然，蓝衣女子捂住了自己的脖颈，却不显得很痛苦。过了一会儿，她松开自己的脖子，茫然道："它钻进去的时候并没有什么感觉。"

"这样才好呀，才方便赵琰在不知不觉中被种下蛊虫。"红衣女子提起灯，围着蓝衣女子仔细检查了一圈，欣喜道，"已经好了。"

"到了婚礼那天，我只需要像今夜一样……"

"对。"

两位女子抱着书籍，提着一盏灯，从远处走了过来。

在即将经过灌木丛的一刻——

那红衣女子笑着问："宁净姐姐，碧血是什么味道呢？"

"很清澈的味道，完全不像血，反而有点甜。"

两人说着话走远。

灌木后，六岁男孩狐疑地低下头，舔了一点自己手指上滴滴答答的绿血，然后点了点头。

是有点甜。

五天后。

深红色的轿子在军帐行宫前停下。

天幕苍青，四面风声呼啸。

颤抖的新娘用葱白手指掀开了喜帘，在搀扶中缓缓走下轿子，盖头晃荡，一身鲜红喜服在冬日的大风中飘荡。

尖厉的声音宣布着吉时已到。

她绷直了身体往前走，顶着盖头的黑暗往前走，头上金钗步摇晃荡着，她想起那个白衣公子在大风中的呼喊声，却早已无法回头地消失在身后。

她突然有点胆怯了。

若是到了堂上，众目睽睽之下，她真的敢刺下那一剑吗？

注视着脚下一片片灯烛金色的光点，听着耳旁的喧闹声，走过一方又一方红色的步幛，她在一步一步地走向他。

那就是她的丈夫了吗？那个残暴的男人，把她当作纯洁的羔羊一般掠夺而来，他亲手设下了残忍的陷阱，又抬起嘲讽的冷眼，注视着她一步步胆怯而乖巧地走近。众宾瞩目之下，他头戴冠冕坐在宴席中央，在纤细新娘走近的一刹，伸出强壮的手臂一把拉过她。

在她的惊呼声中，他抬起手，掀起了金红的盖头。

"陈宁净，是吧。"

他喊她的名字，用漫不经心的语调，冰冷的手指敲着她的下巴。

"我本来以为你会有点不一样的。"

他松开了她。

某种失望的语气，他用干净的巾帕，擦了擦手指上蹭到的脂粉。

这近乎施辱的举动，让新娘的呼吸猛地一颤，她却忍着眼中的忿悄，努力地躬身行礼，向他柔声道：

"民女已如约前来，还望陛下宽恕家父，从围城之中赦免他回家。"

堂上众宾沉默，灯火摇曳。

"又是这样。"

男人盯着她笑了，他像是在笑她，又像是在笑所有人，疲倦地摇着头得出了他最厌恶的结论："总是这样，没有一个人不是这样。"

这句话似曾相识，三年前的雨夜，黑衣公子在他这句话之后，回应了同样嘲讽的微笑，随后破口怒骂，用最讥讽的言辞戳破了虚伪的假象。

三年后的冬夜，红衣新娘在他这句话之后，垂下眸子，掩住眼中的杀意，她保持着柔弱和乖顺的语调，请求陛下不要生气，躲在暗处的手指，却已灵活地打开袖底的小木盒，悄悄捏住了碧绿的血块。

合卺酒就在她身侧放着。

悄悄投入的血块，像绿色浮萍一样在酒杯中沉落，在液体中缓缓溶化。

婚时已到，他们喝合卺酒。

金烛花火闪烁，众宾喧闹祝福，二人各执一杯，以细线把酒杯相连，缓缓饮酒，红色的光芒落满眼睫。

陈宁净发觉自己在流泪。

她一生中喝婚酒时，线的另一头连的，却并不是那个人。

酒喝尽了，白羽剑在嗡鸣着颤抖。

赵琰咽下了所有的酒液。

陈宁净抽出了腰间的花结。

他和她都还没有放下连在一起的酒杯。

而刺杀的时刻，已然到来。

那件事发生的时候，宴席之上，王念正在执勺喝粥，接下来十年的命运，却在顷刻之间轰然注定。

宋有杏正在低头写赞诗。

沈元帅坐得离陛下最远，正在微微皱眉，侧身询问身边人边元帅怎么不来，他在执行什么任务。

一道白光闪过。

所有人抬起头时——

新妃子已经卸掉了所有温顺的伪装，一柄白色羽毛般长长的软剑，正缠在皇帝的脖子上。

那一手功夫太利落了，那一柄如蛇软剑运用得太娴熟了，那眼中的杀意和果决太恐怖人心了。堂上寂静中，王念第一个反应了过来，他手中的勺子在颤，他在焦急万分中不敢高声语而只能轻声地劝："何至于此，你要什么都可以谈，快放下软剑——"

"哐当！"

酒杯从陛下手中滑落。

陷在软剑缠身的杀机中，男人却不受控地颤抖着抬起手，他痛苦地捂住了自己的额头。

堂上宾客屏息望着他。

那手背上有一个红色的小点。

刚刚陈宁净放出了比米粒还小的蛊虫，顺着两只合卺酒杯的连线，钻进了赵琰手背中。

"前一阵还好好的，怎么又发高烧了。"

荒山中，矮胖的嬷嬷一边拧着冷毛巾，一边抱怨地望向最小的床铺，面色酡红的小男孩裹着被子缩成一团，满额热汗，虚弱地睁着眼。

"那天你起夜怎么去了那么久？"嬷嬷挪着身躯走了回来，将冷毛巾摊在小男孩面上，"就是那天吹冷风了吧，一回来就病倒了。"

"我……"

毛巾之下，男孩似在支吾着什么。

"怎么了？"

他怀疑那绿血是毒药，越想越后怕，此刻只觉得自己已经烧得濒临死亡了，但一想到嬷嬷的严厉，又不敢开口说出实情。内心挣扎了良久，男孩终于虚弱地小声说：

"我好像……吃了脏东西。"

"什么脏东西？"

"那天我看见有个人死了。"男孩在恐惧中已然带着哭腔，"然后我吃了他一块血……绿色的血。"

"什么绿色的血？"嬷嬷掀开了毛巾，粗短的手指在他额上摸索着，不满地瞪他道，"你烧糊涂了吧？"

"是真的。"男孩说着说着发出恐惧的哭声，在求生的本能中努力伸出手，抓住嬷嬷的衣角，"救我，快找人救救我！"

满地花烛金光摇晃。

"你先放下剑，我们什么都可以谈，什么都能答应……"

寂静的军帐中，群臣站在原地一动都不敢动，他们满头大汗地盯着手持白色软剑的女人，皇帝还在捂着额头颤抖，发出痛苦的嘶气声，脖子上的软剑随着他的嘶气声一蹦一蹦，令人心惊胆战。

陈宁净抬起头，对所有人笑了。

"你们当然要什么都能答应，因为这根本不是刺杀那么简单，你们的皇帝，已经中蛊了。"

在宾客们恐惧的目光中，女子红唇轻启，说出了那十年后令王念一直悔恨自己为什么要听见的致命秘密。

若是能够回到过去。

那一刻，王念要捂住自己的耳朵，沈元帅要跑出去找边俊弼，宋有杏要及时抽身出门去看月光……这十五位宾客都不该在这里，自从这恶魔般的秘密从女子口中涌出的一刻，他们的命运就已然被宣判。他们中幸运的人，在十年后成了分派到天下的八方巡抚，而不幸的人，早已在十年中永远闭上了眼睛。

匹夫无罪，怀璧其罪。

他们听闻了这比玉璧还珍贵的秘密，他们成了永久的罪人。

同根蛊，同根蛊，天底下最邪门的秘术。

天下最威严最强大的君王，从此永远与一个平民的命运紧密相连，灾祸随时到来，性命随刻崩塌。这巨大的诱惑，这伸出小指一推就能摧毁帝王的绝妙法门，被在座的十五位宾客同时知晓，没有永远的忠良或叛贼，只看诱惑的砝码加到哪一步。

王念听着听着眼前发黑，他恐惧地望着陈宁净，她正微笑着对赵琰说道：

"……而与你中了同一对蛊虫的人，就是我。真是想不到，有朝一日刺客能与皇帝生命相连。我开出的条件不多，渝州城，杜路，我父亲，你大概知道要怎么做了吧？"

痛苦的颤抖中，赵琰努力抬眼，在杀身之祸中竟带着某种笑意望向陈宁净：

"很好，你确实不太一样。"

"不要再讲废话了。"陈宁净笑了一声，"宣布撤兵吧，趁我现在的条件还只是让你退出四川。"

"若我不愿意呢？"

"那就问你脖子上的软剑够不够快了。"

赵琰睥睨："可若是我躲开了这把剑呢？"

陈宁净冲他张嘴，显现出舌底下压着的一颗毒药丸，被包在透明肠衣里，随时可以咬破。

"那我便杀敌八百，自损一千了。"陈宁净用舌头将毒药丸转动了一下，"我的命不值钱，你可是差一点就能成就千秋大业的人，现在为了这点小事，要赌上自己的健全吗？"

额上痛苦稍缓，赵琰抬起另一只手，轻轻鼓了鼓掌。

"很好的谋略。"他甚至带着某种欣赏的态度说，"如今于你于我，最好的办法就是都活着。若你死了，我就要赌一把命，非伤即残。若我死了，你的砝码就失效了，我留下的军队却并不会停下进攻渝州的脚步，毕竟我的堂上还有这么多的猛将和才俊，踏着我的尸体改旗易帜而已。"

身后宾客们的面色猛然一变。

"陛下，我们——"

"不必解释，都站在原地不要动！"赵琰怒斥道，"都站好了，没让你们说话！"

堂上登时噤若寒蝉。

花烛垂泪，一条条红色幔帷在冬夜里飘翔，金光中女人盯着他：

"现在，做出你的选择吧。"

"我当然选择撤兵。"

男人毫不犹豫，盯着她的眼睛，缓缓举起了双手："这样的计谋，我自甘认输。今夜全部定军即刻撤离渝州，五天内撤出四川全境，可以了吗？"

陈宁净微微颔首："你是聪明人。"

"比不上想出这种奇计的人。"赵琰突然笑了，那笑容含意模糊又意味深长，"真是毫无漏洞，是你自己想出这个计谋的吗？"

"当然，我向来一人做事一人当。"陈宁净直视着他，"如今我一人一盅，就是要不流血不杀人不打仗，而逼你的百万军队一夜之间退出四川。"

"好胆识，好魄力，好勇气。"赵琰笑容愈甚，"江湖中有情有义的侠女，南剑翁唯一的徒弟，独步天下的制甲铸剑师，这么不一样的女人，真是令人可惜。"

"可惜什么？"

金色的烛光中，赵琰注视着手背上的红点，轻声道：

"可惜我……看见了一座荒山。"

荒山中白雾渐浓。

"谢谢医师，这孩子终于不烧了，今晚您就在这儿住下吧。"最小的少年终于恢复了健康，在其他六个少年的簇拥中，矮胖的嬷嬷不住向连夜赶来的医师道谢。最后她让自己的女儿提起一盏油灯，一路送医师下山回家。

最小的床铺上。

面色恢复了白皙的小男孩睁开了眼睛，注视着他们远去的背影，眼前突然出现了一片金色的花烛灯光。

在赵琰反手抢夺白羽剑的一刻——

陈宁净迅速收紧软剑，却难以掩饰面上的一丝惊诧，男人脖子上的软剑吱吱呀呀地收紧，他在即将窒息的一刻，突然拈起桌上的一双木筷，伸进自己脖间的白练中，撑出半寸空隙，瞬间化解了软剑锁喉的困境。下一刻，他手指一发力，那木筷便反卷着白练，从里到外迅速地把白练解开！

新娘与皇帝对峙着。

她单手攥着白练一端，微微伏身，机警地盯着面前已然挣脱的男人，张嘴向他显示自己口中的毒药丸，以示警告。而他手持长筷，筷子上已然如梭子般缠了厚厚一团白练，似笑非笑地盯着她："吃啊，见血封喉的毒药，你怎么不吃呢？"

她在他的目光中终于意识到了哪里不对劲，颤抖着问："你就不怕——"

"是啊，我本该怕的，这本该是个毫无漏洞的计谋。"皇帝拿着手中的长筷，继续向前卷着白练，"只可惜，不应该犯这种简单错误的，你到底把另一只蛊虫种到了谁身上？"

"你在说什么——"

"你猜不出来吗，此刻你跟我心思相连，你竟然一点都不能感受到我在想什么吗？"皇帝嘴角笑容愈甚，"再仔细感受一下？"

陈宁净努力稳住自己的呼吸，努力不被对方话语扰乱，却还是意识到那种不对劲的根源：

她丝毫不能感受到赵琰的心思。

丝毫没有生命相连的感受。

如果不是赵琰在撒谎，那就是……她打了个冷战，那另一只同根蛊，真的在她身上吗？

对方却没有再留给她思考的时间。皇帝拿着将白练越缠越厚的长筷，像是拿着一团挑在木棍上的白棉花，在寂静金光中，已经冲她一步一步地走来。

像是重演了荆轲的皮影戏。

此刻，陈宁净已经掏出了怀中的剑，剑尖却被皇帝反手握住。

她又成了一个孤零零的刺客。

以一人之肉躯深入敌营，如今事败，已然无力逃脱众戮，又该如何全身而退？

她握着软剑的一端，另一端却没能缠在赵琰脖子上，此刻收不得剑，出不得剑，只能把握住众人尚站在原地的最后一刻，孤注一掷地冲向了金光中高大的皇帝，挥出了她的拳脚。

赵琰目光复杂地望着她。

"为什么不能听从我呢？"他在最后一刻对她说，"我本来没打算杀你。"

他从那双长筷上捋出了一团白练，抛向空中，瞬间哗啦啦解开的白练，如云雾般弹出，仿佛软甲蔽身，挡住了她的到来。

在漫天白练落下的一刻。

他手中的筷子——

已经穿透了她的脖颈。

鲜红的血，一滴一滴，聚成了小小的泊流。

他们注视着美丽的妃子倒在血泊中，连同那柔软的白羽剑，湿漉漉地浸满鲜血。

她在颤抖着死去。

面前，本该与她生命相连的男人却安然无恙。

她在渐渐死亡中注视着他，那目光中有太多困惑、不甘、仇恨和功败垂成的痛苦……但在死亡的最后一刻，她的嘴角居然浮现出一个诡异而满意的微笑，安然地闭上了眼睛。

众人鸦雀无声。

赵琰皱眉，注视着死者脸上的微笑，他突然意识到了一件事：

这场刺杀在某种意义上，仍然是成功的。

她刺杀了的并不是他这个人——

而是他背后，这十五个宾客组成的，本来铁板一块的新集团。

在众人恐惧又怀疑的目光注视中，帝王沉重地坐下，他必须思考两个措手不及的新问题，而其中每一个问题，都将带来无穷后患。

在死亡的最后一瞬，她想明白了一件事。

她并不是全盘皆输的。

无论另一个中蛊的人是谁，她都种下了仇恨的种子，一个杀死帝王的秘法，将从此缠绕着赵琰到生命的最后一刻。

她会死去，可她身后还站立着整个江湖武林的杀手，还有知晓这个秘密的小月牙。

一场复仇的接力赛——

即将开始。

这一天是始熙三年的十二月十日。

命运恶鬼的黑影，已然站在了所有人的身后。

第五十九章

复仇

收到陈宁净死讯的那一天，韦温雪站在白雾苍山中，恍然地望着晾衣绳上那身靛蓝的衣衫，还在风声中鲜艳地飘荡。

他很难过。

多像三年前那个冬天，桂花下他没叫住杜路，而因此造成了白雪中的悔恨。可这一次他明明追出去了，追着轿子叫住了宁净，却为何她还是走向了同样的结局。

山庄中一片缟素，仆人们抢夺着财宝逃奔。

最后的时刻，还是到来了。他强迫自己的目光从靛蓝色的衣衫上挪下来，去遵循那个约定，带小月牙和幼公主离开。

他找了很久小月牙，终于在大湖边的荒草丛中找到了她，她正抱着臂膀哭泣着缩成一团，身旁放着一堆古书，满脸泪痕，边哭边扇自己巴掌。

"怎么了？"

韦温雪问，小月牙摇头不回答，只是哭得上气不接下气。他便拾起了那几本书，翻开折页的部分一目十行地阅读。等小月牙反应过来的时候，他的神情已然变得严厉。

"同根蛊？"他转头望向小月牙，声音渐冷，"你们用了这个东西去刺杀赵琰？"

小月牙连忙摇头。

"为什么不告诉我？"他注视着她，努力按捺着自己的情绪，"你们弄出岔子了，是吗？"

"我也不知道这是为什么！"小月牙的情绪突然崩溃，她大哭着说，"本不该这样的，是那个和尚骗了我们，是我把宁净姐姐送上了死路……"

韦温雪蹙眉，他轻拍着她的后背："到底怎么回事？"

小月牙便从头跟他讲同根蛊的刺杀计划，越说越悔恨不已："我本来想自己给宁净姐姐做同根蛊，可是那天来了一个波斯和尚，说他自愿为我们献出生命，结果……"

她说完时已经泣不成声："韦公子，我应该早点告诉你同根蛊的计划，可那个和尚不让我说。我怎么会相信他呢？一定是那个和尚心不诚，做出的同根蛊失效了，反而误了宁净姐姐的性命……"

一想到那小木盒是自己亲手交给她的，那红色的婚轿是自己目送着离开的，小月牙就无法释怀地流泪，恨不得此刻随她死了才好。那蓝衣女子在星空下俊爽的音容笑貌犹在眼前，竟已然躺在血泊中孤零零地消亡了。婚礼之夜，堂上众目睽睽刀光林立，当她掏出刺杀的软剑时，才发现同根蛊是假的，那一刻该有多绝望？

泪眼中，小月牙抬起头，却看见身旁白衣公子一言不发，低头望着膝上的古籍。

"喂，你到底有没有在听——"

"错了。"

他的声音太轻了，小月牙困惑地扭头，却看见白衣公子已拂衣而起，单手抱书，寒眸冷静："快带我去你们销毁碧血的地方。"

"什么——"

"有人偷了碧血。"他的语速很快，头也不回地向前走，顺手拿起身边一把连弩防身，白衣的背影飞也似的往山下赶，"快走，我们要赶不上了！"

"赶不上什么？"红衣少女一边追在他身后跑，一边困惑地问。

他不语。

只是"唰"的一声撕下了书籍的某页，在冬风中撕得粉碎。

山里并不适合跑马。边俊弼忍着差点被颠出早饭的胃部恶心感，把刚劫持的药贩扔在原地，抢了马，便喂下苗药狂奔离去。四面青山苍苍，看起来都一模一样，高速中弄得他头晕目眩，怎么都找不着陛下吩咐的那座山。

他怀疑那座山根本就不存在。

"山峰像猴头，山石发红，山顶有一座木制的藏书阁，山腰还有一间不带瓦片的茅房。"

赵琰紧紧闭着眼睛，像是费很大劲儿才看清了什么东西，他在很努力地描述出来。每一字落下，边俊弼都更加努力地忍住自己震惊又狐疑的目光，直到赵琰闭着眼说出"……木房脚下有白蘑菇，蘑菇上面有鸡屎"的一刻，边俊弼再也忍不住了，低头抱臂道：

"陛下，微臣斗胆问您，此刻渝州战事正激烈，而您是要派末将前往重重蜀山中，去找这座山？"

赵琰仍闭眼坐着，从鼻腔中"嗯"了一声。

"陛下您……您是昨夜做了一个梦吗？"边俊弼丈二和尚摸不着头脑，"这座山到底有什么特别的？"

赵琰似乎在沉思。

站了一会儿，站得曾经受伤的腿都在隐隐发痛，边俊弼认命地想算了，就听话去找山吧。但他又实在不甘心，眼看渝州城破在即，为何王念和沈持重都能留在这里享受最终胜利的战果，而他却被支开去找一座鸡屎山？此刻他在乎的不是那一点军功，而是……他深深地吸了一口气，又想起那金光中素衣的男人，那柄沉重的马槊从空中劈落，巨大的流血声在怀中响起。

他要亲眼见着杜路落败。

踏入夔门后的每一夜，他都枕戈遥望着渝州城的黑墙，握着怀中的信纸，听着寂寂的江水声。

面前的赵琰仍不发话。

边俊弼忍着腿痛站着，他在僵持，在无声地反抗。这种鸡毛小事……他在心里嘀咕，为什么不找个小兵去做。此刻他甚至在怨恨地想，这种事为什么不落在沈持重头上，偏偏落在他头上。

他在这一刻甚至有了一种可怕的猜想，权力一直选择的其实是沈持重，而不是他边俊弼。

这个猜想包含了边俊弼一直以来的隐忧：沈持重一直都是王念的人，而边俊弼是在魏元帅死后才跟随王念的。在挑选汉中主将时，军中所有人都以为王念会举荐沈持重，但没想到王念不计前嫌举荐了边俊弼。边俊弼在心里一直很感激这一点，但他也明白这并不是什么单纯的情谊——赵琰需要平民铁血者，又不给他们过高的位置，让他们如同一群生龙活虎的鲇鱼，抢夺老军事贵族的空间。

王念，这年老无用、毫无背景的将军，却因此成了赵琰最好用的将军。

把一个易于掌控的性情温良的老人，放在一个极高的位置，去操持那些年轻激进的鲇鱼，而把他们与最高的权力隔开，赵琰的智慧总是让边俊弼每看懂一点，便叹服一点。这个出身卑微的年轻帝王，对人性的高超利用却几乎无处不在，就像边俊弼又过了几年才意识到，自己与沈持重的竞争，其实对皇帝来说也是正中下怀。但当时的他，只是沉浸在担忧和猜忌中。他在担忧地猜测，一直以来只有他被树立成了裴家的眼中钉，王念让他做汉中主将，其实是在帮沈持重挡枪罢了。而在渝州即将破城的最后时刻，他们支开了他，是要把果实赏给沈持重了吗？

边俊弼不由得又想起一件事，昨天陈宁净入宫，陛下宴请群臣宾客参加军帐中的婚席。边俊弼本在受邀之列，但那天下午好巧不巧，他收到了荆州医生的信，说灰灰的病情危重，急需几味蜀地特产的药材，但这几味药材因为战争的缘故已经断供了。边俊弼当即出门，四处寻购了一番。傍晚他提着大包小包药材回来时，却发现婚席已经开场了半个时辰。臣子迟到皇帝的宴请，这是大不敬，边俊弼一边匆匆赶往行宫，一边在苦思冥想该怎么解释。谁知他还没走到举办婚宴的军帐，却看见那些宾客失魂落魄地往回走。边俊弼连忙叫住他们，问是怎么回事，月光下，沈持重面色苍白地转过头，一见他，露出了凄然的惨笑：

"你走吧，婚席结束了。"

边俊弼登时后怕："我竟然旷了整个宴请，是不是得去向陛下赔个罪？"

"不用去了。"沈持重惨笑着摇头，他望着边俊弼，几乎要哭出来了，"我真羡慕你。"

边俊弼太困惑了，他意识到在那一夜之后，古怪的气氛便在高层中蔓延，可他被排斥在这气氛之外。渝州战事依旧激烈，可大家似乎都有些心不在焉。莫非是到即将论功册封的时候了？今天早上当他站在军事地图前进言的时候，他分明看见了王念在发呆，而当他转过头望向陛下时，却看见陛下正闭着眼坐在那儿，丝毫没有在听他讲什么的样子。这种漠视，让边俊弼担忧极了。

这种担忧在此刻达到极致。早上例会结束后，当边俊弼接到皇帝的单独召见时，他本是隐隐兴奋的。但在听见皇帝派给他的任务，竟是离开渝州城，而去群山中找一座猴头山时，他的心一点点凉了下去。而在他最担忧、最腿痛的一刻，皇帝终于开口：

"告诉你也无妨，当年杜路从东梁掳走的七位皇子，就藏在这座山里，这是四年里皇子们被囚禁的地方。"

闻声，边俊弭诧异地抬头，却见皇帝面色平静，仍然闭着眼："关于张氏皇帝，我有一些事情要问七位皇子，你武艺高强，上次又认过一回路，所以派你去把他们带过来，不要与他人透露此事。"

东梁的七位皇子？这都是哪年的皇历了。边俊弭还不死心："何不等渝州战事结束后——"

"我现在就要见他们！"这一番谈话耗尽了陛下的耐心，他突然暴怒，睁开眼睛，指着边俊弭道：

"现在就去！把七个皇子活着带回到我面前，敢出岔子，你就仔细自己的脑袋！"

边俊弭终于领命，退了出去。

他走得很快，黑披风甩出气流，一路上都在心里愤愤不平：在深山老林里找几个八竿子打不着的亡国皇子，这是什么苦差？找不到就要掉脑袋？这简直是将"欲加之罪，何患无辞"的字眼写在了脸上。如今天下未定，"走狗烹""良弓藏""卸磨杀驴"的戏码就要先开演了吗？

他回到自己帐中，甩袖坐下，胸脯还在激烈地起伏。

过了一会儿，门外来了个内侍，尖着嗓子，进帐后隔着桌子，对他远远地来了一句：

"边元帅，陛下派咱家来问，他刚刚交代的事，你打算何时出发呀？"

听了这话，边俊弭冷笑一声，拿起桌上的环首刀，黑披风一荡，起身道："不用催了，我现在就去。"

"辛苦边帅了。"在边俊弭带着浑身冷意走过去的一刹，内侍突然低了嗓音，对他轻柔道，"现在去最好不过。"

边俊弭停下脚步，转头打量了一下这个内侍：一身黄衣，皮肤柔白，鼻窄而平，润唇带笑，两只眼眸仿若含水，眼皮上各有一块小红斑，此刻抬眼望着边元帅，红斑便倏然隐现。

"你叫什么名字？我为何之前没见过你？"

"回大人，我叫潇潇。"这妖物般的内侍，用莹白的手指挟着碧管拂尘，对边俊弭平静道，"陛下从不让奴仆见人，您是第一个见到我的朝臣。"

边俊弭站在那儿盯着他。

"那为何我是这第一个人呢？"

潐潐笑了，他低头望着拂尘，眼尾红斑如蝴蝶展翼，轻声道："因为边大人是重要的。"

边俊弼自嘲地摇头："你不用安慰我……"

"边大人有些不自信，其实，你才是陛下眼中真正的忠良。"潐潐抬眼望着他，"陛下很在乎你。"

边俊弼沉默了一会儿，开口道："我为早上的事感到抱歉，谢谢你专门前来，我一直很感激陛下。"

"陛下派我来，其实是要告诉边帅一句话：早点出发，回来时还能赶上渝州破城。"

瞬间，边俊弼难以置信地望着潐潐。

那个神秘而漂亮的内侍，执着一杆碧玉拂尘，双眼明亮，微笑道："陛下说了，他等着你。"

一股暖流在边俊弼胸中流淌，伴随而来的是深重的歉意。

在巨大的羞愧中，他握紧环首刀，回到陛下帐前，重重地叩首——

他随后出发了。

当小月牙带着韦温雪终于到达荒山时，已然是晌午，冬日天幕湛蓝，漫山阳光透明得发白。二人寻找一阵，终于在半山腰的隐蔽之地，找到了一座藏于高木巨石之后的宅院。

他们正欲敲门进去，突然，身后传来了急促的脚步声。

瞬间，韦温雪拉着小月牙藏到了东墙后。

"怎么了——"

"嘘。"韦温雪伸指抵住小月牙的嘴唇，寒眸凝视着正门，伏下身，低声道："赶得真巧。"

脚步声越来越近。

一位黑色披风，头戴宽帽的青年男子，迈步来到了门前，手中环首刀冷光一闪，大门即刻被劈开。

木板轰然落地的巨响中，一位系着围裙的矮胖妇人匆匆赶来，一见到男人，她问询的话还没出口，刀光已经抵到了脖颈上：

"东梁的七位皇子在哪儿？"

在支支吾吾声中，男人拽着她的头发，往宅院里拖去。

"韦公子，我们跟上吗？"小月牙盯着门小声问，身旁没有回应，她一扭头，被韦温雪脸上的神情吓了一跳。

"你……你认识这个男人？"

"怎么不认识？"韦温雪的声音在颤，他的嘴角露出一种让小月牙觉得可怕的微笑，"这不就是边俊弼吗？"

秋雨后深夜泛白的荒草中，一把刀从哥哥头上斩了过去。

三把刀插进哥哥的身体里。

他从伤口里看见了红彤彤的心脏，哥哥的血流在他身上。

漫天苍白的阳光下，他在浑身颤抖中微笑，用力给手中的连弩上满弦："种种旧账，今日终于得以一笔勾销。"

"我也要为宁净姐姐报仇。"小月牙拿出了手中的剧毒蛊虫，"我现在就进去，把他们都杀死。"

"不急。"韦温雪戴上了人皮面具，"我们可以把这个游戏做得再大一点。"

百里外，军帐中。

赵琰闭上眼睛，尽量心平气和地又问了一次：

所以，她种下蛊虫的那一夜，到底是怎么出错了？

对面人沉默了半晌，语句混乱地讲着些什么，赵琰听不清，逐渐焦躁起来，向对面吼道：

闭上眼，专注地想！再专注一点！

突然，脑中传来了焦急的呼喊声：

救……救我，外面人打起来了！

风声中，青年道士坐在白鹤上，拼凑着韦温雪撕掉的那页书。

他边拼边骂：

"师弟啊师弟，你是拍拍屁股走了，可给我留下的这是什么烂摊子啊。"

那被撕掉的纸页上，赫然写道：

因为同根蛊虫生长于献祭者的碧血，所以献祭者的血味对蛊虫有强烈的吸引力。

下蛊前，务必将献祭者的尸体和其他碧血悉数销毁。

以防下蛊之后，蛊虫再次受到碧血气味引诱，钻出宿主的体外，使同根蛊挪位。

十天前。

一蓝一红两位女子打开波斯和尚的血管，得到了最后两勺碧血和两只同根蛊虫。

她们为了确定吃下碧血时间，向山顶的藏书阁走去，只离开了一炷香的时间。

可就在这一炷香的时间里，这座隐蔽地关押着东梁七位皇子的荒山中，起夜的六岁男孩提着一盏灯笼，照亮了波斯和尚的尸体和一整桶碧绿的血。

他好奇地伸手，抓了许多血块，再望着它们流走，打湿了自己的手指和衣袖。

突然，她们回来了。

男孩惊惶地躲在灌木中，目睹着她们按照书上的要求，把尸体和其他碧血全部销毁。随后，蓝衣女子吃下碧血，细小的白色蛊虫钻进她的脖颈，第一只同根蛊已经种下，一切按照计划进行。

可就在她们经过灌木的一刹——

那只白色蛊虫又钻了出来！

顺着漆黑的地面，它无声地爬向满手碧血、气味更加浓郁的男孩，像一个瘾君子奔向了致命诱惑。而就在这一刻，男孩低下头，尝了尝手指上的碧血。

是有点甜。

他完全没有感受到。

黑暗中，头顶的灌木轻轻响了一声，白色的小虫子消失了，而一只红色的小点，已经在他耳背上留下。

"在七位皇子中，到底哪一位才是中蛊者呢？"

小月牙趴在墙上，望着厨娘的尸体在院中流血，而黑衣的边俊弼执刀入宅，"唰"的一声关上了房门，随后窗帘也放了下来。她看不见屋中情形了，只好小声道："你说，他等会儿带出来的那个皇子，是不是就是中蛊的男孩？"

身旁，白衣公子笑了："我猜他会把七个人都带出来。"

"他真聪明。"

"不，是赵琰真聪明。"已然换了面容的韦温雪摇头，"边俊弼根本不知道同根蛊的事。"

"什么？"

"你会让一个知道你死穴的人，去把你的死穴带回来吗？"韦温雪贴墙听着里面的动静，"我猜以赵琰的性格，他肯定做了双保险：第一，让不知道同根蛊的边俊弼，去把中了同根蛊的皇子带回来；第二，不告诉边俊弼是哪一个皇子，而是混在七个皇子里全带回来。"

"那我们该怎么知道——"

"两条路。第一，杀了边俊弼，我们把七位皇子全带回去，中蛊者定在其中。"韦温雪干脆地说道，"第二，一个接一个地往下杀皇子，逼赵琰自己现身。"

"自己现身是什么意思？"

"赵琰和中蛊者心意相通，他即使在百里之外，也能够监视这边的情况。若是危机来临，他可以借中蛊者之口现身，与我们谈判。"韦温雪叹了口气，"你看见我戴面具，不就该明白过来了吗？"

"所以你刚刚戴面具……不是因为边俊弼？"

"我怕他干吗？"韦温雪笑了，"我怕的是中蛊那小崽子，他要是看见了我，赵琰立刻就知道我还活着了。"

小月牙摸了摸自己发胀的脑袋，抱怨道："韦公子，你思路太快了，下次说话等等我。哦对了，我还有一个谜题——"

"唰！"

院中屋门开了！

黑衣的边俊弼执刀护送七位皇子走了出来！

韦温雪一个手势，小月牙立刻飞身出去，冲向了院中的边俊弼。

漫天粉色蛊虫如雨落下，边俊弼眉头一皱，瞬间扔出黑披风罩住最远的三位皇子，另一只手套着环首刀在空中飞旋如伞，护住身旁的四位皇子，一截截粉色断肉在他们头顶被削飞了出去，而眼含杀意的红衣女子已然降落而来。

他霎时挥刀出去。

她在空中闪身避开，踩住边俊弼的刀，一个弹跳，在长刀的嗡鸣声中再次降落，双脚夹住边俊弼的脖子，猛地锁喉向一边狠狠扭去。

在即将窒息的生死一刹中，边俊弼却思维敏捷，一边用力向前躬身，一边刀尖向后环刀飞旋。双脚还扣着他脖颈的红衣女子，不可避免地被他躬身带向了一片寒光刀锋，一片红衣瞬间削飞了出去，女子瞬间松开他，踩着他双肩向后翻身跳跃，喘息着落地，捂住自己膝盖的一片流血。

再晚一刹，她的整个小腿都会被冷刃横划而开。

他比想象中要强得多，就是因为自信于这样的武艺，才会单刀去挑战高马上执槊的杜路吗？小月牙一边嘶着气站直一边环视院中众人：杀死边俊弼没有想象中简单，但这些手无缚鸡之力的小皇子到处是破绽。

边俊弼执刀横挡住身后众人，警惕地望着她。

下一刹，小月牙动了！

她迅疾地冲向边俊弼，红色双袖在风中飞舞，葱白的手指已然抓向脖颈，边俊弼连忙提刀去砍，谁料对方只是虚晃一枪，向后推刀，瞬间借力转身，转向了最右方的皇子，手心中一只粉色蛊虫笔直射出，冲向了皇子的眼睛。

边俊弼面色惊变，他脚下已经慢了一步，只能尽力伸长手臂，手中寒光瞬出，勉强赶上，贴着鼻尖堪堪地挡了下去。

蛊虫被斩成两截落地。

边俊弼终于赶到了最右方皇子面前，此时红衣女子已经射出了新的蛊虫，他刀光飞旋着与她砍杀，冷刃正要斩向红衣女子脖颈的一刹，突然，身后传来了"砰"的一声！

边俊弼扭头回看，一瞬间血液都涌上了额头：

院上有埋伏！有人趁着战酣，在暗中三支冷箭齐发，瞬间击中了最左边的两位皇子，顷刻间他们面色发紫地倒地，已然毒发了！

身后，红衣女子缠战边俊弼，不断发起进攻来阻拦他回头；院中，还活着的五个皇子已然吓破了胆，尖叫着四处逃窜。

暗处，白衣公子眯着眼睛，双手握连弩，瞄准了即将逃进屋门中的大皇子，他猛地扳动悬刀，"砰"一声，三支沾满青紫色毒液的铁箭蓦然冲出，带着三道迅疾的流光，全部射入了大皇子后背！

在即将踏入门槛的一刹，大皇子浑身痉挛着，缓缓倒下。

还剩四个。

白衣公子迅速拉上弩弦，转动弩机，瞄准了大皇子身后的小男孩，这男孩看上去是最小最矮的一个，正哭喊着踏过大哥的尸体，想往门槛里去。

"砰！"

头破血流的小男孩倒在了大哥的身旁。

还剩三个。

在边俊弼终于摆脱纠缠，转身跑向门槛去救人的一刹，小月牙瞬间射出了手底的蛊虫，飞向了那个跑在最后面的男孩。粉色蛊虫正中后颈，男孩即刻脸色苍白地捂住了自己的脖子，双脚不听使唤地互相绊倒。

那么最后两个……

韦温雪眯着一只眼睛，从弩机的望山中，盯着最后两个在院中手拉着手狂奔的男孩——他们一个看上去十四五岁，一个看上去十岁左右，在门槛处的惨剧发生后当即回头，转身向院子大门跑去。边俊弼也正跑向他们，三人越来越近，越来越近，马上就能接应上了。

"砰！"

韦温雪扳下了悬刀。

明亮阳光下，高速冲出的三箭，甚至擦得弩机都在微微冒出白烟。

最后两位皇子在边俊弼面前倒下。

树影在摇。

冬风中，白衣公子低下头，轻轻吹散了弩机上的白烟。

真可惜，这个游戏本来可以做得更大一点。韦温雪抬头，在苍白阳光下遥望渝州的方向：他本想把中蛊那个小崽子带回去，长长久久地威胁赵琰，甚至于在十年之后一击毙命。只可惜，赵琰到最后一刻都不肯现身。

看来，赵琰宁愿承受立即残废的风险，也不肯给韦温雪一个永远的把柄。

他比韦温雪想象中更加谨慎，又更加激进。

如今七位皇子全部死亡，赵琰也在劫难逃，不过同根蛊尚未满十年，后果只是随机的伤残。韦温雪耸了耸肩，在心里祝愿赵琰从此半身不遂卧床不醒。他收了弓弩，一边从高墙上跳下，一边对院中吹了声口哨。

闻声，小月牙立刻抬手冲向边俊弼，袖底数百只粉色蛊虫猛地齐发，在对方闪避的一刹，她借着这样的烟幕弹，红衣疾走而离去。

树影不再晃了。

苍白阳光下的世界里，边俊弼站在满院血泊中，望着七位皇子的尸骸枕藉，一把环首刀被捏得咔咔有声。

突然，他低头露出了一丝隐秘的笑意。

在红衣女子即将消失的一刹——

一支翠绿的飞镖，带着凛凛冷光，瞬间从他手中飞射而出，劈开了整个寂静的冬日。

遭到暗算的一刹，小月牙瞪大了眼睛回头，身体却开始不受控地痉挛。

"是麻药……"

她的双腿开始发软，她的身体感到麻痹，她不由自主地跌坐在门槛处，望着黑衣宽帽的边俊弼一步步走来。

"你快跑……"湛蓝的天空下，她已无法转动脖子，不知道此刻白衣公子身在何处，只是双目失神地喃喃道，"快跑。"

边俊弼站在她面前，冷笑一声，举起了阳光下闪光的环首刀，正要狠狠插入她的胸口——

"砰！"

突然，从草木的阴凉处，三支闪着冷光的飞箭冲了出来！

边俊弼瞬间双手立于身前，银刀飞旋如扇面，齐刷刷地削开了三支铁箭的箭镞！

被斩断的箭镞在空中飞动，他倏然变换环首刀的方向，像是用木棍击飞小球一般，他行云流水地用铁刀拍向了一个又一个铁箭镞，铿锵声中，这些带着青紫色毒液的箭镞，瞬间改变了方向，冲向了韦温雪藏身的灌木丛中——

灌木后传来了中箭倒地的声音。

当边俊弼扒开灌木时，那一身白衣的射箭者，已经直挺挺地躺在那儿，手脚青紫了。

在小月牙颤抖的目光中，边俊弼将白衣人拖了回来，扔到小月牙的身旁。随后，他再次打开了屋门，走向了房中的大木柜——

在木柜打开的一刹，小月牙的瞳孔不可思议地瞪大：

那里面竟还藏着一个瑟瑟发抖的小男孩。

小男孩看上去只有六七岁，皮肤白皙，眼睛乌黑似有水光，柔软的长发温顺地披在身后，像只乖巧勾人的小猫。

边俊弼捡起黑披风，将这脆弱的小男孩仔细地包好，随后一手抱着他，一手持刀，大步流星地走过庭院。

似乎看出了小月牙眼中的惊诧与困惑，边俊弼在走出门槛的一刹，用环首刀挑开了地上那个已经中箭身亡的"小男孩"的帽子——两只羊角辫露了出来。

竟是那个厨娘的女儿。

苍白的阳光下，边俊弼遥遥地望着他们，近乎怜悯地说："你们太低估陛下了。"

五天前。

那位美丽如妖物的黄衣内侍，微笑地望着边俊弼在皇帝帐前重重叩首。在边俊弼起身的一刹，潐潐轻声说：

"其实，你只需要带回来一个人。"

"谁？"

"张蝶城。"潐潐望着他，眼尾红斑便蓦然隐去，"今年六岁，是七位皇子中最矮小的那位，你只带他回来就好。"

边俊弼失笑。

"你本不该告诉我的。"他说，"若是此人特别重要，陛下不想向我暴露他的身份，只告诉我把七个人全带回来，岂不是更稳妥？"

潐潐垂眼笑了："可是陛下偏要告诉你。"

"为什么？"

"因为陛下说，韩非子是错的。"

边俊弼微微晃神，阳光下，潇潇抚摸着晶莹的拂尘："韩非子说，君王要时刻防备自己的臣子，用法术势驾驭他们，用利益来分裂他们，不以真身真心见他们，做到无声无形而无处不在，才能保证自己的威严和最高权力的安全。

"可陛下说，这世间的事情恰恰是相反的：大道废有仁义，智慧出有大伪，六亲不和有孝慈，国家昏乱有忠臣。越是需要隐瞒和威慑臣子的君王，越是地位不安全的君王。他们为了欺人，却总是落得自欺的下场。

"你要想得到安全，就必须学会信任。

"而他和你君臣二人，不需要任何隐瞒。他用你信你，把最后的底牌亮明了给你，才方便你做出最安全的判断。"

此刻，冬日苍白的阳光下，边俊弼抱着劫后余生的小男孩，望着院中满地尸骸，不由得感慨万分：

赵琰早已是利用人性的天才，但不可思议的是，他在洞察人性之后，依然选择相信人性。

正是他对边俊弼的这份信任，保住了张蝶城的性命。

因为陛下提早告知了张蝶城的身份，所以边俊弼在走进房门的第一刻，就找到了最小的皇子。门窗紧掩中，他命令厨娘的女儿换上男装，而让小皇子张蝶城钻进衣柜里仔细藏好。一切就绪，他把这个"假皇子"混在六个真皇子中，佯装警惕地出门了。

结果真的有埋伏者，瞬间杀死了七个孩子。

在这场紧张万分的心理博弈中，对手本来占着先机，他们对所有情况的估计都是对的，唯独没有意料到，赵琰会在此等生命危险中选择了信任边俊弼。

如今胜负已定，边俊弼抱着六岁的小男孩，持刀一步步走向了双眸颤抖的小月牙。她在恐惧中发出嘶哑的惊叫声，浑身却在药物的麻痹下没有一丝力气，像个软掉的木偶一般靠在门槛处，目睹着锋利的刀刃在冬日阳光下斩落。

胸口鲜血四溅——

她却已经感受不到痛了。

离开前，边俊弼从厨房中抱出点燃的茅草，扔向四处。尸体和枯树都在大火中熊熊燃烧。濒临死亡的红衣女子虚弱地睁着眼睛，望着他黑色背影在青山中远去，身周，漫天赤红火焰吞噬而来。

你，我，同根蛊，到底有什么关系？

在熊熊烈火的包围中，小月牙咬破了自己的舌尖，她浑身都没有力气，浑身上下能动的部位只剩舌唇和眼珠。此刻她目眦尽裂，将舌尖上鲜红的血滴，奋力洒到中毒的韦温雪身上。

终于，一滴血滴在韦温雪的鼻尖上，缓缓流入他唇中。

韦温雪在大火中虚弱地睁开了眼睛。

"快逃……"小月牙的红衣已经被鲜血濡湿了大半，她努力地抬头望着他，用尽全力说，"他刚刚往西边下山了，你往东边走，不要回头。"

韦温雪费力地抬手，想捂住她的伤口。

"逃不出去的。"他的声音很平静，"我们四面都是火。"

枯草爆裂的响声从空中传来，院中草灰飞扬，金红色的大火带着滚滚浓烟呼啸而来。

在生命的最后一刻，小月牙虚弱地依靠在他怀中，气声说："我这一生，还有两件事没完成。一个是还给杜路他的生命，另一个是能在死前听到那个谜题的答案。"

"什么谜题？"

"假使这世上有一个老国王，他疯狂地寻找着一个有不死之躯的小男孩，一对同根蛊，还有我……"

四面大火中，韦温雪不等她说完，突然笑了。

他凑到她耳旁，轻声说出了答案。

小月牙惊呆了似的望着他。

下一刹，她感到后背上一阵灼痛，漫天大火已经烧了过来。韦温雪不断地扑打，可烈火依旧烧上他们的衣襟，烧上头发，皮肉被烧焦的香味混着浓烟冲向她，她被呛得满眼泪水地咳嗽，即使有麻药的作用，她依然感受到了烈火焚身的滋味。

一片白得发亮的羽毛，突然从空中飘摇坠落。

韦温雪抬头，却看见了梦境般不可思议的一幕：

冬日湛蓝的天幕下，一个年轻道士，骑着一只丰羽轻盈的白鹤，目光复杂地望着他们，突然间带着气流迅疾向下俯冲——

"我说过，当你明白这三者的关系时，我们还会再见。"

青年驾着白鹤冲向了熊熊大火，咬着牙，一手捞起衣襟燃烧的白衣公子，一手捞起血泊中濒死的红衣女子，烈火烤着他的脚掌，他双腿一夹白鹤猛地起飞。白鹤在滚滚浓烟中迅疾加速，疯狂地扑扇翅膀，尽管大片大片羽毛落进火焰中燃烧，也要拼命地带着三人从这样的修罗场中逃出生天。

寒冷月色，冰川之上。

淡蓝的冰棺中，韦温雪双手颤抖着，合上了小月牙的眼睛。

白鹤青年望着他叹气。

"生命真是脆弱得令人难过。"飞雪打着他们两个人的面孔，"她们都那么年轻美好，却无辜卷入了男人们的权力战争。或许有另一个世界，女孩们提剑潇洒，天真烂漫，在雨水与花藤下结伴而行，月光照着她们，女孩们蹚着淡金色的水洼走向远方。"

他在满身白雪中点头。

静默中，两个男人望着天地间纷落的白雪渐渐掩没了淡蓝色的冰棺。远处，群山哀寂。

一个铁桶放在棺前。

他们提着这铁桶走下了冰山，按照小月牙的嘱托，把它泼进江水中，永远流去。

当边俊弼抱着用黑披风包裹的小男孩，在一个尘土飞扬的夜晚赶回渝州城，把小男孩亲手交付给赵琰时，赵琰带着眼中十日未眠的疲惫血丝，终于长舒一口气。

而同根蛊的诅咒从此永远盘亘在赵琰头顶，如今张蝶城安全回来，非但不能平息他的愤恨，反而使他对江湖联盟连环暗算谋杀的怒意达到了极致。那时杜路死守渝州城近一个月而不肯降，全城军民一心，飘扬着良朝的旧旗，众志成城，誓死抵抗。在边俊弼归来的这一夜，赵琰在暴怒中下令放了那场攻城的大火。

那是炼狱火海般的一晚。

在士兵们取下石炮，而给投石机换上枯草捆和烈油的一刻，边俊弼看见了对面城墙上无数士兵的影子，他们还无知无觉，却已经像是土中的陶俑在悲哀中矗立。宽帽在眼前飞扬，他低头点燃了一根细细的草芯，听见一种迢遥而沉重的战鼓声。

大火屠城，数万亡魂。

第一团璀璨如星云的火团，开始在渝州城的夜空上降落。

数千万颗火流星散开如金红大雨，睡梦中房屋倾塌栋榱崩折，火海蔓延，身穿重甲的士兵在痛苦中绝望地哭号。城外投石机源源不断地投射，使烈油火团如雨浇落，衣不蔽体的孩子们带着浑身大火逃窜，冬日砭骨的寒风中，幸存的人们一个接一个地向河水中跳下去。

连皮毛燃烧的猫狗都被投石机扔进渝州城，在撕心的叫声中到处逃窜，烈火越烧越高。

整个城市在燃烧。

后来，有一位被赵琰斩首的史官在被烧掉的史稿上写道，纵是当年五鹿之战的北漠人，都未曾如此残忍地对待自己的子民。从当年用一把匕首暗杀杜路开始，赵琰屠恩主，屠幼帝，屠群臣，屠百姓，做尽天下负心背义事。从一个任人欺辱的小奴仆成为鞭笞天下的铁血帝王，赵琰这一路上罪孽之深，罄竹难书。

他还写，杜路死在这场大火中。

欲定倾扶危而不得，欲讨暴除贼而不得，最终连保护一方百姓安危都不得，他自甘堕楼而死，年轻的将军从最高处一跃而下跳入金红火海，握着良灵帝留下的金印，以身殉国了。

在处死史官的那天，边俊弼望着纸稿上他写的杜路，冷笑了一声。

十年来，在一个个等待着灰灰苏醒的深夜，边俊弼也一次次烧掉了自己写的内战史，沉默地望着灰尘飞向闭合的床帷，又轻轻拂去。

"你知道吗，在赵琰下令放火烧屠渝州城时，我就站在他面前，我本来是有机会阻止他的，我在那一刻就知道他一定会后悔。"

十年前的春天，在内战结束后那个白雾弥漫的清晨，边俊弼注视着长安城墙上杜路红肉腐烂的尸体，平静地说：

"但我不想这么做。

"我想默不作声地注视着你们厮杀，直至一方死去。"

"尽管我那时已经知道，"他嘲讽地笑了，声音飘向很远很远的地方，"那种厮杀让赵琰痛苦。听上去不可思议，但他在杀死你的最后一刻，已经后悔了。"

始熙三年，十二月二十夜。

火，在黑夜中染红照亮了整个渝州城上空的冲天大火，熊熊燃烧，妇孺逃窜，士兵的残肢在烈火中噼里啪啦地跳跃。

数个时辰后，边俊弼率兵跟随赵琰，终于踏入这座被围困近一个月而不降的城池。

随后，他们目睹了杜路跳火自尽。

这是赵琰自从在深山中刺下那一匕首后，五年来第一次再见到杜路。火光中，赵琰远远地望着曾经的恩人一步步走向高楼，他仍身穿银黑色的良朝旧甲，身形高大，孑然一身。年轻的男人在喧嚣中站上燃烧的城楼，冬风在他四面扬起，他身旁旗帜飘拂，英俊的面上坚毅而悲哀，眼睛里映着满城火光。

瞬间，地上数队射手同时拉开大弓，向楼上瞄准。

赵琰急促地喊了什么。

数千箭矢齐发，遮天蔽日地冲向了高楼，把这末路绝境逼至最后一刻。

杜路跳向了大火。

他像是一只再无留恋的大鸟，带着满身灰黑的羽翼，安静地坠落在满城大火中。

他在最后一刻都很平静，像是早已预料到自己的结局。他一句话都没有说，这个穿着良朝旧甲跳入大火的身影，已经是他留给历史最后的话。

他本可以成为一个圣人。

他永远不可能成为一个圣人。

是英雄，是战神；是盗贼，是祸寇；是正义者，是煽动者；是军事寡头，是礼乐捍卫者；是战争狂热者，是理想主义者。

世上有多少人迷恋过小杜，就有多少人憎恶过小杜。他们跟随小杜奔向飞蛾焚身的光明烈火，陪他走那孤独的路，为他卷入那狂热的高洁的道。他们也站在他的尸骨上望着新夜的帷幕徐徐降落，身后宗国倾塌乌鸦翔飞，简牍匆匆删掉他的姓名，埋葬他的道。

"我猜，赵琰在他人生的某个时候，一定深刻地崇拜过你。"内战结束后，边俊弼对着长安城墙上杜路的尸体，轻声说，"但他不愿意承认这一点。"

他又想起了那一沓沓被烧掉的内战史。

在纸稿的最后。

那高耸的城楼上，那燃烧金光的火城中，年轻将军孤身立着，面对漆黑无边的夜幕，不再低头看一眼人间苦难。冷风四起如刀，他披风振飞，像只摇摇欲坠的鹤，要随时振翅远去了。

这一刻，边俊弼望着赵琰，而赵琰隔着火海望向杜路，忽然打了个冷战。

地上，一排排射手绷紧了长弓瞄准高楼。

赵琰突然回头，冲着军队焦急地吼了什么。

那句话永远不可能被写在纸上重现于世。

可那句吼声其实是：

"所有人放下弓。"

渝州城的风声太大了，火声太响了，弓箭队伍太长了，前方的弓箭手刚刚放下弓箭，一排排地向后传令，后方的人在喧嚣中什么都听不清。

那一刻，边俊弼其实听清了陛下的吼声。

但他装作没有听见。

边俊弼死死盯着火光中的杜路，就像是在西陵山上抱着浑身是血的灰灰那样望着杜路。他在听见陛下的吼声后，转身对着数千人的弓箭手团，一手挥下，万千铁箭瞬间冲出，逼向了高楼上的杜路。

那最后一箭是我射的。

那逼死杜路的最后一件事是我做的。

我不后悔。

十年前的春天清晨，边俊弼对着血肉模糊的杜路，轻声说：

"我不知道他在那一刻为什么会放下箭，正如我不知道他为什么会背叛你一样，但我意识到一件事。

"尽管听上去不可思议，但他在最后一刻，真的想念代州了。"

第六十章

十年

那么现在，我们只差最后一个问题。

十年后的冬夜，夏口城外八匹马拉着一辆过分高大的马车正在颠簸中奔跑。车厢里，毒发的白侍卫痛苦得浑身痉挛，而昏迷的杜路正在虚弱地咳血。文着骷髅花脸的男人低头注视着他们，轻声问身后人：

他，是怎么从火海焚身中活下来的？

冰冷白雪中，韦温雪手持银刀，切割开了一具死尸的头皮。

李鹤望着他。

一簇孤独的火焰，在这个洁白的世界里点燃，韦温雪低头吹开青烟，铁盘中一堆凝固的黄色脂肪如油膏般熔化。

在等待沸腾的时候，他低下头，用坚硬的冰块雕刻着一张人脸面具。俊朗的眉宇，挺直的鼻梁，紧闭的眼睛……那面具渐渐成型。

是杜路。

李鹤望着那白衣公子在冰天雪地中跪坐。他有着清绝端庄的面容，俯身轻轻抱起死尸，长长的黑发从身旁两侧温柔垂落；他做着残忍而邪诡的事，把僵硬的冰面具罩在怀中人面上，让热油滴入皮肤流动，又在低温下迅速凝固，变成皮肤下柔软的脂肪。

大雪中，韦温雪揭开了冰面具。

一张颇似杜路的面容蓦然出现。

他眼睫落雪地望着这张脸，他用透明的鱼肠线，将头发下隐秘的切口缝合在一起。

他仔细地审视着自己的杰作，随后，他翻开死尸的上唇，在口腔内部切开了两个针眼大小的洞，一滴滴注入了热油脂，死尸的人中便微微翘起，显得愈发年轻。

"以假乱真。"李鹤点评道，"你是在哪儿学会了这种下三流的技法？"

"这种在黑话里，叫假雪人。"韦温雪抬手，用力把冰面具扔出去摔得粉碎，"在扬州的黑市上，匪帮们拿这种尸体保命，而钦差们专门拿这种尸体结案，这是一门好生意。"

"经过扬州这些年，你是跟从前不太一样了。"

风雪中，韦温雪笑着低头，不置可否。

"我听说，曾经那夜赵琰把幼帝的脑袋扔给你，你便干呕了起来。"李鹤目光复杂地望着他，"而现在的你，无论是射杀皇子还是切开死尸，手都不曾抖过。"

韦温雪抱着死尸站起身：

"我们走吧。"

漫漫雪川上，一只黑色的巨鹤掠过天地，带着他们在金光中高飞而去。

当他们赶到时，渝州城正在大火中燃烧。

杜路在冬风中孤绝地站着。

万千流箭中，战败的将军从高楼上向着火海一跃而下。

一只毛羽染成黑色的巨鹤，迅疾地振翅穿过一整片的烟尘，在黑夜大火的掩护之下，冲向了火海中倾颓的高楼。

他们在大火中接住了落地昏迷的杜路。

韦温雪推下了面容相仿的死尸。

他们掰开杜路的手指，将金印扔落在地上，还来不及检查杜路的伤势，却看见了一个意外的身影——赵琰正在向火海冲来。他跑得那么快，吓得李鹤赶紧拍着巨鹤低飞而去，贴着一片黑色浓烟迅速逃离。

后来，赵琰在大火中望着那容貌如故的尸体，颤抖着露出了嘲讽的冷笑。他随后转身离去，不再看尸体一眼，命令手下士兵将杜路带回长安，挂在城墙上日夜残忍地鞭打，直到血肉模糊完全腐烂。

后来，边俊弼在一个长安白雾湿润的春晨走上了城墙，望着那血肉模糊的尸体，与杜路静静对坐。他讲了所有的故事，所有纸稿能写出的故事，所有纸稿不能写出的故事。最后，他把那件曾被杜路斩断的铠甲留在原处，安静地走下城墙，四周春光融融，金黄色的小花开满葱绿的郊野，熙熙攘攘的市民出城踏青。他走在阳光下，凝望着和平的新时代。

这扇长安门，韦温雪曾在白雪中带着花积别离，赵琰曾在暴雨中带着百万军队攻入，蓝衣飘飘的陈宁净曾在夏末的傍晚荷笠带夕阳地踏入，又与白山林坐着马车离去。红衣鲜亮的少女淑德曾在这里抹泪，她随后擦干自己的眼泪，黑亮的眸子里用野心掩饰着胆怯，一步步踏入遥远陌生的皇宫；被送去和亲的萧逢香公主也曾在这里落泪，她最后回头望了一眼亲切的长安，便被时代巨潮推向了颠沛流离的命运；幼年的杜路曾被韦温雪拉手奔跑着踏出城门想前往蜀山，也曾在金色桂花下的激烈争吵后，擅自带着十万大军踏出城门奔赴贵州，副将赵琰低头跟在杜路身旁，怀中淑德给他的匕首闪着幽幽的冷光。

他们犹如幻影，与川流如河的市民们擦肩而过。

有些人永远离去，有些人已经归来。

边俊弼在温暖的春光中跟着人群向前走，宽帽遮着他的黥字，他恍然意识到，十四岁那年他也是这么离开长安的。那时他的父母死在牢中，少年的他发着高烧被两个狱卒推搡着，带着额上胀痛发炎的伤口，在咬牙切齿的泪水中走向流放之地，那是传说中荒凉偏僻的代州。他抓住机会逃了出去，杜路没去逮捕他，他因此结识了自己最好的朋友。七年后，他却带着自己最好的朋友，与杜路在西陵山上狭路相逢。

那柄铁槊，那场箭雨，那悬在城墙上血肉模糊的尸体，那烧毁的史书四飞的灰烬。

一切故事都从长安开始，一切故事又在长安结束。

而他已经归来。

蓝天下金光灿烂，边俊弼微笑着，遥望郊野中孩子们嬉戏。那时他远没有想到，一切故事却并没有在此处结束。

十年后的长安冬天，他会不可思议地与死而复生的杜路再次相遇，那时他将面临一个此生未有的艰难决定。这个决定，关乎张蝶城，关乎赵琰，更关乎整个王朝的最终命运。

他毫不怀疑自己对杜路的仇恨。

他更不怀疑自己将一直是赵琰最忠诚的臂膀。

但到了那时边俊弼才意识到，有那么一天，他竟会成为赵琰的死穴，杜路的救命稻草。

他在梦境的火海中坠落。

"杜路啊杜路，"有人用怀抱接住了他，低声叫着他的名字，发出一声长长的叹息，"你为什么总把自己弄得这么狼狈？"

他在一片温暖的春光中醒来。

马车在辘辘地颠簸，车上载满金黄色的花，带着阳光的气息，海东青在摇晃的鸟笼里扑扇着双翅，一切在缓缓慢慢、晃晃荡荡地前行。

他伸出五指，遮住车窗下浓烈的光线，正恍惚地想这便是死后的世界了吧，突然，耳旁传来冷冷的一声："不敢相信自己还活着？"

"韦二？"他瞬间听清了这人的声音，想要翻身坐起，突然一股伤口撕裂的剧痛传来，让他登时嘶着冷气。

"现在知道疼了？"驾车人仍是那没好气的声音，"从高楼上往下跳的时候，多英勇啊，那粉骨糜身的劲头，让人觉得你甚至都有点迫不及待了。"

车厢里光影晃荡。

"你不该救我。"杜路说，那声音疲惫而坦诚，"我已不愿活在这世上了。"

前方驾车人终于回头，背着整个世界的金光，沉默地看着他。

无数光尘在天他们之间悬浮。

"弄出这样的烂摊子，这就是你想要的收场方式？"驾车人近乎在冷笑，"一个男人竟做出这种事，你的自杀，只会让仇人称快，却根本不能解决任何问题。"

杜路费力地抬头：

"可若是我意识到，一切问题的根源，恰恰就在于我自己呢？"

韦温雪的眸子颤了一下。

风声中，金光中，满厢尘埃起伏荡漾。

"我失去了支撑自己走下去的东西。"杜路凝望着他，那双眼睛里有太多的疲惫，"原来一路以来支撑我走下去的东西，既不是经史，也不是良朝，而是我对'我'的信念。

"我开始怀疑，其实我才是错的。

"这种怀疑，像是一道裂缝，在我看见金陵百姓的反战队伍时就悄然发生，越裂越长，直到渝州城的火光里，这种怀疑完全击溃了我自己。那些百姓和孩子本来不必在烈火中焚身，如果他们不曾深刻地相信我，如果他们不曾死守这座城池，就不会招致赵琰这样的报复。我只能穿着良朝的旧甲跳入大火，告诉世人我一路走来的信念仍是至死犹坚的，否则我就不知道……"

杜路顿了顿，他想起了那场海恩幻梦中老水手的影子，他继续说：

"我就不知道，我已经在理想的旗帜下坚定地走了这么远，但在理想恍然坍塌之后，又该如何去面对身后一路的杀戮与血债。"

韦温雪叹了口气：

"那些野心家的血债并不比你少——"

"可我一直相信我是在为大道而杀戮。"杜路望着自己的旧友，"在意识到这种坍塌的最后一刻，我只能选择作为一个坚定的'我'为大道而殉身，而无法让一个崩坏的'我'在失去信念后苟活。因为我已经走不下去了。"

两人沉默地望着彼此。

"我有时候都不知道，我们之间，到底是谁错了。"韦温雪自嘲地笑了，"你满腹忠义，我从无道德，却最终到了一个殊途同归的结局。"

"本不该如此的。"杜路也疲惫地笑了，"我本该在火海中彻底地死去，偿清那些无辜的人命。"

"可有人给了我一份重礼，要我来救你。"

"谁？"

"小月牙。"

"她做了什么？"

"你无须知道她的故事，"韦温雪垂下了眼睛，"但你要明白，为了你能活下去，已经有许许多多人付出了鲜活的生命。"

"他们为我而死，我便更不能苟活于世。"

"不。"韦温雪摇头，"因为我已经答应了她的托付，所以你必须活下去。"

"你知道的，我中了怪蛊，已经活不久了。"

"我治你。"

"你不懂医术。"

"我会学。"

"不要徒劳了，韦二。"

"可我想要你活着。"他转过身，在风声春原上扬鞭策马，"我的父母亲人朋友老师都死了，如果你也死了，小时候的韦温雪就没有一个人再记得了。"

浅金色的春光在马车里流动。

"所以活着吧，哪怕只跟我讲讲快乐的童年往事，也要活着。"

夏初，暮色瑰丽的黄昏中，暖风吹拂着车顶飞旋的纸风车，一条河水波光粼粼，扬州人群熙攘，男人驾着马车在辘辘声中归来，磨旧的车轮碾过开明桥的青石板，轻轻在铜雀楼前停下。

当时年少春衫薄，骑马倚斜桥，满楼红袖招。

"是老板回来了！"

不知是谁发出了第一声清脆呼喊，瞬间，满楼少女提裙敛裾如彩雀般奔涌而出，团团围住马车，笑语歌声连连，一双双素白娇嫩的手抚上男人驾马的臂膀，嗔道他的晚归。男人便笑着从马上翻身而下，掀开车帘，一片金灿灿的光芒露了出来——

少女们惊喜地欢呼。

马车中竟载满了金箔做的花，在夏风中轻盈旋转，无数流光在夕阳街道上飘拂，又在河水中闪耀。

"拿吧。"那清秀的男人微笑着望向女孩们，轻声道，"都是送给你们的。"

女孩们在喜悦中拥了上去，满街的路人都停下了脚步，稀奇地望着一朵朵金箔花插向少女漆黑丰盈的鬓发，在笑声和风声中旋转。

趁着众人的注意力全在马车上，男人从人群中无声地退了出来。

他搬着一人高的黑色布袋，避开了所有人的眼睛，独自走上三楼，反锁住房门，将布袋放在衾枕柔软的大床上，解开了袋子。

杜路咳嗽着从布袋里探出头来。

韦温雪望着他，在杜路开口之前，韦温雪先说道：

"是的，我就在做这个。"

他自嘲地笑了。

"之前我寄给你的银子，也是这么来的。"他垂下眼睛，努力一股气说下去，"如果不出什么意外，我们接下来活着，也要靠这样的生意。"

"韦二……"

"早就没有韦二了，在这里，要叫我温老板。"

时间，是怎么样一点一点流走的呢？

凉风吹得满城叶子变红黄，落魄的白衫公子照料着遁逃的将军，在风声中躲在江南一座温暖的歌楼上。他摘起窗前那片红叶，夹进医书里合上，站起身来，活动自己有点酸的肩膀。

帐中人喝着热气腾腾的汤药，一勺一勺碰着碗底。

喝干净啊。他笑着嘱托道，拿起了小算盘，轻轻算着今年的炭钱，末了写了字

262

条，要花积去预订。

"这药不管用。"

他抱怨道，甩开药书，一片红叶便掉了出来，掉进了一个银装素裹的世界。

细雪飘了一整夜。

他们在冬夜里喝热梨茶，雪景都落在杯子里。"这雪不大。""是啊，这雪怎么会有长安的大。"

灯光昏黄，他们喝着甜甜的梨茶，观看了六年细细的雪，每年都说一样的话。第七年扬州下了暴雪，他们终于改口说，这雪像长安的一样大了。

花积笑着，从公子手中拿了杯子，倒进去白汽袅袅的热水，碧绿的春茶便漂了上来。楼下新酒的彩旗飘摇，女孩们坐在门槛上学吹笛子，心不在焉地抱着猫儿，伸着春酣的懒腰。

他一小口一小口啜着热茶，跟杜路说："早点好起来，好起来我带你去惠山喝现打的泉水。那些人都不会喝茶，上次请我时，用没淘井的老水泡了好茶，害得我一口全吐了出来，简直像是吃蚌肉时硌到沙子那样难受。"

花积把红透的樱桃递给他吃。

暴雨中，他指挥着满楼姑娘，连根挖出院中碧绿的芭蕉，要换上那种开着淡紫色小花的药材，好赶在秋天长出来。

夜里晴了，姑娘们抹着脸上湿泥，清脆地笑着坐在高高的明月下。"夏天就要过去了，"她们说，"草木还很茂盛，到处是凉凉的露水。"他和女孩们一起坐在明月下吹笛子，看着海云在天上明灭。

秋日阳光温暖，他和杜路在房顶上晒太阳。蓝天下，棉被铺满了房瓦，散发出太阳的清香。金色的向日葵在他们身后高高大大地生长，他说："你记得小时候的秋天吗，我们一块去终南山上打猎。"杜路说："怎么不记得，你养了那么多猎狗，别人追兔子，你却一直想猎一只大老虎，那年追着追着找不到人了，吓了你哥一跳。"他笑了，说："我后来确实养了一只，可惜你还没见过它，我便把它放跑了。"

他抱着开着淡紫色小花的药材走上楼，又在冬天连夜跑下楼，焦急万分地拍开郎中的门，长发在冷风中乱飘。有一个青衣的背影沉默地跟踪在他身后，六个月后，他泛舟沉睡在十里荷花白雾蒙蒙的池塘上，黑暗中，那个青衣的身影蹑手蹑脚地靠近。

女孩们都说，老板什么节日都喜欢，只是不爱过中秋节。那年金小山非要拉着老板出门，花满市，月侵衣，她逛着熙熙攘攘的集市，要买一朵鲜红色的石榴花。夜灯千盏，人群喧闹，她把石榴花别在鬓上，抬眼问老板怎么样。

他说："很好看，你这样年轻的女孩，戴什么都好看。"

她说："请不要再像对一个小孩那样说话了。"

她说："我想知道你年轻时的故事。"

她说："虽然你已经三十多岁了，我才十八岁，你的人生有太多我没有参与过的事情，可我真的喜欢你，你能不能答应我的真心呢？"

韦温雪失神地望着她。

漫天放飞的纸灯下，她眼睛亮晶晶的，倔强地盯着他，带着不争气的泪光也要盯着他，年轻的脸蛋戴着那朵鲜艳的石榴花，说我会一直问你的，虽然我只是一个歌女，但我会勇敢地说出来我的心，我不怕羞，也不怕被瞧不起，我只害怕你永远离我这么远，远得我好像永远都不能触到真实的你一样。

游人如织，在他们身边缓缓归去。

风声也在他们身边变冷。

当白雪飘下时——

离同根蛊满十年，只差最后一年了。

"当年妃子刺杀时，你们都是身在军帐中的宾客。"秘密暗室中，高大苍白的皇帝赵琰特别召见了宋有杏、王念、沈持重等九个人，"如今是第九个年头，同根蛊即将满十年，朕唯恐当年叛贼留有余孽，特派尔等八位重臣以巡抚之名镇守天下八方，专门负责同根蛊的秘案。若有变故，及时以金字牌和苗药催马术沟通联络，确保绝密。"

"臣等领命。"

"王念老将军，你就跟着朕，镇守长安，有备无患。"

九位宾客走出暗室。

"潇潇。"赵琰凝望着他们的背影，呼喊出黄衣内侍的名字，"朕记得，九年前，朕把清剿江湖联盟后的三千余孽子弟全部投入训练营中。如今朕急需用人，他们何时决战？"

那两眼皮上各有一红斑的美丽内侍从暗处现身，执着一柄碧玉拂尘，轻声道："正是今日下午，两位少年将决斗出唯一的幸存者。"

"那下午你便随朕去观看吧。"突然一道雷声中，赵琰抚了抚自己有点胀痛的额头，"另外，你去看看张蝶城，他是不是又发烧头疼了？"

大雨中，遍体鳞伤的少年以剑撑地，一步步走出血泊，拜倒在陛下面前。

264

"你身材瘦小，面容看起来也稚嫩，却没想到有着最强烈的意志。"赵琰望着他，"可你在决赛上，为什么放下了剑？"

少年喘着气，捂住胸口的血伤，湿淋淋的碎发蒙住眼睛："因为他是我最好的朋友。"

"那你为何杀死了他？"

"因为在我放下剑的时候，他把剑刺向了我。"

"你伤心吗？"

"不。"暴雨中漫天木叶摇颤，少年更加用力地喘气，咬着牙说道，"我永远不会再相信感情。"

"很好。"高大苍白的帝王带着满意的神情打量着他，"你以后就是我的近亲侍卫了。潇潇，把那样东西给他。"

黄衣内侍捧出一个木匣。

少年叩谢，双手接过木匣，打开之后，所有人却都愣在雨中。

那是一把洁白如羽的软剑，像长长的丝带安静地叠放在木匣中。是那把被众人讳莫如深的白羽剑，当年陈宁净在帐中曾用它行刺陛下，它沾满了湿漉漉的死亡鲜血。

"似剑似甲，为天为泽，不愧是天下名剑。"赵琰却不顾众人的诧异，将这把不吉之剑赏赐给了少年，"这把剑叫白羽，以后也就是你的名字。"

少年低头，眸子颤抖地捧起盒中软剑。

"谢陛下。"

他将软剑佩在腰间，从此成了深宫里被众人尊敬的白侍卫。无解的毒药永生伴随着他，用这种方式，他成了陛下最忠诚的死士，有资格知晓同根蛊秘密，日夜巡逻着关押张蝶城的深宫。

在深宫里看着绿色的枝叶变成深红，雁鸟在青空下南飞，他拾起一片叶子，夹在书中，合上点名册继续巡逻，与十二个宫女擦身而过，一队又一队拥来的侍卫向他行礼致敬，一切平安无事。

直到今年冬月十九日，那夜下了大雪。

他两边奔波不已，已经数日没有合眼。陛下特允他休息，不许推辞。他和衣躺下，心想就睡一会儿，马上去看张蝶城……

"你们……终于来了。"

冬月二十日，清晨，两个杀手闯进皇宫，杀死了十一位宫女。

他们带走了地下宫殿中的张蝶城，只留下了一张字条：

> 二十日内，令小杜入蜀。见到小杜，归还张蝶城，二十日后未见小杜，立诛杀张蝶城，使赵琰血溅金銮。亡国之怨必报，以偿西蜀绵绵十五年之长恨。

在看清文字的那一刹，少年惊得声音发颤："小杜？他不是十年前就……死了吗？"

"白羽，你在现场看出了什么？"

"是两个人，都是蜀人，一个善剑，一个善弯刀。此二人轻功绝世，谋略严密，两人恐非江湖散侠，而乃幕下之臣。"

"蜀人。"皇帝轻轻吁了口气。

"我知道小杜在哪里。"

冬月二十一日，黄昏，扬州。青衣书生翁明水突然到访宋府，他对急得双眼通红的宋有杏再拜起身，轻轻指了指铜雀楼的方向。

是夜。

铜雀楼前来了一个奇怪的书生，青衫窘迫，却固执地喊道：

"翁某求见韦二少爷。"

"噗。"

话音刚落，三楼暖阁里，小窗旁的紫檀木椅上，看药书的温老板呛了一口酒。

无数官兵踏拱桥冲入铜雀楼，刀光粼粼，尖叫四起。温八仍陷在软榻里，任官兵举着长戟包围自己。

官府的人，到了。

他窝藏已久的那天下皆诛的罪人，被发现了。

"长安宫中潜入贼人，只留下字条。陛下命令罪臣杜路紧急入蜀，救出张蝶城……"

长安，他都离开那里十三年了。为什么命运的丝线，还缠着他紧紧不放？

他累了，他只想在无数妙龄少女的簇拥中虚度余生，纵情声色、高歌痛饮地死去。唯一的奢望是养活一位童年的旧友，可以偶尔聊聊快乐往事。

为什么总有人，可以轻易摧毁他想做的一切？

阴暗的地牢房中，他愤怒地打翻了解药瓶，在浑身剧痛中转身，直视着木制轮椅上捧着一盏小油灯的杜路："我要你活着，活下去，不许求死，不许还命，不许入蜀。"

"我这一生什么都没做成，但这件事我一定要做成。"

他寒眸认真地直视着震惊的众人，清绝端庄的面容暴露在明光之下，神情生动。他的手指却在暗处湿冷的稻草丛中，悄悄拾起了两粒解药，藏进袖底。

冬月二十三日黄昏。

他乘着金小山声东击西的马车，带着杜路，在最后一刻逃出了扬州城门。

随后，他们与驾着疯马赶路三千里而来的白侍卫，狭路相逢。

夜半。即将分别的瓜洲渡。

杜路说："韦二，你别难过。"

他说："我不难过。我都耽误你十年了，不能再耽误你寻死了。"

他又说："你死了我不会为你落一滴泪。"

他还说："可你最好活着回来。"

可直到杜路走下马车，直到真正的离别发生时，他都没有得到一个好字。杜路盼望死在这路上，盼望不要死在他眼前，盼望早点摆脱这失望疲倦的世界。

他沉默着，拿出车底的药材包，交给了那个名叫白羽的少年，嘱托他照看好杜路。

随后，他便被宋有杏连夜押回了扬州城的地牢，十三道锁链上身，雕着狴犴的面具蒙住脸，蒙住一片无声无光、寂静黑暗的世界。

"你也不必因见我而悲鸣，因为我，从来不是你镜中苦闷的同类。"

当面具再次掀开时，他又看见了那青衣红唇的黑眸书生，翁明水望着他，手起如刀，向着他的后颈狠狠劈落。

"备车！"

迷蒙的黄昏，宋有杏抱臂靠着秃柳，望着翁明水驾着一辆黑色的矮小马车，绑着昏迷的韦温雪离开。大概是郊野中一刀抹脖子，找个荒冢胡乱埋了，白衣与一片脏臭腌臜同化。

那天是冬月二十四日，宋有杏以为这是自己见韦温雪的最后一面。

他却怎么都不会想到——

仅仅六天后，他就会在杜路沉船后百口莫辩的冤狱死罪中，在翁明水的草庐外，与老将军王念一起，目睹白衣公子被直接暴弃于野的尸体。

宋府中搜查出一大箱冰块和尸体上的另一只鞋子。

而那时，翁明水早已拂衣而去，远走高飞。

"船要沉了！所有人到甲板上去，准备弃船——"

"我们门外有锁！"

十瓶烈酒泼向天花板，冷水熄灭大火，杜路用力砸开了甲板。

他自己却被木箱猛地砸进湖水中。

"杜路！杜路！"

泡在冰冷的鄱阳湖上，面对着濒临死亡的杜路，白侍卫在焦急之中没有办法，只好打开随身的小药瓶，把那颗陛下嘱咐过一定要喂给张蝶城的金丹喂给了杜路。

他们终于漂到了岸边，捡回了两条命。

等他们一路避开搜查的眼线，靠着驴车和双脚，终于从浔阳快要走到夏口时，已经是腊月一日的夜晚了。

夜色与星空落下。

他们离夏口城门只剩两里路了。

白羽长长地松了一口气，打算先让杜路吃点东西，再拿着玉牌开城门，直接去找夏口城中的湖北巡抚沈持重。

往后只剩九天时间，要快点赶路了。

白羽这样想着，拉着杜路在一个热气腾腾的小吃摊位上坐了下来。

"黑衣的小子，你说，做人是不是要知恩图报？"

接下来发生的事情，白侍卫即使在意识残留的昏睡中，也不愿意再回忆了。那父亲善良的笑容，那迅疾地划过夜空的箭和那盏血泊中熊熊燃烧的红灯笼。他一想到那父亲还坐在火炉旁的光芒中等待着儿子回家，就恨不得夏口所有的钟表都不要再往前走了。

可时间不肯为他而停，他自己的性命也在这场剧痛毒发之后，向着死亡嘀嗒嘀嗒地走近。

"大人，您丢失的解药瓶，下官已经派人向东边那条路上去寻了。"那个红脸跛脚的监门官跑前跑后，带着满额热汗焦急地说。他们随后与一辆嘶吼的马车相遇，据说是沈巡抚派来的马车，两个郎中从车中探出头来。

白羽坐上了这辆车。

当士兵们终于找到那个白色的小药瓶，狂奔着送向沈巡抚的府邸时——

他们看见了沈巡抚怒火中通红的眼睛。

就在湖北巡抚府一条街外——

那辆马车在众目睽睽之下狂奔而去，劫持着毒发的白侍卫和人命危浅的杜路，就这么失踪在了夏口城中。

一片颠簸的黑暗中，白侍卫努力想睁开眼睛，却虚弱得抬不起眼皮。

但从身下不断狂奔的马蹄声中，他深刻地意识到了一件事：

他要死了。

生命正在争分夺秒地消逝，而这场胆大包天的绑架与逃亡，使他永远错过了他的解药瓶。一天一夜之后，他必将毒发身亡。

意识弥留的痛苦中，白羽突然听见耳旁有一个劫持犯的声音：

"等你醒来时，你就已经身在……反贼们的老巢了。"

虚脱的乏力中，白羽的耳朵抽动了一下。

这是他最后的机会。

从长安赶来时，他的发带中藏着两枚小小的烟花炮头，是皇城中报信用的。它们一旦被拧紧在一起，就会自行燃烧，发射特殊的图案到夜空中，百里之外都可清晰看见。

一天一夜之后，若他必死无疑，那他也要在临死之前，把报信的烟花扔进反贼们的老巢里。

只是它们已经在湖水里泡过那么久了。

到时候，白侍卫真的能成功吗？

一页燃烧的史稿，在冬风中向下坠落。

十四年在一刹燃尽。

冬夜中刮起大风，吹得夏口城外逃亡的高大马车愈发加速，吹得驿道上宋有杏的头发刺入通红的眼睛，吹得草原上南下的北漠马鬃毛飞扬，吹得青山中万叶簌簌，而铁面人独坐在风楼上，而他手中捏着仅剩的几张史稿，也在扑簌扑簌地响。

"所以，在读完真正的历史后，你猜出什么了吗？"

他一人坐在那儿，冰冷的铁面砭骨，却在心中看见了一位瘦小的女孩，正侧身微笑着问他。

"没有人能保证这是真正的历史。"

铁面人笑了，他在她的注视中，看完了最后的史稿。那里记载着边俊弼登上长安城楼，在春晨金光中，对杜路尸体说出的每一句话。

"这家伙总是糊里糊涂。"铁面人点评道，"他总以为自己烧掉那些纸稿就万事大吉了，却不曾想到探子们的眼睛正在日日夜夜地盯着他，记下他说的每句话，再呈给赵琰。"

女孩也笑了："真有趣，他明明不在那十五个宾客中，却享受了和那十五个宾客一样的监视待遇。"

"他本该是那第十六个，却幸运地躲过了。"铁面人每看完一页，就在风声中点燃后扔下楼去，甩着手道，"我真嫉妒这家伙，如今全天下都在为张蝶城的绑架案提心吊胆，只有这家伙浑然不知，还在长安城里稀里糊涂地活着呢，每天只知道照看他那昏迷的朋友，却不知道整个天空随时就要塌下来。"

"或许不会塌下来。"女孩说，"这个案子至此，似乎已经很清晰了。"

"哦？"

"从蜀地开始，从蜀地结束。"她望着又一页火光纸稿从他手中飘下去，"刺杀下蛊是江湖人的做派，绑架劫持也是江湖人的做派。赵琰当年血洗了江湖联盟，江湖联盟知道他身上有同根蛊的死穴，你从宫女尸体痕迹上也发现了劫持张蝶城的二人功夫出自蜀地。如今每一条线索都合上了，冤冤相报，办出这样惊天大案的人，就是当年赵琰血洗武林后的漏网之鱼。"

"是吗？"铁面人不置可否，"那他们应该去报复赵琰，为什么却要挟杜路入蜀？"

"痛恨而已。当年江湖联盟因为杜路的号召而家破人亡，十年后，却突然发现英雄的跳火自杀是假的，杜路只是在江南风月中安安稳稳躺了十年。"女孩侧脸，用黑白分明的眸子望着他，轻声问，"你不恨吗？"

铁面人垂眼，从怀中掏出一个白色的小瓶，从中取出一颗红色药丸，吃下。

里面还有八颗。

他望着瓶中的红药丸说："恨不恨的问题，对于此时这样的我，已经不重要了。"

"但我可以理解。"他收起药瓶，"若真有训练营之外的漏网之鱼，他一定是牺牲很多东西，才能在那样恶劣的时境中活下去。复仇，或许就是他支撑自己的东西。"

"可若他真正的目的就是杀死赵琰，那他还会放了张蝶城吗？"

铁面人陷入沉思："那你是说，即使白羽把杜路送到了四川，也根本不可能换回张蝶城？这张字条从一开始就是个障眼法？"

"不。"女孩轻轻摇了摇头，"为何不能是鱼与熊掌兼得呢？"

"什么？"

"赵琰他要杀，杜路他也要杀。"女孩的身体在黑暗中时淡时浓，"当白羽把杜路送往反贼的老巢时，应该就是杜路的死期了。"

黑暗中，铁面人捏着最后一页史稿，嘴角露出了一丝淡淡的微笑。

"你会去救杜路吗？"女孩问他。

"我虽然说过不恨他，但在必要的时候，也可以落井下石吧。"铁面人嘴角的笑意越来越浓，"或者至少……袖手旁观？"

女孩在冬风中笑了。

"那我觉得，杜路他死定了。"女孩笑着说，"如果说最开始，你只是因为杜路这个名字能够激怒赵琰而感到兴奋好奇而已；那么如今，在看完边俊弼的那段话后，你便恨不得立刻杀了杜路，把他的头颅端到赵琰面前，去欣赏赵琰的表情了。"

铁面人也笑了："我有这么腹黑吗？"

"当然。"

最后一页燃烧的史稿，从他手中下坠，穿过渐淡的黑夜。

天亮了起来。

第九卷

雪夜

『你为什么在流泪？』

第六十一章

腊月二日。清晨。夏口城。

"你们知道吗，昨夜西城门来了一个特别高大的马车，弟兄们问那辆车的主人，为何要把车厢建得这般高，那主人说，为了方便他从夏口买马驮回去。监门兵们大笑，都说只见过纸上郑人买履，第一次见到生活里有人用马驮马，真是个大傻子。"

"知道啊。"细长鼻子的士兵揉着困倦的眼睛说，"别想这个了，快想想那白侍卫是怎么坐着马车失踪的，我看咱们监门官那哭丧的脸，那沈持重的查案快要了他的命了。"他说到这儿压低了声音，"你知道吗，以前内战的时候咱们监门官跟着边俊弼，那沈持重和边俊弼就不对付，如今边大人远在京城，而咱们监门官落到沈大人手里……"

"可我突然想明白这件事了。"一片狼藉的追查现场，胖脸士兵任身边人来人往，却走神似的愣在原地，"他确实是用马驮马，可他不是大傻子，他是一个大聪明人。"

"什么乱七八糟的？"那细长鼻子的士兵不耐烦地拉着他，"你快走吧，帮咱们监门官要紧——"

"你说，他要是驮了一整车的马，不就能一直用苗药催马了吗？"胖脸的士兵突然回头，盯着他说，"旁人苗药催马只能走三个时辰，而他这匹马死了，就从车厢里换下一匹，如此接力，不就能一直一直走下去了吗？"

细长鼻子的士兵心不在焉地推着他："现在说这个有什么用……等等！"

他突然惊呆了似的立在原地。

"你是说……"

"是的，我是说，万一……"胖脸士兵的眸子在抖，声音却小了下去，"万一这就是劫持犯逃跑用的车呢？"

细长鼻子的士兵眼疾手快地捂住了他的嘴。

"你可千万别让别人听了去！"他忽得额上冒汗，一把把胖脸士兵拉到墙角，避开旁边人的眼光，焦急地警告道，"现在还只是那两个郎中的事，沈持重让他们上车在先，他也有责任……可你要是让姓沈的知道了马驮马的事，那就是我们整个监门军从头到尾的失职！你知道现在这是多大的罪责吗！"

胖脸士兵也满头大汗，尽可能压低了声音，急切地说："我……我当然知道……可是——"

"没什么可是的。"细长鼻子的士兵盯着面前路人走过去，才继续小声说道，"那白侍卫进城门受阻的事，你知我知咱们监门官知，姓沈的根本没看见，如今白侍卫失踪了……"他突然一拍脑门，顿悟了什么似的，"他失踪了更好啊！他失踪了，咱们拦他进门的事，就没发生过了呀。"

"可是……"

"我们现在有什么罪责？"细长鼻子的士兵挺了挺胸，"我们没罪了啊。"

"可沈大人这边……"

"搞搞清楚，现在是我们整个监门军先立功，是我们把虚弱的白侍卫接进城门，送上了沈大人派来的马车，然后呢？"细长鼻子的士兵盯着胖脸士兵，越说越信誓旦旦，"然后这马车失踪了，咱们监门官被那沈大人找来的两个郎中打晕扔下车了。你说这是谁的责任？"

"也是……"胖脸士兵迟疑道，"但要是我们把马驮马的信息告诉沈巡抚，让他现在去追，说不定还能——"

"你疯了你！"细长鼻子士兵拍了他脑袋一下，"平时挺机灵的，怎么这会儿在这儿犯轴？白侍卫失踪这个案子发生在夏口城里，就是一块烫手山芋，在沈巡抚和咱们监门军之间互相推脱。如今沈巡抚压着咱们监门军给他找白侍卫，就是要把这责任分到底，你还要傻着提醒他我们昨天还放了个马驮马进城，自己伸手去接山芋啊？"

"理虽然是这么个理，"胖脸士兵垂下了头，有些纠结地道，"可这事……怎么都觉得不该这么办啊。"

细长脸士兵叹了口气，盯着他道："三哥，兄弟我就问你一句话。你今日为白侍卫的性命忧心，可改日，有没有人肯为你我的性命忧心呢？"

胖脸士兵怔住了。

"大人们斗法是大人们的事，可咱们只是些小人物。"细长鼻子士兵语重心长地说，"上面的丹炉颠了颠，飘下来的小火星都能烧死一堆人。"

胖脸士兵缓缓抬头："那咱们就瞒着沈大人，先这么浑浑噩噩地在夏口城搜查下去？"

"哪能叫瞒呢？"细长鼻子又拍了他一下，"那马驮马的事，我们看了便忘了，心里都没想到这茬，不就行了。"

胖脸士兵深深吸了一口气，终是一跺脚：

"我已经忘了。"

沈持重握着笔杆的手在颤。

一阵一阵冷汗正袭上他的后脑勺，使他在腹痛之中正襟危坐，努力握紧笔把白侍卫在夏口城失踪的消息写下来，要呈报给陛下。

这是艰难万分的一封信，每个字落下，他都能想象到赵琰读到时更加暴怒的神情。

他不是没想过把这件事压下去。

昨夜，在鄱阳湖失踪已久的白侍卫突然来到了夏口城，然后在刚踏进夏口城不到一炷香的时间里，他就又失踪了，连着马车一块人间蒸发了。这事听上去像个深夜梦境，还是格外短暂的那种。

更令沈持重手指摇晃的是，这起骇人听闻的失踪案，此刻还压根没几个人知道。只要沈持重这边把消息一瞒，天下谁还会知道白侍卫来过夏口城呢？

如今白侍卫已经不见了，那么他在鄱阳湖失踪，跟他在夏口城失踪，又有谁能分清呢？

只要他不说破……这事就还是宋有杏的全责……

沈持重拿着笔的手指，缓缓放了下来。

他已经这样提笔又落笔好几次了，紧张中腹部越来越痛，浑身冷汗越冒越多，他多想一把将面前的信纸撕个粉碎啊，可是此刻阻碍他这么做的最大原因，已经不是对陛下的惧怕，而是……

他脑中浮现出那横刀宽帽、剑眉星目的人影来。

纸页之上，边俊弼正在皱眉注视着他放下的毛笔。

那个人太轴了。在那明亮的目光之下，沈持重叹了口气，认命地又提起了毛笔，

276

忍着腹痛接着往下写。他从昨夜带着监门兵一块搜查白侍卫，找到中午都没有任何消息，一行人站在大太阳底下口干舌燥滴水未进。那一刻，沈持重就在心底暗暗萌生了一种想法：就当昨夜是做梦一场，大家就此散了，不就什么都没发生了？

就算日后查出来，弄丢了白侍卫的也是监门军啊。他们监门军护送白侍卫进城，短短几里路上，就能护送丢了，他沈持重根本没见着白侍卫的人影，这又有何责任可言呢？

沈持重想到如此，便悄悄打量着路那边还在搜查的监门官，看他红脸跛脚，年纪也不小了，却还尽心尽责地跑来跑去，应该只是个头脑简单的莽夫。他越观察越放心下来：寄给陛下的信笔都握在他沈持重手里，这事还不好说吗？

等等……沈持重眯起了眼睛……这个人，怎么越看越眼熟呢？

是他！

沈持重猛地站直了，他想起怎么回事了，在心里重重拍了一下大腿，心说冤家路窄啊冤家路窄，这不就是当年跟着边俊弼那个红脸兵吗？

人常言纸包不住火，万一他沈持重这边瞒住了，监门官那边却跟边俊弼通了气，按边俊弼那种眼里容不得沙子的脾气，再往陛下那儿一报……沈持重认命地越写越快，心想不求富贵，但求平安。

他倒不是怕边俊弼，而是因为他意识到，中央里知晓同根蛊机密的就那么九个臣子，而王念已经被派到扬州了，此刻的长安已经没有人了。若是赵琰再想派人到夏口来调查失踪案，还能派谁呢？

如果不是内侍，那就极有可能会是……沈持重叹了口气，他是真不想在夏口城遇见边俊弼。

若是旁人来了，掂量一下沈持重的位置和情面，再看看那小小的监门官，难得糊涂地笑笑，这案子也就结了。

可边俊弼那个人，就跟他手中的银刀一样锋利分明，做事有点理想主义，总想去维护他的新世界。

沈持重也有过青年热血的时候，他曾目光坚毅地走过成堆金银，清剿了亡命店里的贵族，手起刀落，让那罪恶滔天的兽面老板得到应有的惩罚。但在军帐中目睹妃子下蛊那一夜，他就恍然意识到，自己一生的实际军事前途已经终结。他永远不可能像边俊弼那样，统领十万羽林，日夜辛劳地奔波，让赵琰把整个皇城的安危放心地交给自己。他只能躺在定朝的富贵从容的春光中，诵着些"乐夫天命复奚疑"的古文，安慰自己道：算了，在豪奢园林中喝茶打牌睡到自然醒的日子，不比边俊弼过得好吗？

沈持重曾是一把像边俊弼一样锋利的刀，但在这十年里，他慢慢生锈了。

他的生锈，却正是他能从十五个宾客中活下来的原因。

这十年里，沈持重和王念默契地不再彼此来往，但他们在同样的遭遇中，心灵却是从未有过地贴近。

"若是王念能来夏口城就好了。"沈持重一边写一边叹息，他想以王念那种温厚稳妥的性格，绝不会难为他，可来的人若是边俊弼，而那监门官又是边俊弼的老兵……沈持重扶住了自己的额头，心想："宋有杏呀宋有杏，你不仅给我击鼓传花了一个大麻烦，还把我的救命稻草给用没了呀。"

信写完了。

他一边不情不愿地封信盖章，一边叹气，真希望士兵们能找到白羽……

"禀大人！宾阳门监门官求见！"

沈持重猛地抬头。

"他找到白羽了吗？"沈持重的声音激动了起来，一把将信扔在桌上，"快让他进来！"

"不是的，沈大人，监门官他好像有另一件事要跟您说……"

"你能想出这种办法，着实让我有些佩服。"

高大的马车内，黑眸红唇的书生望着道士李鹤打开紧锁的后车厢，在嘶鸣声中拉出四匹大马，换到车前，弹入药丸，四匹大马便拉着前后两厢马车，在崎岖不平的土路上癫狂地奔去。

而黑红骷髅文面的男人皱眉握紧了车窗。

"你不舒服吗？"翁明水递过去一杯温水，轻声说，"要不聂君你下车吧，找个旅店休息，剩下的事交给我们就够了。"

男人摇了摇头："不。"

翁明水叹了口气："那你睡一会儿吧，前面就是山路了，还要颠簸好几个时辰呢。"

车前，驾马的道士笑了一声："本不必这么颠簸的，可惜温八的生意做得还不够大，荆州以西的店太少了。"

昨夜，他们在劫持杜路、白羽后，直接来到温八在夏口经营的酒楼里，从后院套了八匹骏马上路。

三个时辰后，他们在微明的天色中到达了荆州，八匹骏马在彻夜癫狂奔跑之后，永远闭上了通红的眼睛。在温八名下的另一家赌场里，他们在车下套上了八匹马，车上载着六匹马，以雷霆般的速度继续向西飞奔而去。

六个时辰后，他们解开车下八匹死马的缰绳，把尸体用力推进江水中，再将车上的六匹马分成两拨，车下四匹驮着车上两匹马，继续奔跑。

九个时辰后，车下的四匹疯马倒下时，只剩最后两匹马。他们把马赶下车后，遗弃了高大的后车厢，让这最后两匹马拉着轻装简行的马车，飞速前进。

十一个时辰后。

当最后两匹马筋疲力尽之时——

他们已经在一天一夜之间，从夏口向西，横穿了两千里地，如同合眼一梦之间，飞度万丈高台与镜湖之月。站在白雪一片荒茫的天域下，望着黑暗中无尽浅蓝色的冰川。

这场大雪，仿佛下了十年都没有停止过。

漆黑的夜幕中，他们掀开了车厢的门帘，露出里面奄奄一息的杜路。杜路已经流了一夜的血，身上还经受了十三年的断魂蛊、透支力气的回天丹、数日的奔波劳累和最后那把刺向胸口的砍刀。一切都足以摧毁他，只要这些人将他抛弃在雪地里再冻一会儿，他就会脆弱无比地死去。

"命运的恶鬼如约找上了门。"红裘男人站在弥天白雪下漆黑的矿洞前，望着濒死的杜路，带着嘲讽轻声说：

"而你，竟从来都是被欺骗的。"

第六十二章

车帘被猛地吹开，暴雪击面中，白羽费力地睁开了眼。

他看见了一个混混沌沌的世界。

一片洁白荒原。

他在一天一夜愈演愈烈的毒发剧痛中，已然感到麻木，却开始怀疑，这到底是真实的世界，还是梦境的世界。

顶着白雪的皑皑高山包围着他，在夜色下无限连绵；刺骨的巨寒击打着他，让他快要冻僵的手指更加难以动弹。

他看见了高耸入云的占星台，挂满白雪。他看见了山下的千帐灯光，却没有一个人。

马车还在冰原上前行。

这些不可思议的景物从帘缝里掠过他的眼睛。

白侍卫知道，此刻已经是他毒发后的第二夜了，随着天色越来越黑，他生命的火焰越来越黯然，仿佛有无形巨人手持蒲扇，一点点扇灭那挣扎的、越来越虚弱的、豆大的光芒。

他在死前还有最后一件要做的事。

没有人可以想象，为了那么一个简单的动作，那一刻的白羽做出了怎样的努力。

当他终于将两颗米粒大的炮头拧紧了扔出马车时——

他觉得自己一生的力气都使光了。

他从来没有这么疲惫过，这句话他似乎在短短一天一夜中体会到了很多遍，但这绝对是最后一遍了。他像个老得不能动的人一样，疲倦地躺在坚硬的木板上，听着车下轮子滑动的声音。

那灿烂烟花的光芒，却并没有如愿在眼前亮起。

他撑着眼皮等了很久——

等到最后一丝光线也从眼底消失了。

死寂中，他已经什么也看不见了，凝固地躺在那儿，脸色紫黑。长长的口水，从嘴中流了出来。

马车驶过很远后。

神秘而遥远的冰川上，狂风裹挟着荒原上满地的冰沙飞石，在漫漫长夜中呼啸旋转。

它们击中了树干。

黑夜中，猛地蹿起了粲然的光明。

烟花恍然亮起的光芒中，百里之外，铁面人缓缓回头。

"快点！他快死了！"荒芜的冰原上，有人光脚背着他，边跑边喘息着大喊，"止血药在哪里？"

陌生而漆黑的地下矿道，推车的颠簸中，一道若有若无的火光落在杜路的脸上，他的眼皮颤了一下。

那人背着他摔倒，坚硬的沙石划破脸颊，温热的血流了下来。

他虚弱地睁开眼睛。

"穿上我的靴子，把我放在地上，然后离开。"他肋间还插着带血的长箭，口腔里带着血沫，却强硬地对身下人说道，"这是命令。"

推车在矿洞中穿行，火烛的光芒在晃动。

"你也有今日。"

有人嘲讽地望着昏迷的杜路，大笑着，飞快地推着他推向更加漆黑的深处。

一个冰凉的手掌，颤抖地落在他额上。

"我不能遵守。"

皮肤苍白的黑衣少年说。温热的血和泪水都滴在雪地中，黑衣少年紧闭着眼睛用力地说："因为我不能承受你死去。"

一片漆黑。

有人在酷寒中脱掉了杜路的靴子，紧接着是身上的衣服，让他赤裸着胸膛躺在冰冷的铁推车上。

有人煮了一锅沸水。

滚烫的水汽贴着杜路的皮肤，越来越近，像是十八层地狱中热油焚身的酷刑终于来到。

黑衣少年背着他，在冰天雪地中走了几个日夜。

"不要睡着。"

可他真的太困了，伤口处的流血已在寒风中结冰，他的睫毛在颤抖，却连睁开眼的力气都没有了。

"你还能听到我的声音吗？"

他费力地点了一下头。

身下那向来沉默寡言的少年，突然非常非常小声地哼着一首陌生的歌谣。

漫天大雪尘埃，卷没了两个小小的身影。

他努力地听着歌声不让自己睡去。

赤脚穿草鞋的黑衣少年背着他，轻声唱着歌向前走，唱得声音嘶哑，穿越整片草原的暴风雪。

"杜路终于落在我们手中了。"

有人手持滚烫锋利的刀片，轻轻点着他的胸口，问身后人道：

"动手吗？"

荒白的世界，终于淹没了他所有的感知。

轻轻的歌声越飘越遥远。

他什么都听不见了。

到处都是白色，他好像在荒芜的世界里狂奔一样，白雪溅上他的衣衫，他越来越轻快，越来越透明，在这梦一样的白色世界中渐渐远去。

"动手吧。"

昏迷的杜路赤裸着胸膛，躺在黑暗中破旧的铁床上，四周人影憧憧，咕噜噜的煮锅飘荡着热气。

一把银刀立在杜路的胸前。

话音刚落，那把锋利的热刀，在血珠喷溅中划开了杜路的胸膛——

"快点！他快死了！"荒芜的冰原上，有人光脚背着他，边跑边喘息着大喊，"止血药在哪里？"

他紧闭着眼睛，被一双双苍老温热的手抱了下来。

"是小杜将军！""是救过我们的杜将军！"太多声音在牧民的帐篷里旋转，无数手搓着他冻僵的身体，把温热的奶茶送到他的唇边。

他却一动不动。

他的脸越来越灰白。

黑衣少年颤抖地望着他，浑身湿漉漉地坐在温暖的帐篷中，红肿的双脚已经站不起来了，只能半跪在床边，努力握住他冰冷的双手，用力地说：

"醒一醒。"

黑暗中，有人从伤口上提起刀，擦净了刀上暗红色的凝血。

昏迷的杜路紧闭着双眼躺在铁床上，胸膛赤裸的皮肤上，血流越来越长。

"这样的疼痛，都不足以让你睁开眼吗？"

那人嘲讽地望着他，用已经冰冷的刀背拍着他的脸颊：

"醒一醒。"

喜剧的奥秘是，它总能够在主人公的少年时代讲述完毕，只写到群玉山头相见瑶台月下重逢，定格成一个青春而纯净的美好结局。

而一旦时间继续往下走，就是迎面而来的苍老、变动、颠沛、背叛、狼狈、长恨……

和死亡。

他在十七岁差点战死在草原的暴风雪中，在他朋友真挚的怀抱中，在牧民的泪水和祈祷中，像一个石膏般悲哀而洁白的少年英雄沉睡着。

若是生命能够永远定格在这一刻，那孤独地背着朋友赤脚行走过的百里冰雪，那年轻的眸子与颤抖的泪水，那紧握的双手和嘶哑的歌声，那炽热的心灵和金色的理想……

不要再睁开眼睛了。

他想，这本该是你一生的结局。

"真的不愿再睁开眼睛了吗？"

有人在黑暗中用刀背拍着他的脸，发出不耐烦的叹息。

"可是，如果你再不醒来——"他话锋一转，带着些笑意幽幽地说——

"白羽可就要死了。"

第六十三章

杜路在一片漆黑的矿洞中睁开了眼睛。

油灯的光在摇晃。

他赤裸着上身，被绑在冰冷砭骨的铁床上，胸口红色的血流渐渐凝固。铁床前，有三人站在黑暗中，手持银亮细刀，低头同时幽幽地打量着他。

"你们把白羽怎么样了？"杜路努力地倾身，忍住胸口的疼痛，带着满口血沫勉强地说道。

"他杀了我妹妹。"黑暗中，有人俯下身，嘲讽地望着他，渐渐露出一张文满黑红骷髅的面孔，漆黑的嘴唇一动一动，"你们都该死。"

"那赵琰……"

"他也该死。"摇晃的灯火下，黑红骷髅贴着杜路的耳朵，轻声说，"可惜，赵琰要等八天之后了。

"等子时的更漏声一过，同根蛊满十年的一瞬间，张蝶城就会像你一样，赤裸着身体被绑在铁床上，被我们一刀一刀、一刀一刀地剐下肉片，直到成为一具晶莹剔透的骨架。

"而赵琰会痛苦地死在皇宫中，浑身流血地从高高的金座上跌落，忍受千刀万剐的剧痛。而每一刀的背后，都是死在训练营里的三千冤魂，我们会把肉片割得很小很小，来告慰苍天之上，江湖联盟被血洗时我父母的受难。"黑红骷髅一边说，一边用手中银刀在杜路的脖子上滑动，洁白的牙齿在大笑中闪光，"公平吧，我们这些鬼魂的复仇不是毁灭一个人，是毁灭所有。"

杜路被绑在铁床上，沉默地望着他。

"赵琰竟真的蠢到让白羽把你送到了我们面前，你知道这感受像什么吗？"银刀在血管上停下，黑红骷髅越说眼睛越亮，"像是一天之内连拆了三个大礼包。赵琰蠢到不去追皇宫的绑架犯，白羽蠢到弄丢了自己的解药，而你蠢到任他们把你送进贼窝。此刻所有的病兔子都被关进了笼里，我都不敢下重手折磨你，唯恐你太快死去，让这复仇的极乐变短了。"

杜路别过头，轻声说："真是疯狂。"

"是你搅疯了这个世界。"荒废滴水的矿洞中，黑红骷髅眼睛鼓凸地盯着杜路，灯火的红光在他头上摇，"是你鼓舞我们的父母为你奋战，让所有人把心头热血和生命理想无私地供奉给你，然后突然间你一走了之。当我们还在为你的自杀而哭泣时，到处都开始了恐怖的搜查。后来很多天夜里，所有蜀山的孩子都不敢再哭泣。他们躲在草屋的米缸里，随时会有搜查的军队踢开门闯进来，在孩子们眼前把他们的父母拉出去击杀。大人们教过，无论如何都不能出来。可在那一刻，孩子们还是一个个从米缸里跳出来，抱住血泊中的父母的尸体，浑身沾血地无助号哭，却被等待已久的士兵一把掳走，喂下慢性毒药送入训练营中，彼此厮杀。"

"你知道我是怎么活下来的吗？母亲抛弃了妹妹，拉着我的手向前跑啊跑，直到整座山被官兵彻底包围。绝境中，为了保住我的性命，我的母亲流着泪用刀划花了我的脸，把我推进了这漆黑的矿井。十年来，我生活在苔藓和石壁中，像鼹鼠一样躲在地下，没有见过一天太阳。"红光中，男人浑身颤抖地指着自己的脸，"而这样的日子，竟也是我那年仅十岁的小妹妹，用生命换来的。"

"这座荒废的矿井里，生活着太多像我这样被时代遗弃的人，黑暗是我们唯一能够活下来的地方。可是没有人应该一辈子像老鼠般活着，如果我们注定是罪人，那就在黑暗的绝望中，拼尽全力去斩断压在我们身上的一切。"

"我们恨你们所有人。"他对着杜路阴森森地笑了，"这就是支撑我们活下来的东西。"

灯火在漆黑矿井中岑寂地拂荡。

"我这一生中，总被卷入各种复仇故事。"杜路躺在铁床上，坦然而疲倦地注视着黑红骷髅手中的银刀，"你可以终结最后一个了。"

"你为什么不害怕？"

"因为这一路上，真正令我害怕的东西并不是这个。"杜路望着他的眼睛，轻声说，"我其实有点感激你，在这场漫长旅途的答案揭晓之际，我其实长长松了一口气。"

"你在庆幸什么？"

杜路避而不语，只是望着他的银刀："动手吧。"

黑红骷髅盯着男人灰白的面容，突然冷笑着，摇了摇头。

"你这么渴望死亡，倒让我觉得，用刀剑杀你是在让你如愿以偿，非常不值得。"

284

黑红骷髅松手，银刀冰冷地落在杜路胸膛上，他突然说，"不如这样，大英雄，我给你一个更加特殊难熬的死法。"

他冲着黑暗中拍了一下手。

瞬间，一个道士打扮的青年捧着一个小木盒走上前，脸埋在黑暗中，向他们一步步走近。

他打开了木盒。

一块碧绿的凝血，在盒中颤晃。

被绑在铁床上，杜路拼命地挣扎，却只能在黑红骷髅的钳制中，双眸颤抖地望着道士逼近。

红光下，道士垂下头，年轻得诡异的脸上浮现出幽幽的笑容。

他捏着这块碧血，强行掰开了杜路的嘴巴。

漆黑天幕下。

覆着白雪的长安城，乌鸦在哀寂地翱飞。

颠簸了一天一夜又一天之后，宋有杏用颤抖的双腿缓缓走下马车，紫微宫金黄的灯光打在他脸上。他痴痴地望着那灯光，深吸一口气，在羽林军的押送中一步步向前走去，沉重的枷锁在雪地中拖出长长的痕迹。

这是他最后证明清白的机会。

再次在宫中暖阁外见到宋有杏的时候，即使是黄衣内侍潇潇，那柔白的脸上也一瞬间露出了惊讶的神情。他在接过老将军王念和金陵司户曹的两封密信后，目光复杂地望了宋有杏一眼，随后转身走进了暖阁。

宋有杏搓着双手，站在纸窗外瑟瑟不安地等着。

突然，屋中传来了一片惊雷般的书册砸落声，帝王高大的黑影垂在纸窗上，手中信纸被捏得簌簌有声，呼吸声沉重而压抑。

寂静了良久。

突然，那皮肤柔白的黄衣内侍潇潇垂眸从暖阁中走出，对着满眼紧张焦急的宋有杏，毫无表情地小声说：

"陛下让你进去。"

宋有杏的心脏一瞬间绷紧着跳了起来。

他用满是血丝的双眼疑惧地望着纸窗，浑身铁锁战栗着，几乎要迈不动步子哭出来了。他浑身僵硬地努力伸出手，紧紧握住了暖阁房门的把手——

等待他的，会是什么呢？

被道士钳制着嘴巴，杜路在铁床上激烈地挣扎起来，手脚的铁链铿锵碰撞，却又被狠狠拉了回去。嘴唇已然触碰到了冰凉柔滑的碧血块，他死死咬住牙关，眸子颤抖地望着道士越逼越近。

黑红骷髅按住他的身体，道士紧紧捏住他的鼻子，强行把这诡异的碧血块捅进了他的喉咙。

"咕咚"，他被迫咽了下去！

被死死绑在铁床上，杜路只能眼睁睁望着一只洁白的蛊虫突然出现，它爬向了自己的身体，爬向自己的胸膛，突然钻了进去，只留下皮肤上一个细小的红点。

同根蛊已经在杜路身上种下。

一种莫名的恐惧感在杜路心底弥漫，这个牵扯了太多人的阴谋，真的是为了杀死他这么简单吗？

那种噩梦中一脚踩空的失控感，又回来了……

摇曳的红光下，那诡异的道士大笑着望向他，从袖底取出了第二个木盒，在杜路因不可思议而放大的瞳孔中，道士捏起盒底的碧血块，突然放入了自己嘴中！

道士吞下了第二块碧血。

在第二只白色蛊虫钻进道士脖子里的一刹——

杜路发出了一声痛苦的咆哮。

一种排山倒海般的眩晕感涌向了他，他想呕吐，却被死死绑在铁床上，他觉得自己的身体像一个破掉的气球，被无形巨手撕扯着，被一股突如其来的热气填满，变形，放大，又漏气……他在这种无比难受的撕扯感中想要抱住自己的脑袋，抬起的手脚却被铁链狠狠地拉回床上……

不要再来了。他痛苦地想，不要再拉扯我了……

他像是同时咽下了一千颗一万颗回天丹，像是一个破旧的火炉被同时填进去了上百斤燃烧的木炭，像一个快要饿死的人在盛宴中用双手把食物塞满嘴巴，已经塞得肠穿肚破，却依然停不下，饕餮般地吞咽……无数的热量和能量猛地涌进他的身体，到处乱窜却找不到出口，他要被撑破了……烈火焚身的痛苦中，五脏六腑都像是要爆炸了，他像瞎了眼的野兽般嘶吼着，恐怖的声音在漆黑的矿洞中不断回响。

他们从此就可以用同根蛊控制我的心智了，让我如行尸走肉一般，为他们工作，这才是真正的复仇计划。

疯狂的恐惧一点点涌上大脑的一刻，杜路努力想要保持清醒，昏沉的意识却一丝一丝地游离……吼叫声在漆黑矿洞中越来越激烈，震飞了洞口倒悬的蝙蝠……剧烈的撕扯感中，他终于大吼一声，抬起双手，抱住了自己的脑袋。

被震碎的铁链在他身周落地。

杜路滚落在地上，像野兽般推搡着要逃跑，却被黑红骷髅和青年道士合力按住。他们力大惊人，紧紧捂住了杜路颤抖的眼睛，擦着他满额滚烫的汗水，不断地嘱咐："呼吸，深呼吸……"

白汽在三人身周缭绕。

等他们松开杜路时，杜路的浑身都已经湿透了，他像是从熔岩中走了一圈似的，喘息着，缓缓低头睁开了眼睛——

在他赤裸的胸膛上——

一切都变得光洁而平滑，那刚刚被黑红骷髅用银刀划开的血伤，竟已经愈合得无影无踪了。

"妈妈，我在拿着钥匙吗？"

"不，你在拿着锁。"

"妈妈，我在拿着锁吗？"

"不，你在拿着钥匙。"

喜剧的故事无法继续，因为人类活在从前向后的时间线里，青春受谢，白日昭只，书本一旦打开，万物都开始浩浩荡荡地奔向死亡，正如一滴血沿着白羽剑倒计时般落下。

可是有一种故事，却并不会从前到后进行。

它自我纠缠，又自我解开，它顺着时间飞翔，却逃过了死亡的魔掌。当你把白羽剑扭转后再首尾相连时，剑上的一滴血便可以沿着一面穿过所有，回到原点，又继续前进，永不滴落。

剑也是甲，甲也是剑。

故事的进行就是故事的结局，故事的结局就是故事的进行。

永远在翻转，永远在联系。

而在杜路生命中的这一刻——

他手中的钥匙和他手中的锁，终于连上了。

"恭喜你，像我一样，得到永生的惩罚吧。"

漆黑的矿洞里，年轻的道士双眸闪光地望着他，终于笑出了声："这个故事太好笑了，你真应该看看自己此刻的神情。"

杜路怔怔地望着他。

一瞬间，岁月像是海啸般倒流了回来，他恍然站在夏末南诏国湖边的小木屋旁，望着年轻的自己把耳朵贴在墙壁上，皱眉困惑地聆听着老国王和紫衣圣姑的密谋……

　　那一年的洱海边，老国王目睹了神秘的波斯和尚将一个男童和一个女婴扔入水中，后来女婴没死，她的哭声可以使所有人睡着。而小男孩先是死去，随后复活。大祭司在听闻这件事后，拍着大腿，对老国王密语了一番……

　　后来，老国王做了两件事：

　　第一件事，把哭泣的女婴放在银色孔雀宫中，向天下发放藏宝图。

　　第二件事，向苗寨寻求同根蛊的奥秘。

　　多年后，他们趁着良朝收复旧地的时机，浑水摸鱼挑唆起内乱，老国王终于抓到了当年偷走女婴的苗族圣姑，对着她怒吼道：

　　"……不要剥夺我的梦，即使是假的，也比直面镜子里那个白发苍苍的老人要强！我，我不能接受自己就是镜子里的那个人！"

　　老国王的尸体前，紫衣女人笑得浑身发颤：

　　"老傻瓜，如果你不寻求永生的话，你本来可以活得更长；但你对永生的寻求，让你的儿子们绝望。"

　　故事早已讲完了。

　　而多年后的杜路，才恍然听懂。

世上有一种阵法，叫作双锁，两面归一，阴阳同生。

生命本是脆弱的，死亡本是必然的。而同根蛊让两人的死亡互相影响，更加重了这种脆弱性。

但若是世上有一个人，他永远都不会死呢？

因为同根蛊能够使两人生死同时——

那么复仇者只需要找到与皇帝中同一对同根蛊的张蝶城，十年后杀了张蝶城，也就杀了赵琰。

因为同根蛊能够使两人生死同时——

那么老国王只需要找到长生不死人，将蛊虫种在彼此身上，道士的生命永远没有终点，老国王的生命也会一直延续。

等杜路终于听懂这个故事时——

他终于在那个噩梦中彻底跌落了下去，一个那么高大的男人，站在漆黑的矿洞中泪流满面，对着黑暗中憧憧的人影说："不要躲了，你出来吧。"

黑红骷髅和道士青年对视了一眼，点亮了漆黑中一盏明灯。

他们身后，一盏又一盏明灯在漆黑矿洞中接连点亮。

最先照亮的是一个青衣书生的面孔，道士李鹤顾不得擦手上的碧血，就拉着书生的衣袖，把这黑眸红唇的书生拉到杜路面前，笑着问道："翁公子，你数日未见杜将军，现在看看他，是不是气色好多了？"

书生翁明水也笑着点头："是好多了。"他话锋一转，"杜将军是不是有很多问题要问我，我为何在扬州向官兵举报你们，又为何与叛军们站在一起，出现在漆黑的矿洞里？"

"我要找的人不是你。"

杜路并不看他，焦急的目光望向漆黑的深处，一盏盏油灯亮了起来，一个个年轻坚毅的面孔走到了火光中，队伍绵延不绝……这是一支复仇的军队，他们生于黑暗，却誓死要去得到光明。

"杜将军是否有问题要问这支军队，他们为何要把你掳到黑暗中，又为何要给你一条生路？"

"不，我也不是要找你们。"

灯火夹道排成两侧，都已经亮了起来，照得漆黑矿洞粲然如白昼。杜路站在尽头的铁床前，盯着另一侧尽头处的漆黑，那里什么也看不见，但他已经感受到了那个人就在那里。

他垂下头，有些痛苦地说：

"我现在应该叫你什么，地下军的首领，十年阴谋的布局者，皇宫绑架案的主谋，还是……"

第六十四章

漆黑尽头的最后一盏灯，蓦然亮了。

黑暗中，一只橙黑色的猛虎突然抬头，拂动的光线下，它正用碧绿的圆眼睛好奇地望着杜路。

它身后，有人懒散地坐在黑暗中，用洁白修长的手，一下一下好整以暇地抚摸着老虎的后颈。

杜路望着那只洁白的手，声音在痛苦地颤抖：

"还是，铜雀楼的老板？"

光芒越来越亮——

它逐渐照亮了雪月般的容貌。

漆黑矿道的尽头，那人静静坐在那儿，抬头与杜路对视。

他披着一身鲜红的千金裘，戴着水晶细珠斑斓的亮银帽，抚摸着膝上趴卧的巨虎，长长的黑发温柔地垂落。当他抬眼望向杜路时，他笑了，整个人在光芒中熠熠生辉。

隔着长长的矿道和复仇的军队，杜路颤抖的眸子中，还是映入了那张清绝端庄的脸。

韦温雪一袭红衣，坐在矿道黑暗尽头的璀璨光芒中，寒眸凝望着另一端的杜路，轻声笑了：

"你为什么在流泪？"

有人在这里吗？

漆黑的房间中，十七岁的少年来回踱步，绝望地呐喊。

屋外暴雨声磅礴回荡，空气闷沉，突如其来的银色闪电，照亮了灰尘满布的小屋。

屋里只有一桌二椅。

空荡荡的，久无人来。少年如困兽般踱着步，一边踱步一边大吼："你为什么把我关在这儿！快来见我！你不能这么做！"

无人回应。

"我知道你能听见！"少年却还在固执地大喊，喊得声音嘶哑，"你听着你不能这么做，临走前，你到底给我喂了什么东西？我们本来说好的，我们本来说好的——"

惊雷巨响。

"你这个骗子！"少年的口腔中已经涌出了血沫，却还在声嘶力竭地喊道，"我已经按照你的计划到了四川，可你说好来接我的人呢？你在计划中到底瞒了我什么事？我告诉你，若我死了，你也绝不可能独善其身——"

"安静一会儿！"

屋外，突然传来了一个男人暴怒的吼声。

"你根本不知道外面发生了什么，你要想活着回来，现在就给我安静！"屋内空无一人，却突然传来了信纸的簌簌声，男人呼吸声沉重，"你们两边的消息合不上。"

"什么意思？"

"目前你读过的每个字都是假的。"男人的呼吸声越来越沉重，带着怒意的声音却越来越镇静，"有人故意用真话编了一个错误的故事，而我们像宋有杏一样，早已上当了。"

金光中，人影如水流般退去，韦温雪和杜路站在被灯火点亮的矿道两端，对望着彼此，一个在安静地微笑，一个在沉默中流泪。

"十年了，我终于医治了你，我的旧友。"

韦温雪望着那熟悉的面孔，在灯火中笑着说："你会变得强壮，变得青春，重新跨上高马，像金光中的英雄那样征战天下，再也不用做歌楼上那个狼狈卧榻的残废。有没有感受到力量在身体里奔流？这就是你十九岁横扫草原，二十一岁渡江灭梁，功业垂辉映千春时那股青春的血。你的生命，回来了。"

漆黑矿道的另一端，杜路在痛苦地望着旧友，却真真实实地感受到那种热烈的力量和激情都在血管中涌动。不死人的同生力量，终于解开了十三年来不断削弱着杜路的断魂蛊，从诅咒中赦他自由了。

他不可思议地感到，时间之河像是在他的身体上倒流，他的骨骼如新树抽枝般生长，血肉如鲜绿枝叶般茂然盛开，气血如夏日水雾般沸腾。他佝偻的腰杆渐渐挺拔起来，他瘦弱的手臂重获肌肉和力量，他虚弱的心脏在一声一声更加有力地跳动。

月落月升，缺而复圆。

像是一个明灯戏台上的绮丽戏法，像是一个五彩斑斓的崭新梦境，黑布后"砰"的一声之后，他变回了那个高大坚毅、明神令仪的男人，只需甩开一身银黑的长披风，便可在暴雨声中昂头穿行于群臣寂静的金殿，单手掌握着整个时代的权柄和狂流。

金光中的身影，回来了。

可那年轻的心灵要怎么回来？

漆黑矿道的灯火中，杜路眸子颤抖地望着韦温雪，任热泪在面上肆流："这就是你最终想出的药方？"

"不。"

韦温雪坐在矿道另一端的软榻上，抚摸着膝上的斑斓巨虎，轻声说：

"这是我十年前就想出的药方。只不过为了这份药材，我已等待了十年。"

十年前。

荒山孤宅内，漫天大火的包围中。

白衣的韦温雪低头抱着奄奄一息的红衣女子，而浑身流血的小月牙奋力地抬起头，问出了那个缠绕了她三年的谜题。

在那极短的一刹——

火光掠过韦温雪寒冷的眸子，他甚至不等听完谜面，就凑到小月牙耳旁，轻声说出了谜底。

小月牙惊呆了地望着他。

一瞬间，她一生中的所有故事终于连上：

当年，南诏士兵们在洱海旁救助了女婴，却放走了死而复生的男孩。老国王把这件奇事告诉了大祭司，大祭司在听闻世上存在不死人时，对着一心渴望永生的老国王，开出了一剂前无古人的药方：

把不死人的生命和自己联系起来——

你就能分享永生的力量。

大祭司说，苗寨中有一门邪术，名为同根。只要蛊虫种下十年，二人就能共生同死。同根蛊的法则是，若是老国王死了，那么小男孩一定会死。而不死之躯的法则是：小男孩永远不可能真正地死去。

因此，在同根蛊和永生力量的共同作用下，因为小男孩不能死，所以老国王也永远不会死。

而这个永生的药方，只需要两味药材：不死人和同根蛊。

苗寨的奥秘从不会传给外人，但二十多年前的南诏国王赶上了好时机：那时北良、西蜀和东梁还在三国混战，无暇插手西南。而苗寨老寨主已经无力控制局面，寨中各股势力蠢蠢欲动，其中最有名的就是圣姑一脉，他们渴望掌权却被老寨主驱逐出境，如今正是需要伙伴的时候。

为了找人制造同根蛊，南诏老国王邀请了圣姑和她的随从们，把他们接到南诏皇宫中，日夜款待，拉拢人心。

同根蛊已经有了着落，可不死人去哪里找呢？

大祭司为老国王出主意，既然当时女婴和小男孩都在波斯和尚手中，想必三人有着某种关联。若是女婴重现于世，或许波斯和尚和小男孩都会来争夺她。不如这样，我们制造一个装有诱饵的捕鼠笼，用女婴引得他们前来，再用哭声使他们通通昏睡，落入我们手中。

这个捕鼠笼，就是银色孔雀宫。

他们建造了复杂的迷宫，将哭泣的女婴放在核心石室，随后向天下纷发藏宝图，造出巨大声势弄得天下皆知，唯恐小男孩不来现身。当年的盗王白山林，就是在不知情的情况下，走进了银色孔雀宫寻宝。

而在白山林走进孔雀宫之前——

南诏皇宫里的苗族圣姑，监听到了银色孔雀宫中有神奇女婴的秘密。听说这个女婴身上有巨大法力，圣姑便觉得这个女婴必会帮助她统领苗寨。于是，她决定先下手为强，连夜偷走这女婴重回苗寨。

他们一行人按照藏宝图上的路线，到达了森林中的旅店，前方就是银色孔雀宫。一个面容黑黄的苗族男人留在了旅店里接应，他是圣姑的哥哥，这群人的老大。他嘱咐他们，若遇到特殊情况，一定要及时报信给他。

结果圣姑一行人一进入核心石室，就在哭泣女婴的魔力下，倒地昏睡了。临睡前，圣姑用法力勉强坚持了一会儿，她身上有一只蒙眼蒙耳的鹦鹉，因此在哭声中逃过一劫，她咬破自己的手指用鲜血在鹦鹉身上写道"见婴，捂耳"，在临睡的一刹勉强放飞了它。

森林旅店中，苗族老大收到这只鹦鹉后，百思不得其解，挠着头想了好几日，直到白山林带着昏睡的女婴，在一个滂沱大雨夜走进了森林旅店……

就这样，在女婴的哭声中，提前捂耳的苗族人杀死了林乐，把昏睡的二十个寻宝人和白山林都扔进银色孔雀宫里，一把火烧了旅店。因为哭声会让他们遗忘睡前发生过什么，因此他们醒来时，只以为是自己在银色孔雀宫中睡着了，睡前的经历忘得一干二净，更记不得那间旅店了。

他们成功偷走了女婴，并把西蜀的怒火祸水东引给了南诏国。二十多年间，圣姑一脉依靠着小月牙的力量，将良高祖册封的老寨主一脉驱逐出去，真正统治了苗寨。

直到杜路收复天下，良朝恢复封地。

南诏国故技重施，趁着圣姑一派与老寨主一派彼此厮杀，南诏人暗中搅乱浑水，大量屠杀良民，把这所谓的苗乱拱得更大，以此来对抗良朝。

而在千里之外的天下中心长安城，权力的金殿朝堂之上，淑德太后借机与兵权过盛的杜路斗法。

紧张局势中，二人恰似对坐于棋盘两侧，举棋僵持。那时杜路手中握着三百年未有的滔天权柄，五十万重兵驻扎长安，寂静的金殿上大雨声愈发磅礴。她废除了先帝赐给杜路的虎符，而苗寨的炸药正在越烧越红火。她在逼杜路忍不住先动子，给她一个堂而皇之的罪名。

小皇帝焦急地看着两边。

他面前，殿上观棋的群臣寂静，山东人和关陇人纵然各怀鬼胎，却都站在杜路的对立面。

后来，在杜路执铁槊率重军走出长安城门的前一夜，淑德递给了赵琰那柄两个月后注定会插进杜路胸膛的匕首。

赵琰亲手把流血的杜路推下了悬崖，就像短短四年前，十七岁的他亲手背着流血的杜路走过百里冰原那样。

赵琰带领着杜路留下的军队，扫平苗寨叛乱，大破南诏而使老国王屈降。但流亡的苗寨叛贼们，竟把奄奄一息的杜路视为翻身的希望，他们把悬崖下的杜路救了回去，交由圣女小月牙亲自照顾。他们想等时机成熟，就用杜路的生命威胁长安，再也不许对苗寨动兵。

可时代的巨澜，谁人又能参破呢？

这场举棋对决最终迎来了一个出人意料的结局：杜路，淑德，小皇帝，山东人，关陇人，所有人都是输家。

在巨变发生之时，南诏老国王竟然还只盯着那么一点永生的幻想，趁机在秋神大典上偷袭苗寨，将小月牙、圣姑、杜路、白山林、陈宁净全部掳掠到了南诏王宫。

在南诏王宫的房顶上，杜路中了断魂蛊，种下了后来三年与赵琰内战中无力回天的因果，也种下了十三年的衰弱和必然的死亡。

他勉强支持着自己，去打完了那场内战。

他用新招募的几万散兵，与自己过去亲手建立的庞大禁军对战，像一个老去的人和自己年轻的影子角斗。喜剧的奥秘在于及时结束于青春的时代，他明知这一点，他为了自己的英雄之名，本该放弃这么做。但他是良朝正统的最后一面旗帜，他宁愿自己被砍断，却不愿意自己倒下。

江湖联盟的抗争失败了。

江湖联盟的抗争却也没有失败。

他们在那场英勇的刺杀中，为窃贼帝王的生命种下了一个死穴，那是一个秘法，一个良方，一个重拾理想的机会，一个从绝望中翻身的希望。

多年后，在大火浓烟中倒在韦温雪怀抱中的一刻，小月牙突然理解了自己这一生的使命：她的诞生伴随着永生的小男孩，她的故事始于老国王对永生的追求，而她的结局，就是对这种永生之力的亲手赋予。

她说过她要把命还给杜路。

而永生，就是唯一能够解开断魂蛊的办法。

在大火中道士青年身骑白鹤赶来救他们的一刻，小月牙望着韦温雪，喃喃地说："我已知道我的使命了。"

寒冷月色，冰川之上。

淡蓝的冰棺中，韦温雪双手颤抖着，合上了小月牙的眼睛。

飞雪中，李鹤望着白衣公子，那目光格外地复杂："十年，并不是一个很短的时间。"

"这是她用生命留给杜路的礼物。"韦温雪注视着冰棺，"她说了，要我把这份礼物转交给杜路。"

"你会做到吗？"

"我会做到的。"

静默中，两个男人望着天地间纷落的白雪，渐渐掩没了淡蓝色的冰棺。远处，群山哀寂。

一桶碧绿的鲜血放在岩石上。

他们提着这桶碧血走下了冰山，按照小月牙的嘱托，把它泼进江水中，永远流去。

那是小月牙的血。她在临死之前，用自己的生命制作了两个装着碧血块和白色蛊虫的小木盒，亲手埋在酷寒冰雪之下。等待着十年之后，苌弘化碧，望帝啼鹃，生命的礼赠，将幡然开启明月般的新生。

"你看，我终于治好了你，这世上并没有什么所谓的命运。"

十年后的寒冬，漆黑湿冷的矿道中，红裳的韦温雪坐在璀璨银光中，安静地望着黑暗另一端的杜路："我的朋友，你为什么在流泪？"

矿道的另一端，杜路的面色变得红润，他的身体不再佝偻，他的泪水却一直没有停止。

"我们已经狼狈了太久，蹉跎了太多青春。"韦温雪昂头望着旧友，轻声说，"可我们终于找到了医治我们失败生命的良方，我们在战胜命运。杜路，从今天起，世界要为我们而改变了，良朝也会回来，我们的黄金时代都要重来。"

光芒中，杜路望着韦温雪，声音痛苦："韦二——"

"你的铁槊就在我身后，我已为你保管了多年。走过来，拿起它，重做那个神勇孔武的大将军，号令千军万马，去建造你理想中的国家！"黑暗的另一头，长长的铁槊在猛虎身后熠熠生光。韦温雪微笑着望向他："杜将军，拾回你重振礼乐的理想吧，天下已经落入窃贼手中太久。"

杜路站在原地，目光中是愈加深重的痛苦。

他的眼眸中，映着那样清绝的面容，银光中的公子黑发散落，认真地望着他，轻声说："杜路，不管你是否相信，这么多年来，我一直因为桂花下对你说的话，感到非常抱歉。

"我后来理解了你的话，却没有机会对你说出口了。关于国家的未来，那年我们本来能有一个更好的计划，却永远没有办法实施了。你消失在苗寨后，第二年夏天发生了一件事，这件事一直藏在我心里，我今天第一次讲出来。"水晶细珠银光中，公子垂下了浅灰色的睫毛。

"那年为了调查二季的军中杀人案，我走进了那个被乱棒打死的小士兵家里。他的母亲已经哭瞎了双眼，日夜堵在辕门前想要讨个说法。而他的家中，躺着一位瘫痪在床的父亲，还有一个才十二岁的小男孩。我当时拿着纸笔，写着家徒四壁的潦倒绝望，心想这是多好的素材，定能在朝堂上好好地参二季一本。是的，我当年就是这么想的，听着老父亲和小弟弟抹泪说着苦难，笔下生风地写着，心想甚好，甚好。

"那天晚上我临走的时候，给小弟弟买了一堆食物和玩具，摸着他的头说不要再难过了。可他却摇着头不肯收，我劝了半天，他才非常胆怯、非常小心翼翼地抬起头，轻声问我：'大人，可不可以把您的笔送给我？'

"我说当然好啊，你要拿毛笔做什么呢。他冲我鞠躬，说他要学写字，以前他不知道哥哥的冤屈要给谁讲，母亲带着他去击鼓鸣冤，官吏们却通通装作听不见，捂住他们的嘴不让说话。而今天他终于知道了，写字是有用的，我是唯一肯来管这件事的人，他从我身上看到了光，他要学会写字然后一直一直写下去，把这件事永远铭记。

"我听得脸热，想到刚刚自己心里那些构计，愧疚中问他：'你还有什么想要的东西吗，我为你一并买来。'他勾着头，突然很小声很小声地说了一句：'大人，你可以抱我一下吗？自从我哥哥走了，就没有人再抱过我了。'"

韦温雪说到这里，斑斓的光在眼眸中拂动，他用手掌撑住座位，努力地说了下去："我后来没跟一个人讲过这件事，这句话让我难受。可当年的我只是觉得这是一件很平常的事，我抱住他，他突然在我怀里落下泪来，说谢谢大人，他感到好多了，真的好多了。

"我一直没有把这件事放在心上，后来有一天，小凝霜突然从外面抱来一束新剪的白花。我问哪儿来的，她说：'二少爷，这是一个孩子送给你的花，他说他起了个大早去山上摘的，他说他非常感谢您，因为您的那封信，他哥哥的冤屈终于被解开了。'我接过那花，却看见花瓣上有一丁点血迹。小凝霜说，那孩子好像摘花时在山上摔倒了，两只眼皮上都是血渍，她问他疼吗，他却把花塞进她怀里就一溜烟地跑走了。我叹了口气，说过一阵我去看看那孩子。

"不久后，在送走陈宁净的那个夏末黄昏，我在长安城走回来的路上遇见柳公子，雨水在我们的伞上跳着，我看着柳公子的眼睛，想着你在桂花下的话，再想到那个孩子送的白花，心里突然变得柔软。湿润的绿叶在头上摇晃，我突然觉得，我们青年应该一起为这个世界做点什么。

"只是我没有来得及做。"银光中，红裳的男人自嘲地笑了，"仅仅一个月后，就发生了那场摧毁我们所有人命运的国变，使我永远离开了长安，也永远失去了看望那个孩子的机会。杜路，我不知道你是否会相信我，但是在谋私弄权和肮脏的铜雀楼之间，我人生中有过那么一刹，想走进另一条路，只是那个未来对我永远关闭了入口。

"时代没有给我这个机会，现在，你愿意给我这个重来的机会吗？"

杜路望着银光中垂眸的旧友，声音沉重，苦涩地问道："我可以为你做什么？"

"你什么都不需要做，我什么都为你准备好了。"韦温雪微笑着望着杜路，"良朝的幼公主，黑暗中的复仇军队，杀死赵琰的秘法，还有被绑架的张蝶城……这一切全都备齐了。这个罪孽深重的新王朝，连同那个侥幸登上皇位的窃贼赵琰的生命，八天后就要全部都结束了。杜将军啊，你只需要走过来，拿起你的铁槊和旧旗，我们就能一起重造辉煌的故国！"

站在矿道的另一端，杜路沉重地低下了头。

"十年落魄啊，你难道还没有尝够荒废的滋味吗？"韦温雪的声音穿过长长矿道的风声，似在他耳旁回荡，"我们再也不要落魄了，我们要重回千军万马里，重建我们的时代。

"和我并肩吧，这本该是我们生命的样子！"

在韦温雪热切的注视中，杜路终于缓缓地、颤抖着抬起头：

"不要再骗我了，韦二。"

韦温雪的瞳孔瞬间睁大。

"我已经不是二十岁的杜路了，我知道你在说谎。"杜路的眼神痛苦地注视着旧友——

"这一次，你到底在做什么？"

第六十五章

千万盏灯火的光芒在漆黑的矿道中拂荡，黑发与红裳间，一抹嘲讽的冷笑，终于浮现在那雪月般洁白的脸上。

"你竟然看得出来。"

"我一直知道是你。"杜路垂下了头，声音愈发沉重而痛苦，"我早已发现，其实你和翁明水演了一出双簧，是你把我交给了宋有杏。在皇宫绑架案后放下字条，把我还活着的秘密告诉给赵琰的人，其实也是你。"

水滴在矿道中寂静地滴落。

红衣公子寒眸望着他，似笑非笑："你是怎么发现的？"

"那四页纸。"

"我交代过白羽不要给你看。怎么，他还是让你看了信吗？"

"不是白羽，是我自己发现的。"杜路长长地吁了一口气，"那一瞬间我就发现怎么回事了，但我拼命地希望那不是真的，我不明白你为什么会做出这种事——"

"我只是害怕白羽照顾你不周，写了一个医嘱给他而已。"

"不……问题不在于你写信的目的，也不在于你写了什么，而是在于……"杜路的声音在抖，"四页。"

"什么？"

"那天的你，哪儿来的时间写完整整四页的信呢？"

光芒在两人之间长长地拂荡。

韦温雪"噗"的一声低头笑了，单手抵住自己的鼻尖，望向杜路笑得身上发颤："原来如此。"

那天他明明带着杜路刚从牢里面逃出来。

白侍卫是在当天下午直接截住了他们，随后迅速把杜路送上了瓜洲渡的大船。

这期间杜路一直坐在他身边。

等杜路上船时，他却给了白侍卫一份长达四页的医嘱。这变戏法似的四页纸，即使在湖水中泡得全然模糊，也让杜路在夏口城外第一眼看见时目光就颤抖了起来。

"从我们逃出扬州大牢，白侍卫拦住我们，到我被送上大船，这期间你一直坐在我眼前，你是怎么在那么短的时间里写完了四页的信？这一切只有一个解释——"斑斓的光芒在杜路眼中晃动。

"你早就计划好了把我交到白侍卫手中。"

成片蝙蝠猛地惊起，在洞穴的光芒中哗啦啦地飞走。

"那四页纸，是你早就准备好的。那场铜雀楼里的被捕，对你来说并不意外。那场带着我逃出扬州大牢的冒险，对你来说只是做个样子罢了。"杜路越说，眼中的痛苦愈浓，"因为你在逃走之前，就知道我们一定会被白侍卫拦下。你计算好了时间，提前准备好了我的药材包和交给白侍卫的四页医嘱，好把我安稳地交到船上，按照你的计划来到四川。"

光芒在寂静地拂荡。

"没错，就是这样。"

银光中，红裘公子颔首，大大方方地承认道："我不仅早就计划好了，要把你这个罪人交给官府，我还设计了一出起承转合的剧情，让你为了救我而甘之如饴地上路。"

杜路垂下了头："我本该早点发现……"

其实破绽从一开始就很多啊。

从翁明水走到楼前的第一刻，喊出那句："翁某求见韦二少爷，有劳通报。"三楼暖阁里的温老板便呛了一口酒。帐中的杜路戏谑道："韦二少爷？"温老板便放下药书，转身问杜路道："你内力恢复了？楼下的声音，你为何能听见？"杜路便露出床头墙壁上的罂瓶，说这是个小地听。

这件事便平平无奇地过去。

可只要当时的杜路再机灵一点，他就会发现，十年来他都住在恒温的暖室里，小阁从不见风，寒冬时窗户糊得严严实实。

他是靠着罂瓶听见了楼下翁明水的声音。

可一旁的韦温雪，是怎么听见的？

他本不该听见楼下那声韦二少爷，也不该呛那口酒。

除非，他早就知道了翁明水来到楼下的那一刻会说什么，正如他早就知道，翁明水随后会带着官兵来到楼里，两人你一句我一句地交锋，直到金小山把杜路暴露出去。

而这一切，何尝不是一出排好的戏呢？

话本和演戏，都是欺诈的艺术。

那公子生来是个漂亮的骗子，他亲手制造了这一出连着一出的戏，却给自己安排了最天真仁善的角色。

台词是重要的。

"我不会让他入蜀的。"那公子在铜雀楼中望着翁明水，众目睽睽之下沉声说，"没有用的，你拆了这栋楼，也找不到他；杀了我，也问不出他。"

而就在两个时辰前——

明明就是他自己，亲手放飞了信鸽通知城郊的翁明水，让翁明水来到城中宋府，向宋有杏告密了已经藏身十年的旧友杜路的下落。

心理是重要的。

在所有人逼迫杜路入蜀的时刻，那善良的公子冒着天下之大不韪，在最后一刻从牢中带着旧友逃出生天了。

并肩坐在冬日夕阳的马车里，他对那一刻杜路心中的酸涩和愧疚心知肚明，却只是闭上眼睛装睡，耳旁听着杜路劝他回头的话，心里等待着白侍卫的疯马迎头到来。

从铜雀楼被捕，到地牢中的中毒，到舍身为友的亡命天涯，再到二次被捕后为朋友免罪的诱惑。他望着杜路一步步心甘情愿地踏上通往四川的旅途，他拼命去拉杜路的袖子，杜路却在愧疚中愈发坚定，不肯回头了。

戏剧效果是重要的。

"宋大人，翁某有几句刍荛之言，或许可以化解眼下困境。"

他用逃狱这一出戏码，弄出了一石二鸟的效果。一边给了他本人一个最重情重义的角色：众目睽睽之下，为了不让杜路入蜀，他宁愿冒死逃亡。从此，再没有一个人会把要求杜路入蜀的绑架案怀疑到旧友韦温雪身上。另一边，他又制造了一个紧张万分的情境，压得宋有杏惊慌失措，引出翁明水挺身相助的好时机。

杜路前脚刚逃，白侍卫后脚就闯进门的那一刻，战战兢兢的宋有杏把翁明水当成了救命稻草，他对着白侍卫，慌张地说出了翁明水教给他的每一句话。

就这样，他们神不知鬼不觉地利用宋有杏之口，把白侍卫带上了那艘盐船。

也埋下了三天之后。

宋有杏对于皇家暗探翁明水的深信不疑和感激涕零。

韦温雪在第二次被关入地牢时毫不慌张，反而安然地沉睡，因为他知道，翁明水很快会带着"暗杀韦温雪"的圣命来到宋有杏面前，用一出绝妙的双簧戏，把他从地牢中偷天换日地捞出来。

道具是重要的。

安神香。

他在把杜路交给宋有杏之前，点燃了那炷安神香，精心设计了杜路昏睡的时间。

为的是让杜路醒来那天，白侍卫正好赶到。

大盐船。

为了把杜路安全地送到同根蛊的埋藏地，又不暴露复仇基地的真正位置，韦温雪自己备了船。从扬州到荆州，再从荆州入蜀这两段水路上，他安排好了两艘船和两位船长。第一位船长是方诺，第二位船长在荆州候命，等着方诺把杜路"不经意"地交接到自己船上。此外，韦温雪还雇了四十名桨手，驯了花白两色的鸽子，建造了双层的船底和隔绝水手与杜路的舱室，安插了监视的孩童们……他想尽办法把安全性做到最高，却阴差阳错差点让杜路命丧冰湖。

路上的行李。

白羽曾感慨，宋有杏能在两天内备齐这么多行李，甚至记得在棉衣里缝银子，真是心细得可怕。答案其实很简单，因为行李根本不是宋有杏备的，是韦温雪准备已久的。

宋有杏唯一自由发挥的就是那十壶酒，在渡口外临时买的。那一刻，韦温雪明知杜路不能喝酒，却只能眼睁睁地望着宋有杏把酒夹在行李里送上了船，他赶紧找了个小厮，告诉白羽看好杜路千万别喝酒。回去后，韦温雪还一直担心酒的事，在心里把宋有杏骂了数遍。

但更加阴差阳错的事情发生了，宋有杏临时送上去的十壶酒，在沉湖的关键时刻救了杜路和白羽的命。韦温雪在棉衣中细心缝好的银子和缠好的金丝，竟在夏口城外差点要了杜路的性命。

时间线是重要的。

那公子在二十日的下午十五点，长安案发仅仅九个小时后，就造出了那封提前了二十七个小时的回信，以宋有杏的名义寄到了赵琰手中。信上写着一个书生来告知杜路下落，还未知真假，让赵琰一眼就发现了明显的时间破绽。

他们就是在引诱赵琰派白羽来到扬州。

时间线是环环相扣的，通过制造一封假信，韦温雪就能推算出赵琰收信的时间，推算出白羽出发的时间，从而推算出白羽到达扬州拦下马车的时间，推算出宋有杏在措手不及中听话地把人送上盐船……他放下了诱饵，以时间线做钓绳，把三千里内外的全部局势玩弄于掌中。

在这方生攸关的赌桌上，赵琰掏出了精心安排的一切赌资：镇守天下的八方巡抚，天下第一侍卫白羽，全国纵横八方的密报系统，整个帝国千万官吏和繁密户籍体系……而红衣的老板坐在江南歌楼上，风声中一封飞信，使十年间建立的信任轰然崩塌。

赵琰差一点就杀了宋有杏。

红衣公子低头笑了：而如今，目睹这一切发生的沈持重，他还会守职地把白羽在夏口城失踪的消息告诉赵琰吗？

八方巡抚已然在怯弱中隐瞒自保，白羽将神不知鬼不觉地死在四川，而杜路死在鄱阳湖中。在这场信息的竞赛中，赵琰的耳朵已然被蒙住，那么最后一关就是——

暖阁。

既然这场沉船已经扰乱了所有人的时间线。

红衣公子把玩着手上红蓝变色的扳指，露出了漫不经心的微笑：那么，宋有杏能从铡刀下侥幸逃回长安，很可能是一件，更好的事。

戏剧层次更是重要的。

冰冷的囚室内，王念盯着桌上白衣韦温雪的尸体，皱眉道："我怎么都想不明白，他为什么会死？"

"王将军！大事不好了，您快去宋府，小的们在那里搜到了一个满是血迹的房间！"

宋府内，王念面对着比棺材还大的一箱冰块时，暴怒中握拳的指甲几乎要刺入手心。那一瞬间所有线索都在他眼前合上了：六天前杀了韦温雪的人就是宋有杏，宋有杏利用冰块保存尸体，以混淆王念对死亡时间的认知。然后他故意弃尸于野，专门把王念引向翁明水的草庐，好让王念发现了这"刚死了两天"的尸体，从而推出了"有人在陷害宋有杏"的结论。

暴尸于野的奇怪举动，其实是为了把王念引向这样的推理思路，从而让宋有杏洗清自己的嫌疑。

第二次被欺骗的怒火，总是格外激烈和确凿。

百口莫辩的宋有杏和红着眼下令斩立决的王念，却谁都没有意识到，他们此刻身处的，只是这出戏剧的第一层。

而在戏剧的第二层，红衣公子杀了他自己，在郊野外放下了自己白衣的尸体。

在收到沉船消息的第一刻，韦温雪就意识到：

扬州不能待了。

纵然沉船是个意外，但这场意外却准确地把幕后黑手指向了准备盐船的人——只要宋有杏交代出翁明水联系盐船的事，便会迅速牵扯出翁明水带走韦温雪的情形，这场双簧戏会立刻暴露。

他唯一自证无辜的办法，就是"已经遇害"。

所以韦温雪必须死，才能让老板从扬州活着逃走。尸体必须暴露在野外，才能让王念迅速发现韦温雪的死亡。面容必须清晰生动尚未腐烂，才能让王念一眼就认得出来。

公子这样性格的人，他既然敢在扬州开始这一系列胆大妄为的计划，就早已准备好了自己的退路：冰棺中一具和他面貌相似的"假雪人"。他通知怜儿等人，在他带着翁明水离开扬州一天后，将尸体直接抛弃在翁明水的草庐旁。

但这样显然有一个问题：尸体的时间线会洗清宋有杏的嫌疑。

王念的那一通推理，远在没有开始之前，就已经进入韦温雪的预料中。韦温雪故意利用了王念这样的推想，然后为王念埋下了一个精彩的"反转"：宋府中的冰块和鞋。

就这样，他金蝉脱壳，祸水东引，在全天下人的眼皮子底下从扬州城逃出生天了。

但是现在还有一个问题。

无论是翁明水能从牢中捞出韦温雪，还是宋有杏肯为翁明水隐瞒，所有成功的关键都在于：宋有杏真的会相信翁明水是暗探。

可万一宋有杏没上钩呢？

万一宋有杏没被翁明水唬住，坚持把韦温雪严格看守在地牢中，杜路救不出张蝶城他就不放人。那么这一整出将杜路秘密送往四川的计划，就会从头到尾崩溃了。

所以，细节是重要的。

一块不经意从翁明水颈间跳出的羊脂玉牌。

长得和白侍卫的羊脂玉牌一模一样，价值连城，令重如山，背面花纹是禁中秘用，天下无人得知。

但是，翁明水和白羽根本没有打过照面。在白羽对着宋有杏亮出玉牌的一刻，翁明水正在几重墙外躲着，他是怎么造出这块一模一样的玉牌的？

数天后，站在漆黑的狭长矿道里，水滴声声，杜路望着光芒中的红裘公子，摇头苦笑道："你是真舍得。"

"还是有点心疼的。"韦温雪也笑了，他从怀中取出那块莹润洁白的羊脂玉牌，用指端轻轻摩挲着，低声道，"没办法，舍不得孩子套不住狼。"

在他指尖轻触的地方，原本阴刻着两个字痕：

雪郎。

这是他童年时昌公主赏赐的长命牌，满殿流光，温柔岁月。这块洁白的玉牌曾被花积用信纸包裹过，被掳掠的军队闯入韦曲夺走过，被沈持重的手放进亡命店，被浑身是血的宁老师在冷月下长长的荒河道上怀揣着狂奔，被死囚牢中师生二人用同样断指流血的手做命运的交递……十三年后，它又在瓜洲渡送别杜路那个夜晚重现于世，公子亲手握起冷光闪烁的小刻刀，要在玉屑飞溅中迸发出绝望命运里珍贵的希望。

可他最后还是放下了刀。

"我到那一刻才发现，我也有做不下去的事。"在旧友的注视中，韦温雪轻轻触摸着玉牌改雕的新痕，像是在抚摸细微的伤口。

杜路不知道，在扬州城外白羽掀开车帘的一刹，韦温雪就把白羽腰上玉牌的前后图案打量得清清楚楚。在从瓜洲渡回扬州地牢的马车上，韦温雪对着自己的玉牌拿起刻刀，准备在下车的一刹把改雕好的玉牌交给翁明水。可他看着"雪郎"两个字，突然就刻不下去了。

"那是谁改雕了这块玉牌？"

"翁明水。"

"他不是没见过白羽的玉牌——"

"我在回去的马车上，把白侍卫那块玉牌的纹饰画了出来，下车时把图样塞在袖子里，在与翁明水擦身时交给了他。他连夜照着图雕刻好，第二天带着玉牌去见宋有杏，这才成功地把我救了出来。"

他没告诉过翁明水玉牌的往事。

后来，在从扬州地牢逃出来的那天，翁明水望着马车里的囚衣男子，笑着轻声说："老板，你倒是眼不见心不烦了，我那一夜小心翼翼得简直要绷断心弦，一边雕一边想，光是落的玉屑，都够普通人家几辈子的粮食了。"

他那时也淡淡地笑了，只是黄昏中抚摸玉牌的手指，有些微微的酸涩。

"你啊。"

矿道的另一端，杜路眼神黯淡地望着韦温雪手中的玉牌，轻声叹了口气："别瞒我了，你真正的目的到底是什么，值得你这么做？"

"我的目的，就是把你安全地护送到四川，种下同根蛊获得新生，我们一起再造旧国。"韦温雪抬眼望着杜路，"这是我十年来要做的事，我没有隐瞒你的地方了。"

杜路便一步一步走近了他。

漆黑中矿道寂静，杜路的脚步声震着两侧光芒拂荡。"现在，让我们来复盘一下这个故事。

"交换人质是假的，绑架案却是真的。杀我是障眼法，杀白羽和赵琰才是真的。

叛贼们想在四川杀了我是假的，想用同根蛊救我才是真的。"

红衣公子望着杜路："没错。"

"那我就不明白一件事了。"猛虎绿色的圆眼睛中，映着杜路的身影在矿道上越来越大，"杀鸡焉用牛刀呢？"

在杜路的注视中，银光中的红衣公子平静地笑了："你什么意思？"

"温老板，我知道你的生意可是很大的。"滴水声带着杜路的脚步声，在矿道中回荡，距离另一端的红衣公子越来越近，杜路边走边说：

"如果只是为了把我送到四川，你完全可以动用自己从扬州到荆州这一路的酒肆赌场，利用你马驮马的妙法，在保密的状态下把我迅速地转移，而不用告知赵琰我的存在，更不用让翁明水暴露铜雀楼的位置，惊动整个帝国对抗，把你自己也陷入危险之中。

"绑架张蝶城杀了赵琰，把我运向四川种下同根蛊，这本来就是两件事，而且你都可以躲在扬州暗中指挥。你却偏要通过一张字条，把两件事缠绕到一块，还把自己暴露出去给自己制造了这么大的麻烦。

"你设计了这么复杂的故事，可这个故事的目的，本来有千百种更简单的方法可以直达。

"你不会无缘无故地绕路，除非——"杜路在矿道的水洼和灯火中停下，凝望着银光中红衣的旧友，"你另有一个不敢告诉我的目的地。一个比谋杀皇帝、推翻定朝、重造旧都更加严重的目的地。"

杜路望着韦温雪，眼神严肃：

"所以温老板，你绕路的原因，到底是什么呢？"

第六十六章

你能睁开眼睛吗？

漆黑暴雨的小屋中，一桌二椅之间，男人注视着他。

我不能。少年恨恨地望着他。我难受得快要死了，我头疼得要命。我被困在这里怎么都出不去。

男人避开了他的眼睛。你从小就体弱多病，又不是第一天如此，振作起来，快点睁开眼！

是啊，我从小就体弱多病，这一次最开始我也没有起疑。少年望着他露出了冷笑。可是这一次我居然能连烧十二天，你也感受到那种头疼和幻觉了吧，你不觉得奇怪吗？

男人声音冰冷。那是你自己的问题。

是吗？少年冷笑愈甚。你最好别让我知道你在背后搞什么鬼。临走前，你喂我吃下的，到底是什么东西……

男人强力捏住了少年的下巴。

屋外雨声愈响，在少年惊恐的目光中，男人贴近了少年的耳朵，轻语了一番，少年的瞳孔瞬间放大……

在杜路严肃的目光中，韦温雪笑了。

"没那么复杂。聂君与白羽有十年血恨，聂君在答应与我结盟时提出了一个要求：事成后我要把白羽交给他，让他完成复仇。可是白羽远在长安深宫，我思来想去，只有把白羽牵扯进绑架案中，才好引诱他出宫，然后在我们的地盘捉住他。"

"是这样吗？"

杜路越走越近，榻上金色的巨虎有些不满地起身，躬身对他低吼，皱着粉鼻露出森白的獠牙。

"于是我用你做诱饵，策划了这场绑架案中护送人质入蜀的任务，目的就是让赵琰派出白羽，一路护送你到四川，从而让聂君捉住白羽，完成复仇。"韦温雪拍着胖胖的后颈，低声笑了。

"说起来，杜路你还挺好用的，你这一路鸡飞狗跳，分散了对方大量的注意力，不仅把赵琰手下王念、白羽这些镇守长安的人全抽空了，还送了我们一个毒发不能动的白羽，我替聂君谢谢你啊。"

"不用谢。"杜路凝望着韦温雪，"所以你的意思是，把我牵扯进这桩绑架案做人质，只是为了充当鱼饵，把白羽钓到四川？"

"没错。"

"可是，如果你们只是为了捉白羽——"杜路也笑了，"那你在字条上直接写，让白羽当人质来四川换张蝶城不就行了，你当我傻吗韦二？"

寂静光芒中水珠滴落。

"今天是不太傻。"韦温雪放开了老虎，长长叹了口气，"杜路啊杜路，我都后悔给你喂同根蛊了，让你恢复力气，是让你憋着一口气来审问我的吗？"

"别转移话题。"杜路接着向前走，一边走一边说，"你看好你那老虎啊，我再往

306

前走，它别扑上来咬我。"

"咬死你算了。"韦温雪低头对老虎说，"胖胖，吃过人肉吗？你前面那个人可好吃了。"

在杜路忍不住的笑声中，胖胖困惑地望着主人呼噜了一声。

"其实事情的真相是，我也不想绕这一趟路，"韦温雪抬起头，"我也不想把你活着的消息告诉赵琰，可是有人非要逼我这么做。"

"谁？"

"那个无赖道士。"韦温雪颇无奈地摇了摇头，"坐地起价这种事情，他简直做得比我还在行……"

当年，渝州城破后，百万定军攻入四川，四处清算，血流漂橹。

草木皆兵的紧张气氛中，他们沿着小月牙留下的指引，终于找到了秘密深山中金屋里的小女孩。

她已经六岁了，仍是粉雕玉琢的样子，怯怯地望着两个青年到来，望了一会儿，她突然小声地冲着白衣公子喊：

"是你，你又来接我了。"

"是啊，我又来接念恩了。"韦温雪蹲下身，小女孩连忙紧紧地抱住了他，用暖乎乎的脸蛋蹭着他挺直的鼻梁。"快带我回家吧，我一直很想妈妈，也很想你。"

韦温雪眸色微暗，轻轻拍着她的后背。

"对不起。"他低声说，"我们现在还不能回家，你还愿意跟我走吗？"

幼公主在他怀中点头。

道士李鹤站在一旁，好整以暇地望着他们："你不能带她走。赵琰的军队正在四处搜查幼公主，你车上带着她，根本出不了四川，你们所有人都会有危险。"

"我知道。"韦温雪长长吁了一口气，转头望着李鹤，"你有更好的办法，是吗？"

道士狡黠地笑了：

"我的帮助，可不能总是免费的。"

"你要什么？"

"温老板，我知道你这些年在扬州弄了很多银子，对于价钱，你总是很有底气。"面对韦温雪脸上一闪而过的惊讶，李鹤轻声笑了，"可我想要的，是你的胆子。"

"你要开膛破腹吗？"韦温雪低头拉开了衣襟，"据我所知，人没有胆也能活着，我可以自己取出来给你。"

"倒不用这么血腥。"李鹤不想看他那一身烙印伤疤，合上了他的衣衫，"我只是要你做一件非常胆大的事。"

"什么事?"

在幼公主焦急紧张的注视中,左侧道士青年倾身,对右侧的白衣公子轻声耳语了一番。

韦温雪的睫毛猛地一颤。

他听见的是:

"温老板,你敢不敢把你和杜路还活着的消息告诉赵琰?"

话落,韦温雪抬头望着道士,眼眸中一片冰寒:

"这件事似乎有些胆大过头了。"

道士带笑望着他:"所以,你敢吗?"

"你在威胁我。"

"正是。"李鹤整整衣衫,颇为自信地道,"你若敢做这件事,我就加入你的计划,为你提供所有帮助。"

韦温雪低头:"我的什么计划?"

"你自己心知肚明的。"

"若我不肯做这件事,"韦温雪眼眸微眯,"你准备怎么办?"

"我和温老板,好像也没什么交情。"道士猛地拍掌,房前一只巨大的白鹤突然到来,扑扇着翅膀低低地旋飞,"我何必管你们死活呢?我现在就可以坐上这只鹤,一走了之。"

"连小月牙托付给杜路的礼物,你也不管了?"

"我说过我要管吗?"

道士似笑非笑,在白鹤振翅的声音中,转身睥睨韦温雪道:"温老板,你可要快点决定啊,幼公主和杜路的性命,值不值得你答应冒这一次险呢?"

"你一直在算计我。"

"温老板,说话可要讲良心。"道士摇着折扇,慢慢向前走,"明明是我把你从火海里救出来,也是我帮你从渝州城救出了杜路,怎么我救你多次,还救出一身埋怨了?"

"你知道你这样像什么吗?"白衣公子望着他越走越远的背影,突然嗤笑一声,"像个久经准备的敲诈犯。"

"哦?"

"你先提供一些免费而无私的帮助,然后在事情最紧要的关头,你突然停工,坐地向我要挟要高价。"韦温雪声音讥诮，"做什么道士啊，你才应该去做商人。"

"过誉了。"

"只是我不明白，让我做这种事，对你有什么好处？"

"对我这样的不死之人来说，漫长生活可是很无聊的。"李鹤回头望着韦温雪，"我不知道你是否能够理解，但这就像是我好不容易才读到一本精彩绝伦的话本，读到酣畅之时，恨不得自己蘸墨上场，再平添几笔有趣情节。"

"只是这样？"

"你不觉得我说的这件事很刺激吗？"

"是很刺激。"韦温雪看了他一眼，突然抱起念恩，快步走过了他，"也非常无聊。"

李鹤在他身后大笑。

韦温雪停在门口，背着光回头望着他，寒眸微眯："还不跟上？"

"我就知道你会答应。"李鹤收起折扇追了上来，笑得愈甚，"因为你非常胆大，也非常自信。"

"我只是确实需要有一个人保护念恩。"门外雪花飘落的洁白世界里，韦温雪轻轻地抚摸着幼公主的鬓发，但终是放下了手，"我做着那些营生，把公主带到扬州，也不太合适。"

"你放心，让念恩跟着我，会是全世界最安全的办法。"

"你最好记住这句话。"黑发上挂着冰冷的白霜，韦温雪寒眸望着他，声音严肃，"否则我会让你看看，你到底是不是真的不死人。"

李鹤在风雪中大笑。

"讲真的，我好多年没见过你这种神情了。"

"什么？"

"不管你相不相信，温老板，我认识你，可是已经很多很多年了。"漫天风声中，道士大笑着抱过小女孩，冲身后挥了挥手。

十年后再会。

十年后，若你敢把自己和杜路都活着的消息告诉给赵琰；

那么，我就如约与杜路一起吃下同根蛊。

大雪中，道士牵着小女孩，白鹤消失在远山中。

"……这是我一生中，经历的最胆大妄为的赌局。"

十年后，灯光拂荡的矿道中，红衣公子戴着璀璨流光的银帽，抚摸着膝下金橙卧虎，轻声道：

"那道士跟我打赌，赌我能不能在赵琰的眼皮子底下，把你送到同根蛊的埋藏地。如果我赢了，他就乖乖吃下同根蛊，赋予你永生的力量。如果我输了，我们就一块死在赵琰手中，结束这十年的逃亡。"

亲口去告诉赵琰，你和杜路都还活着，你们已经欺骗了他十年。

然后在赵琰的怒火和注视中，逃出生天。

你敢吗？

这是一件几乎不可能完成的任务，两只蝼蚁要如何与整个帝国对抗……他们要如何在告知赵琰后还能保住自己的性命？

有时候，为了掩饰一个可怕的真相，他必须设计一个更加复杂的谜面。

只有一片深海，才能掩盖住火山。

"你无法想象我苦思了多久，才想出了这个办法。"

银光在红衣公子的脸庞上拂荡，他看见杜路恍然大悟的神情，轻声笑了："不可思议吧，我最终做到了，我不仅明目张胆地告诉了赵琰你我的存在，还让赵琰不敢杀我们，甚至让他乖乖地亲自派人把你护送到了四川。"

杜路叹了口气："我是永远跟不上你的思路。"

天下也没有第二个人能想得到如此离奇的计划。

那公子用一场惊天动地的绑架案，把杜路的性命和赵琰联系起来，再把自己押成了杜路上路的砝码。

如此，他在离十年期满还差二十天的一刻，用皇宫绑架案后的一张字条，完成了这场胆大包天的告知。随后，他用一块羊脂玉牌和地牢中一出双簧戏，完成了对自己的保全。

"这样一切逻辑都说得通了。"杜路微微颔首，"我相信这个故事是真的。"

"这个故事终于说服你了吗？"

杜路摇头："还没有。"

"为什么？"

漆黑矿道中，杜路已经走得很近了，他低头注视着面前银光中的红衣公子，轻声说：

"因为这个故事里的你，听上去太温顺了。"

杜路盯着他清绝的面容：

"而我认识的韦二，绝不会接受任何人的要挟。"

夜色愈浓，一个孤零零的铁面人，在千里冰雪上疾行。

高耸的占星台直插夜空，漆黑的浑仪上无数巨大的圆弧还在寂静中缓缓旋转，一根窥管从众龙簇拥中钻出，如松枝般挂满白雪。他顺着占星台，望见了山下的千帐灯光。

却没有一个人。

"狡兔三窟啊。"铁面人轻声笑了，突然在雪地里趴下身，用双手抚摸冰冷刺骨的雪屑，拂尘般小心翼翼地扫开积雪。

一条若隐若现的马车轨迹在雪下渐渐浮现。

他便跟踪着这条车轨的踪迹，在大风酷寒中独行而去，距离数十里外的隐蔽矿洞，越来越近。

地下矿洞中。

韦温雪叹了口气："我能有什么办法，他是一个有方术的道士，我若不答应他这件事，让他扔下碧血一走了之，杜路你该怎么办？"

"所以你就答应了他的胁迫？"

"是的。"

韦温雪抬头望着杜路，湿淋淋的灯光在眼眸里闪烁，他深吸了一口气："对不起，我答应了他，因为我不想看着你死去。"

橙底黑纹的虎尾，在两人之间不安地拂动。

杜路在老虎面前蹲下。

"韦二啊，我们认识这么多年了。"他试探性地去碰了碰胖胖比砂锅还大的虎掌，惹得后者不满地吼了一声。他收回手，有些自嘲地笑了，声音很低："我若是再被你这番话骗了，便真是一点长进都没有了。"

"你想说什么？"

"我想说，我是跟你一起长大的人，这么多年来纵然我猜不透你，但我很熟悉你。"杜路蹲在老虎身旁说，"十九岁时的无寒公子，就会为了家族的舞弊案，诱掖奖劝地让我带兵离开长安；二十二岁他流落到信义庄时，尽管一无所有地受困，却能在半年时间内杀了所有人卷走财宝来到江南。他是一只天生的狐狸，又经过了十年的商场浮沉，这么会听从他人胁迫而去乖乖履行一个道士的奇思妙想呢？

"如果只是为了赢得那个胆大妄为的赌局，你明明可以直接制作出我们两个人的尸体，暴露于众，然后直接逃之夭夭；你也可以先绑架张蝶城，等二十天将满赵琰快死的时候，再告知他杜路和韦温雪都活着的消息，那时赵琰已经无可奈何，而你依然会赢。我了解你的智谋和手腕，我知道哪怕是十九岁的你，都能想出一百种更好的办法。

"明明是绑架张蝶城谋杀皇帝这么重要的计划，你已经等了十年，你绝不会因为一个赌，而差一点自毁长城。"杜路抬头望着公子垂下的眼睛，灯光在瞳孔中不安地拂荡。

"所以，道士的要挟，绝对不是你做出这件事的根本原因。

"韦二，你不要让我再往更坏的地方猜下去了，韦二，你不要避开我的眼睛。

"韦二，请告诉我真相。"

我们仿佛又站在了那个蜀道上命运般的雨夜，你偏执地垂着头，沉默无言。但这一次我不会让你一个人回头了，我要拉住你，在一场巨大的深渊陷落发生之前。

你本不该那么孤独的。

"杜路，你不要问了。"

黑暗中滴水声声，寂静了良久，红衣公子终于轻声说：

"如果我告诉你真相，那么你这一生，真的都不会原谅我了。"

第六十七章

死寂中，垂头站在陛下的案牍旁，宋有杏的手指在抖。

暖阁中的油灯因为芯长而变得昏暗了，微弱的灯火在一旁的小银剪上跳动，像是发出某种哀求，却没有一个人敢去剪灯。

细微的燃烧声中，宫灯长长的穗子都垂凝在空中。

陛下已经盯着那两封信看了半晌。

这期间，宋有杏害怕得声带发紧，他埋头紧闭住眼睛，这才一股脑地把这十二天的经历和盘托出。这是他第三次讲这个故事，纵然在细节上不自觉地赘述，却一丁点也不敢隐瞒，恨不得能把自己的心自己的眼睛全部敞亮了托在银盘里交给赵琰去看，生怕对方看不清。

但等他终于讲完时，怯怯地睁开眼睛，却看见案牍旁苍白高大的帝王保持着他进门时的姿态，仍望着那两封信出神。

宋有杏大气不敢出地等待着。

他不敢抬头，脖子已经勾得酸疼，目之所及的地方只有地毯和案牍上的纸页。无聊的寂静中，他的目光开始顺着文字不自觉地阅读：臣等未见可汗布哈斯赫，而北漠设宴于雁门外……他突然意识到这是陛下的军报，连忙收了目光，眼球便只能在地毯和自己的靴子这一片狭小的空间来回游荡。

灯光被压得越来越暗。

当帝王终于开口说话时，那一句低低的声音像雷霆般击破了寂静，震得灯光流苏发颤，震得宋有杏的脑袋像锣一样"嗡"的一声响，所有血液都压上了脖颈，压得他眼前一片发黑。

"来人，把他押走。"

震惊中，宋有杏竭力抬起酸疼的脖子，映入眼帘的却是男人一张颇不耐烦的脸。陛下仍握着那两封信，坐在案牍前连看都不看他一眼，摇头道："王念真是老糊涂了，我让他在扬州斩立决，怎么还专程把罪臣送到我眼前？"

"陛下——"宋有杏望着纸窗外攒动的人影，急得声音发尖，"请等一等，微臣还有刘田好的下落没有告知您，让我将功赎罪一次——"

"不必了。"

赵琰并没有抬头。

在侍卫们推门的吱呀声中，宋有杏紧张地望着这威严沉默如崔巍高山般的帝王，四周灯光越来越暗，逮捕的脚步声越来越近，他在一片黑暗中绝望地昂起头，抓住最后的时机，双手紧紧抓住桌沿用最快的速度说道：

"十六年前那场筵席后，翁朱把刘明玉刘田好姐弟卖入了乐坊，梅寻回家后良心不安，托人悄悄地把他们赎了出来。刘氏姐弟就这样来到了金陵梅家，可是后来梅家发生了一场大变故——"

宋有杏故意停顿一下，试图像吸引王念那样，吸引陛下的好奇心，用这珍贵的消息再救自己一次命。陛下就不想知道刘田好的下落吗？这是张蝶城绑架案中最确凿的嫌疑人之一啊！

可他绝望地看见，陛下只是置若罔闻地抬起手，将两封信纸扔进油灯中，然后埋头继续批阅军报。

侍卫们终于冲了上来，在宋有杏被拉开时的惊惶尖叫声中，赵琰低头批改军报，摇着头，自语般轻声道：

"那不重要。"

雪还在下。

一只绛红色的鸽子，突然带着浑身湿漉漉的羽毛，在长长的矿道内滑翔飞入，却被铁门阻拦。

"老板，有新信传来了。"

矿道的入口处，翁明水取下铁门的锁链，让红鸽扑扇着翅羽，一溜烟飞了进去，从黑暗中飞向金光。

杜路和韦温雪同时回头，望着那鸽子。

"你们聊完了吗？"翁明水跟在鸽子后面，一步步走了进来，"老板，你快看看这封信上写什么，张蝶城的病情最近怎么样了？"

这只是一句无心之言，可是这句话一落下，杜路瞬间绷直了脊背望向翁明水，声音在发抖："你说什么？"

红鸽还在空中飞。

翁明水还没反应过来，杜路身后，老板突然以袖掩面，重重地叹了一口气。

"映光你先出去。"

翁明水便点了点头，准备听老板的话转身离开，可杜路叫住了他："不要走，你现在就把鸽子上的字条拆下来，拿给我看。"

"这……"他为难地站在路中央，望了望杜将军又望了望韦温雪，求助似的问道，"老板？"

"映光你走，不用理他。"韦温雪不看杜路，"这是咱们的事，你把鸽子也带走，别让杜路搅和进来。"

"好。"

翁明水便对着天空吹一声哨，还在往韦温雪身旁飞去的红鸽，在半空中乖乖地掉头，向矿洞外飞去。

杜路却已经顾不得这一只鸽了，他猛地站起身，望着韦温雪胸膛起伏：

"所以说，张蝶城他现在……根本就不在四川？"

红鸽猛地惊飞了成片黑压压的蝙蝠。

韦温雪静坐在那儿并不抬头："不关你的事。"

"张蝶城到底在哪儿？"杜路的手指插进了自己的头发，他在猛虎面前来回踱步，"你骗过了所有人是吗？整个帝国根本就不知道它在面对什么，这颗炸弹比他们所有人以为的都更深更恐怖，是吗？"

"我跟你讲过的每一句话都是真话。"

"但是真话并不能保证这是全部的故事。韦二，你告诉过我的，"杜路望着他，光在眸子中痛苦地闪动，"真和实，本来就是两件事。"

"你也终于体会到这种痛苦了？"

"是啊，我也终于体会到了。"他听见身后红鸽簌簌的逃离声，垂下头，望见了金虎懵懂的眼睛，"词不达意，物不可穷。纵然文字伟大，但是文字永远有边界，有所不能及。在这个浩瀚斑斓的世界里，它在扩大我们的生命，也在缩小我们的生命。我们纵然身处广袤无垠的时空，可一旦有所想有所思，便难以逃脱文字和言语。我们是在言语的笼子里看世界，一旦懂得言语，便终身无法再逃离出去。

"所谓真实，便是言语笼子里框住的东西。

"我现在就在你的笼子里，韦二，你用一个真话构成的故事困住了我。"他望着那碧绿浑圆的眼睛，突然轻声笑了，"真好奇如果我们不懂文字也不会说话，我们该怎么思考。或许，我不应该再思考了，我应该像只老虎一样做事。"

在韦温雪瞬间瞪大的眼眸中，杜路冲了出去。

积水在他身后四溅。

这或许是他在病榻十年后，第一次拼尽全力地奔跑，像个少年，像个捕食的猎手，又像在追回什么错误已久的东西。韦温雪盯着那背影，让他陌生，又让他熟悉，银光中的水花在杜路身后甩开，淅淅沥沥的，通向漆黑矿道的尽头。

金色的猛虎兴奋地追了出去。

他绝不该在一只老虎面前奔跑，任何人都不该。韦温雪叹了口气，按下软榻旁的机关，一道铁栅门在胖胖洁白的虎牙逼上杜路后背的最后一刻，从空中险险地降落。被困在另一头，胖胖不甘心地扒着铁门，艳羡地望着前方的男人在矿洞中一跃而起，脚下金色的水珠在半空中溅开，杜路抓住了那只鸽，以少年般矫健的身手，迅速拆开了那张字条。

他的目光却在看见落款的一瞬间就溃散了。

那封寄给韦温雪的信，在最后一行落款上写着——

布哈斯赫

第六十八章

杜路，活在我的笼子里，难道不好吗？

那样我们还可以是朋友。

隔着一道铁门，两人在积水金光中无声地对视。

他终于从那场噩梦里彻彻底底地掉落了下去，他捏着那薄薄的一张信纸，站在积水与金光中，平生未展的眉眼痛苦地望向他的旧友。在那红衣公子带着嘲讽的神情开口之前，他带着最后一丝希冀抢先问道："韦二，你给我一个解释，我相信你有苦衷——"

"没有解释。"

他看见那人平静而陌生的神情，那声音在长长的矿道里带着风穿行而来，像一支箭一样穿透了他："我们本来就是盟友。"

满地积水中无数光点在晃。

"我从十年前就资助了一支北漠流军。

"杜路，在内战最艰难的时候，你曾经收到过一笔银子。但你不知道的是，你并不是唯一收到这笔银子的人。我暗中扶持了许多势力，只要他们有害于赵琰，我便资助他们；只要他们有军队，我便与他们做生意。

"我的盟友比你想象的多得多。"红衣的韦温雪坐在银光中，隔着漆黑铁门与满地水光，平静地望着杜路的脸，"我为了杀死赵琰而做的准备，早在十三年前那个雨夜就开始了。"

杜路怔怔地望着韦温雪。

"你应该知道，我这个人，从来都是多方下注。"银光在他洁白的双手间拂荡，他说，"纵然内战中我押输了，但是十年后我再次赌赢了。当年那个流亡军队的年轻首领，就是当今重统了北漠七部的新一代天可汗：布哈斯赫。"

杜路沉重地摇头："他是一个异族人，你不应该和他搅在一起。"

"可是杜路，我与他的交情可比你想象的要深得多，这十年来扶持布哈斯赫一步步在草原上起于微时的人，就是你面前的我。"韦温雪望着猛虎一步步走回来，"可以说，没有我，就没有今天的布哈斯赫，他就是我亲手培养的、注定要向赵琰咬去的恐怖巨兽。"

"可谁能保证这只巨兽不会咬伤你呢？"

"他会的，杜路。"韦温雪平静地说，"他的力量迟早会超出我的控制，从我当年在铜雀楼的暖雾中源源不断地把铁器火药运向北漠的那一刻，这种失控就注定会发生，一个制造者永远无法终止将要爆炸的炸弹。"

巨虎离软榻上的主人越来越近。

"你现在停下还来得及，在酿成更大的悔恨之前，你还来得及——"

"可若是我不想停下呢？"巨虎已经走到了眼前，"可若是我就想要这场爆炸发生呢？杜路，若是我告诉你自从在大雪中逃离长安的那一夜，我这十三年来活着的唯一意义，就是在等待爆炸响起的那一天呢？"

"可你把这炸弹造得太大了，韦二，你绝不该把张蝶城送给布哈斯赫，如果你只是为了杀死赵琰，你绝不该把整个国家和百姓都拖入这样的战争火海中——"

"可是谁告诉你我的目的只是为了杀死赵琰呢！"

在杜路震诧的目光中，韦温雪猛地拍榻而起，胸膛起伏："纵然我穷途受困经历折辱，可我一生的目的地，绝不是为了完成什么可笑的复仇故事，你明白吗杜路？你什么都不明白，就像真把我当成那个歌楼上落魄不甘心的老板一样，你把我看窄了！"

满地积水在二人之间涌动。

"可是韦二，纵然你有青云之上的抱负，可你怎么能把国家的利益出卖给北漠人？"杜路焦急地望着旧友的眼睛，"我们都是经历过良朝的人，你知道北漠人进入雁门关意味着什么。自从五鹿之战后，我们花了整整一百年才把北漠人彻底赶了出去，我的爷爷我的战友都死在这场漫长的事业中。而你现在，却要出卖一切，而把蛮夷再次引入中原作乱？"

"蛮夷？"红裘男人笑了一声，"赵琰窃钩者，毁绝王室，失礼背义，纵居中国之地，亦不过为新夷狄！"

"这不一样——"

"没什么不一样，进于夷狄则夷狄之，进于中国则中国之！"韦温雪抬头望着杜路，"孔子作春秋，一字寓褒贬。顿、胡、沈、蔡、陈、许虽为中原之国，因其不守礼，王室乱，莫肯救，君臣上下败坏，而被公羊高传为'中国亦新夷狄也'。而楚国虽为蛮夷，却因为战胜晋国而释放俘虏的仁义之举，楚庄王亦能被孔子尊称为'楚子'。如今赵琰犯下的滔天罪孽，无异于夷狄之行，而大良宗室血脉仍存，我等自当尊王攘夷！"

"韦二，不要再跟我辩经史了，你绝对不能做这种事！你摸摸自己的心！"

"杜路啊，你把我看窄了。"红衣公子仰天叹道，"我不是在卖国，我是在再造圣国！"

"那你也不能和布哈斯赫合作。"

"子路问过孔子同样的问题。"韦温雪望着旧友焦急的眼睛，平静地说，"那时晋国有一个人叫佛肸，他占据中牟城反叛，召唤孔子前去。孔子想要去，子路质问孔子说：'曾经我听老师你说：亲自做坏事的人那里，君子是不去的。如今佛肸反叛，你为什么要去他那里？'孔子说：'因为真正坚硬的东西，怎么磨也不会坏的；真正洁白的东西，怎么染也不会黑的。而我不想做一个苦涩的葫芦，一辈子只挂在那儿却没有任何用途。'改变时代的机会稍纵即逝，孔圣尚且为之奔走，我们又怎么能自甘荒废呢？"

"韦二！纵然你真的磨而不磷，涅而不缁，可你又怎么可能依靠蛮族人去造出真正的圣国？"

"真巧，子路也问过孔子这个问题。还有一个鲁国人叫公山弗扰，他占据费邑反叛，召唤孔子，孔子也要去，子路又不高兴了。可孔子说，不管他是谁，只要他用我，我就能在那里复兴周礼，我会再造一个东方的西周！"韦温雪盯着杜路，"纵然布哈斯赫是个北漠人，可他从十年前就是我的学生，他崇拜孔子，推崇礼乐，他愿意以我为师，再造一个新的大良！"

"韦二，我并不阻止你血债血偿，赵琰对你做的事，我知道我没有资格劝你原谅。但我要恳请你想一想，你的仇恨到底要到何处为止？"杜路站在栅栏铁门前，焦急地望着另一端的韦二，"你不能炸毁整个国家，你更不能把张蝶城交给北漠人，这场爆炸会炸到所有人，而你的仇人只是赵琰……"

"是啊，赵琰是造成我一生不幸的元凶，可他还有许多帮凶：杀了我哥哥和小月牙的边俊弼，杀了宁老师的沈持重，切掉我手指的狱卒们，背叛了大良的裴家，吹哨举报我们的红脸兵，每一个在兵变中举起刀剑的人……他们杀死了我父母、哥哥、淑德、柳公子、绿果儿、陈宁净、小凝霜……这不是一个个名字，这是从我的生命里真切地消逝的每一个人。他们每死去一个，都有一部分的韦温雪也死去了。

"而现在，所有做过恶行的人，正在这个春光中崭新的朝代里接受奖赏。他们手握权力，尽情施展他们的抱负，构成这个国家一层又一层的基石。而我呢？我失去了我的名姓，失去了我的未来，被困死在扬州十三年，还要哑巴似的在蹉跎中渐渐死去。

"我只有把现在的权力结构全部炸碎，炸得粉碎，我才能从困死我的扬州里逃出来，回到长安，回到金殿上，回到首列群臣的时代，回到我记忆中光辉的岁月，回到生命原有的轨迹。

"我本不该是个无名之辈，我本不该是那个男老鸨温八的，我本不该寂寂无名地在酒色里死去！

"仇恨并不是我生命的全部，杜路，我还有太多事要做。纵然没有同根蛊，我也会找到一千种一万种别的方法杀死赵琰；纵然没有你，我也会跟布哈斯赫合作来推翻这个王朝。

"杜路，不要把你想得太重要，我的人生其实和你没有关系，我只是要做完我该

318

做的事。"红衣公子在光芒拂荡中抬头：

"这是我的必行之路。"

万千水滴从矿顶砸向地面，流光四溅。

站在铁栅栏前，杜路痛苦凝望着旧友："是啊，我不该把自己想得太重要。你拥有布哈斯赫那样强大的盟友，你手握富可敌国的财富，你能调动黑暗中如此庞然的军队。你其实根本不需要我，我这样一个两手空空的人，有什么力量能帮你重造旧国？我只是一个累赘而已。"

"杜路……"

"可你却偏要救我。"积水的光在他浓黑色的眼眸里流动，"可你却费这么大的力气，在这样关键的时刻把我牵扯进绑架案中。韦二，关于这其中的答案，我有了一个很不好的猜测……"

"不要再想了杜路！"韦温雪意识到了什么，昂头对杜路低吼道，"我救你就是救你，你不要再瞎想了——"

"我猜，你救我的根本目的，是打算把我也作为礼物送给北漠人，对吗？"

第六十九章

积水越来越高，胖胖低头，不满地甩着自己湿掉的前爪。

寂静中，红衣公子坐在软榻的阴影中，看不清表情。

杜路站在铁门旁垂眸。

"我是懂一点北漠语的，很多北漠人的名字都有寓意。比如我十六年前杀死的上一任天可汗，他叫帖木日布赫，这个名字的意思是：如铁之硬。"

"那么韦二，你知道布哈斯赫的意思是什么吗？"杜路盯着手中薄薄的信纸，低声解道。

"布哈斯赫的意思是：如玉之钢。"

阴影中，韦温雪一动不动。

"这位布哈斯赫，和当年草原上被我杀死的那位天可汗帖木日布赫，要么是父子，要么是兄弟。"杜路抬头望向对面，"我不相信，这个被我杀死过亲人的布哈斯赫，在明知我还活着的情况下，还能无动于衷。况且，他对你来说，是那么重要的盟友。"

阴影中，韦温雪沉默了良久，终于开口：

"杜路啊，我们本来可以不用这样的。"

"所以你承认了？"

"我在铜雀楼养你十年。"满地流光在他眸子里摇晃，他嘲讽地笑了，"可我终究把你卖给了别人。"

"原来复仇也可以做一门生意。"杜路说，"我相信，他向你开出的购买我的价格，非常昂贵。"

"你想象不到的昂贵。"韦温雪笑了，"这个价格，昂贵得连赵琰都会为之咋舌。如今这天下，只有布哈斯赫付得起。"

"是啊，只有他能给你你想要的一切。"杜路的眼眸变得冰冷，"他是你绝望命运里翻身的希望。"

韦温雪微笑着望向杜路，声音同样冰冷："我也是他的希望。"

冷水在脚下荡着，终于彻底打湿了它全部的爪子，胖胖烦躁地站起身，低头冲着满地流光低吼。

"你打算什么时候把我交给他？"

"按照原先的计划，"韦温雪说，"在冬月二十日绑架案开始的那天，我便把张蝶城作为定金，送到北漠交到布哈斯赫手里。而把你作为尾款，从扬州运到四川，押在我自己的手里。"

杜路渐渐明白过来："而等到十二月十日，也就是八天后，赵琰身上的同根蛊一旦满十年，布哈斯赫就会动手杀了张蝶城，带领北漠人挥师南下，而你的四川兵向北攻打。如此，你与布哈斯赫勠力合谋，趁着皇帝驾崩的乱局，直捣关中？"

"是的。"那雪月般容貌的仙人，在银光中颔首，"等定朝灰飞烟灭，赵琰的整个文臣武将集团被炸得粉碎，废墟上才能建立起新家园。我会辅佐幼公主和布哈斯赫，在中原和草原上分别建立起两个昌明国家，共用礼乐，互通贸易，永修万世之和平安乐。"

杜路摇头："这听上去简直像个童话。"

"你恰恰错了，像你那样依靠武力，才永远不可能达到真正的和平，世仇的血债会越滚越大。"满庭滴水中，红衣的韦温雪坐在远方，平静地摇头，"只有文化、利益、制衡和贸易，才能建立起长久的和平。杜路啊，你不明白，我在践行一个儒者最本质最高贵的理想，以夏变夷，天下大同。苏秦身挂六国相印，而我，亦将为两国之开国宗师！"

"可你怎么能确定，那群蛮族人会乖乖退出中原，而让你建立起两个国家呢？"杜路焦急地盯着他，"我比你更了解他们，了解他们无时无刻不在的吞并野心——"

"所以我说，我要把尾款押在自己手中。"韦温雪轻声笑了，"杜路，这就是你的作用了。"

"我？"

"还记得和氏璧的故事吗？"

"秦昭王以十五城池换楚国和氏璧，而你，要拿我来交换两国的边境线？"

"杜路，你可比你想象得还值钱。"韦温雪轻声笑了，"这还只是布哈斯赫开出的价格之一。"

"所以你的计划是，像申侯联合犬戎人来杀死周幽王一样，你先利用北漠人进入中原来帮你推翻定朝。而等事成之后，你再用我为砝码，使他们履行诺言退出边境？"杜路的目光愈发清晰，"到时候，你再如约把最后的尾款，也就是我，交付给布哈斯赫？"

"是的。"眼见杜路已经复盘了一切，银光中，那披着红衣的雪月般容貌的人低下头，承认道：

"其实原来的计划是，我会一直在扬州做一个局外人，而这二十天里你看到的故事，本该是这样的：

"你和白羽乘船，一路从扬州来到四川，历经辛苦终于找到了地下矿道，真相在你面前揭开：原来这群叛贼是当年赵琰血洗武林留下的余孽，他们在首领黑红骷髅的领导下誓死复仇，为了折磨你而给你喂下同根蛊。

"二十天一满，他们就杀死了张蝶城，赵琰随之死去，朝廷局势大乱，这群四川叛军向北进攻。而意外发生了，北漠人竟趁机南下攻打关中，彻底摧毁定朝，两军对峙。

"蛮族人占据中原，而布哈斯赫公开宣称，你是唯一能让他退兵的人。到时候，你会为了天下苍生，再次甘之如饴地前往北漠。"

杜路，这本该是个好故事，不是吗？

你的好友不曾与北漠人暗中勾结，白羽的死亡不曾与你有关，你也不用面临这样友情与道义的痛苦抉择。你只需要像个英雄一样坚定地上路，流着你血管里奔涌的青春的血，再次力挽天下的狂澜。

正如千年后皮影闪动的戏台上，你忠肝义胆，我白玉无瑕。

"温老板，既然要卖了，就卖得果断点，你如此不舍，让我都有些担忧了。"

夏夜，华亭中六扇花影重叠的屏风后，一个赤裸上身的英俊男人的影子，从椅子上起身，俯视着另一侧长发飘动的男人清俊的侧影，湖光在二人身后流动。

"你在担忧什么？"

"老师，虽然对着你这样一张脸，任何人被你骗了都会甘之如饴，"那裸着上身的英俊男人轻声笑了，"可我毕竟价格出得太高了，我不能接受一个赝品。"

韦温雪看了他一眼："赝品？"

"所有人都说，杜路当年跳火死在渝州城了，目击者有数万人。"那年轻男人的声音充满野性，如同一只矫健的猎兽，低头灼灼地逼近韦温雪，"可是只有你一个人说杜路还活着，谁能证明你的话呢？"

"我刚刚不是带你见过睡着的杜路了吗？"

"事实上，"那男人对着韦温雪笑了，"我撒谎了，我说我见过杜路，可我其实并不知道杜路长什么样子。"

"你——"

"跟你学的啊老师，你说做人要狡猾的。"屏风上，那男人盯着韦温雪的眼睛，笑得愈甚，"我若不说我见过杜路，你刚刚随便找个人给我看，我又怎么能分得清呢？"

那清俊的男人在风中摇头："我对你做买卖，从来是足斤足两的。"

"可是总得有人验验货吧。"那异族男人像一匹年轻自信的狼王，突然抓起韦温雪的手，在红蓝扳指的闪烁变色中，将一枚小小的木模放进他的掌心，合拢了他的五指，低头道，"我对你向来慷慨，你要什么我给什么，无论是铜矿还是盐茶专营权。我只有一个要求，你为赵琰铸的假币，可不能流到我自己手里。"

"自然。"

"当年杜路在草原上追斩了帖木日布赫，我的确看见了这一幕，但是杜路那时打仗带着金面具，我并没有看见他的容貌。"英俊男人顿了顿，说，"可刚刚病榻上那个男人，看上去如此虚弱，怎么都不像我记忆中的意气风发。"

"他就是杜路，你要怎么验证？我可以给你找到一些老朋友——"

"可我不能让你左手交货右手验货啊，温老板。"屏风的影子上，异族男人仍握着温老板的手，俯下身说，"关于杜路的身份，必须找个你的对家来帮我验货，因为我没法相信你的朋友们。"

"哪个对家？"

"赵琰。"

"你在说什么梦话？"那清俊男人抬头，寒眸凝望着他，"你让我去找赵琰，给你验证这个杜路是不是真的？"

"你不敢了吗？"年轻的异族男人同样对视着他，"若是这个杜路没问题，你为何不敢让赵琰派人验证呢？"

"小崽子你长大了是吗？"韦温雪望着他，气极反笑，"我当年就应该让你渴死在草原上，怎么会救了你这个小白眼狼——"

"若是当年我死在了草原上，如今谁还能送你汗血宝马，送你铜矿钱模，谁还为你出兵出力地推翻定朝呢？"那狼王般的年轻男人歪头看着他，"不是最喜欢我了吗，我的义父？"

满湖流光闪闪地凝固。

"不要这么叫我，"那清俊男人微微皱眉，甩了甩手臂上的鸡皮疙瘩，"也不要像个争宠的小孩。"

"可你就是我的义父，不要忘了，从你在草原上救起我的那一刻，你对我就有责任的，你永远不可以背叛我。"年轻的异族首领警告似的紧捏着温老板的手腕，"也不要忘了，在这场游戏里你最需要的人是我，只有我。"

"不要捏我的手腕。"韦温雪皱眉愈甚，"这让我觉得你在威胁我。"

"你可以完全地信任我，因为我永远不会背叛你，我的义父，你说什么我都会遵守。"年轻的异族人听话地松开了韦温雪，抬起头，像只忠诚的野兽一样望着他，"但是你也不许骗我，我不会容忍一丁点背叛。"

"我有没有跟你母亲说过，你的性格真的有问题——"

"不用你管。"年轻男人披上了兽皮，腹肌隐现，在湖水激滟中转身大步离去，"温老板，你现在该琢磨的事情，是怎么让赵琰验货，从而让我相信这个人是真的杜路。"

"你听不懂吗，我说过那不行的——"

"可我就要这么做。"那孤狼般的背影并没有回头，"只有宿敌才不会包庇杜路，我只相信赵琰他们的验证。"

"于是，为了向布哈斯赫证明我就是真的杜路，你只好把'护送杜路入蜀的任务'交给了皇宫，让赵琰亲自派人来押送我，从而让侍卫白羽和八方巡抚都成了你们交易的验货人？"

"嗯。"

"这才是根本原因吧。"杜路盯着他，"是因为布哈斯赫的要求，你才不得不把我牵扯进这桩绑架案中。"

"是的。"韦温雪叹了口气，终于承认了，"反正一举多得，顺便也能满足一下李鹤和聂君的要求。让赵琰派出高手护送你，我本以为也会更加安全。"

杜路便在寂静的矿洞中拍起掌来：

"真是一桩一本万利的生意，你用这一支箭，射下来了足足四只雕：把白羽引到四川，赢得道士的大胆赌局，给我种下同根蛊，并向布哈斯赫证明了我就是杜路。温老板，真有你的。"

无数滴水在漆黑矿洞里跳跃。

那银兔毛帽上，无数水晶珠上光点也在跳，顺着韦温雪漆黑的长发垂落。"还有第五只雕：赵琰的眼睛。"

猛虎跳上了软榻，在膝上懒洋洋地趴下，红衣公子垂眸抚摸着它，水晶珠的彩光落在脸颊上："此刻赵琰全部的注意力，已经都被吸引到了西南。赵琰布在全天下的精锐，已经被'护送杜路入蜀'这个烟幕弹夺走了所有精力，彼此内斗，互相推诿。他们此刻丝毫不能意识到，他们的努力对于即将到来的危机毫无作用，因为张蝶城根本不在四川，那张字条从第一个字开始就在说谎。"

就像逃离扬州城时的两辆马车一样。

一辆向北。

一辆向南。

铜雀楼犯人逃狱，满城风雨中，向南的那辆马车挂满了显眼的红帘子，做买卖的商铺纷纷向士兵放出消息，所有人便追着这辆车，一路向南往瓜洲渡追去。而与此同时真正的韦温雪和杜路，正坐在一辆不起眼的骈车里，悄无声息地从北门离开了扬州。

这次他派去皇宫的那两个杀手，武器和剑法都有蜀地风格，劫了张蝶城后伴装向四川逃去，只留下一张字条，同样传递出了来四川交换张蝶城的讯息。

但事实上，一切都只是声东击西罢了，杀手们伴装向南，实则绕路向北，悄无声息地避开了所有人的眼睛，而把张蝶城顺利交到了北漠金帐中。

赵琰派越多军队来四川搜查，白羽在护送杜路入蜀的任务上越是尽心尽责，他们就离失败越来越近。南辕北辙，便是如此。

寂静中，红裳公子身居地下的漆黑矿道，仿佛十指牵引无形细线，操纵着地上明亮暖阁中的赵琰一步步在错误的方向上越陷越深。公子无声地笑着，观赏他的挣扎。

过了今晚，赵燕子，你就只剩七天时间了。

或者说——

你已经没有时间了。

北漠的铁骑和复仇者的刀戟都已经指向了帝国的脖颈，而你浑然不知，还忙着在四川寻找一个根本不存在的"张蝶城"。时间一点点变少，生命一丝丝流逝，你在匆忙奔走中眼睁睁望着死神降临，用尽了努力，却一丁点也改变不了自己被杀死的结局。

我会让你好好感受绝望的滋味——

就像我曾经那样。

当铁面人沿着马车隐约的轨迹，终于停下脚步时——

雪花已经在他肩上积成了两座小山。

四下岑寂，一轮孤月泛着淡蓝，白鹰站在高山之巅低头整理羽毛。他望着那漆黑的隐秘的矿洞入口，铁面下露出了嘲讽的冷笑。

一切该结束了。

此刻只要他先记住方位返回营地，然后悄无声息地带兵突袭，便能瓮中捉鳖，轻而易举。趁着夜深人静，他能把矿洞中所有隐藏已久的复仇者，如困兽般一网打尽。

到时候，铁面人与白羽在地下会合，杀了杜路，救出张蝶城，这颗历时十年的定时炸弹就解除了，游戏结束。

他千万不能打草惊蛇。

或许几个时辰后，他就能和白羽一起踏上回长安的路了。他想，这个绑架案至此，似乎已经非常简单了。

血仿佛都流光了。

火海般的周身剧痛中，面颊灰白的白侍卫嘴唇在颤，满额都是大汗珠。他虚弱地闭着眼，轻声呼喊："姐姐，姐姐……"

金光中，姐姐温暖的手指拉着他冰凉的手指，他的身体终于变得轻盈，变得快乐，随时要随着姐姐飞起来了。姐姐把他抱在怀中，轻声说："不要怕，你马上就不用承受这些了……"

一盆刺骨的冷水猛地浇了下来。

一个激灵中，姐姐突然消失了，他被迫睁开眼，模糊的视线中看见了数个摇晃的面孔。

"他不行了。"有人悲悯地说，"我们不如给他一个痛快。"

"可是聂君想要他活着。"另一人的声音仿佛远在天边，"他们还有一场决斗没有完成。"

"可是白羽毒发已经一天一夜了，没有解药。现在几点钟了？"

"离子时只差最后一刻。"

有人叹了口气，轻轻抚上了他的眼皮："让他睡一觉吧，他就要死了。"

第七十章

"韦二，"在时代洪流的滚滚巨变和帝王的陨灭顷刻间发生，国家即将分崩离析，蛮族人再次闯入中原之前，杜路站在漆黑湿冷的矿道里，悲伤地望着远方的旧友，"非要这样做不可吗？"

银光中，那披着红衣的雪月般的脸庞垂下，声音低沉：

"我已经做了。"

"你现在还可以停下——"杜路望着他，焦急地说，"在一切发生之前，你还有机会回头！韦二，停下这颗可怕的炸弹，我来为你承担所有的责任，你还能回到江南。你还可以吹笛子，喝中秋的桂花酒，看海潮上的月亮，这些不都是你喜欢的事情吗？"

话落，那清俊端庄的面孔上，眼睫垂下，在矿道尽头的黑暗中，他孤独而无声地笑了。

"并不是我喜欢这些事。"

满帽的水晶珠都在他面上垂落，他的声音很轻："是因为我睡不着啊，杜路，我在江南整夜整夜地睡不着觉，想念着过去的人，在月亮下喝着酒吹笛给他们听而已。"

杜路紧握着铁门的手缓缓松开。

杜路，你什么都不明白。

杜路，你根本承受不了真相。

"我错得太多了。"他看见他的朋友在黑暗里垂下了眼睛，声音酸涩而沉重，"我总以为，你和我在江南隐姓埋名的十年里，活得也算快乐。"

他抚摸巨虎的手指轻轻一顿。

"那些日子是很好。"

韦温雪的声音低了下去：

"可是，杜路，我本不该过这样的一生。"

谎话说得多了，自己也有点留恋了。

我有时候也在想，如果这十年来是真的，好像也不错。我们两个亡国落魄人，坐在歌楼里渐渐老去，听过春风与秋风，楼下笑声青春声，窗外明月满江南，我坐在你的床头，聊些童年的事。

我们将隐姓埋名地老去，在酒色里消磨一生。

我唯一的朋友啊，我为你四处寻药，为你求神拜佛，固执地要你在江南活下去。只是因为，那些长安的旧人旧事，也只有我们两个能聊聊了。

若是你死了，到时候就没人能和我聊天了。我也不知道，那些只有我记得的事，到底存不存在了。

或许你死后，我会最终认命，娶妻生孩子，穿着新袄从窗边望着漫天的鞭炮亮起。

细细小雪中，年味淡淡的，又很安乐。

正如我们葬在扬州的一生。

可这些都是假话。

我养你，只是因为我知道十年后，你对我有用。

我在扬州醉生梦死，酒色寻欢。但我心里一直知道，我要回到长安。

说起来奇怪，瓜洲渡我们分别时，车厢里我对你说的那些谎话，我自己说着说着忽然难过了。

我是喜欢扬州。

可我永远在怀念长安。

我的朋友，这么高大的男人，你的泪水为什么一直没有停下？

"是的，你都猜对了，这个看似美好的故事有一个可怕的真相，我早已把你卖给了北漠人。"

韦温雪望着杜路眼中闪烁的光，他单手握拳，握紧了自己红裘的衣摆，他努力地望着对方说："我对你的好都是假的，这十年在江南的日子是假的，那些雪夜那些笛声也是假的。不要把我想象得太好，在所有善良温暖的后面，我只是一个不择手段的政客。"

327

"所以，不要再因为我的欺骗而难过了，我不值得你流泪的。"韦温雪终于还是垂下了对视的眼睛，声音有些酸涩，在黑暗中低低地传来，"是你被我骗了这么多次，还是不长教训啊。"

杜路望着那熟悉的身影，他一个人垂头坐在那儿，寒冷中老虎靠在他身上，轻轻蹭着他微曲的脊背。

"其实你知道吗，今晚我最开心的一刻，是睁眼看到黑红骷髅的时候。"杜路抚着铁门，低声笑了，"我路上看见那四页纸时，仿佛什么都猜到了，又希望自己什么都猜错了，心怀着最后一丝侥幸。直到看见黑红骷髅的那一刻，我简直想感激他，我那一刻心里在想，太好了，真的不是韦二，他没有被卷进这桩阴谋，他还能在扬州过上平淡幸福的日子——"

"杜路……"韦温雪担忧地唤了一声。

"人生总是南辕北辙，是吗？"他摸着自己的眼眶笑了，"我最开始答应宋有杏，踏上这条入蜀的道路，就是为了给你换免罪的铁券丹书。我那时随时准备好了用自己的生命去交换你的平安，我希望你永远是天真快乐的，我真想让你能够拥有阳光下正常的生活……可在这条路的尽头，你出现了，一切都是不可得的。"

"我很抱歉，杜路。"韦温雪的声音轻轻地传来，"这或许是世间一种常然的痛苦，人们总是偏执地想把对方拉入自己的轨道。比如你一直寻死，我却想要你活下去；比如我为复仇翻身的这一天等待了十三年，你却总想让我过上平淡快乐的日子。"

"韦二，我也很抱歉。"杜路轻轻摇头，"原来我从来没有明白过，你真正想要的是什么。"

"你一直是受骗的那个人。"韦温雪顿了顿，轻声说，"我知道，你在看清叛军首领就是我的第一眼就开始流泪，因为你发现我的本性根本没有改变，这就像我当年为了家族的舞弊案而与淑德太后私通，哄骗你离开长安一样。你本不该对我抱有期望。"

"我开始流泪，是因为我意识到，你竟已默默忍受了这么多年的痛苦，只是在我面前装作言笑晏晏的样子。"杜路站在积水中悲伤地望着他，"而这一切本是如此明显，可十年来，我却只沉浸在自己的颓然寻死中，从来没有真正关心过你的伤口和你在绝望中的希望。"

"杜路……"

"你从来没有愈合过。你一直在忍痛，却一直不说。"杜路垂下了眼睛，"我却以为你是正常的，我只在乎我自己的痛苦。"

寒冷中，老虎轻轻蹭着主人的衣襟。

"杜路，你这样让我有点愧疚。"韦温雪也低声笑了，"我只是在做生意而已。"

"可你这大老板，本来不必亲自来卖我的，你已经在扬州放下了自己的尸体，你本可以安安全全地待在世界任何一个角落，舒舒服服地用飞鸽做完这场买卖，不是吗？"

韦温雪的手指轻轻顿住了。

"可是你在听说我命丧鄱阳湖的那一刻，依然千里奔走而来了。"

杜路抬眼望着韦温雪。

他身上衣衫里还带着沉沉的香气，那是十年铜雀楼的缥缈光影里，有人夜夜守在病榻前，熬药燃香。纱幔层层中水汽和花香在荡，那人看过的医书和收藏的草药，一筐筐堆了几架。

他在白烟袅袅中疲惫地睡去。

那人总是给他最好的一切，顶尖的药材、茶饭、衾枕，甚至香料。但最昂贵的是心血，是一夜夜寂静流逝的时间，是随着药草一点点熬干的青春和掖被时不再年轻的手掌。

每次病发昏迷后，他醒来睁开眼睛，就看见在榻旁等候一夜的韦温雪。韦二总是冷着脸，命令花积把整碗苦药一勺勺喂进他嘴里，再连环炮似的讥讽他几句。杜路对醒来就挨骂这件事已经习以为常了，直到一年冬天他病发严重，足足两个月都没有醒来。当他终于睁开眼睛时，他看见了冬阳中近乎苍白的韦温雪，韦温雪抓着他，那只手很凉，那只手还在抖。

韦二竟然忘了骂他。

他想，真是让人不习惯啊。正要伸个懒腰，他突然听见了头上一个低低的声音："不要这样了，杜路。"

那只手紧紧抓着他还没有放开，那只手越抓越紧，大片大片透明的冬阳照在厚被子上，那人用低低的声音对他近乎哀求地说："我去给你拿甜甜的糖水，你下次不要这样了。"

这就是他们之间的故事，千里流亡，十年落魄。从童年到中年，每个暴雪冬夜里，他们总能并肩坐着烤同一盆温暖的火。

可他们终要分别。

十三年的等待结束了，赵琰身上的同根蛊即将满十年，改变时代的机会再次降临，他有一件冒天下之大不韪的事情必须要做，有一条孤独的必行之路要走。在踏上这条路以肉身戕刀戮之巨险时，他不愿再让杜路跟着自己。天下的危险惊澜即将发生，他必须把杜路安全地送走，他要把杜路交给遥远的布哈斯赫，他还要给杜路种上永生的同根蛊，这样余生谁都无法再杀死杜路了，他才能放心地与旧友告别。为此，他耗尽心血修建大船，派出保镖一路保护，日夜从花鸽子身上盯着行船的情况。最后他抽身离开了扬州，像十年前那样再一次冒着危险奔走四千里而来……但在漆黑的矿道尽头渐渐亮起的银光中，他看见了杜路流泪的脸。

那个熟悉的面容望着他，一字一句地说：

"你也本不必给我种这同根蛊，用十年时间耗费无数心力做一桩只赔不赚的事，大老板，其实只是因为你不想让我死在布哈斯赫手里，不是吗？"

两人之间光芒缓缓流着。

"你不会死在他手里的。我不会让你死在任何人手中，白羽、赵琰、边俊弼，谁都不行。"韦温雪低头笑了，补充道："这句是真话。"

我的旧友们都死了啊，杜路啊，只剩你一个了。

只有你一个人了。

但当他抬起头时，那眼眸中又换回了一片冰冷："但不要把我想得那么好，杜路，我只是个冷酷的政客，满眼只有利益，不要指望我因为情谊而做出什么让步。"

我一定会把你送到布哈斯赫面前的。

到时候你就理解我了。

到时候你就明白，他……我为什么会挑选他，而他的真正身份是谁了。

"我只有一件事不明白。"杜路缓缓抬头，对视着韦温雪，满地流光在身后涌动——

"这些你想做的事，为什么不能早点告诉我呢？"

"我……"

"如果你要我去四川去北漠，我便会为了你去四川去北漠；如果你想当宰相，我便会帮你当宰相。因为你是我的朋友，你一切想做的事，我都会想为你做。"杜路低头摸索着铁门，轻轻叹气。

"其实真的不用这么麻烦的。"

他按下了栅栏的微微凹陷处。

两人之间，铁门顿开，积水散尽了。

第七十一章

夜色冰雪中，一只飞翔的白鹰，掠过了明亮的月亮。

铁面人站在漆黑矿洞前，做好了标记。

他转身准备离去。

可就在这时，他在冰天雪地中听见了一个熟悉的呼喊声……

在生命的最后一刻，白侍卫做了一个梦。阳光温暖而恍惚，树叶的光影斑斓地摇曳，他在树下一个人安静地坐着，身体渐渐变得轻盈。

梦里他不再冷了——

却依旧在小声哭泣。

"嘿，小家伙，你在哭什么？"

冬日傍晚的昏光中，一个人的影子覆盖住了他。

"我才没哭！"他本来坐在树下抹泪，此刻气鼓鼓地埋头，缩成一团，不肯让来人看到自己的脸。

树叶的影子在风声中飘荡，十七岁的少年在小小的孩子面前蹲下，嘴角似乎还噙着笑意：

"小家伙，你肯定是想你爸妈了。"

"我才不想他们！"他瞬间像头小狮子似的炸了起来，抬头怒瞪着少年，脏兮兮的脸上一双圆眼珠格外清亮，"他们是天底下最卑鄙的人，就是他们迷晕我把我送进来的，我恨他们！我最讨厌背叛了。"

少年注视着那双倔强中藏着泪光的眼睛，突然伸出手，摸了摸孩子的脑袋。

他歪头躲开。

少年看着他，轻轻叹了口气："小家伙，你今天去干吗了？"

听闻此话，孩子更激动了："早上的时候，虎子来山洞找我，说他在沼泽后发现了一个新的食物点，喊我一起去拿。我跟着他走了一天，结果……"

说到这儿，他低下了头，双手却在暗处握成了拳头："……结果，沼泽的后面，一群大孩子伏击了我。他们要抢我的解药，还想问出你发现解药的地点，我不说话他们就一直打我——"

少年登时紧张："那你就告诉他们啊，你受伤了吗？"

"我才不说，我不怕他们！"小孩清亮的眼睛像只骄傲的小豹子，"他们就是人多势众而已，他们打我的时候，我一直护着脑袋和肚子在地上打滚，等他们打累了，我转身就跑，爬上树，在树梢上跳来跳去荡秋千。没人跑得过我，他们连高一点的树都不敢爬，一群笨蛋，只会抢别人的解药——"

"你才是个大笨蛋。"少年的手指点着他的脑门，气得不轻，"下次遇见这种事，直接把药给他们，你还这么小，万一他们照死里打呢，你是要气死我吗？"

"不用你管！"孩子抬头望着少年，破旧的衣衫在纤瘦洁白的身体上飘荡，面容稚气，那双圆眼睛却带着倔强的光亮，"我就是不给，我不屈服，更不怕他们！"

"你——笨蛋啊笨蛋，我不是告诉过你等我回来，待在山洞里不要乱跑吗？你怎么那么轻信呢？说过多少次了，身在训练营里，任何人都不能相信。你看看你，被打得像只小花猫似的，也不来找我，一个人躲在这里哭——"

"才不是因为这个哭！"孩子再次气鼓鼓地望着少年，却忽然间有些结巴了，"是因为……因为……虎子是我的朋友，今天他还唱着歌来找我，一路上我和他蹦蹦跳跳地笑着，穿过沼泽时他还紧紧拉着我，然后转身就……"

他说不下去了，双眼有些发红，又低下了头。

暮光中，少年蹲在他面前，望着他。

过了一会儿，他传出闷闷的声音："虎子看着别人打我，他明明说过是我朋友的，我那么信任他……他怎么能这么做……我最讨厌背叛了。"

孩子沉默了，他说不出来，当他躺在地上，虎子的拳脚与众人的一起如雨点般落下时，整颗热乎乎的心脏仿佛被人用双手猛地撕开，顷刻间全身冰凉，血管里的东西都哗啦啦漏了出去。

他那一刻就想哭了。

为什么总有人，微笑着将他拉进明亮的人间，让他得到片刻的温暖后，又更加毫不留情地将他推入冰冷的黑暗，像是什么利用完毕就能抛弃的残废物。

他刚刚靠着树坐在这儿，一边抹泪，一边安慰自己：你的父母都这样对你了，你为什么还伤心呢？这是正常的事，毕竟你父母都这样对你了。

被父母笑着抛弃的孩子，再遇见别人的利用和抛弃，也不用太过难过。毕竟连这世间最亲近你的人都这样对你，别人对你更坏些，不也是理所应当的吗？

你就是个不配被爱的人。

你又怎能奢望太多？

可笑的是，越是这样的孩子，越是会为了一点点温暖的假象而竭尽全力地奉献。虎子只想抢他的解药，他却以为自己是虎子最好的朋友，心甘情愿陪虎子去沼泽的另一头冒险。

沉默中，少年温暖的手掌抚上了他小花猫似的脸：

"背叛，是世界上最频繁的事，为这种事掉眼泪，一辈子都不够哭的。好啦，不许再哭了。"

"我的小家伙呀，你到底什么时候才能长大？"少年擦着他脸上的泥泞，苦笑着，声音轻而温柔，"要在训练营里长大，你得聪明一点，圆滑一点，神情冰冷地藏好自己的情绪，学会滴水不漏，学会耍手段诡计……这样才能活下去呀。"

少年用温暖的食指抹掉了他的泪痕：

"不管再辛苦，你也一定要……活下去呀。"

九年后，又是一个黄昏。

空中，无数归巢的大鸟游飞，羽翼扑簌的声音在暮光中降落。

"嘿，你哭什么？"少年胸前血流如注，手掌却温柔地抚上他的脸，"我要死了呀，你是为我而哭吗？"

他的胸前还插着那柄长剑，怔怔地望着少年，清亮的双眸中，光影似乎在颤。

少年的声音依旧又轻又温柔："我的小家伙呀，你终于长大了。是我失策了，我本来想找一个弱小的助手，帮我杀人并最后被我杀死，没想到，最后是小家伙杀了我。"

那双清亮的眸子的瞳子中，光影颤得更厉害了，他张着嘴却发不出一个音。

"不是告诉过你了吗，背叛，是世界上最频繁的事，为这种事掉眼泪，一辈子都不够哭的。好啦，不许再哭了。"少年面色苍白地微笑着，抹干他脸上的泪痕。

"小家伙，你自由了，快跑出去吧，去外面开阔的世界里，去接着尽力地努力活下去啊！"

那只温暖的手，从他脸上滑落了。

少年带着胸前喷涌的血流，缓缓倒下去，那双带着微笑的眼睛仍望着他，缓缓地、疲倦地合上。

他抬手却抓了个空，一双清亮的眸子里光影在震颤，轻声地、迟疑地、浑身发抖地出声：

"飞鱼——"

在子时梆子声敲响的最后一刻——

铁面人顺着长长的石道，踏着这一声熟悉的呼喊，冲向了声音的源头，用尽全力地奔跑，肩上的细雪向身后不断飘洒。

在更声停止之前——

他终于看见了那张熟悉的、稚气的小家伙的脸，像小花猫似的沾着满脸血泪。

牢狱中年轻的白侍卫躺在一片冰凉的积水中，闭着睫毛长长的眼睛，胸脯已经不再起伏了。

他冲向了白羽，再也不顾石洞中震天的脚步声，也不顾身后飘雪湿漉漉的痕迹，心脏狂跳中，他颤抖地伸出手去，隔着狱栏握住了那双冰冷的手。

是毒发了。

他人生从未有一刻如此感激过赵琰，感激他在自己身上施下了永生无解的毒药。因此他才能够有幸在更声停下的最后一刻，在小家伙苍白的身体前，从怀中哆哆嗦嗦地取出那个白色小瓶。

还有八颗。

更声结束后，变成五颗。

此刻已经是十二月三日，他自己需要吃一颗解药，而白羽急需吃下昨天和今天的两颗解药，却早已没有吞咽的力气。

他将手伸入狱栏的空隙，把嚼碎的两颗解药，喂进了白羽的嘴唇。

寂静中，他握着小家伙冰冷的手，漆黑铁面后颤抖的嘴唇在一声声地祈祷，他的心脏从来没有跳得这么快这么响过，他在向上天祈祷一个奇迹，一个超越时间的顽强生命的奇迹。

请让她醒过来吧。

"如果这是对我当年作弊的惩罚的话，"他昂头望着密集水滴凝结的洞顶，在绝望中祷告，"我愿意拿一切来交换，如果当年训练营只应该活下来一个人的话，那夺走的应该是我的生命。"

时间一丝一丝地流逝。

他焦急地盯着白羽灰白的脸。

而几重石道外，手持火炬的巡逻士兵，正在朝他们渐渐走来……

第七十二章

这是宋有杏第三次被关进牢中。

这一次的囚室最为特别，它不仅位于皇宫内部，事实上，这里就是张蝶城之前被关押了十年的地下双锁阵。

空气里似乎还残留着十一位宫女尸体的血味。

脚下的地毯上残留着大片大片血迹，房间中摆放着一个又一个高大的木笼，里面似有血肉模糊的东西在低声地啜泣。侍卫们押送着宋有杏，寂静中走进了房间最深处，草率地打开一个木笼，将他推搡着锁了进去。

外面风雪声惊人，一盏孤灯在深夜里微弱地闪烁，宋有杏的心底越发绝望：这显然是个临时关押地，意味着随时会有内侍端来一杯毒酒，把自己送上西天。

皇帝真的不愿意再审他的案子了。

赵琰根本不知道自己在错失什么！那封提前了二十七个小时的回信，那个冒充暗探的翁明水和最重要的嫌疑犯刘田好的下落……他什么都不懂！一切情况正在悄然崩盘！而皇帝将亲手戳瞎自己最后一只看见了真相的眼睛！

他将带领帝国一败涂地。

瘫倒在木笼中，宋有杏恍然看到了那青衣书生嘲讽的黑眸。

你纵是逃回长安了，又有什么用呢？那书生大笑着问他，不还是深陷在我的蛛网里吗，不还是得不到任何人的相信吗？那书生轻蔑地用手指戳着他的脑袋：你这个被我戏弄的愚人，到死都不会逃出我的手掌心。

第三次被关押在牢中面对死亡，宋有杏在寂静中渐渐镇定下来，他不再惊惶，却更加愤怒：

他可以死去——

但他绝不能这样可笑地死去。

他已经逃了三次了，却为什么每次都落入同样的羞辱中？到死，他写的文章无人愿读，他说出的每一句真话无人肯听。这种不被聆听的痛苦，这种被迫失语的状态，在大雪寂静血味飘散的深夜里深深地折磨着他，已经折磨了他的一生。

他本是当朝大臣，深得赵琰器重，身着绣禽红袍列于金殿之上慷慨陈词，是翁明水突然之间从他生命里捂住了他的嘴巴。这是一种致命的羞辱，像是随手一泼热油便毁掉了他几十载的努力。那书生轻狂地笑着，随意地揉掉了宋有杏的一生，扔进垃圾桶里，变成肥肉馊饭旁的脏东西。

他必须揭穿翁明水，因为他无法忍受自己的冤死成为一个笑话，让翁明水站在他的墓前扬扬得意地发笑。

人固有一死，但那种嘲笑愚人的笑声，会让他即使在地府中都浑身痛苦。

镇定，镇定，宋有杏。他对自己说，你并非愚笨之人，你跟他们不一样。这么多线索握在你手里，只要你把握住最后活着的时间，只要你想出一句能够说服赵琰的话，你就能翻身……

可那句话该是什么？

他什么都说过了，可赵琰什么都不肯信啊！这十二天中无数的画面和声音在他脑海中飘过，仿佛一伸手就能抓到什么惊天之语，又仿佛什么也抓不到……

"砰！砰！砰……"

沉思中的宋有杏吓得一激灵，从木笼里抬起头，这才发现只是打更的侍卫，灯火昏暗中，他们敲着梆子走过血迹满布的房间："发饭了发饭了，都醒一醒。"

木笼中一个个模糊的人影这才动了起来，带着馊味的牢饭一碗碗分发下去，寂静中传来了吞咽的声音……轮到宋有杏时，他摆了摆手，实在没心思吃饭，只想赶紧继续思考接回刚刚的思绪。

"侍卫大哥，他不吃的话，这碗饭给我好吗？"

身旁，突然传来了一个哀凄的声音，一双白皙的女人的手抓住木栅栏："我想供一碗给死去的姐妹，我这几日做梦总是梦见她们，在这屋里到处飘来飘去找不到东西吃。"

"瞎说什么！"侍卫里有人斥责道，"你吃你的别找事！"

女人却仍盯着那碗多出的饭："可以吗？"

另一位侍卫的声音比较温和："你问问人家愿意吗？"

女人便满怀希冀地转过头，盯着身旁笼子中那个披着厚裘托腮沉思的中年男人，拍着笼子急切地说："请问，你可以把这碗饭给我吗？"

沉思中的宋有杏再次惊醒。

宋有杏缓缓抬起头，在昏暗中看见了一双哀愁的、期待的眼睛。那女人三十多岁的样子，苍白憔悴，双眼浮肿，看起来久经酷刑折磨。但当她讨好而凄然地露出微笑时，那张脸便如寒冰解冻，蓦然露出一点桃花春色，鹅蛋脸圆润，鼻梁挺拔小巧，竟有些昔日清秀佳人的影子……

两人身居两座木笼中，宋有杏死死地盯着她，突然转头问侍卫道："她是谁？"

"她是之前照顾张蝶城的十二个宫女，其他十一个都死了，那两个杀手造孽，非把她活着留下了。这不，酷刑审问一个没落下。"侍卫一边盛饭一边说道，"我们之前都喊她玉儿，大名叫刘明玉。"

她怎么会是刘明玉呢，她明明是……

宋有杏瞪大了眼睛。

他闭上了嘴巴，在心里尖叫。

错了，一开始就错了，所有人从一开始就追查错人了！

对了，一切又都对了，他终于找到那个能够一招战胜翁明水的法门了！就这么突然地降临在他面前！拨云见日地解开了一切悬念！

他在心里无声地尖叫，因为他已经发现了这场游戏中一个致命的漏洞。

他是唯一一个知晓这个漏洞的人。

现在，只要给他一句话的时间——

他就可以让赵琰立刻赢得这场游戏。

寂静的石室里。

在铁面人焦急的注视下，白侍卫的胸脯渐渐有了起伏。

与此同时，牢房外的脚步声越来越近。

昏暗中，一双清透的圆眼睛缓缓睁开，白羽带着满面血泪，虚弱而紧张地望着面前怪异的铁面人："你是谁？"

"陛下的人。"铁面人松开了白羽的手，他说话时的声音因为铁面具而显得嗡嗡的，"传道寻仙友。"

"青囊卖卦来。"白羽对上了暗号，长长地舒了一口气，"你不要管我，快走。"

"可是——"

"我们上当了，反贼们的目标一开始就是我，他们就是要把我引到四川来杀死我。"白羽听着越来越近的脚步声，极小声地快语道，"你要是被发现，他们也会杀死你。"

"那杜路呢？"

"我不知道他在哪儿，我也不知道他是否还活着。"

"你听着，按照正常逻辑，反贼们一定会杀杜路。如果杜路还活着，他和反贼的关系就是可疑的，你再见到杜路时就直接杀了他。"

"可是……"

"我们的任务没有变，带走张蝶城，然后杀了杜路，还记得吗？"

白羽沉默了。

"看样子他们剥了你的白羽剑，你拿好这个。"一只冰凉的袖中匕首落在了白羽手心，而墙外的脚步声已经近在咫尺，铁面人瞬间向后滑行数步，在灯光照进囚室的一刻，铁面人竟熟练地按下墙壁暗钮，消失在突然出现又迅速闭合的密道中。

白羽诧异地望着铁面人消失的方向。

扭过头时——

他看见了黑暗中巡逻的蒙面士兵，手持飘荡火炬，默不作声地打量着他。

第七十三章

"赵琰的走狗，我等你多时了！"

在铁面人闪身进入囚室密道的一刹，漫天箭雨暗器迅疾地向他迎头冲来！

生死一刹的杀意中，铁面人立刻蹬墙而上，一个向上翻身，在空中抽出了背上的两把银亮长刀，双手握刀挥出，"唰"的一声深深刺入墙面，他以银刀为支撑，瞬间踏刃而起，攀身于暗道的顶壁之上，俯瞰着脚下一片暗器狼藉，在湿冷的石道内溅起蒙蒙积水。

射出的箭雨纷纷降落。

密道的尽头，出现了一张文着黑红骷髅的面孔，正手握一团黑布包裹的武器，抬头，目光幽幽地盯着头顶的铁面人。

战斗在一瞬间发生。

一道黑影手持双刀从天而降，两人刀剑铿锵相击的金色火花瞬间照亮了石道，脚下积水轰然震颤，猛然荡起仿若白浪千层。

当被溅起的积水在他们身旁猛然落下时——

黑红骷髅的重剑已经压在了铁面人的脖颈上。

而铁面人手中两把银亮的刀尖，正抵着黑红骷髅的肺腑与心脏。

两人眼含杀机地对视着。

而一缕若有若无的血丝，正悄悄地在脚下浑浊的积水中渐渐洇开。

"赵琰的走狗，在你走到洞口的那一刻，不要以为自己还能活着离开。"

封闭的石道内，积水中血味越来越浓，黑红骷髅咧开嘴笑了，嘲讽地望着眼前的铁面人。

"你们早已发现我了？怎么会……"铁面下，男人声音一变，"那只白鹰？"

半刻钟前。

落满积雪的高山上，一只通体洁白的海东青用红玉般的圆眼睛，居高临下地望着铁面人在矿洞外做下记号，猛地振翅，在寒月下飞翔而去。

早在白羽放出的烟花点亮夜空的一刹——

红裘公子便玩味地笑了，他对抽剑而起的聂君"嘘"了一声，轻轻挥手，在冰川之上悄然布下了遍地暗哨。

"我们布下了诱饵，在捕鼠器旁等了半天，终于等来了一位影子般不为人知的暗卫。这就是赵琰留的后手吗？"黑红骷髅望着铁面人，笑得愈甚，"他真是把这场游

338

戏想得太过简单了。"

铁面人的刀尖猛地一颤。

"而你，也暴露得实在太早了。"

话落，黑红骷髅挥动重剑砍向了铁面人脖颈！生死一刹中，铁面人迅速抛刀脱手，从袖中弹出两个米粒大小的东西，一气呵成地扔向墙壁，只听"砰"的一声，昏暗的石道中，猛然蹿起了一片炸裂灼目的金光！

世界都因眩晕而空白了几秒。

当黑红骷髅在盈盈泪水中强忍着双眼的刺痛，艰难地再次睁开眼睛时，密闭的石道内，铁面人却已经消失得无影无踪了。

满地带着血丝的积水还在摇荡。

黑红骷髅沉思数秒，顺着铁面人离去的方向，看见了一个石壁凝雾中留下的手印。他提剑走过去，把手覆在那印迹上，轻轻推了一下。

另一条隐秘的暗道在封闭空间中轰然打开。

他怎么会对这里的地形如此熟悉？

黑红骷髅困惑地望着墙上的手印，又望向暗道的漆黑深处，一条隐隐的血线伸了进去，绵延到黑暗中。

血线的另一头，是积水下一枚涂满剧毒的铁蒺藜——在刚刚两人的交手中，铁面人不堪重剑的威压，被逼后退而踩到暗器，半个脚掌瞬间被贯穿。他却忍着剧痛，在最后一刻掷出烟花弹，利用强光的掩护按下墙壁暗钮，在密道中消失不见了。

"以为这样就能逃出生天了吗？"

文着满面黑红骷髅的聂君冷笑一声，并没有提灯，而是顺着那条隐隐的血线，在暗道中悄无声息地追了上去。

第七十四章

地下，昏暗矿道中。

青衣红唇的书生翁明水，正在皱眉拧着自己的袖子。

"这个马马虎虎的李鹤。"书生一边走，一边低头抱怨道。他身上的衣衫虽然旧得发白，却如冷水中的玉石般洁净，看得出主人在窘迫生活中保持着小小的洁癖。唯有这个跟他较劲的袖子——外面纤尘不染，可一掀开里子，却露出一个黏糊糊的青色手印。

是李鹤给杜路喂碧血时留下的。

刚刚，杜路在被种下同根蛊后，喊着要见一个人。李鹤便顾不得擦手，拉着翁明水的袖子把他拉到杜路面前，五根手指往他袖子里面一印，瞬间留下了这黏糊糊的血手印。

翁明水最开始还没察觉，直到他受老板的托付，把从北漠飞回来的红鸽拿走喂食，卷起袖子的一刹，他猛地发现自己袖里的血手印，一下子浑身不自在起来。

他决定去找一桶水来洗袖子。

翁明水低头拧着袖子，孤身一人，在这陌生复杂的矿道内越走越快。他其实不喜欢这漆黑阴暗的地下世界，事实上，如果不是因为杜路突然沉船，他是可以一直舒舒服服地待在扬州的。

好在只剩七天了，他想，只要忍过黑夜就是黎明。

可在第三次路过同样的岔路口时，翁明水突然意识到一个问题：

他好像在地下矿道里迷路了。

不该这样，他望着身周空无一人的昏暗石道，茫然地四顾：原本应该有两个人在此地执灯驻守。可人去哪儿了呢？寂静中，滴水一声声愈发诡异，翁明水望着地面上那两盏孤独燃烧的油灯，猛地打了个冷战。

他再也顾不得自己的袖子，迅速转身。在这寂静幽长的矿道中，他一个人一步步往回越走越快，逐渐疾走如逃……他却绝望地发现，他第四次走回了同样的岔路口。

两盏孤灯在地面上越烧越低，水滴一声声愈发急促，翁明水双眸颤颤地望着这岔路口，突然"啪"一声。

黑暗中有什么东西滴在了他脸上。

翁明水颤抖着伸出手——

却摸到了满脸黏稠的鲜血。

望着眼前一片猩红，他忍住自己尖叫的冲动，尽量镇定地缓缓抬头，望向了自己的头顶。

昏暗中，一个人戴着雕刻睚眦、秃鹫种种怪兽的诡异铁面具，浑身漆黑，正如一只巨大的细腿蜘蛛般，无声地盘栖于矿道平滑的洞顶，目光幽幽地俯瞰着翁明水：

"你知道，假冒陛下的间谍是什么下场吗？"

那声尖叫终于响起。

翁明水拔腿就跑，他再也顾不得选面前的岔路，狼狈地冲向了其中一条，一脚踢翻了地上的两盏油灯，冲向了似乎安全又似乎陷阱重重的无尽黑暗中……

千里之外，长安，地下宫殿中。

她根本不是刘明玉，她真正的名字明明是……

宋有杏在激动中撞向了木笼的栅栏。

"我有重大的发现要禀报陛下！"整个木笼在他的撞击下簌簌发颤，宋有杏双手紧紧握着木杆摇晃，目光焦急地望着眼前还在慢悠悠盛饭的狱卒们，"你们快去！如果陛下不肯召见我，你们就去找那个黄衣内侍潚潚，跟他说我有极其重要的事情要告诉他！"

几个侍卫对视了一眼。

"快去！快去！"宋有杏声嘶力竭地冲他们喊，"再晚就来不及了！"

有个侍卫犹豫着，缓缓站起身。

"去啊，去啊。"宋有杏眼含希冀地望着他，双手不断比画，望见侍卫真的往外走去，登时激动得不能自已，"今日之恩，宋某下辈子当牛做马感激不尽！"

"我会帮你把话带到的。"

那侍卫回首，对宋有杏遥遥地点了一下头。宋有杏便感激地望着他的背影消失在双锁阵外。

眼前的灯火明亮温暖，风雪声都显得宁静了。

宋有杏整衫，在橙色灯火中满怀希望地等待着。

谁知半天过去了，他等得望眼欲穿，那去带话的侍卫竟然还没有回来。

"怎么回事啊？"其他几个侍卫小声地嘀咕着，望着脚下的灯油芯越烧越短，影子越垂越长，大门处却纹丝不动。漫天冰雪声中，昏暗房间里所有人都在等着那个侍卫回来，寂静中等得越发不安。

"各位大哥，我突然感觉，今天的场景，有点熟悉……"

寂静中，传来了一个怯怯的女声。

宋有杏回头，看见那个名为玉儿的女人，她正双手抓着木栏，浑身都在发抖，却努力抬头，用一种恐惧中求助的目光望向那群侍卫，在寂静中小声说：

"你们不觉得，今天和那天，有点像吗？"

"哪天？"

"张蝶城……被劫持那天……"

昏暗房间中登时一片哗然。

"你在瞎说什么？"寒冬深夜的风雪声中，望着地上大块大块深红血迹和牢中众人拂动的黑影，侍卫的声音不由得有点烦躁，"别找事！"

那衰弱的女人，顺从地垂下了头，身体却抖得更厉害了。

宋有杏心生好奇，对着旁边的笼子悄声问："你在想什么？"

"你们不明白，今天和那天一模一样……"寒冷昏暗的囚室内，那女人越来越激烈地颤抖着，大滴大滴泪水在恐惧中砸落，"同样是这么大的雪，同样是这间屋子，同样有两个宫女单独出门了，我等了半天她们没有回来，我就出去寻她们，然后屋里所有人都被杀了。"

众人听得毛骨悚然，那皱着眉的侍卫再次呵斥道："别瞎说——"

就在这时，玉儿爆发了一声尖叫。

"他们来了，他们又来了！"她双手捂住自己的脖颈，瘫在了木笼中，"他们又盯上了这屋中的一个人，他们又要杀我们灭口了！"

一串鸡皮疙瘩在寒冷中爬上了宋有杏的后颈："他们在哪儿？"

玉儿没有说话。

她的瞳孔漆黑一片，她抬手，在寂静中突然指向了宋有杏的背后。

你有没有做过那种梦？

梦里，你与深爱之人想要之物，只有一步之遥，却永远也狂奔不到。

宋有杏带着满额冷汗，缓缓地、缓缓地转过头。

墙壁上的灯影越摇越快。

满天风雪声在房顶间发出巨大嗡鸣。

一片寂静。

而一个戴着恐怖白瓷面具的活人，就那么静静地站在他身后。

宋有杏爆发了那声尖叫，在这方狭小的笼子里，在众目睽睽大暴雪深夜，他如一个被蛇咬了一口的人一般猛地向上蹿去，用双手拽住了木笼的栅栏。"救我！"他悬在半空中的脚在颤，他用虚弱的手臂勉强把自己挂在木笼上，惊恐地回头望向笼子外求救。

他看见了一片血红的昏暗世界。

侍卫断首的尸体，就那么直愣愣地扑向了他的笼子，切口处还喷着血。

这间大雪夜里原本灯光安详的地下宫殿，刹那间什么都变了。

在满地尸首的雪光中，三个同样带着恐怖白瓷面具的人，手持狭长的弯刀，从昏暗中走上前，渐渐从三个方向同时围住宋有杏的木笼。

木笼内外，四个白瓷面具人，就这么静静地注视着宋有杏。

他们一句话不说。

他们手中的弯刀还在滴血。

"诸位好汉……"宋有杏的脚踝软了下去，他掉落在笼中，像个得了软骨病的人般匍匐着，面色苍白地对他们昂起头，"求你们了，不要杀我——"

"你被关在这里等死，就不想逃出生天吗？"

宋有杏猛地愣住了。

"如果狗皇帝不肯信任你，那你为什么不来加入我们，另寻一条生路呢？"

一片漆黑的矿道，翁明水在气喘吁吁中慌乱地狂奔，脚下冰冷积水四溅，空气愈发闷湿发霉……终于，翁明水看见了墙壁砖缝中一个闪着银光的金属蛇头，他突然间长长舒了一口气：他得救了！老板告诉过他，银蛇是遍布整个地道的报警器，蛇眼、蛇牙、蛇芯中分别藏着一个数字，就是你此刻的位置。只要按数字分别叩击，遍布十层地下矿道的三条金属蛇身便会依次传声，整个地下空间中的同伴便立刻得知危险，从蛇形密道中迅速赶来搭救。

顾不得及膝的冰冷积水，翁明水赶紧蹲下身凑近蛇头，在昏暗中瞪大双眼仔细辨认数字，指节在蛇眼、蛇牙、蛇芯上焦急地一声声敲响……

"有用吗？"

一声铁面具后嗡嗡的声音，在翁明水头顶冷不丁地响起。

翁明水敲完了最后的数字，抬头，与头顶上如蜘蛛般盘亘的铁面人冷冷地对视。

"我劝你最好现在就逃。"那青衣书生脸上带着隐隐的嘲讽，黑眸中含着威胁，"再过一会儿，我们的人就会把这里包围，你将命丧今日。"

"是吗？"铁面后的男人似乎被逗笑了，"那你看这是什么？"

平滑潮湿的洞顶上，他却如履平地，像昆虫般伸出一只漆黑的长臂，五指猛地松开，手中一大把闪着银光的金属制品噼里啪啦地掉了下来，砸进积水中。

翁明水拾起来一看，当即呆在了原地：

那竟是十几块银色的蛇头，蛇眼、蛇牙、蛇芯上各藏有一个数字，背后的金属切口整齐，分明是眼前人从墙壁中生生切下来的！

他捣毁了这一片地区的所有警报器！

眼看翁明水的目光开始溃散，铁面人火上加油似的挑逗道："快去看看吧，你刚刚敲的蛇头，说不定还能用呢？"

翁明水颤抖着再次蹲下身，两指抚上墙壁中那个银色的蛇头，微微一用力，那蛇头竟从墙壁上滑落了下来，露出背后切口整齐的三条金属管道，在刚刚的匆忙中已经被他按照蛇头上的数字叩响。

"你赢了。"翁明水长叹一口气，垂下了手臂，"这是个被调包的蛇头，我却亲手敲响了它，把所有援兵引到了错误的位置。"

"这可以为我们争取一炷香的时间。"蜘蛛般的铁面人在洞顶上倒悬着坐下，幽幽地说，"一炷香的时间，能够做很多事。比如杀人，比如绑架人质，再比如……谈一个合作。"

翁明水登时抬头，警觉地望着他："想都别想。"

"前梁宰相翁朱家的七公子，你为何要对一群西蜀武林中的叛贼忠心耿耿呢？"铁面人倒坐着望向他，声音诱惑，"况且，如果我没记错的话，杜路还是造成你国破家亡的直接凶手。"

翁明水尽力保持着一张不动声色的脸："没错，我恨杜路，杜路已经死在我们手中了。"

铁面人回敬了一声嗤笑。

"你为什么如此熟悉矿道的地形机关？"翁明水盯着他，黑眸冰冷，"你到底是谁？"

"我读了你在扬州对宋有杏做的事，绝妙的手段。"铁面人完全避开了翁明水的问题，话锋一转，"可这不是你想出来的吧，是谁教你做的？"

"不关你的事。"

下一刹，两道刀光从天而降，刀锋交叉抵住了翁明水的喉结，那诡异的铁面在空中倒悬着，双眸冰冷地盯着书生惨白的脸："说！"

书生双眸颤抖地沉默着，脖子上刀光越逼越近，滴水越来越快，锋利的刀尖抵在皮肤上向上猛地捅去。

就在这一刹——

他们身侧的墙壁外，突然传来了敲墙的声音！

"来人啊！"两刀交叉的银光中，翁明水大吼一声，奋力扭头对着那道墙爆发道，"我在这里面——唔！"

铁面人眼疾手快地捂住了书生的嘴巴，却听见墙外人立即道："是映光公子吗？你怎么会困在这里？可曾看见一个黑衣铁面人？"

铁面人闻声皱眉，原来此刻墙外之人，正是刚刚交过手的那个黑红骷髅！他瞬间收刀，一手捂紧书生的嘴巴，一手用力攥住书生瘦弱的脖颈，感受到臂中人的瑟瑟发抖，铁面人倒悬着贴近了书生，声音冰冷地耳语道：

"你让墙外那个人离开。"

书生在窒息中惊慌失措地摇头。

"你还不清楚自己面临着什么吗？"铁面人的气息在翁明水耳朵上游走，"你胆敢冒充皇帝的暗探，构陷朝廷命官，如今事情败露，你已经是帝国的通缉重犯，落在了皇帝真正的暗卫手中。只要墙外人再往前走一步，我保证，你会立刻死在我手中。"

胸中的空气被一丝丝剥离，翁明水在铁面人的桎梏中奋力挣扎着，却在痛苦中一直摇头。

"你倒有些骨气，至死不肯出卖你的头儿吗？"铁面人冷笑一声，"可惜你真傻，他早已把你当成了替罪羊。"

挣扎中，翁明水动作慢了下来，难以置信地望着铁面人。

"他有多聪明，你就有多愚笨。"铁面人嘲讽地望着书生，耳语的声音冰冷无情，"你自以为聪明过人，让宋有杳出面做事，自己却躲在暗中，一旦事发就可以把一切罪责推到宋有杳身上；可你有没有想过，你的头儿让你出面欺骗宋有杳，而他躲在暗中不露面，事发后同样也可以把一切罪责推到你身上呢？"

一边耳朵里听见铁面人的冷言冷语，另一边耳朵里听见聂君在墙外焦急地敲击机关，翁明水在窒息中满脸惨白："不要再挑拨离间了——"

"为什么此刻你会成为帝国的通缉犯，而你身后那个头儿却安然无恙？"铁面人却不肯停下，一声声引诱如同毒蛇吐芯，"因为是他把你暴露了出去，他把自己藏得好好的！你本是扬州一个安稳的书生，是他安排你露面做盐船之事，才害你于如此险境！死到临头的一刻，你想的却还是千万不能让人发现他的身份？书生啊，他夺了你的命，你却还在给他尽忠呢？"

满脸苍白中，翁明水咬紧了牙齿，从牙缝中嘶声道："不可能！他不是那样的人，你不要再胡说八道了……"

铁面人冷静地道：

"那我只问你一句话：他若不想拿你当替罪羊，为何不自己出面找宋有杳，偏偏让你出面呢？"

冰冷漆黑的矿道内，书生愣住了。

垂落的水珠在两人之间一滴一滴地喷溅。

"翁公子，我已扭住了此墙外的机关，但这个机关是一个双钮，需要你同时敲一下墙壁才能打开。"久无人应，墙外的聂君深深感到事情不妙，在愈发让人心惊的寂静中，对墙的另一侧吼道，"翁公子你还好吗？你快敲一下墙，我马上救你出来!"

墙内,铁面人重新以双刀压在书生身上,松开了他的嘴巴。

"选吧。"他倒悬着贴近翁明水,如恶魔般耳语道,"读书人,二者不可得兼,你是否真的要为了一个把你当作替罪羊的人,赔上自己的性命?"

水珠还在砸落,地面上一圈圈涟漪摇摆,书生双眸颤颤地盯着自己的手心。

老板曾经抚摸过他这只手,在寒冷重病的冬天,把他从贫穷和死亡中拉了出来;但尖利的刀此刻正抵在他的身后,连同那一颗颤动的摇摆的内心,那拼命不去承认却被挑唆冒头的疑虑,越来越浮出心底……

"聂君,"良久,他终于开口,对墙的另一侧艰难地说道——

"我没事,只是认错路了。"

墙外,聂君发出疑虑的声音:"翁公子,你——"

"我真的没事。"在身后铁面人含着阴冷笑意的注视中,翁明水放下了那只手,对墙外人轻声说,"你走吧,我已经找到回去的路了。"

你知道,一个假间谍在落入敌人手中之后,要如何逃脱严酷惩罚吗?

如何?

从此成为一个真间谍。

第七十五章

"宋大人,做出选择吧。"

长安,风雪声中昏暗的地下宫殿中,满地侍卫猩红的头颅在晃,四张恐怖的瓷白面具正对准宋有杏,手中的弯刀在滴血。

"只要你点一下头,我们就立刻砍断木笼,带你逃出这死囚牢从此获得自由。"为首的那位白瓷面具,用弯刀轻划着木笼的栅栏,声音颇具诱惑力,"你也知道,你们对张蝶城的追踪根本没有结果,七天后同根蛊十年期一满,赵琰就要死在我们手中了,你继续跟随赵琰就是在自寻死路,只有尽早加入我们,才能再享五十年的繁华富贵。"

望着四张白瓷面具,趴在笼中的宋有杏眼前发晕,怯怯地望着他们。

"若是你不答应,宋大人,你知道下场是什么。"为首的白瓷面具玩味地望着他,"在这样的暴雪之夜被刺杀,真是孤独啊。"

那四柄弯刀越靠越近。

宋有杏努力撑地，却在巨大的恐惧中已然坐不起身来，双眸颤颤地仰视着身旁四座如神佛般高大的身影，听着他们黄钟大吕般的声响落下："你要选择加入我们吗，宋大人？你不说话，我们就当你默认了，这就砍断牢笼带你离开——"

"不！"

逼近木栅栏的弯刀猛地停顿，四个戴着白色面具的巨人对视了一眼，各自垂下诧异的眼睛，却看见那怯懦窝囊的男人趴在笼底肮脏的稻草上，颤抖的双手已然无法撑起身体，却闭上眼，在血红的世界对着巨神般的身影猛地大吼道：

"不要带我离开这里！"

身后那个白瓷面具终于忍不住诧异："为什么？背负着这样滔天的罪名，难道你不想逃出生天吗？你的生命还有许多光明的前途，难道你愿意在我们刀下卑微地死去吗？"

那颤抖的男人仍恐惧地闭紧眼睛，却在满脸冷汗血光中不住地摇头，喃喃道："我不愿意，但我更不能离开这里！"

"为什么？"

"因为我不能再变成一个三臣，四臣。我不能。"

那男人终于睁开眼时，满脸泪水。

他仍是那个怯懦的宋有杏，害怕得浑身发颤，害怕得一滴一滴泪水在稻草中砸落。漫天风雪中，他努力鼓足勇气望着面前四人，那眼睫也在颤着，泪眼中饱含着悲哀："我年轻时顺从地跟随陛下，那时高洁之士纷纷跟随翁圣殉国，我没有，我怯懦，可我只是想给自己一个新的机会，一个拥有美好人生故事的机会，而我不想在多年后，被陛下看见我再一次叛逃后空荡荡的笼子，让所有读到这一页史书的后人感叹道：贰臣果然是一个贰臣。"

灯火中，四个戴着白色面具的杀手无声地望着他。

"纵我做了贰臣，但我的生命并不是为了做贰臣而生的，我只是遇上了这样的时代。"爬伏在地面上，宋有杏带着满脸泪水，闭上眼笑了，"如果可以，谁不想做范蠡，做诗仙，谁不想仰天大笑出门去，谁不想五花马千金裘呼儿将出换美酒，谁不想拥有他们那般潇洒肆意的生命，谁不想呢？

"可是我的生命不是那样啊，我的生命很艰难，很平常，还总是逗人发笑。从来没有人因为读了一篇我的诗而蓦然泪下或欣喜若狂。从小到大，我不曾洛阳纸贵，不曾诗出狂梦，有的只是一次次抱着行卷厚着脸皮求别人读我的诗。我在醉酒中常常翻着太白的诗集，心中酸涩，却明白自己永远不是他。

"生命就是这么不公平的东西。我有着平平的相貌，平平的才思，不太讨喜的性格。我有许多常人的缺点，愚笨、胆怯、遇事无主、计较小利……我也常常恼火于自己这样，却又不得不接受自己就是这样。

"但纵然如此，我也希望自己拥有一个美好的人生故事啊。

"我虽然没有写出好诗，但我的生命不是为了写不好的诗而生的；我虽然背叛过我的祖国，但我的生命不是为了背叛别人而生的。"宋有杏闭紧了眼睛，在这个寂静的冬夜泪如决堤，"我真的好害怕，但我知道，今夜我只要背叛陛下跟随了你们，我就必须承认，我的生命真的只是那样卑劣而已。"

"活着，难道不比这些虚名要好吗？"为首的白瓷面具望着他，"今夜你为了赵琰而死，不过是平添了一具尸首，又有谁会称赞你的忠良？"

四面凛凛的刀光中，宋有杏已经因流泪而在断断续续地打嗝，却坚持说了下去：

"纵然陛下不会知道我的忠诚，但在看到我倒在孤独冬夜稻草中的尸首时，人们也会对我稍稍谅解：在这个人那样可笑的生命里，他努力地尽忠了一次，他努力地去做了一个好文人。

"纵然他算不上个好文人，但他努力去做了。"灯火中，宋有杏睁开了泪光蒙眬的眼睛，"这让他相信，他的生命故事并不卑劣，而仍有美好之处。"

四个杀手望着他叹气。

"我真的是一个太胆小的人。"渐近的刀光中，他满脸泪落如雨，猛地别过脸去，"在我反悔之前，你们快动手吧！"

第七十六章

"我可以去看看白羽吗？"积水散尽的矿道中，杜路在韦温雪身旁坐下，终于如愿以偿抚摸了胖胖的皮毛，"我对白羽很愧疚，他一路尽心尽责地护送我，我却把他引向了杀身之祸。"

韦温雪轻轻叹了口气。

"白羽快死了。"他对杜路说，"你真的想去看吗，我可以给你带路。"

杜路双手放下了胖胖的大脑袋，点头道："好。"

韦温雪便举起一盏灯，光影拂荡中，两人一虎顺着长长矿道和无数暗门，走到了巨大的地下宫殿中。

"那边就是囚室了。"韦温雪把灯交给了杜路，拿回了布哈斯赫的信纸。

韦温雪拿着信，杜路提着灯，两人便分开往两个方向走，走了没几步，石洞里响起了杜路震天的喷嚏声。

韦温雪立刻回头："怎么回事？你难道又犯病了？"

"不是不是。"隔着几步的距离，昏暗的道路上，杜路露出了有点不好意思的笑容——

"那个，你能把狐裘借给我吗？这儿还真的有点冷。"

一盏茶的时间后。

披着红裘的杜路悄悄回头，望着韦温雪的背影彻底消失在转弯处，便迅速俯身把油灯放在原地。

杜路转身藏进了暗角中。

他轻轻地、尽量不发声地把手掌探进了红裘中的暗袋，那里硬邦邦的，如果他没记错的话，韦二习惯把那样东西放在这里——

空无一人的寂静石洞中——

杜路从红裘中缓缓抽出了一串银亮的钥匙。

这是白羽牢房上的钥匙。

在距离子时越来越近的此刻，在聂君即将与白羽决斗的关头，杜路知道自己只有最后一个机会，从牢中放白羽一条生路。

他盯着这串钥匙。

但这是个好决定吗？他眼前浮现出韦温雪的脸，那失望透顶的眼睛。

他真的应该救白羽逃走吗？

他知道，一旦给白羽开了这扇门，就是让白羽带着矿道的秘密活着逃回赵琰身边，他在亲手给韦二制造一个巨大的麻烦；但杜路也知道，一旦他放弃这把钥匙，就是把白羽留在地下复仇者的手中，这少年瘦瘦小小的，还没活过二十岁。

这十三天来的一幕幕在他眼前拂动，那昏暗的舱底，那些大雨声，那一夜夜对着孤灯的无声守护。那白衣少年奋身游进浩大幽暗的湖底，从刺骨冰冷中把他拯救了上来；那黑袄少年背着他，在夏口城外漆黑的林子里奋力地奔跑，顾不得浑身的剧痛和颤抖……这一路上他们互相扶持着，跌跌撞撞地走着。他曾导致少年父母亲人遇害，导致少年沦为痛苦的杀手，而在这条旅途的尽头，他帮别人把少年引进了圈套里，还要眼睁睁望着别人剥夺少年最珍惜的生命。

他答应为韦二守住所有秘密。

可他真的应该这么做吗？

他眼睁睁看着帝国即将在他眼前炸毁，明明张蝶城此刻就在北漠，而所有人还在四川焦头烂额地寻找。只剩七天时间，他想，蛮族人将再次进入中原，而壮年的皇帝从金座上陨落，复仇者们并不能控制他们点燃的炸弹，而他在望着天下大乱。

他真的应该保持沉默吗？

可他能揭发自己最好的朋友吗？

那个在歌楼上抱着药材照顾他十年光阴的朋友，那个因为他的错误而荒废了一生的朋友，那个天资绝代却被困顿在江南歌舞场的朋友，那个历尽辛苦来赋予他新生的朋友。他现在要反手一刀，把自己最好的朋友送上绞刑架吗？

杜路沉默着，捏着那把钥匙，又缓缓放回了红袈中。

就在这时，他的手指突然碰到了什么。

那是口袋中叠好的一封信。

落款是布哈斯赫，信纸上还带着杜路刚刚抓取时指印。杜路缓缓展开，在暗光中沉默地读着。

突然，他的手指猛地攥紧了信纸。

他这才看清了这封信真正的内容，毛骨悚然的恐惧感一下子袭满了全身。他突然意识到，整场阴谋或许比所有人，哪怕是韦温雪所能想象的，都更为可怖、更为复杂。

来自布哈斯赫的那封信上写道：

"……最新的探报是，案发前一夜，赵琰专门撤掉了宫中所有侍卫，他是故意让我们的杀手带着张蝶城离开，故意让这场绑架案发生的！

"赵琰到底在想什么？

"韦老师，我们整个计划，是不是漏掉了什么重要的东西？"

暴雪在人间怒吼，这还是黑夜的时间，命运的巨神垂头凝视，那么安静，那么不祥。

从北到南的大风肆意地刮拂千万里江海大川，刮过北漠漫天翔飞的沙石，吹动一座座覆着白霜雪的金帐篷，吹过雁门关外千万战马漆黑的眼眸，敲响长安暖阁簌簌的纸窗和皇帝漆黑的长影，吹过漫漫驿道上千百官吏飘飞的鬓发，吹响矿道入口处一只红眸白鹰的翅羽。

这样的大雪夜，站立于长安心脏处的金冕帝王，与独坐于地下世界的红衣老板，正在隔着千里风声，居于同一方赌桌的两侧，无声对峙。

从一桩即将摧毁帝国的惊天绑架案，到一场生死叵测的命运赌局，上至帝王将相，下至布衣黔首，冥冥之中天下所有人的命运，都在为这一场赌局而改变。

在这方惊心动魄的赌桌之下，双方各藏有必胜的杀招。一方在操纵空间，誓将对手一击毙命；而另一方看似已被逼到角落，却在绝境中精心策划着什么惊天的谋略，只透出一丝冰冷的嘲笑。

鹿死谁手，未见分晓。

但是，命运有时候就是会被一些高山上突然散落的小石子冲得七零八落。

此刻，杜路正握着这颗命运的石子。他站在黑暗中，知道自己正面临着一个决定，一个注定要翻转整个赌局、改变天下命运的决定。

他望着自己的双手，左手里正握着那一把能救出白羽的钥匙，而右手中，则握着布哈斯赫写给韦温雪的密信。

做出选择吧，杜路。

做出选择吧。

这一刻，人间漫漫的雪夜，高烧愈重的张蝶城躺在金帐中一动不动；暖阁中金冕的帝王扶住了自己胀痛的额头；漆黑中的复仇军队正在地下矿道里蓄势待发；而年轻的可汗挑开红帷，悄然打量着满庭使臣沉睡的身影，他身后，北境千万骑兵正在雁门关外虎视眈眈，只等七天之后一声令下，铁骑滚滚，直奔关中。

这是命运的时刻。

杜路，如果你不说出那一句话，你会导致整个国家灭亡。

可如果你说出了这句话，你会导致你最好的朋友死亡。

大雪寂静。

命运的巨神垂头，怜悯地等待着他的选择。

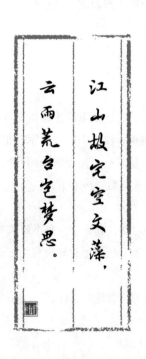

江山故宅空文藻，

云雨荒台岂梦思。

后 记

　　这是我的第二本书，这本书开始于十九岁的春天，完成于二十三岁那年的秋天；又或者说，它一直没有完成过，我还在写下去，有许多已经成稿的文字，只是现在还未能与大家见面。

　　很抱歉戛然暂止，我等一会儿再解释原因吧。

　　因为首先，我想说，谢谢你。

　　谢谢你读完了这本书，我写下它们时，这只是一个沉睡的世界，而你的到来，唤醒了这个世界，你赋予了书中众人真正的生命。

　　这个世界是只属于我们的秘密。

　　这本小说曾带给我无穷痛苦、无穷欣喜、无穷美好。它占用了我生命中长达六年的时间。我至今记得，每一个微小想法诞生的时刻，那时炽热或大雨的空气；记得在深夜中漆黑的房间里一个人写故事写到颤抖，而窗外的世界传来年轻的夜歌声。这漫长的时光里，我是唯一懂得这个世界的人，痴心为文，秘密为众人写作十几万字的平生，写这本书给我带来了无穷快乐，也带来无穷的惶恐与悲伤。但我相信，当你看完他们的故事后，你的快乐悲伤并不比我更少。

　　我们都不是孤独的。

　　关于耗尽心血建造这个世界的六年，我本有太多故事可讲。但这一刻，我突然意识到我什么都不用讲，因为你已然知晓，我们此刻正坐在这个世界的参天巨木之下，望着它的一风一息，一草一木，安静并坐，却已然一路同行至此。

　　然后，我考虑了很久，还是觉得应该给大家一个诚实的交代。

我只是一个年轻的新作家，我时常觉得对不起这本书，因为它出自我一个无名作家的笔下，很少会被人读到。而更为歉意的是，它能够和大家见面，在这个纸书颓靡的时代，已经是非常艰难的奇迹了。

图书市场是非常残酷的，如果这本书默默无闻，下一本书就会更加难以问世。

我总是因为自尊不想说出这些事，此刻不得不说，是因为必须给读者一个交代。其实这本书后面已有很长的成稿，但是只能出版到这儿了。我希望它还能和大家见面，我希望这个世界和这些人能够继续走下去，我甚至希望，当年我大言不惭的那些"文学性的流行小说""影响世界的中文幻想小说"的话可以真的实现。但有时候也必须承认自己的渺小和市场的严苛。

我不知道自己用什么把这个世界留住。

我也不知道该怎么让人们看到它。

但我有的时候还要相信希望——纵然写了多年，可它依旧写完；纵然纸书艰难，但它依旧问世并来到了你的身旁。我们一起，或许能在这个信息流的时代里，让这个鲜为人知的故事不被淹没，朋友的赠送，网络的分享，多种媒介的再创作，每个人的一点点参与，或许就能带来新的转机。若有更多人向这个世界拥来，它就可以被更加珍重地继续，我们也可以坐在这里，多坐一会儿。

我希望书和众人都有一个好结局，这是我唯一不愧对他们的方式。

这一本书出版，离我的上一本书出版，已经过去了五年时间，这对于新人作家是致命的漫长。而我的初心很简单，只是想不惜代价，不惜时间，郑重地写一部最好的小说。我对于写作的态度总是正襟危坐，从北师大到北大，我经历了苏童、莫言、余华等作家的授课，我仰望着文学，不能说我学会了什么，我甚至不知道那些严肃深刻的文学性观念，与我想写的一篇精彩好看的悬疑小说应该是什么样的关系——而我试图去做了。这沉浸其中而不写其他作品的五年，或许是我对自己写作生涯的荒废，而我希望这五年是对的。

或者说，我已然知道它是对的。

我已经郑重地做完了我的工作，唯有期待下一本书还能如期和大家见面啦。

谢谢这本书的读者们，真的，非常感谢你们。

汤

图书在版编目（CIP）数据

唐诗生死局：全二册 / 汤介生著 . -- 长沙：湖南文艺出版社，2023.1（2024.4 重印）
ISBN 978-7-5726-0879-7

Ⅰ . ①唐… Ⅱ . ①汤… Ⅲ . ①长篇小说－中国－当代
Ⅳ . ① I247.5

中国版本图书馆 CIP 数据核字（2022）第 179984 号

上架建议：畅销·青春文学

TANGSHI SHENGSIJU：QUAN ER CE

唐诗生死局：全二册

著　　　者：汤介生
出 版 人：陈新文
责任编辑：刘雪琳
监　　制：邢越超
策划编辑：郭妙霞
文案编辑：白　楠
营销支持：文刀刀　周　茜
封面设计：商块三
版式设计：李　洁
插画绘制：RedMatcha　圣　圣
内文排版：百朗文化
出　　版：湖南文艺出版社
　　　　　（长沙市雨花区东二环一段 508 号　邮编：410014）
网　　址：www.hnwy.net
印　　刷：三河市鑫金马印装有限公司
经　　销：新华书店
开　　本：680mm×955mm　1/16
字　　数：903 千字
印　　张：47.75
版　　次：2023 年 1 月第 1 版
印　　次：2024 年 4 月第 3 次印刷
书　　号：ISBN 978-7-5726-0879-7
定　　价：86.00 元（全二册）

若有质量问题，请致电质量监督电话：010-59096394
团购电话：010-59320018